ニコール・パーロース

江口泰子 訳　岡嶋裕史 監訳

サイバー戦争
終末のシナリオ

Nicole Perlroth

This Is How They Tell Me the World Ends

早川書房

下

THIS IS HOW THEY TELL ME
THE WORLD ENDS
The Cyberweapons Arms Race
by
Nicole Perlroth

Japanese edition supervised by
Yushi Okajima
Translated by
Taiko Eguchi
First published 2022 in Japan by
Hayakawa Publishing, Inc.
This book is published in Japan by
arrangement with
Bloomsbury Publishing Inc.
through Tuttle-Mori Agency, Inc., Tokyo.

装幀／國枝達也

目　次

※訳者による注は小さめの（　）で示した。

上巻目次

第五部：レジスタンス（承前）

第一五章：賞金稼ぎ——カリフォルニア州シリコンバレー

中国による大規模なハッキング工作「オーロラ作戦」は、シリコンバレー版プロジェクト・ガンマン（第六章を参照）だった。プロジェクト・ガンマンでは、ロシアの攻撃を受けてNSAが攻撃能力を増強した。同じようにオーロラ作戦と、その三年後にスノーデンが漏洩した機密文書によって、シリコンバレーは防衛について考え直さざるを得なくなった。

「オーロラ作戦は本気の行為者、つまり国家の仕業であって、子どものお遊びではないという証拠でした」グーグルで情報セキュリティチームを率いるヘザー・アドキンズは、私にそう述べている。

中国が再び戻ってくることは、グーグルにはわかっていた。グーグルは時間を稼ぐために、中国が知らないと思われるプラットフォームに、できるだけ多くのシステムを移し変えた。そして、グーグルを——最終的にはインターネット全体を——徹底的に堅牢にする、困難で時間を要するプロセスに着手した。

アドキンズとその上司のエリック・グロースは、厄介な問題に取り掛かる前に、長く手つかずになっていたセキュリティ対策に取り組むことにした。ほどなくして、グーグルのチームは、少しずつにせよ、セキュリティを強化する集中体制を確立し、ついには本格的な〝監視レジスタンス運動〟の急先鋒に立っていた。その運動のチェックリストが完成した数年後には、グーグルの使命は急進的な項目をひとつ含んでいた。世界のゼロデイ・エクスプロイトの備蓄と、開発中のサイバー兵器を無効化することである。

グーグルは、従業員に向けてだけではなく何億人ものGメールユーザーに向けて、新たなプロトコルを導入した。長い時間をかけて「二段階認証」に取り組んだ。このセキュリティ強化措置では、普段と違うデバイスからログインするたびに、スマートフォンのテキストメッセージで送られてくる、一回しか使えないふたつ目のパスワードを入力しなければならない。二段階認証（略して2FA）はいまでも、盗んだパスワードを悪用するハッカーの試みを挫く最善の方法である。二〇一〇年になる頃には、盗まれたパスワードはあちこちで手に入った。ハッカーは熱心にインターネットをスキャンして弱点を探り出そうとし、パスワードのデータベースに侵入し、入手したパスワードをダークウェブで投げ売りした。その年、ロシア人のホワイトハットから私のもとに電話がかかってきて、一〇億ものパスワードの宝の山を見つけたと教えてくれた。

「あんたのパスワードは」彼が言った。「男の名前で次にあんたのアドレスが続くんだな」

ええ、その通り。そこで私は、すべてのアカウントのすべてのパスワードを、馬鹿ばかしいほど長い歌詞と映画の台詞に変えて、そのうえ2FAにした。パスワードの管理者のことは信用していなかった。たいていのパスワードはハッキングされていた。わざわざスクランブルをかけるかハッシュ化している企業であっても、ハッカーの「レインボー・テーブル」――すなわち、ハッシュ値から元の値を割り出すために使う対応表――には太刀打ちできない。だから、読者のみなさま。できるだけ長いパスワードをお薦めします。一部のダークウェブのサイトは、五〇〇億ものハッシュ値を公表しており、割り出されたパスワードはひとつ一ドルほどの安値で取引される。2FAを使っていない場合、盗まれたパスワードがひとつあれば、ハッカーはメールや銀行口座、写真を保存するクラウドアカウント、証券取引口座などに簡単にアクセスできてしまう。グーグルは少し前から従業員に2FAを導入したが、オーロラ作戦のあとは「ビンゴでした!」。アドキンズが当時を思い出す。「Gメールユーザー全員が2FAを使えるようにする、いい機会でしたね」

オーロラ作戦の前、グーグルにはセキュリティ専門のエンジニアが三〇人いたが、オーロラ作戦のあとは数百人に増えていた。シリコンバレーはその年、熾烈な人材獲得競争の真っただなかにあった。そこで、フェイスブックへの亡命を阻止するために、グーグルは給料を一〇パーセント上げた。優秀なプロダクトマネジャーふたりが、ツイッターに流出するのを防ぐためだけに、数千万ドルも費した。シリコンバレーでエンジニアを誘惑する時にものを言うのは、より高い持株比率やたっぷりのボーナス、さまざまな特典だった。無料の特典にはアイパッド、オーガニックの食事、家と会社間の送迎サービス、ビール一年分、個人のワークスペースを自由に飾りつけるための一万ドルの予算なども含まれた。

だが、グーグルには競合よりも有利な点がひとつあった。「サイバー攻撃の件を世界に公表したことが、結局のところ、世界最強の採用戦略になったのです」アドキンズがそう教えてくれた。

中国を名指しで非難したあと、戦いに参加したくてうずうずしている数百人のセキュリティ・エンジニアが、グーグルのドアを叩き始めた。以前は彼らの多くがグーグルのプライバシー慣行に異議を唱え、グーグルをよく思っていなかった。だが、NSAやCIA、あるいはファイブ・アイズの諜報機関のハッカーたちから、グーグルに履歴書が届き始めた。その後の一〇年間、グーグルのセキュリティチームは六〇〇人を超え、中国をはじめとする圧政的な国の攻撃を阻止しようと、全員が固く心に誓った。グーグルはその最大の資源を兵器化した。コードのエラーを探すために、山のようなデータを使ったのだ。グーグルは、数千台のコンピュータの巨大な「ファズファーム」（第一〇章を参照）を展開し、そのソフトウェアに膨大な量のジャンクコードを、何日もぶっ続けで投入し、負荷がかかった状態で壊れるコードを探した。クラッシュは弱さの証拠であり、悪用し得る欠陥をソフトウェアが含んでいる可能性が高かった。

グーグルにはわかっていた。社内のハッカーが、そして世界で最も強力なファズファームが、アメリカ市民を必死に追跡している国家にはまだ負けていないことを。そしてグーグルも、数年前のアイディフェンスと同じ結論にたどり着いた。世界中のハッカーの力を活用することにしたのだ。二〇一〇年まで、グーグルはバグを見つけたハッカーに対し、仲間からの称賛で報いていただけだった。グーグルのバグを自分の名前で公表した者に、Tシャツを贈り、グーグルのウェブサイトで発表していた。だがオーロラ作戦のあと、グーグルは彼らのようなボランティアの兵士に、ついに大金を支払う時期が来たと判断したのである。

グーグルはハッカーに、最低五〇〇ドルから最高一三三七ドルまでのあいだで、報奨金を支払うことにした。特に深い意味もないように思える一三三七ドルという金額は、グーグルからハッカーに向けた粋な目配せだった。一三三七（1337）は、ハッカー語で「leet（リート）」を表す（ハッカー語、あるいはリート表記では、特定の英語の単語をアルファベットに似たかたちの数字や記号、文字で書き表す。そのため「leet」は「1337」と表記される）。「leet（リート）」は「elite（エリート）」のスラングであり、（エ）リートハッカー、すなわち凄腕ハッカーは、そこらへんのしょぼいスクリプトキディとは格が違う。それは「テクノロジー企業は悪魔の生まれ変わりだ」とばかりに、グーグルのような企業を長年忌み嫌ってきたハッカーに向けた、グーグルからの〝和解の贈り物〟だった。

テクノロジー企業がハッカーからバグを買い取るのは、これが初めてではない。アイディフェンスの前にも、ネットスケープが一九九五年に、初期のブラウザである「ネットスケープ・ナビゲータ」の欠陥を持ち込んだ者に、わずかな額を支払っていた。それがブラウザの「モジラ・ファイアーフォックス」にも引き継がれ、二〇〇四年には、ファイアーフォックスの深刻なセキュリティホールを見つけたハッカーに、モジラは数百ドルを支払った。だが、グーグルの報奨金プログラムはその値段を一気に引き上げた。グーグルは、ブラウザ「グーグル・クローム」が利用している、オープンソースコード「クロミウム」のバグを見つけたハッカーから、バグを買い取るようになった。アイディフェンスの時と同じように、グーグルも初期に買い取ったバグは価値のない代物が多かった。だが、「グーグルは本気だ」という噂が広まると、もっと重要なバグが持ち込まれるようになった。数カ月のうちに、グーグルは買い取りプログラムを拡充した。そして、ユーチューブやGメールなどのユーザーデータに不正アクセスするために悪用されそうなバグを持ち込んだハッカーにも支払った。報奨金の最高額も一三三七（1,337）ドルから三万一三三七（31,337）ドルへ、リート表記で「31337＝eleet」へと引き上げた。報奨金を慈善目的で寄付するハッカーには、倍額を支払うプログラムも開始した。

グーグルが、世界中のゼロデイ・チャーリーを味方に引き入れることはなかった。彼らはこれまでひどい目に遭わされてきたのだ。しかもグーグルの報奨金は、デザウテルスやその仲間たちが支払う額には遠く及ばなかった。それでも、アルジェリア、ベラルーシ、ルーマニア、ポーランド、ロシア、マレーシア、エジプト、インドネシア、イタリア、フランスの地方、さらには国家を持たないクルド人プログラマーを奮起させるのには充分であり、彼らは余暇を使ってグーグルのバグ探しに勤しんだ。

報奨金で家賃を賄った者もいる。どこか暖かい国に休暇に出かけた者もいる。アルジェリアのウエ・リウの小さなコミューンで暮らす一八歳のミソウムは、サッカーの練習をやめてハッキングを始めた。報奨金狙いのハッカーのトップテンリストに名を連ねることが、彼にとって何が何でも叶えたい夢となり、やがてかなりの額を手に入れて憧れの車を購入し、家を改築し、考えてもみなかった海外旅行に出かけ、両親にイスラム教の聖地メッカへの巡礼の旅をプレゼントした。あるいはエジプト在住のふたりのハッカーは、それぞれアパートを購入した。ひとりは、報奨金を使って恋人に婚約指輪を贈った。インドのスラム街では、プログラマーたちがバグを持ち込み、報奨金を使ってスタートアップを立ち上げた。ルーマニアのレストランオーナーは、ポーランドとベラルーシのプログラマーを解雇し、グーグルの報奨金でまったく新しい生活を始めた。ワシントン州の荒涼とした土地で暮らすハッカーは、受け取った金額を「スペシャルオリンピックス」（知的障害のある人たちにスポーツ機会を提供し、競技会を開催する国際組織）に寄付した。ドイツでは、グーグルのトップハンターのひとりであるニルス・ユネマンが、報奨金をエチオピアの学校に寄付して金額を倍にした。ユネマンは報奨金を西アフリカのトーゴ共和国の幼稚園に送るようになり、タンザニアの女子校は、ユネマンから受け取った資金を使って太陽光パネルを設置した。それまで長年にわたって、ひと握りのハッカーが政府の秘密の市場でひっそりと数十万ドルを、時には数百万ドルを荒稼ぎしていたが、いま、グーグルがさらに多くのプログラマーと防衛重視のハッカーに報奨金を支払い始めたことから、政府の市場にアクセスするハッカーの仕事は、さらに困難なものになっていた。

だが、グーグルの報奨金プログラムの勢いが増すにつれ、ハッカーが重要なバグを持ち込む間隔が次第に長くなった。その理由のひとつは、グーグルのプログラムが、彼らが意図した通りの効果を発揮し始めたからだ。グーグルのソフトウェアでエクスプロイトを作成するのは難しくなった。そこで、グーグルは報奨金をさらに引き上げた。数千ドルのボーナスを追加するとともに、クアラルンプールとバンクーバーで開かれるハッキングコンテストのスポンサーとなり、クロームのエクスプロイトひとつに六万ドルを支払うと約束した。政府の市場なら同じエクスプロイトで三倍は稼げると指摘して、グーグルのクローム賞を鼻で笑う者もあった。なぜハッカーがグーグルに、システムの欠陥を教えなくちゃならない？　黙っていればもっとずっと稼げるのに。

＊＊＊

グーグルの報奨金プログラムを最も愚弄した者といえば、「ウルフ・オブ・ヴォーン・ストリート」ことシャウキ・ベクラーである（第一二章を参照）。フランス系アルジェリア人のベクラーは、グーグルがスポンサーを務めるハッキングコンテストやカンファレンスに姿を現した。毎年、世界中のハッカーがバンクーバーに押し寄せる。「キャンセックウエスト・カンファレンス」で開催される、「Pwn2Own（ポウンツーオウン）」と呼ばれる、世界でも賞金がトップクラスのハッキングコンテストに参加して、賞金や賞品のデバイスをかけてソフトウェアやハードウェアをハッキングするのだ。

このコンテストも初期の頃には、ハッカーはサファリ、ファイアーフォックス、インターネットエクスプローラーに最も早く侵入できる時間を競った。スマートフォンが普及すると、アイフォンとブラックベリーをハッキングした者に最高の賞が送られた。二〇一二年のコンテストの課題は、クロームのセキュリティを破ることだった。その年、三つのチームがクロームのセキュリティ破りに成功したが、グーグルの賞金を手にしたのはふた組だけだった。ベクラー率いるヴペンのチームが、グーグルのルールには従わないと言い出したのだ。ブラウザのハッキングに成功した者はエクスプロイトの詳細をグーグルに提供するという、グーグルの要求を撥《は》ねつけたのである。

「たとえ一〇〇万ドルもらったって、グーグルに教えるつもりはないね」ベクラーは記者に語った。「うちの顧客のためにとっておくよ」

ベクラーはいかにもこの市場のブローカーらしく、率直でがさつだった。「僕たちが一生懸命働くのは、大金持ちのソフトウェア会社が安全なコードをつくるのを手伝うためじゃない」さらに続けた。「ボランティアしたいんなら、ホームレスを助けるよ」

南フランスのヴペン本社で働くハッカーは、世界中の政府機関のためにゼロデイ・エクスプロイトを量産した。その年、重要な得意客のひとつはNSAだった。NSAや、そのドイツ版であるBSI（ドイツ連邦政府情報セキュリティ庁）など、ヴペンのクライアントはその年、ヴペンが保有するエクスプロイトについて概要を得るためだけに、年に一〇万ドルも支払った。実際にエクスプロイトコードを売却するとなると、ヴペンはひとつのエクスプロイトに、さらに五万ドルかそれ以上を要求した。ベクラーは、グーグルの賞金をはした金とみなした。そして、カンファレンスにはクライアントと接触するために参加した。自分はNATO加盟国かNATOのパートナー、たとえばファイブ・アイズの国としか取引しないと主張したが、そのいっぽう、コードが悪者の手に渡りやすいことはあっさりと認めた。「売った機関以外にはいかないよう、最大限の努力はしてるよ」ベクラーは記者の質問に答えた。「だけど、誰かに兵器を売ったら、彼らがほかの機関に売るのを禁じる手立てはない」

ベクラーは自分たちを「透明だ」と主張する。彼に批判的な者は「恥知らずだ」と呼ぶ。そう批判するうちのひとりが、筋金入りのプライバシー活動家のクリス・ソゴイアンである。彼はベクラーを、「サイバー戦争に弾丸」を売り捌く「現代の死の商人」に喩えた。

「ヴペンは、自分たちのエクスプロイトがどう使われているか知らない。知りたくもないんだろう。小切手さえ無事に決済されれば、それでいいんだ」ソゴイアンは記者にそう語っている。

ソゴイアンの指摘を立証したのが、三年後に流出したイタリアのハッキング・チームの内部資料だ。ハッキング・チームは、ヴペンのゼロデイ・エクスプロイトをスパイウェアに埋め込み、スーダンやエチオピアに売り捌いていた。その暴露にメディアが注目したことから、ハッキング・チームとヴペンは詳細な捜査の対象になった。欧州の規制当局は、世界で最もプライバシーに厳しいと称する企業が、サイバー兵器の最大の密売人であるという偽善を見破った。規制当局はまもなく、ハッキング・チームの輸出ライセンスを取り消した。すなわち、ハッキング・チームはイタリアの特別措置なしには、スパイウェアを国外に輸出できない。次に窮地に追い込まれたのはヴペンだった。同じように輸出ライセンスを取り消されると、ベクラーはフランス南部のモンペリエを引き払い、サイバー兵器市場のグローバル拠点であるワシントンDCに本社を移した。不祥事を起こして社名を変更した軍事請負企業のブラックウォーターに倣って、ヴペンも「ゼロディアム」と社名を変更した。洒落たウェブサイトを開設し、異例の動きに出て、ゼロデイ・エクスプロイトの買い取り価格を宣伝するようになった。条件はハッカー側の沈黙だ。

「ゼロデイ・ビジネスの第一ルールは、価格について公にするな、というものです」ベクラーはプレスリリースで述べている。「ですが、我々はこういたしました。我が社では買い取り価格を公表いたします」。ゼロディアムでは、グーグルのクロームブラウザを無効にするエクスプロイトに八万ドル、アンドロイドのエクスプロイトに一〇万ドルを支払うと約束した。アイフォンのエクスプロイトは、最高価格の五〇万ドルだった。ゼロディアムの顧客は急増し、ベクラーの支払いも急増した。二〇一五年、ゼロディアムは金鉱脈には一〇〇万ドルを支払うとツイートした。つまり、遠隔操作でアイフォンをジェイルブレイク（端末のロックを解除して、本来は使えないはずのアプリやソフトウェアを導入・実行できるようにすること。「脱獄」とも）させるエクスプロイトという意味である。一連のゼロデイ・エクスプロイトを使えば、政府機関はアイフォンユーザーを遠隔監視できることになる。二〇二〇年になる頃には、「ワッツアップ」のメッセンジャーとアップルの「アイメッセージ」に、クリックひとつせずにリモートアクセスできるエクスプロイトに、一五〇万ドルを支払うと提示していた。また、アイフォンを遠隔操作でジェイルブレイクさせるエクスプロイトには二〇〇万ドルを、アンドロイドのジェイルブレイクには、アイフォンを上まわる二五〇万ドルの値をつけた。この変化は注目に値する。アップルのエクスプロイトは長年、買い取り価格のトップの座を維持してきた。その価格が逆転したことは、アップルのセキュリティが弱くなりつつある証拠だと言う者もいた。あるいは、アンドロイドはひとつではないという点を指摘する者もいた。アンドロイドは、各メーカーが独自のカスタマイズを施している。そのため、アンドロイドのあるモデルには使えるジェイルブレイクが、ほかのモデルには使えないこともある。つまり、アンドロイドの全デバイスに遠隔操作で攻撃できるジェイルブレイクは、ずっと価値が高いというわけだ。

テクノロジー企業はベクラーを忌み嫌っていた。ハッカーにとって、グーグルの報奨金プログラムよりもいい選択肢があることを、疑いのない事実にしてしまったからだ。重要なバグの持ち込みが減少したために、グーグルはまたしても価格表の変更を余儀なくされた。二〇二〇年になる頃には報奨金の最高額を引き上げ、アンドロイドスマートフォンを完全に遠隔操作でジェイルブレイクさせるエクスプロイトに、一五〇万ドルを設定していた。

それは本格的な軍拡競争だった。

だが、グーグルには世界中のゼロディアムにはない大きな強みがあった。ブローカーは「オメルタ」を要求した。いっぽう、グーグルの報奨金ハンターにはそのような沈黙の掟はなく、自分の手柄を自由に誇ることができ、業界のダークな部分からも逃れられたのだ。

グーグルには、攻撃型エクスプロイト市場で有利な点がもうひとつあった。とはいえ、当時のグーグルは、そのことをあまりよく思っていなかったかもしれない。それは、政府のフリーランスのハッカーが、サイバー兵器市場に敵意を抱き始めていたことだった。

「請負業者は、あからさまに相手を利用しようとしますね」ある夜遅く、バンクーバーのあるクラブで、ひとりのハッカーが私に語り始めた。その夜、キャンセックウエストのハッキングコンテストを終えて、ハッカーやブローカー、請負業者たちはリラックスしていた。ファイブ・アイズとしかエクスプロイトを売買しないブローカーのリンチピンラボのメンバーが、たくさん参加していた。海外の秘密の諜報サービスにエクスプロイトを売却している、カナダの「Arc4dia（アルカディア）」もたくさん出席していた。脆弱性リサーチ研究所（VRL）の元ハッカーや、ベクラーの姿もあった。FBIの捜査官も、その場に溶け込もうと涙ぐましい努力をしていた。そのクラブで、私はひとりのハッカーに紹介された。四〇代後半。「スター・トレック」のカーク船長でお馴染みの俳優、ウィリアム・シャトナーに似ている。彼を仮に〝サイバー・シャトナー〟と呼ぼう。私と彼の共通の知り合いが、私のことを信用できる人間であり、私が彼の本名を明かすことは絶対にない、と請け合ってくれ、私に彼を紹介してくれたのだ。

サイバー・シャトナーは何十年も前から、エクスプロイトを大手防衛関連企業に売ってきた。だが、シャトナーの口を雪崩のようについて出る不満から、彼がこのところ、この業界から足を洗いたがっていることは明らかだった。

「私はレイセオンにエクスプロイトをひとつ三万ドル売ってたんですが、彼らはそれを別の機関に三〇万ドルで転売してたんです」シャトナーが言った。しばらくのあいだ、彼は依頼料を受け取ってレイセオンの仕事をしていた。「でも、自分がまんまと騙されていたことがわかりました」

どんな市場にも馬鹿を見る人間はいる。そしてそれが、つい最近シャトナーの身に起きたことだった。ゼロデイには著作権法がない。エクスプロイトには特許もない。彼が私に打ち明けたところによると、シャトナーは何カ月もかけて、ファイアウォールのエクスプロイトを開発して持ち込んだところ、レイセオンに却下されたという。

「レイセオンは言ったんです。『使えなかった』と。それから一年後、私はあの会社で働く友人から、レイセオンが数カ月のあいだ、私のエクスプロイトを使っていたと聞かされました。私は一セントも受け取ってないんですよ。軍拡競争なんです」シャトナーが続けた。「そして最終的には、私たちみなが恐ろしい目に遭うんです」

シャトナーはその状況を改善しようとしたが、業界からは歓迎されなかった。ある時、防衛関連企業とファイブ・アイズの顧客を集めた、毎年恒例の招待者限定サミットに招かれ、シャトナーはプレゼンテーションを依頼された。彼はその機を捕らえて、健全な方法を提案した。エクスプロイトの「サードパーティ預託システム」である。すなわち、信頼が置け、テクノロジーに通じたサードパーティに、それぞれのエクスプロイトの価値を評価してもらい、公正な価格を決定してもらうのだ。そうすれば、ハッカーはいいカモにされずに済む。市場の不信感も一掃でき、判断や選択の自由も維持できる。シャトナーにとっては完璧なシステムだった。ところが、エクスプロイトを買い上げる請負業者の意見は違った。

「私はもう二度と、招待されなくなりました」シャトナーはひどく悔やんだ。

シャトナーは、安く見積もられただけではない。同じ仕事を、より安い報酬で請け負う外国人に奪われてしまったのだ。連邦規定は、「機密扱いのシステムにおいて、セキュリティ・クリアランス（国家の機密情報にアクセスできる信用資格）を持つアメリカ市民以外は働けない」と明記している。ところが、原材料、すなわち実際のコードとなると、かなり自由な解釈が可能だ。二〇一一年、ある内部告発者が国防総省に、省内で使っているセキュリティソフトウェアは、ロシアが仕掛けたバックドアだらけの代物だと警告した。国防総省は防衛関連最大手「コンピュータ・サイエンシズ・コーポレーション（CSC）」——現在はVRLを傘下に収めている——に、その仕事を、六億一三〇〇万ドルで発注した。省内のシステムのセキュリティを確実にするためである。するとCSCは実際のコーディングを、マサチューセッツ州のソフトウェア企業「ネットクラッカー・テクノロジー」に外注し、ネットクラッカーはさらにモスクワの下請けのプログラマーに丸投げした。だが、なぜそんなことを？　強欲からである。ロシア人プログラマーは、アメリカ人の三分の一のギャラで喜んで働く。その結果、国防総省のセキュリティソフトウェアは、基本的にロシアの「トロイの木馬」となり、国防総省は排除したいはずの敵対者を、莫大な額を支払って招き入れてしまったのだ。

攻撃型エクスプロイトについて見れば、さらに危うい状況だ。もとのエクスプロイトをどこで手に入れたのか、誰も防衛関連企業にわざわざ確かめたりしない。デザウテルスやベクラーのようなブローカーやVRLの従業員は、最高のエクスプロイトが東欧や南米、アジアから手に入りやすいことをあっさり認める。監督している者は誰もおらず、エクスプロイトの出元について誰も知る必要もない。そのため、シャトナーのようなアメリカ人のエクスプロイトの専門家にとって、事態はますます厄介になるばかりだ。

グーグルの報奨金プログラムは、世界中のシャトナーにひとつの選択肢を提供した。グーグルはグレー市場には絶対に勝てないだろう。だが、グーグルはバグに報奨金を支払う。ハッカーはそれらのバグを数カ月もかけて、信頼できるエクスプロイトに兵器化する必要はない。また、誰かが同じバグを見つけてしまうのではないか、バグを横取りされてしまうのではないか、とパラノイアに陥る必要もない。さらには、心の平穏も保てる。それらのツールがどう使われるのか、誰に対して使われるのかを心配する必要がないのだ。

***

グーグルの報奨金プログラムが始まって一年が経った頃、二〇代前半の童顔のオランダ人ハッカーふたりが、ハッキングすべき一〇〇社の企業リストを作成した。そしてそれを「ハック一〇〇」と呼んだ。

ミッシェル・プリンズとジョベール・アブマは、絵のように美しいオランダ北部の町の同じ通りで育った。ふたりは凍てつくような北海の風を嫌い、ハッキングが好きという共通点で強い絆を結んだ。お互いに悪戯《いたずら》を仕掛け合った。ミッシェルは自宅からジョベールのコンピュータを乗っ取り、画面に「ミッシェル参上」と書き残した。対するジョベールは、一八〇メートル離れた自宅からミッシェルのハードドライブを操作不能にした。一六歳を迎える頃には、ふたりの親は彼らに、外に出てそのスキルを使って生きていくように励ました。ふたりは近所の玄関を叩いて、ワイファイのネットワークにセキュリティホールを開けたままの人たちに修正を持ちかけた。もちろん、手数料をとって。まもなく、彼らは企業や政府機関が入るオランダ中の建物に乗り込んで、サービスを売り込み始めた。時にはケーキを手に。オランダ人はケーキが大好きだ。もし企業の経営陣が半時間くれたら、その企業のウェブサイトにセキュリティホールを見つけると約束する。でも、もし見つからなければ、お詫びのしるしにケーキを渡すつもりだった。とはいえ、ふたりからケーキを受け取った者はいなかった。五年間、ふたりはオランダの著名企業にサービスを売り込んで、数千ドルを稼いだ。ところが、それでは飽き足らなくなった。

「相手が変わるだけで、毎回、同じ脆弱性の修正方法を説明していたからね」ジョベールが言った。

二〇一一年、ふたりはメーレン・テルヘッゲンという三〇代のオランダ人起業家と知りあった。テルヘッゲンは出張でオランダを訪れており、普段はシリコンバレーに住んでいた。そしてスタートアップの話や、どこからともなく魔法のように現れるベンチャーキャピタルの資金の話をして、ふたりの若者を楽しませた。ふたりにはシリコンバレーが、セコイアの森と緑したたる山に囲まれた、技術オタクの天国に思えた。スイスみたいなところ。そうでありながら、はつらつとした笑顔のエンジニアがロゴ入りのフーディに身を包んで、ベンチャーキャピタルの集まるサンド・ヒル・ロードで自転車を漕いでいる。テルヘッゲンはふたりをシリコンバレーに招いた。

「スゴいや。二週間後に会いましょう」ふたりは約束した。

その夏、サンフランシスコに着いたふたりは、セコイアの森にちょっと立ち寄っただけだった。国道一〇一号線を車で北へ南へ運転して、フェイスブック、グーグル、アップル本社を訪問し、ほとんどの時間を使ってしまった。二〇一一年、シリコンバレーでは莫大な額の現金が動いていた。まだ上場していないにもかかわらず、フェイスブックは非上場会社として五〇〇億ドルという、空前の評価額を記録していた。ツイッターには依然、ビジネスモデルなどというものはなかったが、評価額は一〇〇億ドルだった。共同購入型クーポンサイトの「グルーポン」は、六〇億ドルの買収提案を断っていた。ふたりのオランダ人は資本化の必要を感じた。シリコンバレーのユニコーンは誰も、セキュリティにあまり関心がないらしい（私はその年、ツイッターのCEOジャック・ドーシーに、ハッカーが、ツイッターと彼の新しいモバイル決済「スクエア」のセキュリティホールを何度も指摘しているが、心配ないのかと訊ねた。「あの連中はあれこれうるさいんだよ」と彼は答えた）。

もしミッシェルとジョベールがドーシーの会社に、いかに簡単にハッキングできるかを実演する機会があれば、「次なるユニコーンの潜在性を秘めているのは、セキュリティのスタートアップだ」と、シリコンバレーのベンチャーキャピタリストを納得させていただろう。ふたりは、シリコンバレーの業績のいい一〇〇社のリストを作成すると、一週間後にはすべての企業をハッキングし終わっていた。どの企業も、平均して一五分しかかからなかった。

彼らが企業の経営陣に警告した時、三分の一は気にも留めなかった。あとの三分の一は礼を述べたが、セキュリティホールは修正しなかった。残りの三分の一は早速、その問題を解決した。誰からも警察に通報されなかったのは、運がよかった。

シェリル・サンドバーグにとって、このようなメールを受け取ったのは初めてだった。二〇一一年のある朝、フェイスブック最高執行責任者（COO）のサンドバーグは受信箱を開いて、「機密取り扱い」というタイトルのメールに気づいた。そのメールには、フェイスブックの重要なバグについて詳しく書いてあった。二〇代のオランダ人が、フェイスブックの全アカウントを乗っ取ることができるというのだ。サンドバーグは即座に行動に移した。メールを印刷すると、その足で製品セキュリティの責任者のもとに向かい、対処するように伝えたのである。

顔にそばかすのある三〇代初めのエンジニア、アレックス・ライスはメールに目を通すと、バグに強い関心を持ち、サンドバーグの行動力にも強く心を動かされた。当時、フェイスブックの競合だったSNSの「マイスペース」は、サイトのバグを指摘したハッカーを積極的に告訴していた。いっぽう、フェイスブック創業者のマーク・ザッカーバーグは、その正反対のアプローチをとった。ザッカーバーグはみずからをハッカーとみなしていたのだ。夜を徹したハッカソンのスポンサーを務め、重大なバグを持ち込んだ相手とわざわざ会い、さらには彼らを採用したことも多い。二〇一二年に新規株式公開（IPO）を申請して、証券取引委員会に必要書類を提出した際には、「株主への手紙」も添えた。それは、まるで世界中のハッカーに宛てた夢見るラブレターを思わせた。

「メディアがハッカーを、コンピュータに不正侵入する人びととして描いたことで、『ハッカー』という言葉には不当に否定的なイメージがあります」ザッカーバーグは続けている。「ですが、ハッキングには本来、何かを素早くつくり上げる、あるいは可能な範囲を試すといった意味しかありません。多くのことと同じように、いい意味でも悪い意味でも使われますが、これまで私が出会ったハッカーはほぼ例外なく、世界にポジティブな影響を与えようとする理想主義者たちでした」

《ニューヨーカー》誌は「ディーパック・チョプラになりたい人向けの、カバーコピーのようだ」と評したが、ザッカーバーグは純粋な気持ちだった（ディーパック・チョプラは医学博士。西洋医学と東洋医学を統合させたウェルネスや、ウェルビーイング分野のベストセラー作家。インド系アメリカ人）。

アレックス・ライスはふたりのオランダ人をバーベキューに誘い、一緒にバグを修正し、この一件を用いて経営陣を説得し、フェイスブック独自のバグ報奨金プログラムに着手した。五〇〇ドルを最低額とし、上限は設けなかった。二年後、フェイスブックは六八七個のバグを報告した約三三〇人のリサーチャーに、一五〇万ドルを支払っていた。そのうちの四一個のバグは、フェイスブックをサイバー犯罪者やスパイの遊び場にしていた可能性があった。二〇一四年には、ライスはふたりのオランダ人の友だちに電話をかけて、サイバー兵器市場をこの先ずっと無効にできる方法はないか、と相談していた。

マイクロソフトがフェイスブックと同じ地点にたどり着くまでには、痛みを伴うあと二年の月日が必要だった。二〇一〇年、オーロラ作戦が世界の国に明らかにしたのは、マイクロソフトのたったひとつのゼロデイ・エクスプロイトを使えば、監視が可能になることだった。その約数カ月後に起きたスタックスネット（第二章、第九章を参照）が明らかにしたのは、マイクロソフトの複数のゼロデイ・エクスプロイトを組み合わせて使えば、破滅的な影響がもたらせることだった。二〇一一年と翌一二年には、スタックスネットから派生したと見られる「ドゥークー」と「フレイム」が発見された。ドゥークーはマイクロソフトワードのエクスプロイトを介して、中東各地のコンピュータを感染させた。いっぽう、フレイムの感染メカニズムはさらに高度だった。アメリカかイスラエル、あるいは双方が協力して、マイクロソフトに対する顧客の信頼を、サイバー戦争の兵器に変えてしまったのだ。彼らがフレイムの拡散に選んだ方法は、ウィンドウズのアップデートメカニズムだった。それが本当に恐ろしいのは、彼らが選んだ方法が、マイクロソフトのソフトウェアを使う九億台のコンピュータに修正パッチを当て、アップデートさせる方法だったことだ。マイクロソフトのアップデートを感染させることは、ハッカーにとっての聖杯であり、マイクロソフトにとっての悪夢である。フレイムを開発したのがほかの国であれば、世界経済、世界中の重要インフラや病院、送電網を停止できたに違いない。

フレイムを発見したのが、ロシアのサイバーセキュリティ企業「カスペルスキー」のリサーチャーだったことは、マイクロソフトにとって大打撃だった。フレイムは、マイクロソフト社内のハッカーを何週間にもわたって本社の作戦本部室に缶詰にした。それはとてつもなく強力なウイルスだった。

二〇メガバイト。通常のマルウェアの二〇倍ものサイズがある。それでいてありふれた場所に潜んでいたため、四年のあいだマイクロソフトの誰もそのウイルスには気づかなかった。やがて、評判の高いセキュリティ・リサーチャーが陰謀論を唱え始め、世間に広まった。マイクロソフトはサイバー戦争に加担したのではないか。さもなければ、ＣＩＡかＮＳＡのスパイがマイクロソフト本社に潜んでいたに違いない。

かつては莫大な数のメッセージが殺到していたものの、二〇一一年に入ると、ハッカーがマイクロソフトに持ち込むバグの報告数が減少し始めた。ハッカーはますます、見つけたバグを自分自身のためにとっておくか、防衛関連企業に売り込むようになった。マイクロソフトに持ち込めば無料だが、防衛関連企業に持ち込めば六桁で買ってくれたからだ。

マイクロソフトでハッカー対応の責任者を務めるケイティ・ムスリスは、その傾向が同社やインターネットにとって、良い前兆ではないことを承知していた。「マイクロソフト」の名刺を持っていても、ケイティはいまでも自分をハッカーと考えている。そして自分の信条をみなにもわかってもらうために、「Don't hate the FINDER. Hate the VULN（発見者を憎まないで。憎むなら脆弱性を）」と書いたＴシャツをつくって着ていた。真っ黒な髪を時々鮮やかなピンクに染め、どう見ても二〇代のハッカーといったところだが、実際は四〇歳をとうに越えている。「ほんとは年を食ってるけど、その割に若く見えるのは、引きこもってばかりだからよ」彼女は私にそう言った。

ケイティが考えるみずからの使命は、世界中のハッカーに魔法をかけてバグを提出してもらい、サイバー兵器の備蓄を激減させることだ。兵器化に使われるバグは、ほかのどの企業よりもマイクロソフトのものが多く、しかもいっそう増えていった。あちこちの国や権威主義体制の国はその兵器を使ってスパイ活動や監視を行ない、ランサムウェアを作成した。スタックスネットについて言えば、このワームはこれまでで最も破壊的なサイバー攻撃を引き起こした。オーロラ作戦もスタックスネットも警鐘を鳴らしたが、被害を被る対象は広がり、何の制限も課されなかった。マイクロソフトがみずからのシステムを閉鎖しない限り、悪者がマイクロソフトのシステムを、大量破壊を狙ったサイバー攻撃のために、あるいは容赦ない権威主義のツールとして利用することは避けられない。しかも、その影響はますます大きくなるばかりなのだ。

ケイティは厄介な仕事を引き受けた。二〇〇七年にマイクロソフトで働くことが決まった時、同社の「協調的な脆弱性の公開（CVD）ポリシー」のオンラインリンクは、もう何年もまともに機能していなかった。まるで警察の九一一に通報したが、ボイスメールが溜まったままのような状態だったのだ。重大なバグがあることを、世界有数のテクノロジー企業に伝える公式の方法もないと知って、ケイティは心底驚いた。生命を脅かしかねないサイバー攻撃を無効化するカギを握っているのは、マイクロソフト内外のハッカーだと考えていたからだ。

ケイティは、ハッカーたちにビールをおごり始めた。それも、たくさんのビールを。大きなハッキングコンテストのあとには、深夜のカラオケ大会にハッカーを誘った。「協調的な脆弱性の公開ポリシー」を、みずから更新した。訴えられるのが怖いから絶対にバグを報告しない、とハッカーがケイティに漏らした時には、そのポリシーを伝えた。ケイティの努力は徐々に報われ始めた。ラスベガスで開催される「デフコン」のステージでウィンドウズのゼロデイを投下する時には、ハッカーはその二、三週間前に連絡をくれるようになった。まもなく脆弱性について、年に二〇万件もの報告がマイクロソフトに入り始める。それらの報告は、同社の製品が悪用されそうな方法について、たくさんのデータをもたらした。そしてまたリサーチャーたちについて、ケイティのチームに貴重な考えをもたらした。やがて担当者は、どのハッカーが時間の無駄で、どのハッカーを丁寧に扱うべきかを学んだ。

なぜなら、後者は重要なゼロデイをすぐにでも持ち込んでくれたからだ。二〇一一年に《ニューヨーク・タイムズ》紙のサイバー班に加わった時、私はよくハッカーに、どのテクノロジー企業に最も親しみを感じるかと訊ねた。「マイクロソフトだね」というのが、ほぼ必ず返ってくる答えだった。「彼らは、あのひどい態度を改めたからだ」そのほとんどが、ビル・ゲイツの「信頼されるコンピューティング」計画（二〇〇三年にゲイツが発表したイニシアチブ）のおかげだが、直接的にはケイティの働きが大きかったのではないだろうか。

二〇一一年にバグの報告が激減し始めるとすぐに、ケイティは深刻な問題に気づいた。ハッカーからよりも、ブローカーからの報告が増えたのだ。この場合、バグはすでにエクスプロイトになっている可能性が高かった。それは反体制派や活動家、ジャーナリストにとって、破壊的なサイバー攻撃の可能性を示す悪いニュースだっただけではない。マイクロソフトにとっても凶報だった。シリコンバレーは熾烈な人材獲得競争の真っただ中だった。マイクロソフトは、ツイッターやフェイスブックといった若いスタートアップが人材を引き抜く肥沃な密猟場所になっていた。バグの持ち込みが減少しただけではない。マイクロソフトは巨大な雇用プールへのアクセスまで絶たれようとしていたのだ。もしこのまま、優秀なセキュリティ人員の獲得競争から脱落してしまえば、危険な領域に陥ってしまう。グーグルとフェイスブックはすでに、報奨金プログラムを展開している。マイクロソフトも参加する時期だと、ケイティにはわかっていた。

報奨金プログラムの開始について、経営陣を説得することは至難の業だった。ひとつには、サイバー兵器市場において、あちこちの政府と互角には戦えないからだ。さらには、報奨金プログラムが歪んだ動機を生み出しかねない、という論理上の問題があった。すなわち、攻撃型の仕事でより多くの報奨金が稼げるのなら、多くの人が防衛型の仕事を疎かにしてしまうのではないか。バグひとつで数千ドルが稼げるのならば、優秀なセキュリティ・エンジニアは、もはや防衛型の仕事を志願しなくなるか、攻撃型の仕事に移ってしまうのではないか。

ケイティは余暇を使ってゲーム理論の勉強を始め、さまざまなインセンティブモデルとそのマイナス面とを理解した。政府の市場とは張り合えないかもしれない。だがケイティは、金額だけがハッカーの動機ではないことも知っていた。そして、ハッカーたちの動機を三つに分類した。「報酬」「承認」そして「知的満足の追求」だ。たとえマイクロソフトが最高額を支払わないとしても、バグの修正が、兵器化や政府への売却以上に魅力的な条件をつくり出せばいい。その考えに、全員が納得するわけではないだろう。カネ目当てのハッカーもいる。政府に売ることは愛国者の務めだ、として正当化する者もいる。だが、世界には一八〇〇万人のソフトウェアプログラマーが存在する。もしこれらのプログラマーを、いま以上に重要な方法で承認すれば、彼らの頭脳を長く活用でき、優れた人材を勧誘できるかもしれない。

二〇一一年、ケイティがCEOのスティーブ・バルマーの法務顧問にそう売り込んだ時、彼らは理解を示したものの、すぐにゴーサインを出す準備はできていなかった。彼らはもっとデータを求めた。それからの二年間、ケイティは自分をカサンドラに重ね合わせた。ギリシャ神話に登場するカサンドラのように、「未来を予知できたものの、データを明示するまでは、誰にも信じてもらえなかった」からだ。二〇一三年になる頃には、ケイティは二年分のデータを集めていた。マイクロソフトへの持ち込みが減った分、バグはサードパーティのブローカーや仲介者の手元に集まっていた。二〇一三年六月、その傾向に歯止めをかけることが急務となった。英国の高級日刊紙《ガーディアン》が初めてスノーデンの内部告発を暴露し、NSAの「プリズム」（NSAが秘密裏に運用していた大量監視・傍受プログラム。インターネット企業のサーバーに接続して、個人情報を常時、監視し、必要に応じて収集していた）について詳しく報じたのだ。掲載されたNSAのスライドには、マイクロソフトをはじめとするテクノロジー企業が、NSAに各企業のサーバーに直接アクセスできるようにしていたという図が描かれていた。プリズムを、テクノロジー企業とNSA、FBI、CIAとの「チームスポーツ」と評した紙面もあった。

スノーデンの暴露のなかでも、それらのスライドが最も痛烈だった。しかも、誤解を招きやすかった。テクノロジー企業は、プリズムの名前など聞いたこともなかったのだ。彼らが、特定の顧客の口座やメタデータを提供するようにという、狭い範囲の裁判所命令に応じたことは事実である。だが、彼らがNSAの協力者であり、顧客のプライベートな通信にリアルタイムでアクセスする権限をNSAに与えていたという報道は、完全な誤解だ。しかしながら、彼らの否定をより複雑にしてしまった事情があった。それは、機密の裁判所命令に彼らが協力するか抵抗したことについて、情報の開示を法的に禁じられていたことである。

マイクロソフトが何年もかけて築いてきた信頼が、消滅の危機にあった。ドイツは、プリズムを旧東ドイツの国家保安省「シュタージ」になぞらえた。そしてそのドイツからブラジル政府まで、マイクロソフトは顧客を失い始めた。海外のユーザーは、データセンターを海外へ移すように要求した。海外であれば——というのは彼らの誤解だが——、自分たちのデータはアメリカ政府の監視の目を逃れられるはずだ、と考えたのだ。アナリストは、アメリカのテクノロジー企業が今後数年にわたって、欧州と南米で売上げの四分の一を失うだろうと試算した。ハッカーは嫌悪感を抱いた。

迅速に動かない限り——PR面だけではなく、中身の伴った行動についても——、インターネットを安全にするための大切な味方を失ってしまうことが、ケイティにはわかっていた。最も持ち込みが減ったのが、インターネットエクスプローラーのバグだと、データの追跡は示していた。当時はまだ市場で最もよく使われていたブラウザだったことを考えれば、そのバグに対する攻撃型市場が存在していたことは明らかだ。インターネットエクスプローラーのエクスプロイトたったひとつで、標的の情報を大量に抜き取ることが可能だ。ユーザーネーム、パスワード、オンラインバンキングの取引情報、キーボード操作、検索履歴、旅行計画。諜報員の欲しい情報が、何から何まですべて窃取されてしまう。

ケイティは行動に出た。マイクロソフトがハッカーに報酬を支払って、正式リリース前のインターネットエクスプローラーとウィンドウズのアップグレード——これもまた政府にとって優先順位の高い標的であることは間違いない——のベータ（プレビュー）版を、徹底的に調べてもらってはどうだろうか。敵対者やテロリスト、反体制派がまだ使っていないソフトウェアの不正利用には、どこの政府も興味がない。もしマイクロソフトがハッカーに依頼して、ベータ版のソフトウェアを精査してもらったら、彼らは闇市場には出入りしないだろう。本当に新しいエクスプロイト技術であれば、マイクロソフトは最低五〇〇ドルから一〇万ドルまで支払える。スティーブ・バルマーのチームは、一カ月間のパイロットプログラムにゴーサインを出し、その年の六月、マイクロソフトはついにスイッチを入れ、インターネットエクスプローラーのバグを持ち込んだハッカーに、報奨金を支払うプログラムに踏み切った。そのプログラムはちょっとした話題になり、最初の報奨金を手にしたのはグーグルのエンジニアだった。だが一カ月間のパイロットプログラムも終わりに近づいた頃、あと一カ月の延長にふさわしい重要なバグを入手した。一一月、バルマーは恒久的なプログラムへの転換を承認した。プログラムが始まって一年が過ぎた頃、バグを持ち込んだハッカーにマイクロソフトが支払った総額は二五万ドルだった。有能なセキュリティ・エンジニアひとりの年俸とほぼ同額である。正式リリース前に、ソフトウェアのセキュリティを万全にできた。数百ものバグが政府の備蓄に収まることを阻止するプロセスを活気づけ、やがて、流れが攻撃型から防衛型へと傾くことをケイティは望んだ。

優秀なセキュリティ・エンジニアの獲得をめぐってグーグル、フェイスブック、マイクロソフトは激しく争ったが、堅牢なインターネット環境の構築に多大な関心を寄せていることは、どこの企業も同じだった。彼らはサイバー脅威の情報を定期的に交換し、大きなハッキング・カンファレンスで顔を合わせ、報奨金戦争について話し合った。二〇一四年頃には、フェイスブックのアレックス・ライス、マイクロソフトのケイティ・ムスリス、三人のオランダ人——起業家のメーレン・テルヘッゲンとミッシェルとジョベール——は、もっと大きなことができないかと頭を搾っていた。最初は何気ない会話だったが、やがて、できるだけ多くの企業が報奨金プログラムに参加できる計画の大筋を描き始めた。報奨金を支払うという考えは、どこの企業の経営陣にとっても心理的ハードルが高い。もしバックエンド業務と支払いを確保でき、信頼の置けるプラットフォームを提供し、それを介してハッカーが業界の幅広い企業とコミュニケーションが図れるとしたら、どうだろうか。そうすれば、企業が個別に報奨金プログラムを実施するより、エクスプロイトの貯蔵量を大きく減らせるはずだ。

二〇一四年四月、アレックス・ライスと三人のオランダ人は、サンフランシスコのマーケット・ストリートを歩いていた。そして、歴史的価値の高いウォーフィールドシアターの入る、改装を施した建物のなかに入ると、エレベータで上階に向かい、広々とした「ベンチマーク・キャピタル」の美しいオフィスに到着した。シリコンバレーでもとりわけ高い競争力を誇るベンチャーキャピタルの五人組を前に、ライスたちは売り込みを始めた。社内にマーケターやPR担当、デザイナーを抱える「アンドリーセン・ホロウィッツ」や「アクセル・パートナーズ」といった有名なVCと違って、ベンチマークは主要メンバーがたった五人という少数精鋭主義で知られる。ベンチマークが大きく資産を増やしたのは、初期にイーベイに投資したあと、ドロップボックス、インスタグラム、ウーバー、イェルプ（クチコミサイト）、ツイッター、ジロー（不動産サイト）に次々と投資したからである。ベンチマークのファンドは、それまでの一〇年間で二二〇億ドル超を――一〇〇〇パーセントの利益を――投資家に還元してきた。しかも彼らは、その快挙をシンプルな方法で成し遂げた。五人は対等なパートナー関係にあり、会社のファンドに対して同等の利害を持つ。より大きな株式持分と重役の椅子を賭けて、初期の資金調達ラウンドに投資する。「セコイア・キャピタル」やアクセル・パートナーズのようにマスコミに取り上げられるVCが、中国やインドに進出したのに対し、ベンチマークは国内の事業に焦点を絞る。アンドリーセン・ホロウィッツのような自己アピールに忙しいシリコンバレーの企業を、彼らはよく思っていない。そのような企業を言い表す言葉もつくった。「パレード・ジャンピング」だ（パレードには「みせびらかし」「宣伝行為」、ジャンピングには「興奮で沸き返る」などの意味がある）。なぜならベンチマークは、本当の功績は日々の業務をこなす起業家自身に帰属すべきだ、と考えるからだ。しかも彼らは、起業家や売り込みに来た相手に厳しいことで有名だ。五人の満場一致でなければ投資は行なわない。ごく稀に、売り込み会議の最中に、五人がちらりと視線を交わすことがある。「決めた。どこにサインすればいい？」の合図だ。バグの報奨金プラットフォーム「ハッカーワン」のチームが、ベンチマークに売り込みをかけたこの日も、五人は視線を交わした。九〇〇〇万ドルだった。

「どこの会社も参加するよ」五人組のひとりで、大学時代はバスケットボール選手として活躍したビル・ガーリーは、私の取材にそう答えた。「参加しない会社は脳死状態だ」

ガーリーはたいてい正しかった。ハッカーワンの説得に応じて、一年のうちに、大手テクノロジー企業――ヤフーや、ジャック・ドーシーのツイッターとスクエアも含む――に加え、まさかと思うような金融機関や石油会社が、ハッカーワンのプラットフォームに参加して、バグを見つけたハッカーに報奨金を支払うようになった。さらに二年ほどのあいだに、GMやトヨタなどの自動車メーカー、ベライゾンやクアルコムなどの電気通信事業者、ルフトハンザなどの航空会社が、携帯電話の基地局、金融機関、車、航空機を、監視とサイバー戦争の兵器に変えてしまう恐れのあるバグを無効化するために、ハッカーと協力していた。二〇一六年になる頃には、ハッカーワンは、常識では考えられないようなプレイヤーと契約を結んでいた。国防総省である。

率直に言って、それにはかなりの荒技が必要だった。二〇一六年に国防長官のアシュトン・カーターが、情報セキュリティの祭典「RSAカンファレンス」で、「ハック・ザ・ペンタゴン（国防総省をハックせよ）」と銘打った報奨金プログラムを発表した時、聴衆から上がったうめき声を私は聞き逃さなかった。私の席から少し離れたところに座っていた男性は、間違いなく罵《ののし》っていた。ハッカーはみな、一九八三年の映画「ウォー・ゲーム」を見ている。マシュー・ブロデリック演じるティーンエイジャーが、うっかり国防総省のコンピュータをハッキングしてしまい、それがもとで第三次世界大戦が勃発しかける。ハッキングがバレて、映画の途中で少年がFBIに拘束されてしまうという筋書きだ。国防総省のコンピュータをハッキングすれば、それ以外に論理的な成り行きはなかっただろう。システムをハッキングされるよう〝実際は国防総省がハッカーたちを招いていた〟ことは、重大ではないようだった。誰も協力したくはなかった。近くの席で罵りの言葉を吐いた男性は、その夜、カクテルを飲みながら、国防総省が打ち出した新しいプログラムに不平を漏らすハッカーたちと同じ心境だったのだろう。そんなプログラムは、ハッカーを追跡する方法をまたも政府に与えてしまうだけではないか。ちょっとパラノイアすぎる、と思うかもしれない。だが、彼らの言い分にも一理あると私は思う。「国防総省をハックせよ」が報奨金を支払うのは、身辺調査をパスしたハッカーだけなのだ。匿名を守りたい者にとっては、理想的なシステムとは言えない。

だがその頃には、政府も何か手を打たなければならないことはわかっていた。米連邦政府人事管理局（OPM）は、連邦政府の職員と契約職員約一〇〇万人分の、取り扱いに注意が必要な機密データを保管している。そのなかには、詳細な個人情報、銀行口座記録、病歴、社会保障番号、さらには指紋までが含まれる。人事管理局は二〇一五年に中国人ハッカーから、米政府機関に対するかつてない規模の攻撃を受けた。被害が明るみに出た時、中国はすでに人事管理局のシステムに一年以上にわたって不正アクセスを続けたあとだった。慎重な取り扱いが求められる機密データを保管しながら、なおかつ脆弱な政府機関を私が調べたところ、〝サイバー版パンデミック〟とでも呼ぶべき状況が浮かび上がった。原子力の安全規制や監督業務を行なう「原子力規制委員会（NRC）」では、重要な核成分に関する情報が、安全対策の疎かなネットワークドライブに放置され、重要なデータの入ったラップトップが何台も行方不明のままだった。「内国歳入庁（IRS）」では、職員がコンピュータに「password」のような弱いパスワードを使用していた。ある報告によれば、七三二九もの脆弱性が発見されたというが、その理由は内国歳入庁がソフトウェアの修正パッチすらインストールしていなかったからだ。「教育省（USDE）」では、学生ローンの申し込み者、数百万人分の個人データを保管しているというのに、感染したコンピュータを審査官がネットワークに接続しても、誰も何も気づかなかった。証券取引委員会（SEC）は何カ月ものあいだ、ネットワークの重要な部分を守るファイアウォールも、侵入防止ソフトウェアもインストールしていなかった。

ところが一年半が過ぎ、私も多くの人も驚いたことに、国防総省の報奨金プログラムは実際に軌道に乗った。プログラムに登録したハッカーの数は一四〇〇人以上。国防総省の予想を三倍も上まわる数字だった。しかも一〇〇ドルから一万五〇〇〇ドルの範囲で、すでに計七万五〇〇〇ドルの報奨金を支払っていた。国防総省のプログラムは、NSAやほかの政府機関が支払う額にはとても張り合えなかったが、金額だけの問題ではなかった。そして、もはやハッカーワンだけではなかった。国防総省はハッカーワンの競合である「バグクラウド」や、NSAの元ハッカーが創設した「シナック」とも契約を結んだのだ。シナックでは、クラウドソーシングで募集し、厳しい審査をパスした世界中のハッカーがペネトレーション・テストを実施していた。共同創業者のジェイ・カプランは私に、国防総省のプログラムは単なるお役所的な「やってますアピール」ではなく、「本物だ」と請け合った。アーリントンまで飛んで自分の目で確かめてみればいい、という彼の言葉に私は従ってみる気になった。

二〇一八年四月にバージニア州アーリントンを訪れた時、私は妊娠八カ月だった。もう何週間も、自分のつま先を見たことがなかった。そして、国防総省があれほど……広いとは思ってもいなかった。新たな組織「防衛デジタルサービス（DDS）」の入った小さなオフィスと、空軍省とのあいだを、数キロメートルもあるように感じながら、私はよたよたと行ったり来たりした。国防総省において、TAOとDDSは服装規定のない数少ない組織である。カーター国防長官はDDSを設置して、ハッカーやシリコンバレーの優れた人材に一年間出向してもらった。現状を変え、報奨金プログラムを監督してもらうためである。

「脆弱性について私たちに指摘する必要はない、と思ってもらうために、積極的に活動してきました」DDSのフーディ姿の責任者クリス・リンチは私に言った。「いまは『メイク・アメリカ・セーフ・アゲイン（アメリカを再び安全な国に）』の時です」

テック系のスタートアップをいくつも立ち上げてきた起業家のリンチは、率直な人間であり、時には下品な言葉も使う。よくカーター国防長官の脇にいて、DDSでの自分の使命は「クソ仕事をとっとと終わらせる」ことだと言った。リンチに強く促され、国防総省は報奨金プログラムをウェブサイトに限定せず、機密システムへと拡充させた。F15戦闘機の「信頼できる航空機情報ダウンロード・ステーション（TADS）」もそのひとつだ。TADSは、F15戦闘機の飛行中にビデオカメラやセンサーを介してデータを収集する。シナックのハッカーは、TADSに重大なゼロデイをいくつも発見した。もしエクスプロイトが作成されていれば、完全に乗っ取られていたかもしれない。シナックは、戦闘機が利用する国防総省のファイル転送メカニズムにも重大なゼロデイを見つけた。これは、国防総省のネットワーク間と機密のネットワーク間において、極めて重要な情報を転送するシステムである。国防総省はすでに、政府の別の請負業者によるペネトレーション・テストを受けていたが、シナックのハッカーは国防総省の機密のネットワークに四時間もしないうちに不正侵入してしまった。「ゼロデイ・エクスプロイトというゲームは、大変なものだ」空軍中将のブラッドフォード・J・シュウェドが私に言った。いまではそれが、非常に控えめな発言だったことがわかっている。「ゲーム当日にゼロデイについて何か発見しようと待っていると、とっくにひどい目に遭わされている。世界の流れから切り離されていると、未来の戦闘では戦えない。サイバー戦争では、常にスパイ対スパイだ」

国防総省という巨大な官僚機構において、ひとつの機関がハッカーにカネを支払ってセキュリティホールに修正パッチを当て、別の機関がハッカーにそれ以上のカネを支払って、世界のセキュリティホールを大きく開けたままにしている。

思い出すのは、元NSA副長官のクリス・イングリスが語った言葉だ。「もしサッカーと同じ方式でサイバーの得点をカウントするなら、試合開始後二〇分で、四六二対四五二といったところだ。言い換えれば、攻撃ばかりで防衛はなし」

半年後、国防総省は報奨金プログラムに大金を投じると決定した。だが、攻撃に当てた額と比べて、三四〇〇万ドルというわずかな額にすぎない。それでも、いつかは得点を下げることができるのかもしれない。

NSAの手書きのスマイリーフェイスがなければ、あれほどひどく世間から叩かれずに済んだのかもしれない。

第一六章：ゴーイング・ダーク――カリフォルニア州シリコンバレー

二〇一三年夏のあいだ、大量監視プログラム「プリズム」（第一五章を参照）の思わぬ余波にシリコンバレーは四苦八苦していた。スノーデンの暴露は複雑に絡み合い、憶測を呼び、テクノロジー企業はひっきりなしにかかってくる電話の対応に追われた。記者や怒りに燃える消費者は、名指しされた企業がNSAと共謀したとして激しく非難した。ところが、同じ年の一〇月に《ワシントン・ポスト》紙が新たに報じたスノーデンの暴露は、これまでのなかでも特に痛烈だった。諜報機関が企業のフロントエンドのデータ――裁判所の令状によって得られる顧客データ――だけでなく、さらに多くの情報をバックエンドから得ていたことを、NSAの機密のスライドが示していたのだ。

二〇一三年一〇月にスノーデンによる暴露が明らかにしたのは、テクノロジー企業のまったく知らないうちに、あるいは協力なしに、NSAと英国のGCHQが、インターネットの海底光ファイバーケーブルとスイッチから、企業のデータを吸い上げていたことだった。これは、NSAの隠語で「アップストリーム」収集と呼ばれ、プリズムのような「ダウンストリーム」収集とは区別される（インターネットなどのコンピュータ・ネットワークでは、アップストリーム（上流）は通信事業者の基地局や基幹回線網へ向けて流れるデータを、いっぽうのダウンストリーム（下流）はネットワークの末端、つまりユーザーの端末へ向けて流れるデータを指す）。「ダウンストリーム」収集の場合、諜報機関は機密の裁判所命令を通じて企業に顧客データを要求する。NSAの最高機密のスライドが示していたのは――ヤフー、マイクロソフト、フェイスブック、グーグルの知らないうちに――、NSAがたった一日で、ヤフーメールから四四万四七四三件、ホットメール（マイクロソフト）から一〇万五〇六八件、フェイスブックから八万二八五七件、Gメールから三万三六九七件、そのほかのプロバイダーから二万二八八一件のアドレス帳を収集していたことだった。

それで終わりではなかった。スライドが明らかにしたのは、NSAとGCHQがグーグルとヤフー内部のデータセンターを直接ハッキングし、「暗号化されてオープンウェブに送られる前」の顧客データを窃取していたことだ。いわゆる中間者攻撃（第一九章を参照）である。NSAとGCHQが、この攻撃につけたコードネームはマスキュラー（「筋肉の発達した」「馬力のある」などの意味）。あるレベルで見れば、企業は自分たちが積極的に加担していないことを説明しやすかった。

「あの記事がカギとなって、何が起きていたのか、ついに理解できました」当時、マイクロソフトの最高法務責任者（CLO）だったブラッド・スミスは、《ワイアード》誌に語っている。「NSAが膨大な量のデータを有しているという報道を読んできました。我々も同じ業界のほかの企業も、ごく限られたデータを提供してきたと思っていました。今回のことは承服しがたく、あの暴露は極めて論理的な説明でした」

別のレベルで見れば、今回の記事はテクノロジー企業とアメリカ政府とのあいだで、本格的な暗号戦争に火をつけたことになる。一〇月の暴露には、大きな黄色のポストイットに、NSAの分析官が手書きした図も含まれていた。その図は、ＮＳＡとＧＣＨＱがグーグルのデータに不正アクセスする最適な場所《スイートスポット》を指し示していた。まだ暗号化されておらず、「スクランブルがかけられてオンラインに乗る前」のデータである。ポストイットの左右にはそれぞれ雲のかたちが描かれ、右の雲には「グーグル・クラウド」、左の雲には「パブリック・インターネット」とある。ＮＳＡの分析官は、双方の雲の真ん中に矢印をつけ、にっこり笑った小さなスマイリーフェイスを描いていた。この勝ち誇った「いただき！」の顔文字を見た企業は、本格的な戦闘態勢に入った。

その機密のスマイリーフェイスがなければ、シリコンバレーもそのスライドを、単にグーグルのデータセンターからオープンウェブへと、データを移動する方法を示した図にすぎない、として片づけていたかもしれない。だが分析官の手書きの勝ち誇った顔文字は、ＮＳＡとＧＣＨＱがすでにその攻撃を実行していることを表していた。海外の顧客、活動家、プライバシーを強く懸念する人びとに与えた影響は絶望的だった。政府が企業に出すデータ収集の機密命令に、シリコンバレーの法務責任者たちが抵抗しようとどうしようと関係ない。手書きの図が明らかにしたように、ＮＳＡはあらゆる情報を、お構いなしに抜き取っていたのだ。

グーグルは顧客のデータを、世界中のグーグル・フロントエンド・サーバー――Google front-end servers。手書きの図には「ＧＦＥ」と描かれていた――のあいだで伝送していた。スピードのためであり、セキュリティのためでもある。バングラデシュのＧメールユーザーは、グーグルドキュメントを開くために、わざわざシリコンバレーから、データが地球を半周してくるのを待つ必要はない。どこかの自然災害や局地的な停電のせいで、ユーザーデータが人質にとられる心配もない。フロントエンド・サーバーはまた、ＤｏＳ攻撃（第一四章のＤＤｏＳ攻撃と同じ「サービス拒否攻撃」。ＤＤｏＳ攻撃では攻撃拠点のコンピュータは複数だが、ＤｏＳ攻撃の場合はひとつ）を検知して、阻止するセキュリティメカニズムでもある。グーグルのユーザーデータが、フロントエンド・サーバーからオープンインターネットへと移動する際には暗号化されるが、グーグルのデータセンター間ではわざわざ暗号化されない。データセンター間の暗号化はまだ先の計画だ、とグーグルは言う。スノーデンが暴露するまで、その暗号化は不必要で資金のかかる計画のように思われていた。

そして、NSAのハッカーはその構造に乗じた。グーグルのサーバーをハッキングし、全Gメールの受信箱やメッセージ、グーグルマップの検索、ロケーション履歴、カレンダー、連絡先などテキスト形式のデータにいつでもアクセスできた。この優れたデジタルスパイ技術は、大量監視プログラムのプリズムを——そして、世界中のデータを吸い上げるために採用しているNSAのすべての手段を——無用に思わせるほどだった。

グーグルも公式には「激怒している」という言葉を使った。エリック・シュミットは《ウォールストリート・ジャーナル》紙に、NSAは少数の邪悪な人間を見つけるために、「アメリカの全市民のプライバシーを侵害して」いると語った。だが裏では、グーグルのセキュリティ・エンジニアはもっと率直だった。個人のグーグルプラスのページに「ヤツらをファ＊クしろ」と書き込んだのは、セキュリティ・エンジニアのブランドン・ダウニーである。彼をはじめ、グーグルの数百人のエンジニアはこの三年間、グーグルの顧客を中国のハッカーから必死で守ってきたというのに、ふと気がついたらまんまと自国の政府に騙されていたのである。シリコンバレーのエンジニアの考えを知る窓として、ダウニーがお約束のように引き合いに出したのは、J・R・R・トールキン原作の映画「ロード・オブ・ザ・リング」だった。「冥王サウロンと戦ってひとつの指輪を破壊して家に戻ると、ホビット庄のフロントポーチでNSAがパーティツリーを切り倒し、ハーフオークと鞭を使ってホビットを農奴として差し出してた、みたいなものだ」ダウニーは続けた。「アメリカは、こんなやり方をすべきじゃない」

チューリヒのグーグルでは、英国人エンジニアのマイク・ハーンが、ダウニーと同じ意見だった。「あのスライドをつくったヤツらに、大きな『ファ＊ク・ユー』をお見舞いだ」

「あのシステムを迂回することは、正当な理由で違法である」とハーンは書いている。「業界規模ではびこる司法手続きの破壊行為について、判事の前に立って釈明する者は、GCHQにもNSAにもいないだろう」ハーンは続ける。そうであれば、「僕たちはインターネットエンジニアが常に行なってきたことをするまでだ。より堅牢なソフトウェアをつくるのだ」


「悪気はないんだが、彼らの仕事を難しくすることが私の仕事でね」六カ月後、グーグルのエリック・グロースは私に言った。グーグルプレックス（グーグル本社の愛称）のなかに座っていた時、私は彼の背後にある大きな棒にすぐに気づいた。杖だよ、とグロースが言った。スマイリーフェイスのスライドが暴露されてからほどなくして、部下のエンジニアから渡された杖だった。「ロード・オブ・ザ・リング」に登場する、魔法使いのガンダルフが振り上げた杖というわけだ。悪鬼のバルログと対決する場面で、ガンダルフは渾身の力を込めて叫ぶ。「お前を通すわけにはいかぬ！」。グロースはいまや、シリコンバレーのガンダルフだった。グーグルのフロントエンド・サーバーである石橋のうえに立ち、世界の諜報機関に向かって、グーグルのデータセンターに通すくらいなら、みずから死を選ぶと言わんばかりだった。

この半年間というもの、グロースとそのチームは、NSAが巧みに利用してきた裂け目を片っ端から塞いできた。グロースは、データセンター間の暗号化されていないリンクを「鎧《よろい》の最後の隙間」と呼び、グーグルのデータを内部で暗号化していた。ほかの企業もグーグルの動きに倣い、「パーフェクト・フォーワード・セキュリティ（PFS）」と呼ばれる、より強力な暗号化に移行した。これを使えば、NSAにとってデータの解読がはるかに困難になる。グーグルはまた、世界の海底に自前の光ファイバーケーブルを敷設し、海底での情報窃取に警報を鳴らすセンサーを取りつけていた。

「最初は、高度な犯罪者との軍拡競争だった」二〇一四年春、私と同僚のデイヴィッド・サンガーの取材に応えて、グロースが言った。「次に巻き込まれたのは、中国との軍拡競争だった。そしていまは、アメリカ政府との軍拡競争のさなかにいる。私は純粋に防衛側の役に立ちたい。だけど、信号傍受はまったく考えていない」

リストのすべてにチェックマークを入れたあと、グーグルはメールのユーザーフレンドリーな暗号化ツールを新しくリリースした。コードには、ウインクしたスマイリーフェイスが埋め込んであった

;-)。

それでも暗号化は、ゼロデイを有する国家からユーザーを守るうえで、あまり役には立たなかった。それがゼロデイの強みだ。優れたゼロデイは世界の暗号化をものともせず、標的のデバイスに不正侵入して、何もかもテキスト形式のデータにアクセスする。エンドポイントのハッキングにはより時間がかかり、しかも大規模で行なうことはより難しい。だがスノーデンが言ったように、それこそが最初から、彼が機密情報を暴露した目的だった。スノーデンの願いは、自分のリークによって政府が大規模監視を諦め、もっと標的を絞った、憲法に則った機密情報収集のかたちへと移行することだった。

バグの報奨金プログラムは、見つけやすいバグを排除し、国家がプラットフォームをハッキングするのが難しくなるものの、私が取材した政府の分析官の話では、その効果は微々たるものだという。そこで二〇一四年、グーグルのエンジニアが集まり、次のレベルへと進むことに決めた。真剣な眼差

しと角張った顎が印象的な英国人のセキュリティ・エンジニア、クリス・エヴァンズは、グーグルの努力だけでは充分でないことに気づいた。グーグル・クロームのように、ユーザー数の多い製品のセキュリティはいまだに、サードパーティ——アドビ・フラッシュのコード、ウイルス対策ソフト、あるいはウィンドウズやマック、リナックスのOSの要素など——のセキュリティに左右される。攻撃者はいつもいちばん弱いポイントを狙う。もしグーグルがほかのシステムの欠陥に取り組まないなら、グーグルが何をしようと、努力は水の泡になってしまう。エヴァンズはセキュリティを個人的な問題として受け取った。彼は穏やかな人間だが、アドビ・フラッシュのゼロデイが、シリア市民や自由の闘士の追跡に使われていると知って、激しい怒りに震えた。オーロラ作戦以降に新しく発見されたアドビ・フラッシュのゼロデイをスプレッドシートに記し、そのゼロデイがシリア市民、反体制派、航空宇宙産業に使われるたびにチェックした。修正パッチを施そうとせず、ユーザーを危険に曝す企業には容赦なかった。「許せないんだ」彼は私にそう吐露した。

世界のサイバー兵器市場に対抗するため、エヴァンズはグーグルのなかで、精鋭ハッカーの協力をひそかに求めるようになった。二〇一四年八月、エヴァンズはタホ湖近くの山小屋に選り抜きのハッカーを集めて、単純な問いを投げかけた。「ゼロデイを利用しにくくするために、僕たちに何ができるだろうか」すべての脆弱性は同じではない。特別に大きな被害をもたらす脆弱性もある。報奨金プログラムは業界を正しい方向へと導く一歩だが、戦略的な考えの下に展開されているわけではない。もしグーグルがチームを動員して、標的を戦略的に決めて、その標的に焦点を絞ったらどうだろうか。たとえば、圧政的な国家が自国民のハッキングのために使うアドビ・フラッシュ。ウイルス対策ソフトウェア。スマートフォンやラップトップ、データセンター、スーパーコンピュータ、インターネットを動かすJavaのコード。ゼロディアムやNSOなどのブローカーがいま莫大な額を支払っている、アイフォンやアンドロイドのジェイルブレイクには、複数のゼロデイ・エクスプロイトが必要だ。もし、そのうちのひとつの欠陥でも無効化できれば、侵入ツールのスパイたちに空腹を味わわせるか、少なくとも数カ月、うまくいけば数年は、彼らの動きを後退させられる。ゼロデイの買い取り価格は上昇し、驚くほど多くの攻撃型リサーチャーが地下に潜ったままだ。そうであれば、リサーチの結果を明らかにしたらどうだろうか。バグのあるところには、別のバグが隠れている。もし自分たちがリサーチの結果を公表すれば、防衛型リサーチャーを刺激して、彼らが残りのバグを見つけてくれるかもしれない。そんなことは前にもあった。というわけで、その週末が終わる頃には彼らの使命には名前がついていた。「プロジェクト・ゼロ」。目的は、重要なバグの数をゼロにすることである。

　プロジェクト・ゼロが当初、採用したメンバーのひとりは、ベン・ホークス。ニュージーランド出身の筋骨たくましいラグビー選手だ。専門は、アドビ・フラッシュとマイクロソフトのゼロデイである。ふたり目はタヴィス・オーマンディ。世界で最も多くのバグを発見したことで知られる英国人リサーチャーである。三人目が、第一二章にも登場したジオホット（ジョージ・ホッツ）。ソニー「プレイステーション３」のネットワークのセキュリティを破り、初代アイフォンのジェイルブレイクに成功した才気溢れるハッカーだ。あちこちの法の執行機関が、よだれが出るほどスカウトしたがっている人材でもある。四人目は、英国人リサーチャーのイアン・ビア。アップルのiOSエクスプロイトを十数個も無効化した。そのなかには、中国人ハッカーがウイグル族を監視するために使っていたエクスプロイトも含まれる。闇市場なら数千万ドルの値がついたに違いない。プロジェクト・ゼロが発足すると、彼らはすぐにアップルのサファリに重大なゼロデイを発見した。極めて評判の高いセキュリティ製品にも設計上の欠陥を見つけ出した。そしてまた、ウィンドウズが完全に乗っ取られてしまうようなマイクロソフトのゼロデイも見つけ出している。彼らの働きは称賛だけでなく軽蔑も喚起した。とりわけマイクロソフトは、修正パッチを施す前にバグを公開したとして、彼らを非難した。プロジェクト・ゼロチームは、ベンダーに九〇日の猶予を与えた。その期間を過ぎても修正パッチが配布されない場合には、オンラインでバグの存在を公表した。チームの目標のひとつは、ベンダーの尻に火をつけることだった。

彼らはまた、スパイの仕事を手助けしている可能性があるとして批判を浴びた。ベンダーの言い分によれば、彼らがゼロデイの発見を、とりわけ修正パッチが配布されていない段階で世間に公表することで、世界中のNSOのようなスパイウェアの開発企業がその時間差を悪用できてしまう、というわけだ。データから明らかなのは、欠陥が悪用されるピークは公表の直後――デイゼロ――であり、いっぽうのベンダーはその日から大急ぎでパッチを配布し、顧客はインストールしようとする。あるエクスプロイト開発者は、NSOグループは「プロジェクト・ゼロの〝商業部門〟」だ、と皮肉まじりに呼んでいる。だが、プロジェクト・ゼロチームを黙らせたところで、セキュリティを長期的に改善する役には立たなかった。

プロジェクト・ゼロが、発見したゼロデイを公表する利益はほかにもあった。懐疑的な、それも特にグーグルがNSAの監視に加担していたことを疑っていた顧客や政府に向けて、我々はセキュリティに真剣に取り組んでいます、というメッセージを送ったのだ。また、世界でもトップクラスのエクスプロイト開発者を、防衛サイドに誘い込むこともできた。ベン・ホークスが最初の頃に勧誘したうちのひとりに、二一歳の韓国人ハッカーがいた。ロキハルト（Lokihardt）ことリ・ジョンフンだ。二〇一五年にバンクーバーで開かれたPwn2Own（ポウンツーオウン）ハッキングコンテストで、エクスプロイト・ブローカーとグーグルの注目を一身に浴びたハッカーである。ボディガードや通訳、帽子とサングラス姿のハッカーに囲まれ、ロキハルトはクローム、サファリ、マイクロソフトウィンドウズの最新ソフトウェアを、ものの数分でハッキングしてしまった。私は、ゼロディアムのベクラーがよだれを垂らすのを見た。数カ月後、ロキハルトはプロジェクト・ゼロに参加し、ベクラーの会社が最高額を支払ったバグを無効化した。ベクラーはその年のカンファレンスで、ロキハルトはここ数年で最強のハッカーだと私に漏らした。そのふたりはいま、互いに正反対の目的に取り組んでいる。

それからの数年間、プロジェクト・ゼロは、重大なバグを一六〇〇個以上も発見した。そのなかには、世界で最も頻繁に標的にされたソフトウェアやセキュリティツールだけでなく、世界中のほぼすべてのコンピュータに入っている、インテルのチップの欠陥も含まれていた。プロジェクト・ゼロのチームが、あらゆる種類のバグを排除したために、スパイ活動はひどく困難なものになってしまった。「諜報員たちはわざわざ近づいてきて、文句を言ったりしない。『俺のゼロデイをよくも亡き者にしてくれたな！』」グロースは私に言った。だが、こうもつけ加えた。「聞いた話では、私たちは彼らの仕事をすごく難しくしてしまったようだ。私はそれで満足だけどね」

アップルのCEOティム・クックのもとに、世界中から手紙が殺到していた。ブラジル、中国、あるいは彼の生まれ故郷のアラバマ州からも。二〇一三〜一四年に、ドイツからクック宛てに届いた手紙は、彼がアップルに入社して一七年のあいだに受け取った手紙の数よりも多かった。手紙に書かれていたのは、芝居がかった感情的な言葉ではなかった。そこには、心からの叫びが綴られていたのだ。旧東ドイツの人たちは秘密警察の監視を体験してきた。「破壊分子」を根絶するために、職場、大学、公共の場ではどこでも、兵士、分析官、小さなカメラによって監視され、マイクロフォンによって盗聴されていた。建国から六五年が経ったいまでも、東独の過去の恐怖がありありと甦った。

「これは我々の歴史です」クック宛ての手紙にはそうあった。「私たちにとって、プライバシーはとても重要なものなんです。おわかりですか」

クックは私生活を明かさないことで知られる。保守的なアラバマ州で少年時代を過ごし、同性愛者であることを二〇一四年まで、スノーデン事件の翌年まで明かさなかった。クックにとって忘れられないアラバマでの記憶がある。それは、クックの近所に住んでいたアフリカ系アメリカ人家族の庭先で、クー・クラックス・クラン（KKK）が人種差別的な言葉を浴びせながら、十字架を燃やしていた光景だ。クックは大声で止めろと叫んだ。KKKのひとりが白いフードをとると、それは地元の教会の助祭だった。クックにとって人権は緊急に取り組むべき問題であり、彼はスノーデンの暴露を彼に対する個人的な侮辱と捉えた。クックも同意するように、プライバシーほど重要なものはない。シリコンバレーの新たな企業やスタートアップが、プライバシーを少しずつ、じわじわと蝕んでいくのを目の当たりにして、ジョージ・オーウェルの世界を思わせる恐ろしい未来を懸念した。アップルは、シリコンバレーのちょっとした赤毛の継子《ままこ》だ。販売しているのはスマートフォン、タブレット、時計、コンピュータなどのモノであって、データではない。アップルは、購買履歴や検索履歴を追跡するか、ターゲティング広告でカネを儲けているわけではない。クックはその年、何度か私たちの取材に応じて、こう教えてくれた。自分がアップルで最も価値を置いているのは、まさにそこなんだ。だからこそ、手紙はひどく堪《こた》えたんだよ。

オバマ大統領が、AT&TのCEOランドール・スティーブンソンや、インターネットの先駆者ヴィントン・サーフ、人権活動家たちとともにティム・クックをホワイトハウスに招いて、二〇一三年八月のスノーデン事件の影響について議論した時、クックは手紙を持参した。テクノロジー企業は顧客データを暗号化するという長年の計画をすでに加速させており、ワシントンDC——特にFBI——は、事態が「ゴーイング・ダーク」（第一三章を参照）から、さらに「ゴーイング・ブラインド」

になって、何も見えなくなってしまうことを恐れた。

この密室の会議で、オバマ大統領は〝プライバシーと国家安全保障とのバランスのとれたアプローチ〟の重要性を説いた。クックは熱心に聞いていたが、意見を求められると、海外の顧客からアップルに届いた手紙の内容を語った。海外のユーザーは、アメリカのテクノロジー企業に深い懐疑心を抱いています。クックはオバマ大統領に訴えた。アメリカは人権においてかつての尊厳を失ってしまいました。その輝きを取り戻すためには、数十年の月日が必要かもしれません。クックの考えでは、何もかも監視対象にすることは人権の悪夢であり、ビジネスに不利に働くことは言うまでもない。人びとは基本的なプライバシーの権利を持ち、もしアメリカの企業がその権利を守らないのであれば、誰もアメリカとのビジネスは望まないでしょう。クックは政府に伝えた。アップルは何もかも暗号化するつもりです。

一年後の二〇一四年九月、クックはクパチーノでステージに立っていた。「アイフォン史上最大の進化」を謳う、ポスト・スノーデン時代のスマートフォン「アイフォン６」の新製品発表イベントである。今後、アップルはメッセージも通話記録も写真も連絡先も何もかも、複雑な数理アルゴリズムを使って自動的に暗号化する。このアルゴリズムにはユーザーが決めた固有のパスコードを使い、デバイスのより大きな鍵を取り出す。アップルは今後、顧客データにアクセスするスペアの暗号鍵を保有しない。唯一のペアをユーザーに渡す。もし政府が顧客データにアクセスしたい場合には、顧客に直接頼まなければならない。

以前なら、もし政府がアイフォンのロックを解除するためにアップルの助けを必要とした時には、実際にクパチーノのアップル本社まで飛んで、「機密情報隔離施設（ＳＣＩＦ）」に持ち込み、信頼のおけるエンジニアにロック解除してもらわなければならなかった。クパチーノまで遠路はるばる出向いたところ、滑稽な展開が待ち受けていたこともある。こんなことがあった。ある海外の政府がアイフォンをチャーター機で運び、クパチーノに到着してアップルの施設にたどり着き、エンジニアにロック解除を依頼したまではよかったが、結局、そのエンジニアに「このアイフォンの所有者は、わざわざパスコードを設定していませんでした」と告げられてしまったのだ。いまアップルは各国政府に、クパチーノまでお越しいただくには及びません、と伝えていた。アップルはアイフォンのロックを、たとえ解除したくてもできなかったからである。

暗証番号を推測するか、「総当たり攻撃」（暗号の解読やパスワードの割り出しにおいて、考え得るパターンを片っ端から入力する方法）を試しても、役に立たなかった。新たなiOSは特別なセキュリティが施してあるため、もし誰かが間違ったパスコードを一〇回続けて入力すると、アイフォン内のデータが消去されてしまったからだ。

私はアップルのエンジニアに、この展開を予想していたかと訊ねた。「ひとつだけ驚いたのは」彼らは答えた。「僕たちの決定に政府が驚いたことだよ。僕たちにとってはずっと使命だったというのに」

ＦＢＩは激怒した。海外の通信を傍受するために電話のハッキングに使えるツールが、ＮＳＡやＣＩＡと比べて、ＦＢＩは格段に少ないのだ。それがＦＢＩと諜報機関とのあいだで常に緊張を生んできた。諜報機関はずば抜けた才能とツールを有している。しかも、アップルが最新鋭の暗号化を本格的に展開したタイミングで、新たなテロの脅威が浮上した。ＩＳＩＳは母体といわれるアルカイダをすぐに凌ぎ、聖戦（ジハード）を呼びかける世界的に重要なグループとなり、暴力や残忍な行為に及んだ。勢力を延ばし、戦士を勧誘した。ＩＳＩＳは次第に暗号化されたアプリに逃げ込み、ソーシャルメディアを活用してテロ攻撃を計画し、欧州大陸や英国、アメリカの支持者を勧誘し始めたのだ。

それからの数週間、ＦＢＩのジェームズ・コミー長官は「ゴーイング・ダーク」ツアーに乗り出した。

「この国では法の適用を免れる者はいません」アップルの新製品発表イベントの一週間後、コミー長官はＦＢＩ本部で開かれた記者会見で語った。「たとえ児童誘拐事件であっても、裁判所命令があっても、二度と開かないクローゼットのような製品を市場に投入するという考えは、私には筋の通る話ではありません」

コミー長官はドキュメンタリー番組「60ミニッツ」に出演した。ブルッキングス研究所で一時間、聴衆を前に「ポスト・スノーデンの振り子」が「極端に振れすぎた」結果、アップルの新たな暗号化が「私たちを極めて暗い場所へと連れていく恐れ」について語った。

コミーの主張は、二〇年前にホワイトハウスが展開した議論と基本的に何ら変わっていなかった。フィル・ジマーマンというプログラマーが、端末間の暗号化ソフトウェアを一般ユーザーに無料で配布したあとのことだ。ジマーマンの「プリティ・グッド・プライバシー（ＰＧＰ）」ソフトウェアによって、端末間の暗号化を使った通信が非常に簡単になった。スクランブルをかけたメッセージを、送信者と受信者のみが解読できる方法である。ＰＧＰによって監視活動が不可能になる事態を恐れ、当時のクリントン政権は、法の執行機関と治安当局がバックドアとして使える「クリッパーチップ」の使用を提案した。ところがクリッパーチップは、思わぬ政治的同志から反発を招いた。そのなかには、ミズーリ州選出の共和党議員ジョン・アシュクロフト、マサチューセッツ州選出の民主党議員ジョン・ケリー、テレビ伝道師のパット・ロバートソン、シリコンバレーの経営陣、そしてアメリカ自由人権協会（ACLU）も名を連ねた。彼らは揃って、クリッパーチップが米国憲法修正第四条（不合理な捜索・押収・抑留の禁止）だけでなく、世界に誇るアメリカの技術的優位を無効にしてしまうと訴えた。一九九六年、ホワイトハウスはその訴えを受け入れた。

暗号化手法が新たに開発されるたびに、大きな懸念を引き起こした。二〇一一年にジマーマンが「Zfone」を公表した時、NSAの分析官がそのニュースを伝えるために送付したメールの件名は、「ロクなことはない」だった。Zfoneはたいした成功を収めなかった。だが、アップルの新しいアイフォンとiOSのソフトウェアは、基本的にポスト・スノーデン時代のZfoneであり、政府はさらに指数関数的にデータを失うことになった。二〇一四年後半、FBIと司法省は法廷でアップルと対決する準備を進めた。あとは、適切な事件の発生を待つだけだった。

そして一年後、アサルトライフルと半自動小銃で武装した、サイード・リズワン・ファルークと妻のタシュフィーン・マリクが、カリフォルニア州サンバーナディーノ郡の保健局で開かれた職場のホリデーパーティで銃を乱射し、一四人の犠牲者と二二人の負傷者を出して、現場から逃走するという銃乱射事件が起きた。四時間後に銃撃戦でファルークとマリクが射殺された時、残されたのは、不発に終わった三つのパイプ爆弾と、マリクがISISへの忠誠を誓ったフェイスブックの投稿、そしてロックされたファルークのアイフォンだった。FBIのコミー長官は、ついにアップルと対決する絶好の機会を見つけたのだった。

四カ月後、私はマイアミで開かれたサイバー兵器のカンファレンスに参加した。私は誰にも歓迎されていなかった。彼らは私の招待を取り消そうとした。しかも、二度にわたって。君が書いてる本のせいだよ、と言われた。誰も、私の本と関わりを持ちたがらなかった。「来るなよ」誰もがそう言った。「歓迎されてないぜ、大人しく家に引っ込んでろよ」とはいえ、すでに飛行機のチケットも買ってしまったし、歓迎されようがされまいが会場に姿を現すと伝えると、彼らはもう何も言わなかった。私がマイアミビーチを見渡せる会場の、木々の生い茂った広いエントランスに到着すると、招待客限定の短いリストには、世界でもトップクラスのハッカー、デジタル兵器の開発者、諜報関係者の名前が並び、カンファレンスの主催者は私のためにひそかに奥の手を用意していた。蛍光色のグロースティック（ケミカルライト）である。

「これを首に巻いてください」フォンテーヌブローホテルと書かれたフロントに座っていた、大柄な男性が言った。彼のいう「これ」とは、蛍光グリーンのグロースティックだった。この輪っかを首に巻いた私は、ジャーナリストであり、最下層民であり、慎重に避けるべき女性だ、とみなに警告するためのツールである。あまり愉快ではないと伝えるために、その男性にちらりと視線を投げかけた。「ラッキーだと思ったほうがいいですよ」彼が思い出すように言った。「あなたの首に、ヘリウムガスの入った特大の風船を巻きつけたらどうか、と考えてたんですから」

この手の扱いにはもう慣れていた。ハッカー、ＦＢＩ、請負業者が、彼らの小さな秘密を守るためなら何でもやることはわかっていた。私がこの会場に来たのは、探している相手を見つけるためである。そして、彼らがこの私をカンファレンスに参加させるためには、これしか方法がなかったのだ。そうであれば、彼らのルールに従うほかない。たとえ、それがこの屈辱的なレイプ用のギアを、首に巻くことだったとしても。

ということで、私は彼らのゲームに従った。グロースティックを首に巻き、マイアミの強い日差しの下に出て、積乱雲が大きく発達している東の水平線のほうに向かって歩き出し、世界中のトップクラスのハッカー、サイバー兵器のブローカー、ＦＢＩ、諜報関係者が二〇〇人ほども集まる会場に入った。カンファレンスの主催者がジントニックやモヒートを飲んでいる姿を、私は注意深く目の端で捉え、彼らがいい具合に酔っ払ったところで、このネオン色の犬の首輪をこっそりもぎ取るチャンスを狙った。ここが最終的な目的地だ、と私は呟いた。FBIに協力したアイフォンのハッカーは絶対、このなかにいる。

数カ月にわたって、司法省は法廷でアップルに対し、アイフォンの鉄壁の暗号化の解除に協力するよう強く催促してきた。四カ月前に、サンバーナディーノ郡で銃乱射事件を起こしたファルークのアイフォンにアクセスするためだ。ゴーイング・ブラインドを何とか阻止したいFBIの必死の試みだった。

FBIにとって、今回の事件は先例をつくるための完璧なケースだった。ISISのふたりの同調者が、アメリカ国内でテロ攻撃に成功したのだ。ふたりはともにデジタルの足跡を慎重に消していた。メールはすべて削除し、コンピュータのハードドライブと私用のスマートフォンを破壊し、プリペイド式の携帯電話を利用していた。彼らがデジタル世界に残したものは、ISISに忠誠を誓ったマリクのフェイスブックの書き込みと、勤務先から支給されたファルークのアイフォンだけ。そのスマートフォンのロックを何とか解除できれば、重要な証拠が手に入るかもしれない。事件を起こす直前のファルークの位置情報や、最後に連絡をとり合った相手など。それは職場の同僚かもしれないし、次の攻撃について計画を練っていた、ISISのアメリカ育ちのテロリストかもしれない。ファルークは、アイクラウドにデータをバックアップしていなかった。それゆえ、アイフォンのデータにアクセスするために、その方法は使えない。となると、唯一の方法は、アップルにロック解除させる以外にない。もしアップルが拒否すれば、政府はアップルがテロリストに隠れ場所を提供していると主張できるだろう。有利な点はほかにもあると、ＦＢＩは踏んでいた。ファルークはすでに死んでいる。従って、米国憲法修正第四条は適用されない。厳密に言えば、彼が所持していたアイフォンはファルークのものではない。彼の雇用主である郡の所有物であり、郡は捜査に同意している。

六週間というもの司法省は判事を説得し、強制的にアップルにロックを解除させようとしたが、アップルは頑として拒んだ。ＦＢＩのコミー長官はアップルに、ＦＢＩがアップルの新しい暗号化計画を迂回できる、新しいソフトウェアを書くように直接要請した。ＦＢＩはそのソフトウェアを慎重に扱うと約束したが、政府が改めて求めていたのがクリッパーチップだったことは間違いない。プライバシーの活動家とハッカーは、ＦＢＩがアップルに強要していることを表す言葉をつくり出した。「政府ＯＳ」。アップルユーザーの安全性を顧みないだけではない。アップルの市場シェアを脅かす危険性もあった――アップルの最大の市場である中国においても、数えきれないほど多くの国においても。ドイツやブラジルをはじめとするあちこちの国はアップルに、彼らのデータをアメリカの諜報員からこれまで以上に守って欲しいと要求していた。

アメリカ政府に黙って従えば、危険な前例をつくることにもなる。今後、あちこちの国の政府から、安全性に劣るソフトウェアをつくり、バックドアを設けるようにという同様の要求を突きつけられる恐れがある。中国政府、ロシア政府、トルコ政府、サウジアラビア政府、エジプト政府からそのような要求を突きつけられたらどうするのか。アップルがビジネスを展開している国のリストには、世界のほとんどの国が含まれ、いまでは例外の数も減少して、アメリカ政府の貿易制裁の対象であるイラン、シリア、北朝鮮、キューバだけになった。もしアップルがアメリカの政府当局だけに迎合し、海外の政府当局の要求を拒めば、アップルは将来の売上げの四分の一以上を海外の競合に奪われてしまうだろう。

さらには、評判に与える影響もあった。ＦＢＩの要求を突っぱねたことで、アップルのブランドは神々しい輝きを帯びていた。アップルは、公民権を擁護するアメリカで最も裕福な企業であり、デジタル時代にプライバシーを守る戦いの最後の戦線だった。もしアメリカで最も裕福な企業が、民主主義政府に対して立ち上がれないならば、ほかの誰にできるだろうか。この新しいナラティブにおいて、ティム・クックは「ミスター・プライバシー」、世界の人権を擁護する十字軍戦士《クルセーダー》となった。政府の言いなりになるという選択肢はない。そしてクックはアップルのウェブサイトに一一〇〇ワードの文書を公開し、政府の命令には従わないことを、アップルの顧客に明確に宣言したのである。

「アメリカ政府の要求は恐ろしいものです」クックは書いている。「政府の要求が、結局のところ、政府が守ろうとしている自由と権利とを葬ることになる事態を、私たちは危惧しています」

私と同僚のデイヴィッド・サンガーはクックから連絡をもらい、サンフランシスコのパレスホテルで彼の話を直接聞いた。「政府の主張は、いい人間のためにエクスプロイトを差し出せという奇妙な言い分で、最初から欠陥のある言い分なんです」クックは言った。「これは世界市場なんです。外に目を向けて、世界中の国の政府に訊いてみるべきです。もしＦＢＩが持ちかけている、彼らにアクセスを許すドア、鍵、魔法の杖をアップルがかなえたら、あなたはどう思いますか。情報を入手する唯一の方法は――少なくともいまのところ、私たちが知るただひとつの方法は――ソフトウェアを書くことです。私たちはそれを癌《がん》のようなものとみなします。世界を悪くしてしまいます。そして、世界を悪い場所にしてしまうことに、私たちは関与したくありません」

クックはかなり感情的になっていた。「あなたの生活のいちばんプライベートな情報は、このなかにあります」そう言うと、自分のアイフォンを手に取って掲げた。「あなたの医療記録。妻や夫に送ったメッセージ。一日のどの時間にどこにいたのか。それらの情報はあなたのものです。そして私の仕事は、あなたの情報を間違いなくあなたのものにしておくことです。もし人権を重要なものと考えるなら、政府の求めには応じません」

クックには、もうひとつ断固たる論拠があった。たとえアップルが政府の求めに応じたとしても、たとえ今回のためだけにバックドアを書いたとしても、そのバックドアが、あらゆるハッカー、サイバー犯罪者、テロリスト、ありとあらゆる国家の標的になることは間違いない。アップルのバックドアを安全に保管できると、アメリカ政府がどうやって保証できるのか。みずからのデータでさえ、満足に守れなかったではないか。二〇一五年に人事管理局が中国人ハッカーの攻撃を受けた件は、いまだクックの記憶に新しかった。不正侵入によって、政府が最も流出を防ぎたいはずの個人データが漏洩した。社会保障番号、指紋、医療記録、銀行口座の記録、自宅の住所。さらには、過去一五年間に身元調査を受けた全アメリカ人の機密情報。そのなかにはFBIのコミー長官をはじめ、司法省やホワイトハウスのほとんどの高官の情報まで含まれていた。もし彼らがみずからのデータすら満足に守れないなら、いったいどうやってアップルのバックドアを守れるというのだ？

アップルと司法省は激しい攻防を繰り返し、法廷での争いは国民の話題をさらった。オバマ大統領からスノーデン、さらにはコメディアンのジョン・オリバーまでが参戦した。世論調査によれば、アメリカは二分されていたが、日が経つにつれ、アップルの主張に支持が集まった。

サンバーナディーノの銃乱射事件で息子を失ったキャロル・アダムズまでが、アップルに対する支持を表明した。息子の命を奪った犯人について、詳しく知る権利を持つ者といえば母親だろうが、その母親でさえ、プライバシーを侵害するリスクを冒してまで、FBIの要求を満たすべきだとは思わなかったのだ。

「アップルには間違いなく、全アメリカ人のプライバシーを保護する権利があると思います」アダムズは記者に答えている。「それがそもそも、アメリカを偉大な国にしているのです」

FBIは世論の支持を失いつつあったが、判決を下すのは判事である。アップルは、最高裁まで行くことを明確にしていた。ところが、私がマイアミに到着する一週間前に思わぬ展開があった。司法省がとつぜん訴訟を取り下げ、ファルークのデータにアクセスする別の方法が見つかった、と判事に告げたのである。アップルの協力はもはや必要ない。匿名のハッカーが、別の侵入方法があるとしてFBIにアプローチした。そのハッキング方法を使えば、アップルの暗号化を迂回してファルークのアイフォンにアクセスできる。すなわちゼロデイ・エクスプロイトである。

そしておそらく最も驚きだったのは、FBIが謎のハッカーにロック解除の対価を支払ったことを、FBI長官のコミー自身が認めたことだろう。コミーによれば、それは「私が残りの七年以上の任期で稼ぐ給料を上まわる金額」だという。ジャーナリストとハッカーはその額を弾き出した。アップルのセキュリティを迂回するためにFBIが支払ったと公に認めた額は、一三〇万ドル。しかも、FBIはセキュリティの根本的な欠陥が何かを知らないし、その欠陥を修正するためにアップルに協力するつもりもないと主張した。

それは広く使われている技術の脆弱性を、莫大な額で民間のハッカーから買い上げたことを、政府が初めて公に認めた瞬間だった。

「今回の訴訟にまつわるあらゆる議論は、奇妙な方法で世界の市場を少なからず刺激しました」アイフォンに「不正侵入しようとした人びとにとって、それはその時まで存在しない市場でした」二〇一六年四月、コミー長官は聴衆にそう話した。政府の市場が秘めるダークな真実は、思わぬ展開を遂げていた。過去二〇年間、サイバー兵器市場は陰の存在だった。それがいま、ハッカーや諜報機関、ベルトウェイで蠢《うごめ》く成長著しい企業が二〇年間隠し通してきた秘密を、世間が初めて知ることになった。

世間は激しい怒りに燃えたが、私にとって新しい発見はなかった。私は長年、政府のサイバー兵器市場を追跡してきた。サルツバーガーのクローゼットに始まり、いまこうしてマイアミビーチのハッカーたちの夜会に、蛍光グリーンの輪っかを首に巻いて立っている。私には、まだ見つけ出せていない問いの答えがあった。そのうちのひとつ。アイフォンをハッキングするために、FBIが一三〇万ドルを支払った相手はいったい誰なのか。

その相手が、すぐ目の前に立っていてもおかしくはなかった。

サイバー兵器のカンファレンスには基本的な原則がある。名札はつけない。色分けされたリストバンドのみ。講演者には黒。聴衆には赤。そしてどうやら、私には蛍光グリーンの輪っか。ハッカー、諜報員、傭兵の二五〇人の参加者リストは極秘扱いだ。主催者はこう注意を促す。自分が話している相手が誰か知らなくても、決して訊ねたりしないこと。

私はすぐに、NSAのハッカー集団を見つけた。彼らは目につきやすい。二〇～三〇代の若い男性。肌が蒼白く、自分たちだけで集まっている。バーでジントニックを飲んで酔っ払っているのは、NSAの英国版GCHQの面々だ。ベルトウェイの部隊も見かけた。苗字はわからないがピートという名前の感じのいい男性は、「DCの外の小さな企業」に勤めているといい、ドリンクを持ってこようかと申し出てくれた。エクスプロイトの大手開発会社も参加していた。「トレイル・オブ・ビッツ」や「エクソダス・インテリジェンス」に、NSAの元ハッカーだったデイヴ・アイテルが創業した「イミュニティ」（第一一章を参照）の姿もあった。アイテルはセミナーを催し、機密のサイバー・エクスプロイテーション技術にカネを支払いそうな、政府の代表に喜んで技術を伝授した。NSAの元分析官が教えてくれたところによると、企業から派遣されたフランス人、ドイツ人、イタリア人、マレーシア人、フィンランド人の「セキュリティ専門家」は実のところ、仲介役であり、自国の政府のためにエクスプロイトを買う目的で参加しているのだという。ほかにも、アルゼンチンのエクスプロイト開発グループの姿もあった。

私はネイト・フィックに挨拶した。ダートマス大学のクラスメートが一直線にウォールストリートに向かったのに対して、フィックはイラクとアフガニスタンで従軍した。この業界に入る前は海兵隊偵察大隊の小隊長だった。大学では古典を専攻した。ハリウッド映画の影響で私たちがすぐに思い浮かべるような、テストステロンみなぎるマッチョタイプの兵士ではない。フィックはその思いやりある性格のおかげで、HBO制作のミニシリーズ「ジェネレーション・キル」の理想的な主役になった（「ジェネレーション・キル」は、イラク戦争で現地に派遣された、海兵隊第一偵察大隊の四〇日間を追ったテレビドラマ。主役のひとりネイト・フィック中尉は、実在のフィックがモデル）。ベンチャーキャピタリストは、ヴァージニア州の「エンドゲーム」が方向転換するためには、フィックが理想的な候補者だと考えた。エンドゲームは「ハッキング業界のブラックウォーター」なる悪評で知られ、頻繁に論争を巻き起こすサイバーセキュリティ会社だった（ブラックウォーターは軍事請負企業。第一五章を参照）。

二〇一二年にフィックがCEOに就任した時、エンドゲームは不穏当な名前のエクスプロイトや攻撃型ツールを政府に売却していた。主力製品の「骨切りのこぎり」は、アメリカの敵対国が使用しているソフトウェアを正確に表示し、そのソフトウェアをハッキングし、窃取する方法をドロップダウン式のリストで示す。エンドゲームの壁には、実際の南北戦争で使われ、ソフトウェアの開発チームが署名した骨切りのこぎりが飾ってあった。「敵を知る方法はふたつ。敵について書いた白書を読むか、みずから敵になるか」フィックは私に言った。

エンドゲームはアメリカが敵になるために協力していたが、エクスプロイト売買に伴う怪しげな要素に、フィックは決して納得していなかった。拡張可能性についても同じだった。「自宅の地下をねぐらにしているルーマニア人のティーンエイジャーには、それでいいかもしれない。だが、ベンチャーキャピタルの支援を得ている企業としてはダメだ」

そこでエンドゲームのCEOに就任したあと、フィックは壁に飾ってあった骨切りのこぎりを引き剝がし、エクスプロイト売買から足を洗い、エンドゲームのビジネスを防衛中心に構築し直し、サイバー規範を求める運動に乗り出した。そのため、この会場に集まった聴衆を考えると、フィックは場違いの人間のように思われた。

さらに、私は会場でトーマス・リムも見かけた。シンガポールの「コセインク（コンピュータ・セキュリティ・イニシアチブ・コンサルタンシー）」という、ブティック系エクスプロイト企業の陽気な創業者である。成長著しい一〇〇カ国を相手に、エクスプロイトの仲介業務を行なっている。サイバーエクスプロイトゲームに参加したいが、いまだコーディング技術もなければ、ファイブ・アイズやロシア、中国、イスラエルのようなエクスプロイト技術を持つ人材もいない国がお得意様だ。

イスラエル勢は大挙して詰めかけていた。特に「セレブライト」という企業は、暗号化されたアイフォンとアンドロイドのロック解除を専門とし、アイフォンのジェイルブレイクでFBIに協力した最有力候補と目されていた。銃乱射事件の犯人ファルークのアイフォンのハッキングに成功した、とFBIが明らかにしたその同じ週、セレブライトがまるで計ったようなタイミングで、アイフォンのハッキングソフトウェアを発表した。イスラエルの新聞によれば、FBIが訴訟を取り下げると判事に知らせたその日、FBIはセレブライトと一万五二七八ドル二セントの契約を結んだという。セレブライトがこの記事を認めた通話内容とツイッターのフィードを、メディアは一斉に報じた。そして今度は、セレブライトのイスラエル人ハッカーが、ウインクの絵文字付きで「ノーコメント」とツイートしていた。私の知る限り、FBIの協力者がセレブライトだという噂を流したのはセレブライト自身であり、最新のスマートフォンハッキングサービスを市場に投入する、お誂《あつら》え向きのマーケティング戦略だった。その裏では、アメリカ政府の代表が、協力者はセレブライトではないと強く否定した。この状況をどう判断すればいいのかは難しいが、一万五二七八ドル二セントと一三〇万ドルでは桁が違う。

そんなわけで、私は次の二日間、ハッカーたちの柔術トーナメントを覗き、フォンテーヌブローホテルのなかをうろついた。昼間はハッカーたちがアップルやジャバのソフトウェアを〝叩きのめす〟場面を目撃した。デートアプリのティンダーをリバースエンジニアリングして、フォート・ミード陸軍基地の駐車場から、NSA諜報員の位置情報を追跡する方法を、カクテル片手に説明するハッカーの姿も目にした。私は追い払われない限り、アイフォンをハッキングしたFBIの協力者の情報を教えてくれないか、と誰かれ構わず訊きまわった。手がかりはなし。たとえその協力者が私の隣に立っていたとしても、誰も一三〇万ドルの機密保持契約を破ろうという者はいなかった。まったくファ＊キン・サーモンだった。

サイバー兵器市場は支離滅裂な混沌状態だった。世界中のハッカーは、デジタルスパイ行為やデジタル戦争のツールを、特に深い考えもなしにあちこちの国家に売却している。それらの政府はそのツールを自国民に対して使い、たとえまだだとしても、そう遠くない将来に、私たちアメリカ人に対しても使い始めるだろう。暗号化はハードルを高く設定して、競争を促しただけにすぎない。市場は地球の隅々にまで拡大しつつある。ゼロデイの価格は高騰するいっぽうだ。それに伴う影響や利害も、ますます大きなものになっていく。誰もその話はしない。あるいは、アメリカの防衛にとってどんな意味があるのかは考えない。規範はない。いずれにしろ、誰かが明確に示せるような規範はない。そしてその空白のなかで、アメリカは自分たちの規範を定めている。だが、アメリカの敵対者がその規範を最終的に——必然的に——私たちに突きつける時、私たちはその規範には従いたくないだろう。

マイアミで過ごした三日間に、私は結局、FBIに協力したハッカーを見つけ出せなかった。

時には、好奇心を強く掻き立てる出来事の真相を知るために、思いがけない幸運や遠まわりが必要なこともある。マイアミから帰ってきた二カ月後、私はニューヨークのウェイバリー・インの混み合ったバーにいた。ダークウェブの本を書き終えたばかりの友だちをねぎらうためである。ぎゅうぎゅう詰めのバーで私の隣にいたのは、著作権代理人たちやメディアにも登場する有名人、本書にも登場するFBI捜査官の友だちだった。私はFBI捜査官たちに自己紹介し、カンパリベースのカクテルを飲みながら話し始めた。私、いまでもまだ、アイフォンのハッカーの正体を追っているんです。

「ああ、ヤツならとっくの昔にいなくなった」捜査官のひとりが言った。「仕事を辞めて、アパラチアン・トレイルをハイキングしてるよ」（アメリカ東部のアパラチア山脈に沿って伸びる、約三二〇〇キロメートルの自然歩道）

その捜査官は、男性の名前は頑として教えてくれなかったが、こうは教えてくれた。その男性はイスラエル人ではない。セレブライトの仕事はしたことはない。傭兵としてハッキングしていた、アメリカ人の普通のアルバイト・ハッカーにすぎない。私がマイアミでそのハッカーを探していたあいだずっと、その男性はインターネットの世界を離れて、メイン州とジョージア州をつなぐ、土ぼこりの立つ、狭くてひと気のない道を歩いていたのだった。

第六部：竜巻

原子の力の解放は、私たちの考え方以外のすべてを変えてしまった……この問題の解決策は人間の心にある。こんなことになるとわかっていれば、私は時計職人になるべきだった。

——アルベルト・アインシュタイン

第一七章：サイバー・ガウチョ――アルゼンチン、ブエノスアイレス

私たちを乗せたタクシーが猛烈な勢いで赤信号を突っ切り、前の車のバンパーに激突した。これで人生も終わりかと覚悟し、タクシーの運転手が相手の無事を確認するものと思った。ところが、タクシーの運転手はまったくひるまなかった。それどころかアクセルを思い切り踏み込むと、その車を避《よ》け、道路に空いた小さなラバほどもある深い穴の脇をぎりぎり攻めながら、ブエノスアイレスの朝の渋滞を突き進んだ。

私はパニックに襲われた。そんな私の様子を連れがチラリと見て、くすくす笑った。

「だから、アルゼンチンにはハッカーが多いんだよ」セザール・セルードが言った。「成功したければ、システムをうまく利用しないと、ほら！」

彼が指差した数台の車は、どれもあちこちぶつけたりへこんだりして、バンパーはダクトテープか針金でかろうじて持ちこたえている始末だ。すさまじい戦車競争に挑んだローマ帝国時代の御者を彷彿とさせる。セザールも運転手も、私のことを笑っていた。

「アタド・コン・アランブレ！」今度は運転手が言った。

この時、初めて聞いたこの言葉を、その翌週、何度も耳にすることになった。アルゼンチンの俗語

で「針金で固定しておく」という意味だ。この国ではマクガイバーのような国民性のおかげで、わずかな資源を利用して成功を摑む者が多い（アメリカの連続テレビドラマ「マクガイバー」の主人公は使命を遂行するために、豊富な科学知識とひらめきを頼りに、身のまわりのモノで武器やツールをつくり出す）。アタド・コン・アランブレこそ、アルゼンチンのハッカーのマントラだった。

市場に出まわる最高レベルのエクスプロイトのなかには、アルゼンチン産のものも含まれると、以前から耳にしてきた。マイアミ、ラスベガス、バンクーバーで開かれるハッカーの集まりでは、しょっちゅうアルゼンチン人に遭遇した。だがそれがなぜなのか、よくわからなかった。そこで、私は二〇一五年後半に南半球へ飛び、アルゼンチンのエクスプロイト開発者に直接会って、世界の変化をこの目で確かめようとしたのである。

シリコンバレーの基準と比べるならば、アルゼンチンのテクノロジー業界は、依然、揺籃期のように思われた。アルゼンチンのハッカーの言葉を借りれば、「クールな製品の禁輸」のせいで、高精細テレビは二倍も高く、手に入るまでに半年もかかる。アマゾンはいまだに宅配していない。ブラックベリー――というか、その残骸のような代物――が、いまもアップルの市場シェアを上まわる。アイフォンを手に入れるためには、闇のオークションサイトで二〇〇〇ドルかそれ以上を支払わなければならない。

だが、セザールやほかの人たちが言うには、そのように時代に遅れているからこそ、アルゼンチンにはゼロデイハンターがたくさん生まれ、そのコードを買うために、わざわざサウジアラビアやアラブ首長国連邦、イランのブローカーがこの国にまで足を延ばすのだという。アルゼンチンでは、質の高い技術教育が無料で受けられる。識字率は南米大陸でも特に高い。ところが、現代のデジタル経済の果実を手に入れるという点では障壁があった。もしアルゼンチン人が、通常のビジネスチャネルで手に入らないものを手に入れたい時には、ハッキングするしかない。アメリカでは、当たり前のようにアクセスできるビデオゲームやアプリにアクセスしたいなら、まずはシステムをリバースエンジニアリングしなければ、そのシステムを回避する方法も見つからない。

「システムを悪用することは、アルゼンチン人のメンタリティの一部だ」セザールが言った。「金持ちでない限り、生まれた家にコンピュータはない。新しいソフトウェアを使いこなすためには、何もかも独学でゼロから身につけなくちゃならない」

彼の話を聞きながら、アメリカはその反対だと考えていた。シリコンバレーでアプリケーションやサービスのコードを書いたエンジニアは、システムを徹底的にリバースエンジニアリングする必要も、深く掘り下げ、突き詰めて探る必要もない。彼らは、ますます上っ面を撫でるばかりだ。そしてそのせいで、優れたゼロデイ・エクスプロイトを発見し、開発するために必要な深い理解を失いつつある。

それが結果にも現れ始めていた。毎年開かれる「ICPC国際大学対抗プログラミングコンテスト」では、一〇〇カ国を超える国の大学生が三人一組になって競う。この種のコンテストとしては最も古く権威もある。二〇年前、世界大会のトップテンを独占したのは、カリフォルニア大学バークレー校、ハーバード大学、MITのチームだった。最近の成績上位校は、ロシア、ポーランド、中国、韓国、台湾のチームだ。二〇一九年にはイランのチームが、ハーバード大学、スタンフォード大学、プリンストン大学を破った。しかも、アメリカのその三校は上位二〇位にも入らなかった。アメリカで、サイバー分野の優れた人材は減少の一途をたどっている。スノーデン事件の煽りを受けて、アメリカの諜報機関の士気は大きく削がれ、NSAの分析官は群れをなして逃げ出した。その様子を「伝染病」に喩えた者もいる。同時に、優秀な大学新卒者はNSAに就職しようとしなくなった。しかも、グーグルやアップル、フェイスブックに入れば、もっと大金を稼げるのだ。防衛面の人材を、国土安全保障省（テロ攻撃の予防、国内の脆弱性の低減、サイバーセキュリティなど防衛をおもな使命とする）に勧誘することは、それ以上に難しくなった。人間の性として、沿岸警備隊に参加するより海賊になるほうがずっと面白い。これがアメリカをますます不利な立場に陥れていた。アメリカはロシアやイラン、北朝鮮、中国と違って、グーグルやMITの辣腕ハッカーを強制的に徴兵して、国家のためにサイバー攻撃のアルバイトを強要したりできない。アメリカは、いまもまだ攻撃面では世界でいちばん高度なサイバー能力を備えているかもしれない。だが、状況は変わりつつある。私が最初に取材した当時、サイバー戦争のゴッドファーザーことジェームズ・R・ゴスラー（第七章を参照）は、ゼロデイ市場は必要ないという考えだった。人材がそっぽを向き始めたのに伴い、諜報機関がゴスラーのような優れた人材の参加を期待できた時代だったからだ。だがそれは、諜報機関はかつて内部で開発していたエクスプロイトを、外部から調達せざるを得なくなった。

「これは新しい労働市場だ」セザールが言った。「アルゼンチンの若い世代のハッカーは、僕たちの世代よりもずっと選択肢が多い」

セザールは映画「寝取られ男のラブ♂バカンス」の主演男優ジェイソン・シーゲルに、気味が悪いほどそっくりだ。シーゲルのアルゼンチン人のドッペルゲンガーかと思うほどだ。きっと、生まれてすぐに引き離された双子の兄弟に違いない。ひとりはロマンチックコメディのヌードシーンで有名な俳優になり、もうひとりはアルゼンチンの小さな町のハッカーになって、世界の重要インフラのカギを握っている。私はスマートフォンにシーゲルの写真を呼び出し、セザールの顔の隣に並べた。タクシーの運転手も頷いた。僕に双子はいないよ、とセザールは否定した。

シーゲルの生き別れになったアルゼンチン人の双子ことセザールが、私の関心を惹いたのは、アイディフェンスを介してだった。一五年前、セザールはアイディフェンスの報奨金プログラムで、ニュージーランド人のグレッグ・マクマナスと報奨金レースのトップを争っていた。当時、ポニーテールのティーンエイジャーだったセザールは、アルゼンチン北部にある川沿いのパラナという小さな町から、アイディフェンスにゼロデイを送って、一年で五万ドルを稼いだ。アルゼンチン経済が崩壊の淵にあっても、セザールはゼロデイのおかげで裕福だった。ところが、彼も最近では家庭を持ち、同世代のアルゼンチン人ハッカーの例に漏れず、バグを発見してエクスプロイトを開発するというローラーコースターのような生活をやめて、アメリカのセキュリティ企業に勤めて、給与を受け取る生活を送っている。

とはいえ、バグハンティングをやめたわけではない。一年前、セザールはまるで映画「ダイ・ハード」から抜け出てきたようなハッキングで、世界の注目を集めた。ワシントンDCに飛んで連邦議会議事堂にぶらりと入り、持参したラップトップを開いた。画面にマウスポインタを合わせて何度かクリックし、通りの赤信号を青に、青信号を赤に変え始めたのである。彼の望む通りに、議会議事堂周辺で交通渋滞をつくり出せた。とはいえ、彼の目的は、そのようなことが可能であると証明するためだった。信号のセンサーを設計した企業は、問題がセザールの小さなゼロデイにあるとは考えなかった。そこで、今度はマンハッタンとサンフランシスコでも試し、サイバー攻撃で交通が大混乱に陥れば、あらゆることが危険に曝されることを証明した。

この時のセザールの凄技について、私は《ニューヨーク・タイムズ》紙に記事を書いた。立法者は何か手を打つはずだと思うだろう。ところが、彼らは瞬きもしなかった。そして、私はアルゼンチンに飛び、ブエノスアイレスの穴だらけの道でタクシーに乗っていた。どうやらこの街では、信号はついたりつかなかったりするらしい。だが少なくとも、オンラインには接続されていない！ いわゆるスマートシティは遅れていた。遅れている都市こそスマートだった。システム全体が、狙った目的とは反対の悪い結果を生んでいた。

私たちを乗せたタクシーは、ブティックやレストランが建ち並ぶ、ブエノスアイレスでいちばんお洒落なパレルモ地区を通り抜けた。この国ではアメリカドルがとても役に立つ。アルゼンチンの公式為替レートは、あってないようなものだ。当時、公式レートは一ドル九・五ペソだったが、「ブルー・ドル」と呼ばれる非公式の為替レートは、そのほぼ二倍だった。まもなく退陣を迫られることになるクリスティーナ・フェルナンデス・キルチネル大統領は、その状況を是正しようともしなかった。ポルテーニョ――ブエノスアイレス市民は、自分たちのことをそう呼ぶ――は、キルチネルを「女カダフィ」に喩えた（砂漠の狂犬などの異名を取り、対米強硬路線を展開したリビアの元最高指導者）。独裁者。キルチネルは、事実ではなく虚偽の上っ面を重視した。それは彼女の顔を見ても明らかだ。最近の記憶のなかで、マイケル・ジャクソンを除けば、キルチネルほど整形手術を重ねた者はいない。現状に合わせた為替レートに調整することは、キルチネルにとって、アルゼンチンの慢性的なインフレを認めることだったのだ。

アルゼンチンのハッカーは、国の財政危機とはほとんど無縁だった。エクスプロイトをアメリカドルで不法に売却し、その稼ぎで、パレルモ地区にある家賃が月一〇〇〇ドルの洒落た近代的アパートメントに暮らせた。月にあと一五〇〇ドル使えれば、ブエノスアイレスの中心街から車で三〇分のところに、広大な景色の広がるプール付きのふたつ目の家を借りることもできた。

ブラジルのハッカーは、サイバー犯罪で莫大な額を稼いでいる。だが、アルゼンチンのハッカーはエクスプロイトの闇市場を利用する。私はセザールにその理由を訊いた。ブラジルは、インターネット詐欺の世界的リーダーの地位を、東欧から徐々に奪い取っていた。サイバー犯罪のせいでブラジルの金融機関から年に八〇億ドルが流出していたが、そのほとんどがブラジル市民による犯行だった。

理由は簡単だよ、とセザールは答えた。アルゼンチンでは誰も、ハッカーでさえ、銀行を相手にしないからだよ。私がブエノスアイレスに着いた瞬間から、ポルテーニョには、銀行とはいっさい関わるなと教わった。代わりに、クエバスと呼ばれる違法の両替屋を利用したほうがいい。もう何年も前に国家経済が破綻し、政府が預金の引き出しを凍結したあと、アルゼンチン人は銀行を信用していなかった。オンラインバンキングもモバイルバンキングもほとんど普及しておらず、ハッキングしてもさほどの利益は望めない。だから、アルゼンチンは「エクスプロイト開発のインド」なんだよ、とポルテーニョのハッカーは教えてくれた。

私たちはブエノスアイレス郊外にある、屋外の古い製油所に何とか到着した。一〇〇〇人を超えるアルゼンチン人ハッカーが、建物のまわりに列をつくっていた。一三歳にしか見えない子どもの姿もある――スケボー場で見かけるようなティーンエイジャーたちだ。外国人もちらほら混じっている。アジア人、欧州人かアメリカ人。中東の人間も数人いるようだ。ハッカーの勧誘か、最新で最高のスパイコードを仲介するためにやって来たのだろう。

私は、ラテンアメリカ最大のハッキング・カンファレンスである「エコパーティ」の開催に合わせて、アルゼンチンを訪れていた。エコパーティは南米中のハッカーにとって憧れの地であり、最近では世界中のゼロデイ・ブローカーが、デジタル版ブラッド・ダイヤモンドを求めて集まる場所だった。私にとっては、世界の新しいエクスプロイト労働市場を垣間見る絶好の機会である。カンファレンスの予定表には、暗号化された医療機器から電子投票システム、車、アプリストア、アンドロイド、PCのほか、シスコやドイツのソフトウェア企業「SAP」のビジネスアプリケーションをハッキングするデモ実演やセミナーが並んでいた。もしシスコやSAPのビジネスアプリケーションをハッキングすれば、世界最大の多国籍企業や政府機関のコンピュータを乗っ取ることができる。

エコパーティは、デフコンやブラックハット、RSAと比べれば見劣りする。だが、その欠けている規模やけばけばしさを補うものがここにはあった。創造性に満ちた原石のハッカーたちである。アメリカの大規模なハッキング・カンファレンスの会場に溢れている、華やかなコンパニオンや怪しげなセールスマンはいない。この会場で焦点を絞っているのは、ハッキング技術なのだ。アルゼンチン人が国際的な舞台でみずからのスキルを実演する、願ってもないチャンスだった。

会計事務所の「デロイト」と「アーンスト・アンド・ヤング」の代表の姿があった。チェコのセキュリティソフト開発大手「アバスト」の関係者も見かけた。NSAの元ハッカーが立ち上げたシナックの代表者の姿も。彼らの目的はハッカーの勧誘だ。エコパーティの〝プレミアムスポンサー〟がゼロディアムであることに、私は嫌でも気づかずにいられなかった。何の不思議があるだろうか。ゼロディアムのCEOシャウキ・ベクラーは、会場のあちこちで話題の中心だった。ゼロディアムがアイフォンのジェイルブレイクを一〇〇万ドルで手に入れたと、ベクラーはツイートしていた。

私はフェデリコ・〝フェード〟・キルシュバウムも見つけた。一〇年以上前にエコパーティを始めた共同創設者のひとりである。当初、政府にエクスプロイトを売却する者は誰もいなかった。エコパーティはほとんど、どんちゃん騒ぎのお楽しみの機会だった。その側面はいまも残っているが、ひそかに巨額のカネを儲ける者もいる。

私たちの半径一・五メートル以内に立っている、数百人のアルゼンチン人ハッカーを指して、フェードが言った。「石を投げれば、エクスプロイトを売ってる者に当たる」

かつてベルトウェイのなかにうまくとどまっていたアメリカ人の傭兵は、アラブ首長国連邦に拡散し、エクスプロイトはアルゼンチンの街で手に入る。事態は、急速にコントロールが効かなくなっていた。

私が思い出したのは、一年前にブラックハットでCIAの内部関係者ダン・ギアが行なった基調講演である。ギアは、CIAのベンチャーキャピタル部門「インキューテル（In-Q-Tel）」の最高情報セキュリティ責任者（CISO）であり、業界のレジェンドでもある。彼はゼロデイ市場と無縁ではない。ブラックハットの講演の機会を捉えて、ギアはアメリカ政府に、海外の購入者よりも高値をつけて市場を独占するようにけしかけた。アメリカは「どんどん高値をつけてみろ。こっちは、その一〇倍の値段をつけてやる」くらいの意気込みを示すべきだというのが、彼の考えだった。そうすれば、アメリカはそのゼロデイを利用し、さんざん使ったあとでベンダーに渡して修正パッチを当て、敵対者が使えないようにできる。市場は儲かり続け、破滅につながることはない。ギアの提案は刺激的だったが、ブエノスアイレスの古い製油所で繰り広げられる光景を見れば、彼の論理は破綻していた。すでに手遅れだった。アメリカは市場をコントロールする力を、何年も前に失ってしまっていたのだ。

その後の数日間、私は有名なアルゼンチン人ハッカーのフリアノ・リッツォが、ステージ上でゼロデイをデモ実演するのを見た。政府に売却していれば、簡単に六桁は稼げたに違いない。

アルゼンチン人ハッカーは、車や送電網を思いのままに乗っ取れる、身の毛もよだつようなエクスプロイトをデモ実演した。デモが終わると、海外参加者——あとでブローカーだとわかった——が実演者のまわりに群がった。私には不思議だった。なぜブローカーは、実演者が切り札のエクスプロイトをステージで披露した〝あと〟で、ハッカーにアプローチするのか。エクスプロイトは、すでに役に立たなくなってしまっているではないか。

「彼らのお目当ては、ハッカーたちの次の手柄だ」フェードが教えてくれた。「いまのうちにコネをつけておいて、万が一の時に彼らからゼロデイや兵器を手に入れるためだ」

海外の政府は、以前にもましてエクスプロイトを欲しがった。スタックスネットは、何が可能かを教えた。スノーデンは、すべての国家に、本当に高度な攻撃型サイバープログラムの姿を詳細に描いてみせた。そして、アップルとグーグルがアイフォンとアンドロイドを何もかも暗号化し始めると、それでも不正侵入できるツールを、あちこちの政府は躍起になって手に入れようとした。

アメリカは攻撃型サイバー関連の予算がいまでも世界最大の国だが、エクスプロイトは従来型の兵器と比べれば安価だ。海外の政府は最近、最高のゼロデイとサイバー兵器を、アメリカに匹敵する高値で買い取ろうとする。中東の石油国は、自国に批判的な者を監視するツールなら、ほとんどどんなものにでも支払おうとする。従来型の戦争ではとても張り合えないイランや北朝鮮の指導者は、サイバー分野を、アメリカと対等に戦える最後の望みと捉えている。もし世界中のNSOやゼロディアム、ハッキング・チームのような企業が、開発したツールを売ってくれないのなら、飛行機に飛び乗ってブエノスアイレスを目指すまでだ。


アルゼンチン人ハッカーの実力を本当に知りたければ、〝サイバー・ガウチョ〟ことアルフレド・オルテガという名前の四〇代のハッカーを訪ねるべきだ、とフェードが言った。オルテガはパタゴニア地方の奥地で育ったという。というわけで、アルゼンチンに着いて三日目、私はガウチョが主宰するハッキングワークショップに向けて出発した。そこは、望遠鏡、ハッキングされたマイクロプロセッサ、原子力発電所にサイバー攻撃を仕掛けられるX線装置などが床に散らばる、驚異のワークショップだった。

「彼に何かを渡そうものなら」フェードが言った。「ほぼ何でも分解されてしまう」

ガウチョは私に、お茶とクッキーを勧めてくれた。「パタゴニアは寒い」彼が話し始めた。「だから、ほとんど外出しなかった」

同世代のハッカーの例に漏れず、ガウチョも「コモドール64」（一九八二年にコモドール社が発売した八ビットの家庭用コンピュータ）をハッキングしたのが最初だった。ハッキングしなければ遊べないゲームで遊ぶためであり、ガウチョは初期のハッキングフォーラムに参加して腕を磨いた。そのフォーラムで出会ったのが、アルゼンチンのハッキング界のゴッドファーザーのひとりであり、ごま塩の顎ひげを生やしたヘラルド・リチャルテ、通称ヘラだった。私もヘラの名前は聞いたことがあった。アルゼンチンのみならず、世界的なレジェンドである。クルド人のシナン・エレン（第一一章を参照）もヘラを称賛していた。トルコでクルド人のデジタルレジスタンス運動を計画した時、ヘラが協力してくれたのだという。

二〇年前、ヘラと四人の仲間はペネトレーション・テストを提供する「コア・セキュリティ」を創業した。アルゼンチンのハッキングの歴史を、コア・セキュリティ抜きで語るのは難しい。初期の顧客のなかには、ブラジルやアメリカの金融機関、アーンスト・アンド・ヤングなどの会計事務所も名を連ねていた。創業後の数年間、コア・セキュリティは非常に業績がよく、ニューヨークに支社を構えるまでになっていた。それが、二〇〇一年九月六日のこと。その五日後にアメリカ同時多発テロが起き、一〇〇万ドルにのぼるコア・セキュリティの契約が煙と消えてしまった。アルゼンチン経済は内部崩壊していた。腹を立て、困窮した数千人のブエノスアイレス市民が抗議デモを繰り広げ、政府の危機対応のマズさに声をあげた。群衆は銀行の窓を割り、大統領府カサ・ロサダに詰めかけた。その抗議デモで数十人が命を落とし、大統領は退陣を余儀なくされた。

金融機関にペネトレーション・テストを行ない、修正パッチのないソフトウェアを探し出すだけでは経営が危ない。沈没を避けるためには、もっと説得力のあるサービスを捻り出さなければならない。そこでコア・セキュリティが考え出したのが、エクスプロイトを使って顧客のネットワークに侵入する、自動攻撃ツールの「インプラント」だった。既知のエクスプロイトもあったが、多くは彼ら自身が見つけ出したものだった。当初、分析者はインプラントを非倫理的で危険だと酷評したが、早い時期にNASAが導入を決めたために、業界内での評価がプラスに変わった。

コア・セキュリティは、インプラント用のエクスプロイトを作成するエクスプロイト開発者を募集し、フリアノ・リッツォのようなハッカーの育成を始めた。ヘラはみずからガウチョに声をかけ、ブエノスアイレスに出てきて参加するよう勧誘した。パタゴニアで父のガソリンスタンドを継ぐものと思っていたガウチョにとって、それは大きな飛躍だった。ガウチョはコア・セキュリティでハードウェアを、それも徐々にファームウェアを手掛けるようになった。ファームウェアとは、コンピュータシステムを制御するために内蔵されたソフトウェアを指す。「ファームウェアのちょっとした専門家になった」とガウチョが言った。

それから二〇年余りが経ち、ガウチョに不正侵入できないデバイスはなかった。アルゼンチンの大統領選が二週間後に迫った時、ガウチョとエコパーティの関係者が狙いを定めたのは、アルゼンチンの新しい電子投票機だった。システムに侵入するまで二〇分とかからなかった。だがその後、警察の強制捜査を受けた。私と会った時、ガウチョと彼の仲間は重要な大統領選を前に、立法者に協力して投票機のセキュリティの維持に努めていた。

ガウチョはスタジオのなかを簡単に案内してくれた。望遠鏡の脇を通った時、以前に一度、人工衛星をハッキングしたことがあると教えてくれた。別の一角には現在進行形のツールが置いてあった。X線を放射するループ・ゴールドバーグ・マシンっぽい装置である（簡単にできることをわざわざ複雑なカラクリを使って、連鎖的に実行する装置。ピタゴラ装置。ルーブ・ゴールドバーグは漫画家の名前）。そのX線放射装置でエアギャップを飛び越え、イランのナタンズ核燃料施設の時のように、オフラインのシステムに侵入するのだという。世界でもとりわけセキュリティ管理の厳重なネットワークをハッキングする方法を、どうやって見つけ出したのか、と私は訊ねた。

「簡単なことさ」彼が言った。「彼らは、自分たちが攻撃されるとは絶対に思ってないからだ」

チップ製造企業がガウチョを雇い、自社のチップの安全性を保証してもらった。ガウチョは、チップをハッキングしてグローバルサプライチェーンに侵入するための、あらゆる方法を見つけ出した。そして私に、「サイドチャネル攻撃」（コンピュータや周辺機器の内部動作に関わる物理的変化を外部から観測して、セキュリティ情報を窃取する攻撃）を使った、チップのハッキングを見せてくれた。電波放射でチップの銅にマルウェアを送り込むのだという。最近、これらのチップは、どのデバイスにも最低でも一〇個は組み込まれている。

「不正侵入されているデバイスを見つけるのは難しい」ガウチョが言った。とはいえ、不可能ではない。

ガウチョは以前、別のハッカーによる不正侵入の痕跡を偶然、見つけたことがあった。彼は決して企業の名前を教えてはくれなかったが、ある大手家電メーカーに雇われて、その企業の製品を調べた時のことだ。案の定、ファームウェアに不正侵入の痕跡があった。それまで彼が見たなかで、最も高度なサプライチェーン攻撃だったという。ゴスラーが以前、教えてくれた「ピラミッドの頂点に君臨する国家にしかできない」類いの攻撃だった。「そこらへんのサイバー犯罪者の仕業なんかじゃない。ヤツらとは関わりたくない」ガウチョが言った。「あれは国家の仕業だった」

ガウチョはそれ以上、話そうとはしなかった。だが、その言葉がちょうどいいきっかけとなり、その頃の私にはお決まりになっていた質問に移りやすかった。「ブローカーか政府に、エクスプロイトを売ったことはありますか」気立ての優しいガウチョが、暗い裏通りでイラン人にエクスプロイトを売っている姿は想像しにくい。

「ない」ガウチョが答えた。だが、それは道徳的な計算が働いてのことではないという。「諜報に抵抗はない」彼は続けた。「諜報活動が悪いとは思わない」

「それなら、なぜ？」

「そんな生き方はごめんだからだ」彼が言った。「自由を失うだけの価値はない。原爆の開発に携わっていた一九三〇年代の物理学者みたいなものだ。命が危ない」


その夜、ホテルまで歩いて帰りながら、私はガウチョの言葉を考えていた。ハッカーはもはや愛好家の域を超えている。ゲームを楽しんでいるわけではない。彼らはあっという間に、世界の新たな原子核科学者になった。ただし、彼らに核抑止論はうまく当てはまらない。サイバー兵器は核分裂性物質を必要としない。障壁が低くて参入しやすく、猛烈な勢いでエスカレートしやすい。アメリカがエクスプロイトとサイバー兵器を備蓄したからといって、それが敵対国に対する抑止力として働くわけではない。イランや北朝鮮などの国が自力で開発できないならば、市場で札びらを切ればいいだけだ。ガウチョは不正侵入のツールを政府に売らないかもしれない。だが、抵抗なく売る者はたくさんいた。

あと一〇分遅ければ、見逃していたかもしれない。ホテルまで戻る道を歩きながら、角を曲がった時、通りを練り歩く抗議デモに出くわした。あとで知ったことだが、毎週木曜日に行なわれているデモ行進だという。アルゼンチンの悲しみに暮れる母親たちが、頭に白いスカーフを巻き、古いマージョ（五月）広場に集まって、行方不明になった我が子の名前を書いたプラカードを掲げている。午後三時半。ちょうど始まったところだった。

母親たちはすでに歳を取り、弱ったからだで広場のオベリスクを二重、三重に取り囲み、持参した椅子に座る。母親のひとりが、周囲の観衆に向けて演説をする。声からは、母親の悲痛な叫びがいまも伝わってくる。お洒落なバーやカフェが軒を連ねるブエノスアイレスの古い街並みを歩いていると、かつての事件を忘れるのは簡単だったが、アルゼンチンの軍事独裁政権が市民に牙を向いたのはそう遠い昔の話ではない。一九七六～八三年にかけて、アルゼンチンで起きた「ダーティ・ウォー」（大規模な弾圧事件。汚い戦争）によって、三万人の市民が「姿を消した」。左派の活動家はテロリストと非難され、拷問され、レイプされ、拉致されたあげくに巨大な落とし穴の淵に立たされて銃殺された。あるいは裸のままで引き摺られ、地面に叩きつけられ、半分意識を失ったまま、軍用機からラ・プラタ川に突き落とされた。彼らのような「失踪者」の遺体が見つかることはなく、政府は彼らが存在しなかったものとして扱った。あれから四〇年が経つが、アルゼンチンは当時の犠牲者の身元を確認することも、報告書を作成することもなかった。ガウチョやヘラのような古い世代のアルゼンチン人ハッカーは、そのような時代に成人を迎えたのだ。

彼らがエクスプロイトを政府に渡そうとしないのも、不思議ではない。ところが、若い世代は違う。いまの若者は、失踪者の時代を知らずに育った。しかも大金を稼げるとあって、市場に勢いよく飛び込んでいくことに何の躊躇もない。

その夜、フェードと彼の仲間がディナーに誘ってくれたが私は断った。ほかに行ってみたい場所があったのだ。そこで、ラップトップをホテルの金庫にしまい込み、ワンピースに着替えて、痛む足をヒールの靴に押し込み、タクシーを拾って街の向こう側の古いプエルト・マデロ埠頭に向かった。

日が暮れる少し前に到着し、ラ・プラタ川の堤防をぶらぶら歩いた。どこの通りにも、アルゼンチンの歴史を彩る有名な女性の名前がついている。教育者のオルガ・コセッティーニ。アルゼンチン初の女性パイロット、カロリーナ・ロレンジーニ。作家のファナ・マンソー。女性運動の先駆者であるアリシア・モロー・デ・フスト。私は「女性の橋」という名前のラ・ムヘール橋を渡った。スペインのバレンシア出身の建築家サンティアゴ・カラトラバの設計だ。タンゴを踊る男女をイメージした建築デザインだという。エコパーティの会場にみなぎっていたテストステロンから解放される、心なごむひとときだった。

エレガントな着こなしのアルゼンチン女性の脇を通りすぎ、そういえば、ここしばらく女性と話をしていないことに気づいた。私はふとこんな思いに捕らわれた。この市場が制御不能に陥るのを防ぐカギを握っているのは、女性ではないだろうか。女性が始めた戦争であれば、女性が食い止められたのではないだろうか。私がまだサイバー関連の取材に慣れようとしていた時に、知り合いの女性ハッカーがある夜遅く、私にこう言ったことを思い出した。男性ハッカーにハッキングをやめさせる方法はひとつしかない。結婚させることだ、と。だが、ことはそれほど単純ではない。

女性の橋を歩いて戻るあいだに、夕闇が深まっていった。ブエノスアイレスの街が遠くで瞬いている。この街が「南米のパリ」と呼ばれる理由がよくわかる。私は遊歩道を歩き、川沿いの広々としたステーキハウスに入って、濃厚なマルベックワインと肉料理のアサードを心ゆくまで味わった。

その夜、ホテルに戻る頃には、清潔なシーツと熟睡を楽しみにしていた。エレベータの鏡で自分の姿をちらりと確認した。目のまわりがくぼんでいる。いまだに時差ぼけが抜けない。部屋に着いた時、ドアが少し開いていた。慌てて出かけたから閉め忘れたのか。断ったはずなのに、客室係が部屋を整えているのか。私は部屋のなかに足を踏み入れた。誰もいない。出かけた時のままだ。ただひとつ、ラップトップをしまっておいた金庫を除いては。金庫の扉が大きく開いていた。ラップトップは確かに金庫のなかにあったが、場所が動いていた。バスルームを覗いて、侵入者の痕跡を確かめる。次にクローゼットを。さらにバルコニーも。異常はない。金庫以外がいじられた形跡はない。パスポートも、クエバスで両替した現金でさえ。何かの警告か。それとも、地雷を踏んでしまったのか。

私はラップトップをじっと見つめた。貸与されたものだった。自分のコンピュータは自宅に置いてきた。カンファレンスでは手書きでメモをとった。さっき部屋を出た時には、ラップトップのなかには何もなかった。だが、いまは何が仕掛けられていてもおかしくはない。私は空のゴミ袋にラップトップを突っ込むと、エレベータに乗ってロビーに降り、ゴミ箱に捨てた。

ブエノスアイレスでの最後の一日を、私はイヴァン・アルセに会うためにとっていた。アルセは、ヘラとともにアルゼンチンのハッキング界のゴッドファーザーであり、二〇年前に、コア・セキュリティを創業した五人のうちのひとりである。

アルセには、ヘラのような威厳のあるごま塩の顎ひげや愛想の良さはない——もちろん、ヘラもツイッターで我を忘れて熱くなることがある。だが、私が出会ったなかで、アルゼンチンのハッキングの歴史を、誰よりも情熱的に語ったのがアルセだった。「私たちの世代は、いまの状況に責任がある」アルセが続けた。「かつては、エクスプロイトをゲームのように共有していた。それがいま、私たちの次の世代はエクスプロイトを利益のためにしまい込んでいる」

ヘラやアルセ、そして彼らと同世代の者は、アルゼンチンの次の世代のハッカーを育てた。だがアルセによれば、次の世代はミレニアルズ（一九八〇〜二〇〇〇年代初めに生まれた世代。デジタルネイティブ）のメンタリティが優勢だという。会社人間ではない。しかも、コア・セキュリティのツールにエクスプロイトを組み込むよりも、闇市場で売り捌いたほうがずっとカネになる。

「二年はコアにいるかもしれないが、そのあとやめてしまう」アルセが言った。「新しい世代は、すぐ手に入る目の前の喜びに心を動かされやすい。もはや忠誠心はない。そういう連中が、外国の政府にエクスプロイトを売ってるんだ」

若い世代の行動は明らかに、アルセの心に重くのしかかっていた。「彼らは、もっと稼いで税金は支払わないと考えている」彼が続ける。「諜報員にエクスプロイトを売ることには、ジェームズ・ボンドのような要素がある。気がついた時には贅沢な生活が手に入っていて、もう元には戻れない」

カンファレンスに参加していた若者は、私とは口をききたくなかったかもしれない。だが、ゴッドファーザーとは積極的に話した。アルセは長年、若い世代と会話を交わしてきたが、そのたびに侮蔑と、そのいっぽうで理解の入り交じった気持ちを味わってきたという。これがポスト・スタックスネット世界のあり方だ、とアルセは言った。エクスプロイトを政府に売ることは、貧困と長時間労働の人生から抜け出すチケットなのだ。

私はアルセに、ほかの人にも繰り返し訊いてきた質問をした。だが何度訊いても、まともな答えが返ってきたためしがなく、最近は気後れを感じていた。質問はぎこちなく私の口をついて出た。

「それで、彼らがエクスプロイトを売る相手は、西洋のいい政府だけ？」

アルセは、私の質問を鸚鵡《おうむ》返しに訊き直した。「西洋のいい政府だって？」

私は椅子のなかで躰を縮こめた。頭も見えないほど躰を小さく丸めたに違いない。アルゼンチン人の口から出ると、その言葉はなおのこと屈辱的に響いた。第二次世界大戦中、アルゼンチンはナチスドイツに宣戦布告するのを拒否した。そのため、アメリカの援助を得られなかった南米で唯一の国になってからというもの、アルゼンチンとアメリカとの関係は緊張を孕《はら》んできた。一九九〇年の湾岸戦争ではアメリカに協力したことから、関係はいくぶん改善したものの、クリスティーナ・キルチネル大統領の時代に再び悪化した。アメリカのヘッジファンドが、紙屑同然のアルゼンチン国債を保有したまま、身動きが取れなくなっているというのに、キルチネル政権がその問題にきちんと対処してこなかったからだ。ニューヨークのあるヘッジファンドは、キルチネルの飛行機と、二二〇人のクルーを乗せたアルゼンチン海軍の艦艇だけでなく、毎年開かれるフランクフルト・ブックフェアのアルゼンチンブースまでも差し押さえる事態となった。だらだらととりとめのないテレビ演説のなかで、キルチネルは最近、アメリカが自分の暗殺を企てていると非難した。

「私の身に何か起きたら、中東ではなく北を疑って」キルチネルはそう訴えていた。

アルゼンチン人がアメリカに対して抱く侮蔑の念は、オバマ政権下ではいくらか和らいだものの、アルゼンチンでは「アメリカに好意的な意見を持つ市民」と「アメリカをモンスターとみなす市民」に、評価が真っ二つに分かれている。それを非難できない理由もある。機密解除されたアメリカの外交公電を見れば、ダーティ・ウォーが始まった一九七六年、当時の米国務長官ヘンリー・キッシンジャーがアルゼンチンの軍事政権に、大規模な市民弾圧、殺害、拉致、拷問に許可を与えていたことがわかる。「うまくいくように」その年、キッシンジャーはアルゼンチンの海軍大将に伝えている。「実施すべきことがあるなら、早急に実施すべきだ」この話はアルゼンチン人にとって、いまも生々しい記憶だ。彼らにとって、アメリカは民主主義の救世主ではない。アメリカがゴーサインを出したせいで、子どもたちが拉致されてしまったのだ。

「西洋のいい政府、などという考えは捨てる必要がある。ニコール」アルセが言った。「アルゼンチンでは誰がいい者で、誰が悪者か。私が最後に確かめた時、よその国に爆弾を落として破壊の限りを尽くした国は、中国でもイランでもなかった」

南半球では、道徳にまつわるあらゆる考えは裏返る。ここではイランは同盟国である。そして、アメリカは国家テロリズムの支援国だ。

「ハッカーの多くはほんのティーンエイジャーだ」アルセが続けた。「NSAの男とイラン人の男が、札束の入った大きな鞄を提げて現れた。その時、頭のなかで倫理的な計算を働かせるのか。それとも、現金の詰まったふたつの鞄のうち、どちらが重いかを確かめるのか」

この市場では倫理的な計算が働いてほしいという私の希望は、これまでも甘い考えだった。その甘い希望も、アドリエル・デザウテルス（第一二章を参照）や、元TAOのオペレーターのようなアメリカ人には当てはまるのかもしれない。たとえ、アメリカに対する彼らの忠誠心が薄れつつあったとしても。だからといって、どこの国でもアメリカと同じではない。

「兵器ディーラーの誰もが倫理的なわけではない」とアルセは言った。「結局のところ、いちばん大きな予算を持っているのは誰か、という問題になる。いまのところ、それはNSAかもしれない」

アルセは続けた。「問題は、NSAがいったいいつまで手持ちの兵器を機密にしておけるか、ということだ」

その夜、私は最後となるアサードのご馳走をたっぷり楽しんでから、パレルモ地区にある大きな産業用ビルの地下のクラブに向かった。今夜はカンファレンス最後の夜だ。ハッカーが大胆になって、取引をまとめる最後のチャンスである。私はベルベットのロープを通り抜け、ミニスカートと網タイツ姿の魅力的な若い女性や、海外駐在の銀行マンタイプの脇を過ぎた。ブエノスアイレスに駐在する彼らは、年末のボーナスを受け取ったに違いない。私は淡い緑のストロボライトとタバコの煙のなかを歩いてＶＩＰ席に着き、上階にハッカーの姿を見つけた。ＤＪはトーキング・ヘッズの曲をリミックスしている。家が私のいたいところ。私をピックアップして、私の気持ちを高めてほしい。弱い心で生まれた私は何も感じない。たぶん、楽しんでいるのに違いない。（トーキング・ヘッズ「This Must Be the Place」の歌詞）

ＶＩＰ席のハッカーは、ボトルサービスとおしゃべりのうまい、しなやかな躰つきの若いホステスに目を奪われていた。アルコールがまわり、踊り始めた者もいる。うっとりと恍惚状態の者もいる。私は知らない男に、レッドブルウォッカを勧められた。味蕾をオフにして、ひと口飲む。そのことは、言わなければ言わないほどいい。償って、うまくやっていく。（トーキング・ヘッズ「This Must Be the Place」の歌詞）今週、私の身に起きたことの映像と会話が混じり合って、ひとつの声と映像をつくり出した。新しい原子核科学者だ。誰が、彼らのコードを持ち帰るのか。君は自分に訊くかもしれない。「僕は正しいのか。間違っているのか」。君は自分に言うかもしれない。「ああ、神さま！僕は何てことをしてしまったのか」（トーキング・ヘッズ「Once in a Lifetime」の歌詞）

私はレッドブルウォッカのグラスを置いて、バーに本物のカクテルを取りに行った。立ち込める煙の向こうに、隅で密談している、見覚えのあるふたつの顔を見つけ出した。ふたりともエコパーティの会場で見かけたが、カンファレンスのあいだ、どちらも慎重に私を避けていた。ひとりは上までボタンを留めた年配の外国人。中東の人間か。だが、正確にはどこの国だろうか。サウジアラビアか、カタールか。アメリカ人でないことは確かだ。そしてもうひとりは、三〇代前半のアルゼンチン人ハッカーである。

トーキング・ヘッズのボーカルの声がクラブじゅうに響き渡り、私にはふたりの会話の内容までは聞き取れない。だが、その身振りや仕草から真剣な話をしていることは間違いない。エクスプロイトを仲介して売買する、内密の会話だろう。アメリカが生み出したエクスプロイト市場はすでに、アメリカのコントロール下にはなかった。いつか市場が抑制される日は来るのだろうか。今回、あのハッカーのカギが解除するのはどのコードなのか、誰に対する攻撃なのか、それを知ることができれば。私がグラスのアルコールを飲み干した時、先の年配の外国人のほうが私の視線に気づいた。そして、相手のハッカーをより暗い隅の陰へと押し込んだ。立ち込める煙のせいで、ふたりの姿が見えなくなってしまった。

私はクラブを出た。夜はまだ始まったばかりだ。ドアの前で並んで待っている、ほろ酔い加減のブエノスアイレス市民と駐在員タイプの脇を通り過ぎる。タクシーを停めて乗り込み、窓を降ろす。タクシーが走り出した時、私にはトーキング・ヘッズの歌詞の意味がわかった。**竜巻がやってきたのだ。**

（「Once in a Lifetime」の歌詞）

第一八章：パーフェクト・ストーム——サウジアラビア、ダーラン

いまになって思えば、星条旗を燃やす画像が最初だった。あの事件をきっかけに、アメリカのサイバー敵対国がひとつ残らず、アメリカへの攻撃に転じる一〇年の口火を切ったのだ。

アメリカとイスラエルがイランの国境を越え、ナタンズ核燃料施設の遠心分離機を破壊した事件から三年後、イランが報復攻撃に着手した。当時の世界が見たこともない破壊的なサイバー攻撃だった。

サウジアラビアには、新規上場時の時価総額がアップルの一・五倍という、世界一裕福な国営石油会社サウジアラムコがある。二〇一二年八月一五日、イランのハッカーがアラムコをマルウェアで攻撃し、三万台のコンピュータを破壊してデータを削除し、燃える星条旗の画像を画面に映し出したのである。どれほどカネを積もうと、イランのハッカーがアラムコのシステムに不正侵入するのを防ぐことはできなかった。ハッカーは、イスラム教徒にとって最も神聖な夜の前日を狙った。「権力の夜」と呼ばれる夜、サウジアラビア国民は毎年、自宅に集い、預言者ムハンマドが神から啓示（コーラン）を授かったことを祝う。そして二〇一二年のその前夜、ハッカーはコンピュータの強制停止スイッチを作動させて、マルウェアを解き放ったのである。アラムコのコンピュータやデータを破壊し、メールやインターネットへのアクセスを阻止したばかりか、ハードドライブのグローバル市場にも大

打撃を与えた。だが、それだけでは済まなかったかもしれない。サイバーセキュリティ会社のクラウドストライク、マカフィー、アラムコやほかの捜査担当者が、イラン人ハッカーが残したわずかな痕跡を徹底的に調べたところ、ハッカーはアラムコの生産システムとビジネスシステムとのあいだのルビコン川を渡ろうとしていた。その意味では、ハッカーは目的を遂げられなかったことになる。

「今回の攻撃の大きな目標は、地元及び国際市場への原油と天然ガスの流れを止めることでしたが——ありがたいことに——その目標は達成できませんでした」アラムコの副会長アブドラ・アル＝サアーダンは、サウジアラビアのテレビチャンネル「アルエクバリヤ」に述べている。

将軍や企業の経営陣、諜報員、ハッカーはずいぶん前から私に、いまにキネティック（物理的・物質的）な結果を及ぼすサイバー攻撃を見ることになる、と注意を促してきた。だが、イランがこれほど速く攻撃に転じるとは予想していなかった。

アメリカは敵対国をひどく見くびり、イランがアメリカのコードからこれほど速く学ぶとは思ってもいなかった。アラムコを襲ったイランのマルウェアは、さほど高度ではなかった。基本的には、その四カ月前に、アメリカとイスラエルがイランの石油ネットワークを感染させて、データを消去するために使ったコードの盗用だった。だが、コードに残された言葉から「シャムーン」と名づけられた今回のマルウェアは、当初の目的を果たした。すなわち、イランの不倶戴天の敵であるサウジアラビアを大混乱に陥れるとともに、アメリカ政府に対して、イランがすでに侮《あなど》り難いサイバー脅威であって、アメリカに襲いかかる日もそう遠くない、というシグナルを送ったのである。

「あのような高度なウイルスをイランが開発できると知って、愕然とした」当時、国防長官だったレオン・パネッタはのちに、私の取材にそう漏らした。「我々が考えていた以上に、彼らの能力がはるかに進んでいることがわかった。我々が扱っていたウイルスは、アメリカのインフラにも簡単に使えるものだった。同時多発テロか真珠湾攻撃なみの混乱と破壊をもたらせる兵器だった」

イラン政府は、通常兵器や軍事費ではとてもアメリカに対抗できない。だが、サイバー兵器を使えばアメリカと同等の破壊を及ぼせることを、イラン政府はオリンピック・ゲームズ作戦（第九章を参照）から学んだのだ。アメリカはいまも攻撃面ではトップの座にあるが、国内のシステムの安全性を確保する防衛面ではひどく遅れたままで、脆弱性は日に日に増すばかりだ。アメリカのデータ侵害は毎年、前年比六〇パーセント増加し、いまでは珍しくもない。せいぜい夜一時のニュースで簡単に取り上げられるだけにすぎない。アメリカ人の半数が、インターネット詐欺に遭い、クレジットカードを少なくとも一度は新しくしなければならなかった。オバマ大統領でさえ被害に遭っている。データ侵害は、ホワイトハウス、国務省、諜報機関、大手金融機関、有名な病院、エネルギー関連企業、小売業者、さらには郵便事業者にまで及んだ。そして気づいた時には、取り扱いに最も注意を要する政府の機密情報、企業秘密、従業員や顧客のデータがすでに窃取されたあとだった。アメリカは発電所、列車、航空機、航空管制、金融機関、証券取引所、石油パイプライン、ダム、建物、病院、家庭、車をどんどんインターネットに接続しておきながら、これらのセンサーやアクセスポイントが無防備な急所だという事実には、充分な関心を払ってこなかった。そして、その点についてアメリカの規制当局が何も手を打ってこなかったことを、ロビイストは指摘した。

イランがアラムコを攻撃するほんの二週間前、連邦議会は、アメリカ国内の重要インフラの防衛面を強化する法案の通過に取り組んでいたが、失敗に終わった。法案が当初の強制力を維持したまま成立していれば、国内の重要インフラを監督する企業が従うべき、厳格なサイバーセキュリティ基準が設定されていたに違いない。非常に期待の持てる措置だった。連邦議会議事堂内の機密情報隔離施設で非公式に行なわれたブリーフィングには、数名の政府関係者が顔を揃えていた。ジャネット・ナポリターノ国土安全保障長官。ロバート・モラーFBI長官。マーティン・デンプシー統合参謀本部議長。マイク・マコーネル国家情報長官。彼らは、サイバー脅威が国家の重要インフラに及ぼす恐ろしさを、上院議員に説得しようとした。「はっきり言っておくが、もし攻撃を受けたら、アメリカはまず勝てない」マコーネルは上院議員に明言した。政府には民間部門の協力が必要である。

「大部分のインフラは民間部門が管理している」元国土安全保障長官のマイケル・チャートフは当時、私に述べている。「政府は航空管制システムを管理するようには、民間のインフラを管理できない。莫大な数の独立した非国家主体に協力してもらう必要がある」もしそれが、規制を使って民間の公益事業者やパイプライン管理者、水処理工場に、強制的にセキュリティを強化させることを意味するならば、そうするまでだ、とチャートフは言った。ハリケーン・カトリーナの際、政府対応の指揮にあたったチャートフは、アメリカがいま、国内のインフラに対するサイバー脅威に直面しており、カトリーナの時以上ではないにせよ、あの時と同じくらい、悲惨な結果になりかねないことを危惧していた。

「我々は時間との戦いにある」とチャートフは訴えた。

ところが、その前に立ちはだかったのが、アメリカ商工会議所のロビイストである。その前年、商工会議所は容赦ない中国人ハッカーの標的になり、サーモスタットやプリンターに不正侵入された。それにもかかわらず、商工会議所のロビイストたちは「規制過多だ」「大きな政府だ」などと騒ぎ立て、法案はすぐに骨抜きにされ、それぞれの企業の自主性に任せることになってしまった。そしてどういうわけか、その任意の基準さえ極めて負担が大きいとされ、共和党の上院議員のフィリバスター（議事妨害）によって、結局、法案は葬られてしまった。もしアメリカが一丸となって任意の基準に賛成できないのなら、この新たな戦場においてアメリカは何の可能性も見出せないだろう。約一万キロメートル離れた場所で、イランのアヤトラ（宗教的指導者）が血の匂いを嗅ぎつけていた。

スタックスネットは、イランが最も重視していた核開発プログラムに打撃を与えた。この時、イランが即座に学んだのは、サイバー手段を用いればアメリカの急所を攻撃できることだった。すなわち、「アメリカでは安い原油が手に入り、経済は安定し、安全で、軍がほかの国よりも優位を保っている」という神話である。スタックスネットが発見され、世間の知るところとなったあと、スタックスネットという言葉はイラン政府のスローガンになり、優秀なサイバー兵士をスカウトするための、アヤトラにとって願ったりかなったりの最大の勧誘ツールになった。参入の障壁は極めて低く、イスラム革命防衛隊は、ステルス戦闘機F35三機分の購入費を使って世界レベルのサイバー軍を創設した。

伝えられるところによると、スタックスネット以前、イスラム革命防衛隊はサイバー部隊に年間七六〇〇万ドルの予算を割り当てていたという。ところが、スタックスネットのあと、サイバー技術、インフラ、専門技術や知識の獲得に一〇億ドルをつぎ込み、新設したサイバー軍にイランでもトップクラスのハッカーを入隊させ、徴兵し始めた。スタックスネットはイラン政府の核開発プログラムを数年分後退させ、イスラエルの爆撃を免れることになったが、そのわずか四年後、イランはウランの濃縮能力を回復しただけでなく、新たに一万八〇〇〇基の遠心分離機を設置した。この数字は、スタックスネット時の三倍超に及ぶ。そしていま、イラン政府によれば、彼らは「世界で四番目に大きなサイバー軍」を抱えていた。

アメリカはイランに完全に不意を突かれた。アメリカは中国による数千回のサイバー攻撃をかわすどころか、追跡するのでさえ、すでに手一杯の状態だった。オーロラ作戦は氷山の一角だ。グーグルにサイバー攻撃を仕掛けたリージョン・ヤンキー（第一四章を参照）は、中国の二十以上を数えるハッカー集団や請負業者のひとつにすぎない。そのどれも、アメリカの政府機関、企業、大学や研究室に執拗な攻撃を繰り返し、数兆ドル規模の知的財産、核推進計画、兵器開発の機密情報を窃取し、年一〇〇万人分ものアメリカ人の職を奪った。オバマ政権は次々に中国政府に代表団を送り、中国側の担当者との会合に臨んだ。会合の席で、中国はアメリカの訴えは聞くものの、何もかも否定し、彼らもまたアメリカによるサイバー攻撃の被害者だと主張し、すぐにハッキングを再開した。

中国によるサイバー攻撃を、グーグルに次いで真っ先に名指しで非難したのは《ニューヨーク・タイムズ》紙だった。私が記事を投稿する直前に、上司の編集者が状況分析を行ない、記事掲載の是非をもう一度検討した。我が社が攻撃されたことを本当に公表したいだろうか。競合各社には何と言われるだろうか。「何も言わないはず」私は編集者に答えた。「彼らもみなハッキングされてるから」

案の定、記事の掲載から数時間も経たないうちに、《ワシントン・ポスト》紙と《ウォールストリート・ジャーナル》紙が、やはり中国によるハッキング被害を積極的に認めた。一流の報道機関はどこも、中国にハッキングされていた。私の記事をきっかけに水門が開いた。この時ほど、自分が《ニューヨーク・タイムズ》紙で働いていることを誇りに思ったことはない。被害を受けた企業は長年、サイバー攻撃を顧客や株主、競合には知られたくない、恥ずべき秘密とみなしてきた。公表すれば、株価の下落を招き、利益の見込める中国でのビジネスチャンスを潰してしまうからだ。だが、被害に遭った企業はついに事実を明らかにし始めたのである。

そのあいだも、中国政府当局はいかなる関与も否定し続けた。私の記事は何の根拠もないでっちあげだと反発し、裏づけとなる「確実な証拠」を要求した。そこで、私たちはその証拠を提出した。二週間後、同僚のデイヴィッド・バルボッサとデイヴィッド・サンガーと私は、中国人民解放軍をドアの前まで追い詰めた。私たち三人に、サイバーセキュリティ会社のマンディアント（第一四章を参照）の担当者を加えた面々が、上海にある一二階建ての白い軍関連施設のビルを突き止めたのだ。そこは、人民解放軍の六一三九八部隊が、アメリカ企業を標的に数千回ものサイバー攻撃を仕掛けた本拠だった。標的にされた企業にはコカコーラやセキュリティ企業のRSA、ロッキード・マーティンも含まれる。私たちは、特定のIPロケーションのハッカーを割り出して追跡し、場合によっては、彼らのコンピュータ画面まで覗くことができた。できないのは、人民解放軍のビルに入ることだけだった。

「彼らは六一三九八部隊の出身者なのか」ケヴィン・マンディアが言った。「それとも、世界でも最も制御され、最も監視の厳しいインターネットネットワークの運営者なのか。この一画から攻撃を仕掛けている数千人が、そのどちらかはまったくわからない」

《ニューヨーク・タイムズ》紙の記事に、ホワイトハウスは勇気を得た。中国のサイバー攻撃を暴露する私の記事が出た五日後、オバマ大統領は一般教書演説のなかで、「外国の国家と企業が我々の企業秘密を窃取している」と激しく非難した。ホワイトハウスがサイバー窃盗について「静かな外交」をやめて、ボクシンググローブをはめた瞬間だった。

司法省の当局者は、中国を相手どった訴訟準備に入った。一年後、連邦検事が人民解放軍六一三九八部隊の五人のメンバーを起訴し、ＦＢＩの最重要指名手配リストに加えた。だが、すべては象徴的な意味しかない。中国が自国の兵士を引き渡す可能性はゼロだからだ。数週間というもの、中国のハッカー集団は攻撃ツールを放棄して闇に潜った。だが、ホワイトハウスが淡い期待を抱いたにせよ、その平穏もわずか数週間しかもたなかった。人民解放軍の新たなハッカー部隊が登場して、先の仲間が放棄した攻撃ツールを拾い上げると、そのあとを引き継ぎ、アメリカを標的とした攻撃に改めて着手したからだ。

もしホワイトハウスが、中国のような道理をわきまえた国家主体に対してさえ、アメリカのシステムを狙った不正侵入を阻止できないのなら、イランのような道理をわきまえない国家主体をどうやって封じ込められるだろうか。イラン人ハッカーがアメリカの金融機関に攻撃を仕掛けた時、その問いに答えられる者は誰ひとりいなかった。

サウジアラビア経済にとっての原油は、アメリカ経済にとっての金融である。サウジアラムコの攻撃から一カ月余りが経った頃、イランのハッカーがアメリカの金融機関に照準を合わせた。バンク・オブ・アメリカ、JPモルガン、シティグループ、フィフスサード銀行、キャピタル・ワン、ニューヨーク証券取引所が標的になった。これらの金融機関の経営陣は、イランがウェブサイトに過剰なデータを送りつける攻撃によって、ウェブサイトがひとつずつ障害に見舞われるか、オフラインを余儀なくされるのを、為す術もなく見守るほかなかった。

これは「サービス拒否（ＤＤｏＳ）攻撃」と呼ばれる。数千台のコンピュータから攻撃対象のウェブサイトに、過剰なアクセスを一斉に行なうか、大量のデータを送りつけて大きな負荷をかけ、本来のサービスを妨害する攻撃手法である。だがこの時の攻撃は、これまでの攻撃とは著しく異なっていた。新しいタイプの兵器だった。個々のコンピュータを悪用して攻撃を仕掛けるそれまでの方法と違って、世界中のデータセンターのコンピュータを乗っ取り、いわばきゃんきゃん吠える数匹のチワワを、火を吐くゴジラの群れに変えてしまったのだ。トラフィックの奔流はあまりにもすさまじく、どんなセキュリティ防衛でも止めるのは難しかった。通常の企業のインターネット容量はたった一ギガバイト／秒だが、金融機関は四〇ギガバイト／秒という驚くような容量を備えている。それでも、七〇ギガバイト／秒のデータ量を長時間にわたって送りつけられ、ウェブサイトの機能が停止してしまった。七〇ギガバイト／秒というデータ量は、二〇〇七年にロシアのハッカーが一カ月にわたって、エストニアに送りつけたデータ量の数倍にあたる。この時、エストニアはほとんど麻痺状態に陥った。アメリカを襲ったＤＤｏＳ攻撃では、これほど多くの金融機関が、これほど大規模な脅しを受けたことはなかった。イランのハッカーは数カ月間、アメリカの金融機関を次々と攻撃した。長期の攻撃は激しさを増し、最終的に四十数行の金融機関に及び、インターネット史上、最も長期にわたるサイバー攻撃を記録した。

オバマ大統領がウォールストリートの経営陣をホワイトハウスに招いて緊急のブリーフィングを行なった時、経営陣はただ首を横に振るばかりだった。オバマ政権はイランの犯行だと明確に認めたが、解決策についていえば経営陣と同様に運が悪かった。今回の攻撃によって、アメリカのサイバー防衛の限界が露呈してしまったのだ。重要インフラ――これには国内の金融システムも含まれる――を守るはずの国土安全保障省は、まるで役立たずだった。同省は、民間企業のシステムが被るリスクについて忠告し、データ侵害があった場合の支援は約束した。だが、莫大な被害額の補償は行なわず、復旧費用も民間企業の負担とした。これが、新たな時代の非対称のサイバー戦争の様相だった。アメリカは、敵対国の重要インフラにサイバー攻撃を仕掛けられる。だが報復を受けた場合、相手以上に不運な目に遭うのはアメリカ企業のほうなのだ。エスカレートする国家主体のサイバー攻撃に対して、アメリカには一貫した対応策がなかった。

「敵対国を相手にサイバー兵器を積極的に使うつもりならば」当時、国防長官だったパネッタが私に言った。「報復攻撃を見越して、充分に準備しておかなければならない」

次にイランが攻撃を仕掛けた時には、アメリカ政府の高官は即座に対応した。惨事がすぐ目の前に迫っていた。

「大統領を起こすべきだろうか」二〇一三年八月の真夜中のこと。当時、CIA長官だったジョン・ブレナンは、ホワイトハウスのサイバーセキュリティ調整官J・マイケル・ダニエルに相談した。深夜三時の電話である。ブレナンはダニエルに、イランのハッカーがボウマン・ダムのネットワーク——PLC（プログラマブル・ロジック・コントローラ）の制御システム——に不正侵入し、制水弁を開ける恐れがあると伝えた。

オレゴン州のクルックド川に設置された、巨大なアーサー・R・ボウマン・ダムのネットワークであれば、もちろん大惨事は免れない。ダムの堤高は七五メートル、堤頂長二四四メートル、貯水容量は一億八五〇〇万立方メートルだ。下流のプラインビル市で暮らす一万人の住民を氾濫から守っている。もしイランのハッカーが水門を一気に開けたら、大きなツナミを引き起こすことになり、アメリカは当然、同様の破壊的な報復に打って出たに違いない。普段は冷静なブレナンのあれほどうろたえた声を聞いたのは、ダニエルにとって初めてだった。

とはいえ、結局、イランの攻撃は不発に終わった。彼らが実際に侵入したのは、オレゴン州の巨大なアーサー・R・ボウマン・ダムではなかった。ニューヨーク州のウエストチェスター郡にある、高さ六メートルの小さなボウマン・アヴェニュー・ダムだったのだ。さらさらと流れる小川につくられたこのダムは、近所の住宅の地下室を洪水から守っている。フーバーダムとはほど遠い。しかも攻撃を受けた夜は、メンテナンスのために制水弁の接続が切ってあった。

「あのダムはとても小さいし、つくられた経緯も取るに足りないし、馬鹿げています」ウエストチェスター郡ライブルックの村長ポール・ローゼンバーグは、攻撃の話を聞いたあと、私の同僚のジョセフ・バーガーの取材にそう答えている。「この国のインフラにとって重要なダムではありませんね」

あれから数年が経つが、アメリカ政府の当局者があの夜、報復に出る一歩手前だったことを考えると、ダニエルはいまだに顔をしかめる。「あれは重要な教訓だった。サイバーの世界では、最初の判断はいつもたいてい間違っている」

それにもかかわらず、イランの脅威は深刻さを増し、ますます大胆になった。それからわずか二、三カ月後、イラン人ハッカーはアメリカ海軍のネットワークに侵入した。その年、ニューメキシコ州とアイダホ州にある国立エネルギー研究所と国防総省では、分析官とエンジニアが、実際に国内のインフラがイランに攻撃された時のシナリオについて、机上の戦闘作戦を練り始めた。移動体通信ネットワーク、金融システム、給水施設、送電網が攻撃された際のシミュレーションである。アメリカの当局者が長く恐れてきた、悲惨なサイバー攻撃が迫っていたのだ。軍のある高官はこんなふうに漏らした。「彼らにとって、アメリカのインフラを狙うことは利点だらけだ」

ボウマン・アヴェニュー・ダムの一件があった二〇一三年、産業制御セキュリティのハッキング・カンファレンスに現れた若いイラン人ハッカーに、私は嫌でも気づかずにいられなかった。私がふたりのイタリア人ハッカーと食事をし、彼らが皿の上のサーモンを見つめた、あの時のカンファレンスである（第二章を参照）。あの翌日、私はアリ・アッバシという若いイラン人プログラマーがステージに上がり、送電網を制御するコンピュータを――ものの五秒で――ハッキングするのを見て、ショックにおののいた。それ以上に肝を潰したのは彼の経歴だった。イランは、早いうちからアッバシを将来有望なハッカーと見込んでいた。イランのシャフィール・テクニカル大学で、脆弱性の分析とインシデントトレスポンス（インシデントトレスポンスとは「重大な事故や危機の発生につながる状態や不具合」。インシデントトレスポンスとは「そのような事態が発生したあとの事後対応」。サイバー攻撃に対応する手段やステップを指す）の講義を受け持っていたところ、抜擢されて、中国で産業サイバー攻撃を学ぶことになった。

ここ最近は、世界の産業システムをハッキングするあらゆる方法を研究していた。その資金は、中国の「八六三計画（国家ハイテク研究発展計画）」から出ており、その計画は中国の大学に資金を提供していた。ここ数年、その資金を受け取った大学が、アメリカを標的とするサイバー攻撃の発信源のひとつとなっていた。私が聞いた話によると、イランは精鋭のプログラマーを中国に派遣してハッキング技術を学ばせており、その成功例がアッバシだという。私が特に脅威に感じたのは、彼の得意分野である。彼は私たちにこう言ったのだ。送電網にアクセスして、狙ったことはほぼ何でもできます。データを削除する。停電を起こす。圧力計や温度計を遠隔操作して、パイプラインや化学工場を爆破する。攻撃の各ステップについて話すその何気ない口ぶりは、まるでスペアタイヤの取りつけ方を説明しているようなのだ。当局者が恐れる、世界の終わりを招くキネティックなサイバー攻撃について話しているとは、とても思えない。

そのわずか二、三カ月前、国防長官のレオン・パネッタは、サイバー攻撃について初めて大きな警告を発していた。サイバー攻撃は「同時多発テロと同じくらいの破壊」をもたらすだろう。アメリカは再び「同時多発テロ前」の状態にある。「敵対国あるいは過激派がこの種のサイバーツールを使って、アメリカ国内の重要なスイッチを乗っ取ることができます」この時、パネッタは、ニューヨークのイントレピッド海上航空宇宙博物館で、聴衆に向かって演説していた。「彼らは乗客を乗せた列車を脱線させ、さらに危険なことに、その列車に致死性の化学薬品を積んで脱線させることもできます。大都市の飲料水を汚染し、アメリカのあちこちで送電網のスイッチを切ることもできるのです」

その年、パネッタの頭に、そして警戒を怠らない誰の頭にも、真っ先に思い浮かんだのはイランだった。

「核兵器同様、彼らもいつかはその段階に到達する」二〇一四年前半、私にそう言ったのは、政府の元高官でサイバーセキュリティの専門家であるジェームズ・A・ルイスだ。

その時には、初めてアメリカ本土を襲う破壊的なサイバー攻撃が、ラスベガスのカジノとハリウッドの映画スタジオを麻痺させることになるとは、誰も予想していなかった。

ボウマン・アヴェニュー・ダム事件から二カ月後。イランが新たに標的としたのは、世界的富豪のシェルドン・アデルソンが有するカジノ帝国のサンズだった。二〇一四年二月のある早朝、ラスベガス・サンズのコンピュータが停止する。サウジアラムコの時と同じように、サンズのコンピュータは無用の長物と化した。メールも電話も使えない。ハードドライブのデータは完全に消去された。今回のメッセージは燃える星条旗ではなかった。イランのハッカーがサンズのウェブサイトに映し出したのは、世界中のサンズカジノが炎に包まれている世界地図と、シェルドン・アデルソンとイスラエルのベンヤミン・ネタニヤフ首相が一緒に写った写真、そしてアデルソン個人へのメッセージだった。「舌で喉を切るな」（愚か者の舌は自分の喉を掻き切るくらい長い、という諺から。「自分の身に災いを招くような言葉や振る舞いは慎め」という意味）。「Anti WMD Team（反大量破壊兵器チーム）」という署名があった。

イランのハッカーがカジノ経営の大物を攻撃したのは、アデルソンが先日、イランを核攻撃するようアメリカに示唆したことに対する報復だった。この大富豪は、世界でも最大規模の資金をシオニズムにつぎ込んでいた。アデルソンがイェシーバー大学で講演した際、聴衆に向かって、アメリカはイランの砂漠の真ん中に原爆を落とすべきだと述べ、こう続けた。「さて！　その次はテヘランの真ん中だ」イランのアヤトラたちは、その発言が気に入らなかった。最高指導者のアリー・ハーメネイーは言った。アデルソンは「その口に平手打ちを受けるべきだ」

イランのサイバー軍は、最高指導者の言葉を直接の命令と受け取った。そして、アラムコの時と同じようにサンズにもサイバー攻撃を仕掛けたが、今回はもうひと工夫加えた。さらに踏み込んで、サンズカジノの従業員の名前と社会保障番号を、オンラインに流出させたのだ（サンズが開示した財務諸表によれば、今回のサイバー攻撃によっておよそ四〇〇〇万ドルの被害を受けたという）。

ワシントンDCでは、アメリカの当局者が麻痺状態に陥っていた。イランによるサイバー脅威の高まりを封じ込め、アメリカの民間企業が集中砲火を浴びた時の対応策について、明確な戦略を策定する必要に迫られた。アメリカは、国内のシステムをサイバー攻撃からとても守り切れないことを、自覚しつつあった。

当時、アメリカの当局者は知らなかったが、サンズがハッキング被害に遭っていた同じ月に、中国のハッカーは人事管理局のサイバー攻撃を準備していた。その攻撃によって、過去にセキュリティ・クリアランス（第一五章を参照）の対象になった、二一五〇万人の最も個人的なデータが窃取されてしまうのである。

アメリカはあらゆる方面から攻撃を受けていた。竜巻はエスカレートしてさらに大きく渦を巻き、ますますコントロールが効かなくなっていた。

ワシントンDCから一万キロ以上離れた場所で、別の敵対国がイランの攻撃を――そして本気で報復措置に出ないアメリカの態度を――注意深く見守っていた。

二〇一四年一二月、アメリカの当局者が、中国とイランによるサイバー攻撃の対応に忙殺され、ウクライナの選挙システムと送電網に干渉を強めるロシアの動きを注視していた頃、北朝鮮のハッカーが降って湧いたように現れた。彼らはアラムコやサンズと同じタイプのサイバー攻撃を、ソニー・ピクチャーズに仕掛け、ソニーのコンピュータの七〇パーセントを破壊し、数カ月のあいだ、同社の従業員に紙と鉛筆の業務スタイルを強いた。

北朝鮮のハッカーがソニースタジオを標的にしたのは、ジェームズ・フランコとセス・ローゲン主演の馬鹿ばかしいコメディ映画「ザ・インタビュー」に報復するためだった。映画のなかで、フランコとローゲンは、北朝鮮の親愛なる指導者、金正恩《キムジョンウン》を暗殺する役を演じた。イランのハッカーと同じように北朝鮮のハッカーもデータを消去し、従業員の社会保障番号をインターネット上に公開したが、攻撃はさらに過激さを増した。ソニーの経営陣の恥ずかしいメールまで流出させたのである。

攻撃者はみずからを「平和の守護者」と名乗ったものの、犯人が北朝鮮の人間であることが数日のうちに明らかになった。今回、ソニーを狙ったハッカーは、一年前に韓国の金融機関と放送局をサイバー攻撃した時に使ったものと、同じ攻撃インフラを使っていた。

ホワイトハウスは、ソニーに対する不正侵入を言論の自由に対する侵害とみなした。特に大手劇場チェーンが北朝鮮から執拗な脅迫を受けたあと、上映中止を決定したからだ。だが、当局がさらに危機感を募らせたのは、ソニーに対する攻撃が、アラムコやサンズに対する破壊的な攻撃と酷似していた点だった。アメリカの敵は我々から学んでいるだけではない。お互いに学び合っているのである。

「凄まじい警報を鳴らすべきだった」パネッタが私にそう漏らした。

ところがメディアが狙いを定めたのは、漏洩したメールのほうだった。ソニーの重役は、俳優のアダム・サンドラーの出演映画を酷評し、アンジェリーナ・ジョリーを「ろくな才能もない甘やかされた小娘」などと書き込んでいた。メールはまた、人種と性別による驚くようなギャラの格差も暴露した。ソニースタジオはサイバー攻撃の被害者にもかかわらず、世間の厳しい目に曝された。ソニーのエイミー・パスカル共同会長はメールが流出したあと、辞任に追い込まれた。オバマ大統領の映画の好みについて、人種を絡めたジョークを書いていたからだ。流出したメールがひどく人の名誉を傷つけるものだったために、マスコミは大喜びで飛びつき、メールを書き込んだ本人を繰り返しけなした。

「あの攻撃で大きな影響が出ました。それなのに、仲間の映画スタジオからは何の支援もありませんでした。ロサンゼルスの市長からも、当時、カリフォルニア州司法長官だったカマラ・ハリスからも、まったく何のサポートも得られなかったのです」ソニー・ピクチャーズ・エンタテインメントの元会長兼CEOのマイケル・リントンは、私の取材に答えている。あれから五年が経ち、リントンはいまだに苦い思いを抱いていたが、その理由もわからないわけではない。「ハリウッドが〝共同体〟だというのは、名目だけです。誰も手を貸してはくれませんでした。けれどもおかしなもので、私は彼らを責めません。なぜなら自分が実際に被害者にならなければ、あの状況がどれほど破滅的で困難なものか、誰にも本当には理解できないからです」

ソニーの情報漏洩とそれを執拗に追いかけたメディアの熱狂ぶりは、次のハッキング攻撃の作戦帳となった。二〇一六年のアメリカ大統領選である。「ソニーの事件は、アメリカ本土を攻撃対象にした大規模なサイバー攻撃がどんなものかを、世間の目に即座に明らかにしたのです」リントンは述べている。

新しい攻撃がどのように前回の攻撃よりも進化し、前例をもとに組み立てられたか、そしてどれほど破壊性を増したかを考えると、いっそう不安が掻き立てられる。ソニーに対する攻撃はサンズに対する攻撃と同様に、言論の自由に対する攻撃でもあった。もしアメリカ人が低俗な映画を上映したり、くだらないジョークを口にしたり、邪悪な考えを自由に人に話したりすると、サイバー攻撃を受ける危険性があり、数百万ドルを失ったりメールが世間の目に曝されたりするのならば、それは間違いなく言論の自由の侵害につながる。もちろん即座にではないにせよ、徐々に、少しずつ。

ホワイトハウスではオバマ大統領が、もはや対応しないという選択肢はない、という結論に達した。そして二〇一四年一二月、北朝鮮のサイバー攻撃に対して「それ相応の報復措置をとる」旨を表明した。詳細には踏み込まなかったが、「こちらが選んだ場所と時と方法で」行なう、とだけ述べた。その後、当局者が私に教えてくれたところによれば、オバマ大統領はその日、北朝鮮とイランという、ふたつの敵対国に向かって話しかけていたのだという。三日後、興味深いことが起きた。すでに外部の世界からほとんど孤立していた北朝鮮が、その日一日、闇に包まれてしまったのである。

二〇一五年、オバマ政権はふたつの合意に達した。ひとつは、イラン政府とのあいだで原子力発電所について。もうひとつは、中国政府とのあいだでサイバー攻撃について。どちらもアメリカのシステムを狙ったサイバー攻撃をしばらくは抑制したが、どちらもそう長くは続かなかった。

数十年にわたって、クーデター、人質事件、テロ攻撃、制裁措置、サイバー攻撃が続いたあと、イランはついに核兵器開発を縮少する協議に参加する意向を示した。イランにとっては、全体的な計画のごく一部にすぎなかった。だがホワイトハウスは、イラン政府を交渉のテーブルに着かせることが、次のサイバー攻撃を阻止する唯一の方法かもしれない、と考えるようになった。米国務省とイラン政府が協議に臨んだ結果、イランの破壊的な攻撃は確かに停止した。だが、攻撃は完全に終わったわけではなかった。もっと目立たない活動に切り替えたのである。イランのハッカーは、これみよがしの攻撃はやめて、アメリカの外交官をひそかに追跡し始めた。私は同僚のデイヴィッド・サンガーとともに、イランがアメリカ国務省の職員の個人メールやフェイスブックのアカウントを、秘密裏にハッキングしていることを記事で明らかにした。交渉相手であるアメリカの外交官をイランが詳細に監視していたことは間違いなく、アメリカが果たして真剣なのかどうかを探ろうとしていたようだ。二〇一五年七月に締結したイラン核合意には批判もあった。合意は不充分だとか、イランに対する経済制裁の解除は中東の不安定化につながるとか、アメリカは騙された過去がある、など。だが、そのような批判にもかかわらず、サイバーセキュリティのコミュニティは安堵した。合意に達したあと、サイバー攻撃対応の緊急処理班は活動を停止した。

「核合意はサイバー攻撃を抑制する」その月、サイバーセキュリティの専門家ジェームズ・A・ルイスは私に言った。だが、こうも警告した。「合意がなくなる時、制約もなくなる」

***

その夏、オバマ政権の国務長官ジョン・ケリーがイランとの核合意を擁護していた頃、アメリカ政府の別の代表団は、中国政府の代表団に「これ以上は交渉の余地なし」という一線を提示していた。中国による企業秘密の窃取は、アメリカ企業に毎年数十億ドルの被害をもたらしていた。オバマ政権は中国に繰り返し、アメリカ企業に対するハッキングをやめるように迫った。だが、いくら執拗に要求しようとも、また米司法省が中国の軍関係者を起訴したのにもかかわらず、何の具体的な成果もなかった。

「人事管理局のデータ侵害により、危険性が相当に高まった」と言ったのは、当時、国土安全保障省でサイバー政策の次官補を務めていたロブ・シルバーズである。行動を起こす時だった。

二〇一五年九月、習近平は中国の国家主席に就任して初めて、国賓としてホワイトハウスを公式訪問する予定だった。これに先立つ最初の訪問は、もちろんロシアである。習近平はモスクワを訪問して、自分が毛沢東以来、中国で最も権威主義の指導者であることを証明し、プーチンにこう打ち明けた。「私たちは性格が似ている」習近平は上半身裸で馬に跨《また》がってはいない（プーチンは上半身裸で馬に乗ったり、釣りをしたり、泳いだりするマッチョな姿を好んで写真に撮らせた）が、いかなる代償を支払っても権力と威光を求めるところはプーチンと似ている。国家主席に就任した当時、習近平は数万人の同胞を取り調べた。逮捕した市民の数は、天安門事件とその余波が続く一九九〇年半ば以降、どの時代よりも多い。習近平は多くの地位に就き、みずからのために一〇もの肩書きを新たにつくり出した。国家主席と中央軍事委員会主席だけではない。中国共産党の最も強力な委員会――経済、外交、台湾――の主席でもあり、インターネット、国家安全、法廷、警察、秘密警察を監督する新たな組織の主席も務める。官僚主義の共産党政治局員《アパラーチク》を「頭でっかち」と見下し、「ライオンを喰らう犬のチームスピリット」を称賛する。対外的に決して弱みを見せようとしない。

習近平にとって初となる二〇一五年九月のホワイトハウス公式訪問が近づくと、アメリカの政府当局者は、面子にこだわる中国人の価値観を利用すれば、戦略的に優位に立てることに気づいた。公式訪問を目前に控えた八月、国家安全保障問題担当大統領補佐官のスーザン・ライスは、強く明確なメッセージを携えて北京を訪れた。「もし中国が我が国の財産を窃取し続けるならば、習国家主席がアメリカを公式訪問する直前に制裁措置を課す」と警告するためである。ライスはことあるごとに、アメリカの考えを会合の相手に伝えた。習近平本人に、もっと慎重な方法で伝えたこともある。ライスは中国に、オバマがほんの四カ月前に大統領令に署名したことを改めて伝えた。その大統領令によって、アメリカ政府は、サイバー攻撃を仕掛けた海外の行為者にすみやかに制裁措置を科すことができる。もし中国がこれ以上サイバー攻撃を続けるならば、アメリカは習近平を制裁措置で迎えることになる。八月、ライスが北京から帰ってくると、匿名の高官が《ワシントン・ポスト》紙に、政権がすでに中国に制裁措置を科す準備を進めているとリークした。記事は狙い通りの効果をあげた。

「中国は慌てふためいた」ある高官が教えてくれた。制裁措置が国賓の習近平の顔に泥を塗ることを恐れ、いかなる不名誉な不意打ちも阻止するために、中国はすぐさま高位の特使をワシントンDCに派遣したいと伝えた。国家公安部のトップ孟建柱《もうけんちゅう》率いる代表団が訪米したのは、九月九日のことである。ホワイトハウスの高官が経済制裁の発令を表明する予定の当日だった。

ホワイトハウスのなかでは、その後の段取りについて意見が分かれた。ライス大統領補佐官は、中国特使の説明を待ってから経済措置に踏み切るべきだと主張した。もし彼らの説明に納得できなければ、習近平の訪米前に制裁措置を科せばいい。そのいっぽう、アメリカはすでに外交的な努力を嫌というほど重ねてきたという意見もあった。アメリカは先手を取って中国に制裁を科すべきだ。そして、特使がこちらの要求を呑まないのなら、その時には制裁を強化すればいい。だが、アメリカ側が実際に何を要求するのか、という問題があった。人事管理局に対する攻撃は確かにすさまじかったが、アメリカの諜報機関は、海外のハッカーが米政府機関に不正侵入するのを本当に禁止したいわけではない。そんな合意はアメリカにだって守れない。

「『ガラスの家に住む者は石を投げてはならない』ということだ」オバマ政権のある高官が、私にそう言った。自分も同じ弱みを抱えている時に、自分のことを棚にあげて相手を批判すると、痛いところを突かれるぞ、という意味である。NSAの本業は、海外の諜報機関と当局者のハッキングだ。中国による米人事管理局のデータ侵害は、基本的に報復措置だった。「民間部門の保護、市民の個人データの保護、インテリジェンス・コミュニティの利益の保護。この三つのあいだには緊張が内在し、その緊張は同じ種類の報復行動につながる。だが、いちばんの難題は企業秘密のスパイ活動だった」

結局、オバマ大統領は中国の言い分を聞くまで経済制裁を待つことに決めた。二〇一五年九月初め、孟建柱は三日間にわたって、当時の国土安全保障長官ジェイ・ジョンソン、司法長官のロレッタ・リンチ、ＦＢＩ長官のジェームズ・コミーと会談したあと、ホワイトハウスのルーズベルト・ルームで大統領補佐官のライスとの会談に臨んだ。孟建柱はこの時も中国の言い分を繰り返し、サイバー攻撃に対する中国政府の関与を否定し、アメリカこそ中国に対してサイバー攻撃を行なっているではないか、と非難した。ライスは孟建柱に告げた。中国が我が国の企業秘密の窃取をやめないならば、アメリカは二週間後に迫った習近平の公式訪問に先立って経済制裁を科し、貴国の国家主席に恥をかかせることもできます、と。孟建柱の代表団の別のメンバーである、外交部副部長の張業遂《ちょうぎょうすい》との非公式会談でも、ライスはアメリカの立場を繰り返し伝えた。「私たちは本当に臨界点にあります。ブラフではありません。駆け引きの余地はありません。こちらの提案に同意しないのなら、厳しい措置をとることになるでしょう」

交渉は、ホワイトハウスと中国大使館で三六時間にわたってほぼ休みなく続き、オバマ大統領の代理人は提案の概略を説明した。孟建柱はその提案を持って帰ることになった。

二〇一五年九月二五日の朝は、入念な歓迎式典で始まった。礼砲のあと、軍楽隊による中国の国歌「義勇軍進行曲」とアメリカの国歌「星条旗」の演奏が続いた。オバマと習近平は、ホワイトハウスのサウスローン（本棟南に位置する芝生の庭）を歩き、儀仗兵の前を通って足をとめ、アメリカと中国の旗を振る子どもたちに挨拶した。

その日、二時間に及ぶ密室の会談で、オバマ大統領は強い口調で切り出した。中国は、アメリカ企業に対するサイバー攻撃をやめなければならない。もしこのまま続けるのであれば、アメリカは中国人ハッカーを再度起訴し、経済措置に踏み切る。習近平はサイバー攻撃の停止に同意したが、その部屋にいた者はみな、その頃には中国が今後一〇年分以上の知的財産を、すでにアメリカから収集し尽くしたことを知っていた。中国のハッカーは何もかも、それこそステルス戦闘機F35の設計図からグーグルのコード、アメリカのスマート送電網のデータ、コカコーラや水性塗料ベンジャミン・ムーアの製法まで窃取していた。

その午後、ホワイトハウスのローズガーデンで習近平と並んで共同記者会見に臨んだオバマ大統領は、米中両政府がお互いの知的財産の窃取は行なわないという「共通の理解」に達したと表明した。その日、集まった記者を前にオバマは、アメリカと中国がともに「サイバー空間での適切な行動」について、新たな「国際ルール」を模索することになると述べた。ふたりは非公式のホットラインを設置し、それぞれのネットワークの悪意あるソフトウェアについて、互いに警告し合うことを確認した。アメリカと中国の捜査官が協力して、その出所の根絶にあたるためだ。オバマと習近平はまた、前年七月に採択された国連協定を尊重し、平時にお互いの重要インフラ——発電所、携帯電話ネットワーク、金融機関、パイプライン——を標的にしないことに合意した。未解決の問題が多く残された。重要インフラには何を含むのか。飛行機やホテルを標的とするサイバー攻撃は、企業秘密の窃取にあたるのか。海外の政府高官の移動を追跡することが目的のサイバー攻撃は、どうなのか。

だがアメリカ政府の当局者は、合意を勝利とみなした。その夜、アップル、マイクロソフト、フェイスブック、ディズニー、ハリウッドの映画産業の経営陣が、豪華な公式晩餐会に顔を揃えた。ミシェル夫人は中国系アメリカ人デザイナーであるヴェラ・ウォンの、肩を出したドレスに身を包んでいた。会場のあちこちをアジアのモチーフが飾った。中国原産のライチのシャーベットとマイヤーレモン。ホワイトハウスのイーストルームを彩る、五メートル近いシルクの掛け物には、「ふたつの心の完全なる出会い」を象徴するという二本の赤いバラが描かれていた。乾杯の時、オバマ大統領はふたつの国に意見の不一致があることは避けられないが、米中が「友情と平和において、同じ手の指どうしのように協力」できることを望んでいると述べた。習近平は今回の訪問を「忘れられない旅」と評し、温かい歓迎に感謝の意を表した。

一〇年にわたって、アメリカの企業相手に略奪の限りを尽くしてきた中国のサイバー窃盗は、その後すぐに急減した。セキュリティ会社の報告によれば、アメリカ企業を標的にした中国のサイバー攻撃は九〇パーセント減少したという。サイバー兵器を抑制するという世界初の合意は一八カ月間続き、その後もそのまま続くかと思えた。

九月のその夜、中国の国賓の前で、バレエダンサーのミスティ・コープランドがダンスを披露し、歌手のニーヨ（祖父が中国系アメリカ人）が「ビコーズ・オブ・ユー」を力強い声で歌った。習近平はにこやかな顔で拍手し、心から楽しんでいるように見えた。ところが、オバマ大統領のあとを引き継いだトランプが、関税と貿易戦争で何もかもひっくり返してしまった。複数の高官がこう漏らしている。もしトランプでなければ、アメリカ企業を狙った中国のサイバー攻撃は、ぽつぽつと散発する程度に収まっていたかもしれない。だが、冷笑的な者の意見は違った。合意はいつの時代も信用詐欺だ、と彼らは言った。習近平は時間を稼いだだけだった。

二年後、サイバー攻撃が復活した。もはや、それまでの一〇年のような杜撰《ずさん》なスピアフィッシングでは済まなかった。はるかにステルスで戦略的で、高度な攻撃だった。そして、ゼロデイの価格をさらに吊り上げてしまったのである。

第一九章：送電網——ワシントンDC

アメリカの送電網を執拗に嗅ぎまわっている者がいる、と電話の相手は言った。だが、それが誰なのか、なぜなのか、それを使って何をするつもりなのかはわからない。

それが二〇一二年後半、私のもとに頻繁にかかってくるようになった電話の要点だった。私の知らない電話番号であり、面識のない相手からだった。彼らは、アメリカ国内の重要インフラを守る国土安全保障省の分析官であり、その声には紛れもない切迫感がこもっていた。送電網の攻撃は、サイバー戦争の新たな時代の幕開けを物語っていた。

その攻撃は、石油や天然ガスの会社で働く従業員を狙ったフィッシング攻撃で始まった。だがほんの数カ月のうちに、電力会社内の電源スイッチを制御するコンピュータに直接アクセスできる従業員にまで広がった。

「国土安全保障省でサイバーを扱う部署はいまどこなんだ？」ひとりの分析官が慌てふためいて、私にそう訊いたのが二〇一三年初めのこと。「誰がその部署を仕切ってる？」

それについて、納得のいく答えはなかった。サイバー攻撃が激化し始めた二〇一三年、四月が終わる頃には、国土安全保障省のサイバーセキュリティ関連の四人の高官——副長官を務めるジェーン・

ホール・ルート、サイバーセキュリティ担当次官のマーク・ウェザーフォード、サイバーセキュリティ通信局次官補のマイケル・ロカティス、最高情報責任者だったリチャード・スパイアーズ――が、揃って辞任してしまったのだ。問題は幹部だけではない。国土安全保障省は、有能なエンジニアの勧誘に失敗していた。その年、ジャネット・ナポリターノ長官は、新たな脅威に立ち向かうためには、新たに六〇〇人のハッカーを採用する必要があると弾き出していた。ところが、その目標には到底届かなかった。アメリカ国立科学財団には、前途有望な高校生を連邦政府機関にスカウトする奨学金プログラムがある。大学の奨学金と引き換えに、卒業後は政府機関で働くことが条件だ。ところが、数字を見れば明らかなように、奨学金を獲得した学生のほとんどは、国土安全保障省ではなくNSAを選んだ。NSAであれば、攻撃型の仕事に取り組めるからだ。国土安全保障省は付け足し扱いだった。学生は慈善行為として国土安全保障省を選んだ。そしていま、同省の分析官は、最悪のシナリオが進行中だと私に訴えていた。二〇一二年後半、数人の分析官が私に連絡をとってきた理由は、よくも悪くも《ニューヨーク・タイムズ》紙の記者にリークすることが、最後の、そして最善の方法かもしれないというわずかな希望をつないだからだった。国土安全保障省の上司が、あるいは上司の上司が、この問題に真剣に取り組むよう、記事が圧力をかけてくれることに最後の望みをかけたのだ。

この問題に無頓着なのは、オバマ政権のほうではなかった。連邦議会のほうだった。アメリカでは、地元の電気小売事業者が電力を供給する。その小売事業者は州の規制を受け、連邦のセキュリティ基準に従うわけではない。送電網に電力を供給するコンピュータシステムは、サイバー攻撃が当たり前になるはるか昔に設計されたものであり、もっぱらアクセスを目的につくられているため、セキュリティは疎かだ。多くが、もはや修正パッチもなくサポートも終了した、マイクロソフトなどの古いソフトウェアを使っている。そして、カリフォルニア州のパシフィックガス&エレクトリックカンパニー（PG&E）のようなごく一部の電力大手を除けば、自由に使える充分な経営資源を備えた地元の電力系統運用者は皆無に近い。

軍と諜報機関の当局者は長年、連邦議会に警鐘を鳴らしてきた。敵対国やならず者のハッカーは、ソフトウェアのセキュリティホールやアクセスポイントを悪用して、変電所の運転を止めることができる。そうすれば、シリコンバレーやナスダック、あるいは大統領選で接戦が予想される州において投票システムの電力供給を停止できる。かつて国家安全保障や諜報機関、エネルギー関連の高官だった一〇名の超党派のグループが、二〇一〇年、下院エネルギー・商業委員会に親展書を送った。そのなかには、元国防長官のジェームズ・シュレシンジャーとウィリアム・ペリー、元CIA長官のR・ジェームズ・ウールジーとジョン・M・ドイッチュ、元国家安全保障問題担当大統領補佐官のスティーブン・ハドリーとロバート・マクファーレンの名前もあった。親展書を送った理由は、国内の重要インフラのサイバーセキュリティを強化する法案を支持するためだった。単刀直入な書簡だった。

「電気通信、水道水、公衆衛生、輸送機関、医療を含む民間の重要インフラは、事実上すべて送電網に依存しています。送電網は、サイバーあるいはそのほかの攻撃による混乱に対して、極めて脆弱であります。我々の敵対者はすでに、そのような攻撃を実施する能力を備えています。我が国の送電網を狙った大規模な攻撃は、我々の国家安全保障と経済に破滅的な影響をもたらすでしょう」さらに続く。「現状では、入念に標的を狙った攻撃のあとで特定の設備が破壊されてしまえば、送電網の即座の復旧は不可能です。また政府の専門家によれば、攻撃の性質によっては、国内の広い範囲で最低でも数カ月から二年、あるいはそれ以上の停電が続くことになるといいます」

下院は彼らの警告に耳を傾けたが、法案は上院で棚上げされた。二〇一二年夏、その法案に共和党を率いて異を唱えたのは、国家安全保障の「一匹狼」ことジョン・マケイン上院議員だった。マケインは、何にもまして国家安全保障を優先する。ロビイストはそのマケインを掻き口説くことに成功し、セキュリティ関連のいかなる規制も、国内のダムや水源、パイプライン、送電網を管理する民間企業にとって負担が重いことを納得させた。問題のひとつは、脅威が目に見えないことだった。もし諜報機関の当局者が、豊富な資金力を誇るどこかの国が、アメリカ国内の公益事業会社や送電線に爆弾や地雷を仕掛けたらどうなるか、と反対派の上院議員を説得していたら、法案は棚上げされなかったかもしれない。実際、二〇一二年後半に始まった攻撃は、サイバー版の爆弾や地雷攻撃だった。

「送電網のセキュリティに重点的に取り組む特定の業界を除けば、現状を『コード・レッド』とみなす者はいなかった」オバマ政権のある高官は私にそう言った。「もちろん、心配だった。だけど、当時のアメリカの状況も忘れちゃいけない。いろんな脅威が起きていた」

その通りだった。中国はアメリカの知的財産を略奪していた。イランは、サイバー攻撃に参戦したばかりだった。だがアメリカのエネルギー部門を狙い、二〇一二年に急増し始めたサイバー攻撃の激化は、より深刻な脅威だった。有力な容疑者としてロシアの名前が上がったが、ハッカーは必死でハッキングツールを隠し、足跡も追跡されないよう万全を期した。おそらくＮＳＡの精鋭ハッカー集団であるＴＡＯは、攻撃者の正体を突き止めていたのだろう。だが、たとえそうだとしても、サイバー防衛を担う国土安全保障省に、ＴＡＯはその情報を知らせていなかった。国土安全保障省の分析官から私が直接聞いた話によれば、攻撃者が誰か、同省で知る者は誰もおらず、攻撃者のペイロードを解読できた者もいないという。それ自体が有力な証拠だ。すなわち、イランのコードは破壊的威力を持つが、さほど洗練されていない。もしイラン政府にペイロードを偽装する能力があれば、そうしていたはずだ。同様に、アメリカ企業を狙う中国のサイバー攻撃はあまりにも図々しいが、アトリビューション（攻撃者の特定）はさほど難しくない。誰であれ、アメリカの送電網に入り込んでいた者は、難読化と攻撃のレベルが極めて高く、アメリカのサイバー活動にも引けを取らないことを証明していた。しかも、攻撃者は驚くような割合で成功を収めている。二〇一二年末、国土安全保障省の分析官は、国内の重要インフラシステムを狙った一九八件の攻撃に対応していた。前年比五二パーセントの増加である。

サイバーセキュリティ会社のクラウドストライクの捜査担当者は、国内の石油会社やエネルギー関連企業から頻繁に連絡を受け取り、捜査に乗り出すようになった。二〇一三年後半にコードを解析したところ、ロシア語のアーティファクト（中間生成物）と、攻撃者がモスクワ時間で働いていることを示すタイムスタンプが見つかった。ロシアのサイバー攻撃か、あるいはわざわざロシアの攻撃に見せかけようとしたのか。クラウドストライクは、送電網のハッカーに「エナジェティック・ベア（活動的なクマ）」という、現実よりもはるかに愛想のいい名前をつけた。ベアはクラウドストライクの隠語で、「ロシアの国家支援を受けた組織」を指す。攻撃を徹底的に調べたところ、二〇一〇年のコードが見つかった。イランでスタックスネットが発見された年である。

ひょっとしたら、偶然の一致だったのかもしれない。だが、スタックスネットに対するロシア政府の反応を丹念に追ってきた者は、アメリカのサイバー兵器が世界の舞台に登場した時から、ロシアのサイバー攻撃へと明確に延びる一本の直線を見つけた。スタックスネットの流出後まもなく、アメリカとイスラエルがサイバー領域で成し遂げたことに動揺したロシアの当局者は、サイバー兵器の国際的な使用禁止を訴え始めた。翌年、モスクワで開かれたカンファレンスで、ロシアの大学の研究者、政府高官、サイバーセキュリティの専門家が、サイバー領域の危機の激化を、現代において最も深刻な脅威と位置づけた。ロシアは繰り返し、国内の重要インフラがサイバー攻撃に対して脆弱なことを証明してきた。ロシアのサイバーセキュリティ企業カスペルスキーは長年、送電網を標的とするハッキング大会を開催し、毎年、ロシアのハッカー集団が、変電所を乗っ取ったり、送電線を流れている電気をショートさせたりするのがいかに簡単かを証明した。送配電公社の「ロシア・グリッド」は、二三五万キロメートルの送電線と五〇万七〇〇〇カ所の変電所を有し、二〇三〇年までにはそのどちらも完全に自動化する計画である。新たにデジタル化されたノードは、どれも攻撃対象になる。スタックスネットの発見に伴い、ロシアの当局者は自分たちがアメリカの明らかな標的になることを恐れた。二〇一二年の演説で、ロシアの電気通信政策を担う大臣が、コンピュータ戦争を禁ずる国際条約の締結を訴えるとともに、ロシア政府の高官は裏ルートでアメリカ政府の高官に、米露二国間条約の締結を提案した。だが、アメリカ政府はその申し出を撥ねつけた。サイバー戦争においてアメリカの優位を無効にしようという、ロシアの外交的策略に違いないと考えたからだ。

条約締結の可能性がなくなったいま、ロシアはアメリカの送電網に驚くような速さでインプラントを仕掛けているようだった。その後一年半にわたって、ロシアのハッカーは、八四カ国以上の一〇〇〇を超える企業のネットワークに不正侵入していた。その圧倒的多数はアメリカの企業である。ほとんどの場合、ロシアは人を標的にした。パイプライン、送電線、電源スイッチに直接アクセスできる産業制御のエンジニアである。それ以外の場合では、公益事業、パイプライン、送電網のオペレーターが頻繁に訪問するウェブサイトをマルウェアで感染させた。サイバーセキュリティの専門家が「水飲み場型攻撃」と呼ぶ手法である。こう呼ばれる理由は、ハッカーがウイルス感染を促すやり口が、井戸に毒を入れ、標的がやってくるのを待ち伏せる様子に似ていることに由来する。あるいは「中間者攻撃」の場合もあった。被害者のウェブトラフィックを、ロシアのハッカーのデバイスを通してリダイレクトし、アメリカの送電網オペレーターのユーザーネームやパスワード、設計図やメールを盗み見る手法である。

外国の行為者がエネルギー部門を標的にするのは、今回が初めてではない。中国はアメリカのエネルギー企業を次々とハッキングした。アメリカの当局者によれば、フラッキング技術（シェールガス・石油の採掘方法。水圧破砕法）と再生可能エネルギー技術を窃取するためだという。二〇一三年初めにロシアのサイバー攻撃の頻度と激しさが増した際、アメリカの当局者は、ロシアの目的が価格競争で優位に立つためではないかと考えた。何十年ものあいだ、ロシア経済は原油と天然ガスに過度に依存してきたが、プーチンには輸出価格がコントロールできない。イタリアの二倍の人口を抱えながら、ロシアは国内総生産（GDP）でイタリアを下まわる。購買力平価（ある国のある価格で購入できる商品やサービスが、別の国ではいくらで購入できるかを示す交換レート）においても、世界七二位に沈み、欧州経済の問題児ことギリシャの後塵を拝している。人口は急減している。ロシアは労働年齢の成人を、年間一〇〇万人の割合で失っているのだ。経済成長の見通しは、ゼロ近くまで下がってしまった。プーチンと縁故資本主義が舵をとるいま、海外投資の急増は考えにくい。アメリカの当局者は、エネルギー企業を狙ったロシアのサイバー攻撃は、単にロシア政府が経済を多角化する怪しげな方法にすぎないと考えるようになった。いや、そう「願うようになった」というほうが適切だろう。ロシア政府がアメリカを停電させたがる納得のいく理由が、アメリカの当局者には思い浮かばなかったのだ。

そのような楽観主義が跡形もなく消え失せたのは二〇一四年、ロシアがさらに踏み込んだサイバー攻撃を仕掛けた時だった。その年の一月、クラウドストライクが発見したのは、ロシアのハッカーが産業制御ソフトウェア企業に侵入し、ソフトウェアの更新をトロイの木馬として悪用し、アメリカ国内の数百の産業制御システムにうまく入り込んだことだった。これはアメリカとイスラエルが五年前に、標的型ウイルス「フレイム」（第一五章を参照）で使ったのと同じ手法である。あの時、アメリカとイスラエルは、マイクロソフトのソフトウェアの更新をトロイの木馬として利用し、イランのコンピュータを感染させた。だが、ロシアに節度などない。標的となったのは、アメリカの石油会社や天然ガス会社だけではなかった。ロシアのハッカーはソフトウェアの更新を使って、水力発電ダム、原子力発電所、パイプライン、送電網の産業制御まで感染させ、ダムの水門を開放したり、爆発や停電を引き起こしたりするコンピュータの内部にまで入り込んだのである。

これは、中国の産業スパイの手口ではなかった。ロシア政府は戦争の準備をしていた。「あれは攻撃に向けた長期的な準備の第一段階だったんです」サイバー脅威の第一人者であるジョン・ハルトキストが教えてくれた。「それ以外の説明は考えつきません。彼らが天然ガスの価格情報を収集するために侵入しているのではないとだけ、言っておきましょう」

ロシアがアメリカの送電網に不正侵入していた頃、「リトル・グリーンメン」——緑の軍服を着ているものの、所属部隊を示す徽章《きしょう》をつけていない、ロシアの特殊部隊スペツナズの兵士——が、当時ウクライナ領だったクリミア半島に集結し始めた。ロシア政府は、アメリカ政府がウクライナのために報復するか、モスクワを停電させただけでも、すぐさま同様の攻撃を仕掛けられるというシグナルを送った。インターネット時代の相互確証破壊（冷戦時代に国防総省が唱えた核戦略構想。米ソのどちらが核の先制攻撃を仕掛けても地球が全滅することになるため、両国のあいだで相互に抑止力が働くという理論）というわけである。

そして、もしロシアが実際に送電網を攻撃したら、アメリカは大混乱に陥る。国土安全保障省は、地震、ハリケーン、竜巻、熱波などの自然災害と数日間の停電に備えた非常事態対策はすでに練ってある。だが、サイバー攻撃によって長期間、数百万人が停電に見舞われた時の大規模な対策はない。諜報機関の高官が連邦議会にそれまでも繰り返し警告してきたのは、国内の送電網が周到なサイバー攻撃を受けた時には、数年とは言わないまでも、最低でも数カ月は停電が続く可能性だった。

一部のサイバーセキュリティの専門家やハッカーは、送電網を標的とした攻撃の話を持ち出す者をよくは思わなかった。そしてたいていの場合――それも納得がいくが――一般人を怖がらせて無用な新製品を売りつける輩だと非難した。Fear, Uncertainty, and Doubt ――「恐怖」「不安」「疑念」。この三つはサイバーセキュリティ業界に蔓延し、ハッカーは三つの頭文字をとって「FUD」と呼んできた。何年にもわたって、私はFUDの奔流から身をかわしながら仕事をしてきた。受信箱に続々と届くPRを装ったメール。セキュリティ会社から送られてくるこれらのメールが訴えるのは、迫り来る世界の終わりだ。あるいは、私は毎日、パロアルトとサンフランシスコを結ぶ約六五キロメートルのハイウェイを飛ばして通勤する。そのあいだも、FUDのメッセージを叫ぶ広告板を次々と目にする。あなたは監視されています！　あなたの知的財産がどこにあるか、知っていますか。中国の仕業だからだ！　ロシアのサイバー犯罪をわかっているか。なぜなら、彼らはあなたの社会保障番号を把握しているからだ！　子どもをかくまえ。妻の身の安全を確保したほうがいい。インターネットはあなたの生活を破滅させる。もちろん、我が社の製品を買えば、そんな心配はありません……。サイバーセキュリティのマーケティングは、血腥いスポーツになってしまった。

二〇年のあいだ、この業界は〝終末のシナリオ〟を声高に唱えてきた。だが、私がずいぶん前から警告されてきた送電網の攻撃が、二〇一二年後半から一四年にかけてついに始まっていた。その警告に、もっと真剣に耳を傾けてこなかったことを後悔すべきか。それとも、真の脅威に簡単に耳を塞ぐように仕向けた、サイバーセキュリティ業界のマーケティング戦術に憤りを覚えるべきか。私にはわからない。

NSAの分析官は、アメリカ国内の送電網を嗅ぎまわるロシア人ハッカーを監視していた。彼らはそのハッカー集団を、ロシアのある諜報部隊まで追跡した。ところが二〇一四年七月、クラウドストライク、シマンテック、ファイア・アイ（ジョン・Ｐ・ワターズの三番目の会社）という、三つの民間セキュリティ企業のリサーチャーがその発見を公表したところ、ロシアのハッカー集団はツールをまとめて姿を消してしまい、残された分析官は頭を掻くことになった。

ロシアが新たに何かを企んでいると最初に仄めかしたものは、ゼロデイだった。

ダラス出身のジョン・Ｐ・ワターズ（第三章を参照）が、最初の宝物であるアイディフェンスをベリサインに売却した時から、すでに九年が過ぎていた。そしていま、ワターズは、同じくバージニア州シャンティリーに創業した、サイバー脅威インテリジェンス企業「アイサイト」の売却を考えていた。サイバー脅威を取り巻く状況は、過去一〇年のあいだに目まぐるしく変化していた。企業はもはや、サイバー犯罪者やスクリプトキディを相手にするだけでは済まなかった。潤沢な資源を有する、先端的な国家の攻撃をかわさなければならなかったのだ。今回、ワターズがアイサイトで取り組んだのは、世界最大級の対諜報企業だった。アイサイトは、二四三人の熱心なサイバー脅威リサーチャーを抱えていた。その多くが諜報機関の元分析官であり、ロシア、標準中国語、ポルトガル語をはじめ、二〇もの言語を話す人材を揃えていた。もしアイサイトが政府の対諜報機関であれば、ワターズはアイサイトを世界で規模の大きなトップ一〇位以内の組織だと主張しただろう。もちろん、秘密重視というこの業界の特徴を考えれば、本当のところはわからない。

ワターズが教えてくれたところによれば、アイサイトの目的は、軍事的な専門用語でいうところの「レフト・オブ・ブーン（どっかーんの左）」だった。つまり「爆弾がどっかーんと爆発する前に」その状況をどう阻止するか、に重点を置くという意味だ（時間軸を直線で表した時に、爆発前が「どっかーんの左」で、爆発後が「どっかーんの右」になる)。アイサイトの分析官は毎日、敵陣の背後で、ダークウェブのブラックハットになりすまし、ハッキングチャネルを採掘して、ハッカーの意図や標的、技術にまつわる情報を集め、マルウェアやエクスプロイトを追跡する。そしてその発見を、クライアントの金融機関や石油会社、天然ガス会社、三〇〇にのぼる政府機関に、早期警戒システムとして提供する。

二〇一五年夏の終わりに私がアイサイトを訪れた時、ワターズは相変わらずトミー・バハマのシャツにワニ革のカウボーイブーツという姿で、何かというと軍の組織やシステムに喩えて話した。「イラクに行った時、命を落とす最大の原因は敵の狙撃手じゃなかった」彼はそんな話をした。「最大の原因は、どこにあるかわからない爆発物だった。まずはこう自問しないと前には進めない。『誰がその爆発物をつくったのか。どうやってその原材料を調達しているのか。どうやって起爆するのか。爆発物がそこに埋められる前の段階に戻るには、どうすればいいか』。我々のビジネスは武器商人と爆弾製造者を追跡して、どっかーんとやられるのを防ぎ、その影響を徹底的に回避することだ」

その夏、アイサイトのオフィスで私は見覚えのある顔に出会った。グレッグ・マクマナスだ。ゼロデイの買い取りを最初に提案し、当時まだ二〇代だったデイヴィッド・エンドラーとスニール・ジェームズはすでに辞めて久しかったが、ニュージーランドの牧羊業者だったグレッグ・マクマナスは、落ち着くからと壁を黒に塗ったラボの部屋で、相変わらずコードを逆アセンブルしていた。新顔もいた。ジョン・ハルトキストだ。テネシー州の予備兵であり、同時多発テロ後にアフガニスタンで軍務に就いたクマのような体軀の男性であり、いまはアイサイトのサイバースパイ活動部門の責任者を務めている。ハルトキストが注意深く追跡していた「エナジェティック・ベア」は、その前年にとつぜん姿をくらましてしまった。彼がまだ、ロシア側の意図を理解しようとしていた頃、アイサイトのキーウ支部の同僚から興味深いメールが届いた。

メールには、一見、何の害もなさそうなマイクロソフトパワーポイントの添付ファイルがついていた。ウクライナに潜んでいるロシア政府のシンパのリストだという。メールの文面は、ウクライナ人の最大の恐怖を煽っていた。数カ月というもの「休暇」に出かけていたはずのロシア兵が、ウクライナ東部のドンバス地方にとつぜん姿を現し始めたのだ。たとえプーチンが白を切ろうとも、映像が捉えたロシア兵は、ウクライナ東部の親ロシア派のために迫撃砲、防空システム、装甲車両を移動させていた。そしていま、親ロシア派のリストを添付したというメールが届いたのだ。絶好のタイミングを狙ったフィッシング詐欺だった。

ハルトキストはパワーポイントの添付を、アイサイト内にある黒壁のラボのコンピュータで開けた。そのラボでは、マクマナスをはじめリサーチャーのチームが、最新のデジタル脅威にどっぷり浸かって毎日を過ごしている。だがその日、彼らが目にしたのは、おそらくそれまでで最も高度な脅威だった。パワーポイントの添付がラボのコンピュータにダウンロードしたマルウェアは、修正パッチをあてたマイクロソフトの最新版のソフトウェアを完全に乗っ取ってしまったのだ。彼らが目撃したのは、それまで知っていたデジタル戦争の性質を一変させてしまうゼロデイ攻撃の始まりだった。攻撃者はゼロデイを利用し、何年にもわたってロシアのあちこちで使われてきたマルウェアの高度に進化した亜種を注入したのである。「ブラック・エナジー」と呼ばれるマルウェアだった。それがロシアのハッキングフォーラムに最初に登場したのは七年前、「Ｃｒ４ｓｈ《クラッシュ》」として知られるドミトロ・オレクシウクというロシア人ハッカーが、国内のフォーラムに、この新たなツールをひとつ四〇ドルで売りに出した時だった。オレクシウクが当初、ＤｏＳ攻撃のツールとして設計したブラック・エナジーは七年が経ち、大きな進化を遂げていた。あちこちのハッカーが亜種をつくり出し、新たな特性を組み込んだのだ。ブラック・エナジーはその時もまだＤｏＳ攻撃に使われていたが、亜種のほうは金融詐欺に使われていた。

ところが、今回の亜種はまったくの別物だった。欧州のどこかにあるＣ＆Ｃサーバーと通信しようとしていた。ハルトキストのチームがそのサーバーを詳しく調べると、攻撃者はサーバーを保護していなかった。デジタル世界の思いがけない幸運といえよう。さほど時間をかけずに、数年前から数週間まで遡って攻撃を詳しく調べられたのだ。驚いたのは、攻撃者のＣ＆Ｃサーバーの内部に、ブラック・エナジーのコマンドのリストが残されていたことだ。今回の亜種の目的は、ウェブサイトのサービスを停止させたり、銀行の認証情報を窃取したりすることではなかった。亜種は国家の高度な諜報ツールであり、その目的はコンピュータ画面のスクリーンショットを抜き取ったり、キーボード操作を記録したり、被害者のコンピュータからファイルや暗号キーを盗んだりすることだった。しかも、背後の存在については謎でも何でもなかった。ファイルのコマンドが、すべてロシア語で書かれていたからである。

アイサイトがブラック・エナジーのマルウェアのサンプルを、「ウイルス・トータル」というマルウェア検索のウェブサイト――マルウェアにとってのグーグル検索エンジンのようなもの――にアップロードすると、そのマルウェアがこれまでにいつ、どこで使われたかがわかった。ウイルス・トータルによれば、攻撃者は四カ月前の二〇一四年五月にも、同じ亜種を使って、ポーランドのエネルギー関連企業を攻撃していた。その時には、欧州の原油と天然ガスの価格の最新情報を伝えると称する、マイクロソフトワードのファイルが添付してあった。その後の数週間に、アイサイトはほかの例も見つけた。英国のウェールズで開かれたウクライナ危機を議題とするサミットで、出席者のコンピュータを感染させようとしたメールである。同じ年の後半にスロバキア共和国で開かれた、ロシアのスパイ行為について話し合うＮＡＴＯの会合の出席者を狙ったメールも見つかった。ロシアの外交政策のアメリカ人専門家を狙い撃ちにしたメールもあった。別のケースでは、ウクライナの国家鉄道交通局「ウクルザリズニツァ」のエンジニアを標的にしていた。二〇一〇年まで遡る古いファイルもあった。それは、エナジェティック・ベアがアメリカのエネルギー部門をハッキングし始めた年だったが、今回のハッカーはそのグループとは明らかに違うようだった。攻撃者のコードのあちこちには、フランク・ハーバートによる一九六五年のＳＦ小説『デューン 砂の惑星』を参考にした跡があった。惑星が核戦争によって破壊される、そう遠くない将来を描いたＳＦだ。主人公が避難する砂漠には、体長三〇〇メートルのサンドワーム（砂虫）がすぐ足の下で蠢いている。ハルトキストは、この新たなロシアの攻撃グループを「サンドワーム」と名づけた。

ＮＳＡでは、諜報分析官がサンドワームに別の名前をつけて追跡した。彼らは、ロシア連邦軍参謀本部情報総局（ＧＲＵ）傘下のサイバー部隊「七四四五五」の下で働く複数の部門のひとつだった。そしてＮＳＡは、みずからが目にしたものにますます危機感を募らせた。だが、ＮＳＡが発見したものはもちろん極秘扱いである。ハルトキストは、サンドワームがロシア連邦軍参謀本部情報総局の部隊ではないかと睨んだが、絶対的な証拠がないために公言することはできなかった。六週間後、彼のチームがサンドワームの報告書を公表した時、ハルトキストに確信が持てたのは、ロシアが五年前からゼロデイを使って諜報活動を行なってきたことだけだった。そして、その真の目的が明らかになるまで、さらにもう一年待たなければならなかった。

その年の一〇月、ハルトキストのチームがサンドワームに関する報告書の公表を祝ったのは、アイサイトの〝機密情報隔離施設〟こと、樽出しミラーライトビールが飲める窓のないバーだった。もし世界がある日終わるのであれば、ワターズはその日、彼の中尉たち、つまり部下たちに必ずビールをふるまいたかった。だがこの時、サンドワームがロシアのサイバー部隊であることにちなんで、アイサイトのチームはビールではなく、ウォッカでハルトキストを祝した。二〇一四年一〇月、こうして彼らがショットグラスで乾杯していた頃、四〇〇〇キロメートル離れた東京に本社のあるセキュリティ関連企業「トレンドマイクロ」では、ふたりのリサーチャーがカリフォルニア州クパチーノのカンファレンスで手に入れたアイサイトの報告書を読み込んでいた。ふたりはサンドワームが攻撃に使ったIPアドレスのリストを、トレンドマイクロのデータベースとウイルス・トータルで検索した。そしてストックホルムのサーバーを突き止め、さらに多くのデジタル情報を明らかにした。

サンドワームのファイルは、紛れもない手がかりを残していた。サンドワームが探していたのは、メールやワードの文書ではなかった。攻撃者が標的としていたのは産業エンジニアのファイルだった。トレンドマイクロのリサーチャーのひとりは、世界最大の石炭採掘・販売会社「ピーボディ・エナジー」で働いたことがあった。その時の経験を活かして、彼は独特の視点で目の前の状況を読み解こうとした。サンドワームの攻撃者が標的としていたのは、「.cim」と「.bcl」のファイルだった。このふたつのファイルタイプ（拡張子）は、ゼネラル・エレクトリック（GE）の産業制御ソフトウェア「シンプリシティ」で使われていた。ピーボディのエンジニアが遠隔操作で採炭設備をチェックしていた時にも、このソフトウェアが使われていた。GEの同じソフトウェアを使っている産業エンジニアは、世界中にたくさん存在する。このヒューマン・マシン・インターフェースを利用して、世界中の水処理施設、電力会社、輸送会社の装置や、石油や天然ガスのパイプラインを制御するPLCをチェックするのだ。トレンドマイクロのリサーチャーは、コードをさらに深く探り、そのコードがみずからをインストールしてコードを実行し、目的を遂行すると即座にみずからを削除するように設計されていたことを突き止めた。さまざまなコマンドのなかに、「die（死ぬ）」や「turnoff（消す）」という言葉が含まれていた。標的のデバイスを破壊する最初の段階である。標的のシステムにおいて、ロシアのハッカーは遊び半分のつもりはなかった。まさに狙った通りの被害をもたらすことを目的にしていたのだ。

トレンドマイクロがハルトキストの発見を補う、驚くような情報を発表した二週間後、今度は国土安全保障省がさらに大きな警鐘を鳴らした。二〇一四年一〇月二九日、同省のセキュリティアドバイザリは、サンドワームがＧＥのクライアントだけを探していたのではないと指摘した。ほかにも、ふたつの産業制御ソフトウェアメーカーのクライアントを標的にしていたのだ。ひとつはシーメンス。スタックスネットで、アメリカとイスラエルが乗っ取った会社である。そして、もうひとつは台湾の「アドバンテック」。「モノのインターネット」の世界最大手である。アドバンテックのソフトウェアは、世界中の病院、発電施設、石油や天然ガスのパイプライン、輸送のネットワークに組み込まれている。国土安全保障省は、サンドワームが世界の重要インフラを制御するコンピュータに、すでに二〇一一年の時点で侵入していたことを公表した。ウクライナやポーランドだけではない。アメリカの重要インフラにも侵入していたのだ。サンドワームは、いまだアメリカにおいてその莫大なアクセスを利用して、破壊を引き起こしてはいなかったが、国土安全保障省の報告書を読むと、まさにそれこそがロシア政府の狙いだったことが明らかになった。

国土安全保障省が報告書を公表するとほぼ同時に、サンドワームは潜った。ツールを引き抜き、レーダーから姿を消したのだ。一年後、再び現れた時、ロシア人たちはどっかーんという爆発物を携えていた。

「こう言っても構わないと思いますが、あれは夜中の衝撃でした」オレクシー・ヤジンスキーは、二〇一五年にサンドワームが再びその醜い頭をもたげた夜のことをそう語った。私はヤジンスキーと彼の執務室に座っていた。そこは、ウクライナの首都キーウにある産業地帯の中心に位置し、大きな道路を挟んでふたつの地区に跨る、キーウでも数少ないビルのひとつである。その両方の地区に変電所がある。どちらかいっぽうの地区が停電になっても、ビルの電気はついたままのはずだ。だから、その夜は単なる事故ではなかった。

ヤジンスキーは、ウクライナのメディアグループ「スターライトメディア」の最高情報セキュリティ責任者だ。二〇一五年一〇月二四日、ウクライナの地方選挙を明日に控えたその日、ヤジンスキーは部下のIT責任者から夜中にかかってきた電話で起こされた。スターライトのふたつのメインサーバーがダウンしたという。どちらかいっぽうがクラッシュすることは珍しくない。だが、ふたつ同時に？ パニックを起こすほどではないにせよ、懸念される状況だった。ロシアのハッカーは、ウクライナのコンピュータ・ネットワークに頻繁にサイバー攻撃を仕掛けている。このタイミングでのクラッシュは不吉だ。前年に行なわれた大統領選の前にも、ロシアのハッカーは、ウクライナの中央選挙管理委員会のネットワークを接続不能にしていた。サーバーがふたつ同時にクラッシュしたのは偶然かもしれない。ヤジンスキーは自分にそう言い聞かせたが、数時間後に投票が始まるため、みずから確認すべきだと考えた。そこで一〇月のまだ暗い夜に着替えて、アパートメントを静かに抜け出し、会社に向かった。職場に着いた時には、部下のエンジニアが別の異常を発見していた。スターライトの競合であるテレビネットワーク「STB」が、ユーチューブチャンネルで極右の立候補者を推薦していたのだ。ウクライナでは、メディアが投票日に、選挙関連のニュースを流すことは堅く禁じられている。STBがその規制を破ったのか、それとも誰かがSTBのユーチューブチャンネルを乗っ取ったのか。

　ヤジンスキーがスターライトのサーバーログを詳しくチェックし始めると、攻撃者に出くわした。ヤジンスキーがフォレンジック調査に着手し、攻撃コマンドを含んだサーバーを調べ始めたことに相手が気づいたのだ。ヤジンスキーの目の前で、まさにその瞬間、サーバーは真っ暗になった。「それが、私たちが攻撃されていることを示す最初の合図でした。攻撃者はまだ内部にいました」ヤジンスキーが言った。「私たちは暗い廊下で、不意にお互いの存在に気づいたのです」

　ヤジンスキーは大急ぎで、入り口か出口のポイントを探した。ログをスキャンすると、サーバーのひとつが、オランダのコンピュータにビーコンを送っていた。ヤジンスキーがさらに遡ってトラフィックを調べると、オランダのサーバーから最初の〝コミュニケ〟が届いたのは、六カ月前だったことがわかった。何者かがスターライトメディアの従業員宛てに、「ウクライナの裁判所が下した決定について」と称するメールを送っていたのだ。その従業員は、そのフィッシングメールを社内の法務部に転送し、そこの担当者がメールの添付ファイルを開けた。

「その添付ファイルが」ヤジンスキーが言った。「我が社をゼロ号患者にしたわけです」

　スターライトメディアの法務担当者が、添付されたエクセルのファイルをクリックしたとたん、ブラック・エナジーがくねくねと這い出た。その法務担当者はずいぶん前に、スターライトメディアを辞めていた。ヤジンスキーたちは一時期、その男が実はロシアのスパイか何かだったのではないかと疑った。四月、そのコンピュータを足掛かりに、攻撃者はスターライトメディアのネットワークに、八九個のリクエストをしていた。ショーウィンドを破って陳列品を掻っさらうような、手荒で素早い犯行ではない。気が遠くなるほど複雑な不正侵入であり、周到に練られ、慎重に実行された計画だったが、あの夜、サーバーがクラッシュしてしまったのは想定外だった。「あれは、旗取りゲームではありませんでした」ヤジンスキーが言った。「不正侵入と退出の時間を競っていたわけではなかったんです」

攻撃者はブラック・エナジーを一挙にではなく、ばらばらに、慎重にダウンロードさせ、マルウェアのモジュールを一度にひとつずつ、数カ月かけて、あちこちのコンピュータに転送した。非常に優れた手口だった。ブラック・エナジーのひとつずつは、完全に無害に見える。だが、それらがすべて揃った時に、攻撃者はデジタル兵器をアセンブリし始める。六カ月後にスターライトメディアのサーバーがクラッシュした時には、社内の二〇〇台のコンピュータが感染していた。ヤジンスキーのチームが、感染したコンピュータ内部に見つけたのは、比較的基本的な「キルディスク」（データを消去するソフトウェア）だった。アラムコやサンズのデータを消去するために、イランのハッカーが使ったマルウェアとさほど変わらない。その時の攻撃と同じように、キルディスクは時を刻む時限爆弾を抱えていた。攻撃者は、その日の午後九時五一分にマルウェアを実行させる計画だった。スターライトメディアが、ウクライナの地方選の結果を速報し始めるタイミングである。もしサーバーがクラッシュしていなければ、攻撃者はまんまと目的を達成し、データを消去していたに違いない。

街の向こう側にある競合の地方テレビ局「ＴＲＫ」は、スターライトほど運が良くなかった。その夜、ＴＲＫの約一〇〇台にものぼるコンピュータが、ブラック・エナジーとキルディスクによってデータを消去されてしまったのである。ヤジンスキーがほかの被害者に連絡をとると、攻撃者の戦術にかすかな違いが浮かび上がった。どの被害者もシステムにブラック・エナジーとキルディスクを見つけたが、攻撃者がそれぞれのネットワークに不正侵入した技術や手法が異なり、攻撃者が少しずつ変更を加えて試していたように思えた。あるケースでは、攻撃ツールを毎日午後一時二〇分に、時間をかけて送信していた。別のケースでは、速攻スタイルで送信していた。

「こっちでこの技術を試し、あっちで別の技術を試す」ヤジンスキーが続けた。「いろいろな手法を系統的に実行していたんです」

　とはいえ、ヤジンスキーは腑に落ちなかった。なぜ、攻撃者はこれほどの手間をかけて、メディア企業を攻撃するのか。メディア企業には取り立てて目ぼしい知的財産はない。顧客データや金融データにもさほど価値はない。攻撃者がツールをインストールして隠すために使ったアセンブリ・レベルの亜種は、ヤジンスキーが見たこともないほど高度なものだった。なぜわざわざこれほどの手間をかけてまで、データを消去しなければならない？　どう考えても割に合わない。

「映画『オーシャンズ11』を考えてみてください」とヤジンスキーが私に言った。「彼らはなぜ半年にわたって、これほどの手間をかけることにしたのか」ヤジンスキーが、みずから書き出した詳しいタイムラインを指差した。「最終的にサーバーを二台ダウンさせて、一部のデータを消すだけのことに。理にかなっていませんね」

　彼らは単にシミュレーションしていただけなのだ。キルディスクは、攻撃の痕跡を消すためだった。「攻撃から三カ月も経ったあとになってようやく」ヤジンスキーが続けた。「彼らの実験台に使われただけにすぎなかった、と気づいたんです」

　ヤジンスキーがサンドワームの攻撃を阻止した数週間後、ジョン・ハルトキストが国防総省に招かれた。その一一月、ハルトキストは国防総省の高官に、サンドワームの発見にまつわる経緯を詳しく説明した。複雑な難読化技術。ブラック・エナジーが、スクリプトキディ用の幼稚なツールから、いかにして監視と、おそらく破壊を目的とした高度な手段へと進化したか。ハルトキストは、サンドワームが重要インフラを狙っていると指摘した。アメリカやポーランドの例、あるいはウクライナで国家鉄道交通局や大手テレビ局が狙われたことからも、それは明らかである。ハルトキストの説明を聞く国防総省の高官たちの顔は無表情のままだった。ハルトキストの発見が持つ重要性が、果たして彼らに伝わったのかどうか。それを見極めるのは難しかった。やがて、高官のひとりが訊ねた。最終的な目的は何だと思うか。

「私の考えでは」ハルトキストが答えた。「彼らが停電を狙っている可能性です」

それから一カ月が経ち、二〇一五年のクリスマスイブの直前、ロシア連邦軍参謀本部情報総局のハッカーがハルトキストの予言通りの攻撃に及んだ。

ハルトキストが国防総省にブリーフィングした数週間後、サンドワームがウクライナのインフラに次々と忍び込んだ。ウクライナ財務省、年金機構、金融やインフラを監督する省庁。国家鉄道交通局のウクルザリズニツァ。電力供給会社のウクレエネルゴ、カイヴォブルエネルゴ、そしてウクライナ西部の広大な地域に電力を供給するプライカルパティアオブルエネルゴなど。

二〇一五年一二月二三日午後三時三〇分。ウクライナ西部のイヴァーノ＝フランキーウシク州で、市民がそろそろデスクの上を片づけて、クリスマス休暇を過ごすために家に帰ろうとしていた時、プライカルパティアオブルエネルゴの制御センターのエンジニアが、コンピュータ画面を滑るように動くカーソルに気づいた。まるで、見えざる手が動かしたかのようだった。

カーソルは、その地域一帯の変電所のサーキットブレーカーを制御するダッシュボードへと動いた。そしてひとつ、またひとつとブレーカーを切り、変電所をオフラインにするボックスをダブルクリックしていった。エンジニアが恐れおののいて画面を見つめていると、ポップアップウィンドウがとつぜん現れて、数千人の地元住民に対するコージェネレーション（熱電併給）を止めるのか、と最後の確認を求めた。エンジニアは必死にマウスを動かしたものの、どうにもならない。相手が何者にせよ、彼のコンピュータに侵入した者はエンジニアを無力にし、彼をログアウトしていた。エンジニアは再びログインしようとしたが、隠れた手はすでにパスワードを変更してしまい、エンジニアを永遠に彼のコンピュータから締め出してしまった。呆然と見ているほかない彼の目の前で、デジタルの幽霊は、ブレーカーからブレーカーへと移動して、三〇カ所の変電所を次々と停止していった。そのあいだ、ウクライナのあとふたつの電力供給会社も同じ攻撃に遭い、二三万人のウクライナ市民が暗闇に取り残された。停電になったあと、隠れた手はウクライナの緊急電話回線まで停止させた。そのため、市民は停電の連絡や苦情の電話をかけられず、混乱に拍車がかかった。そして、とどめの一撃。攻撃者は配電センターのバックアップ電源まで停止させてしまったのだ。そのため、ウクライナ市民は暗闇のなかで、何とか心の平静を保とうとしなければならなかった。

それは前例のないデジタルの残虐行為だったが、ロシアはウクライナ人の息の根を止める一歩手前で攻撃を終えた。六時間後、停電を中止したのだ。それだけの時間があれば、隣国に、そしてワシントンDCの親ウクライナ派に、明確なメッセージを送るのには充分だった。「お前たちを破壊できるんだぞ」

ワシントンDCでは、当局者が厳戒態勢に入った。FBI、CIA、NSA、エネルギー省の代表が、国土安全保障省の「国家サイバーセキュリティ通信統合センター（NCCIC）」に集まり、アメリカを標的にした攻撃がすぐにでも行なわれた場合の被害を算定し、リスクを弾き出した。ウクライナの停電は、アメリカの当局者やサイバーセキュリティの専門家が長年、予測してきた悪夢のシナリオだった。ロシアは恐ろしいサイバー版真珠湾攻撃をほんの一歩手前でやめたものの、もし続けていればどれほどの被害が出ていただろうか。そう考えただけで、アメリカの当局者は身震いした。もしロシアがアメリカを標的に同じ攻撃を仕掛けたら、はるかに恐ろしい被害が出るに違いない。

ロシアのハッカーはすでに、アメリカの送電網や重要インフラの奥深くに侵入し、何もかもダウンさせるまでに、あと少しのところまで迫っていた。これはアメリカにシグナルを送るプーチン流のやり方だった。もしアメリカ政府がこれ以上ウクライナの件で干渉しようものなら、もしスタックスネットのような攻撃をロシアに仕掛けようものなら、ロシアはアメリカに報復する。アメリカの送電網は、ウクライナの送電網と同じくらい脆弱だ。唯一の違いは、アメリカのほうがもっと接続され、もっと依存し、そのうえウクライナよりももっと現実から目を背けていることだ。

「我々は、工作員対工作員という冷戦時代の古い考え方にいまなお縛られていた」ある高官は私にそう漏らしている。「最初にあれらの攻撃を見た時、我々は言ったんだ。『ロシアはこう攻撃する。アメリカはこう攻撃する。そこはお互い紳士だ。だからムチャはしない』と。そして、ウクライナと二〇一六年の米大統領選が、そんな考えを吹き飛ばしたんだ」

第七部：ブーメラン

目には目を、という古い掟を守っていたら、みな盲目になってしまう。

――マーティン・ルーサー・キング・ジュニア

第二〇章：ロシア人がやってくる――ワシントンＤＣ

二〇一五年末、ロシア人ハッカーが米国務省、ホワイトハウス、統合参謀本部のネットワークに侵入し、ウクライナと二〇一六年の米大統領選に向けて攻撃準備を進めていた頃、私はワシントンＤＣに飛んだ。当時、ホワイトハウスのサイバーセキュリティ調整官を務めていた、Ｊ・マイケル・ダニエルに会うためである。

私は、アイゼンハワー行政府ビルの鉄柵を通り抜けた。ホワイトハウスに隣接した、威容を誇るこの灰色の建物には、大統領を支えるスタッフの執務室が入っている。入念なボディチェックを受けたあと、私は職員に案内されて、窓のない狭苦しい部屋に連れて行かれ、ダニエルがウエストウィングでの仕事を終えるまで、ここで待つように指示された。部屋のドアには、大きな文字で印刷された次のような言葉が読み取れた。「〝#@%〟ヤッらがつくり出した無理難題に、土壇場で死に物狂いの解決策を捻り出すのはうんざりだ」。一九九二年公開の映画「沈黙の戦艦」の引用だと気づいた。トミー・リー・ジョーンズ演じる、苦々しい思いを抱く元ＣＩＡ職員の台詞である。この職員がかつてテロリストに売った核弾頭を搭載したトマホーク巡航ミサイルが、いまアメリカに狙いを定めているのだった。

その引用の下には、サイバー攻撃の緊急対策が書いてあった。「ゼロ・アワー：ホワイトハウスにセキュリティ対応を通知する。アワー・ワン：FBIとシークレット・サービスが被害者に連絡を取る。NSAが諜報を収集して状況把握に努める。国土安全保障省がセキュリティ対応を調整する。一日の終わり：状況を伝えるメッセージを送る。適切と判断された場合、メッセージの文言は次のようにする。『重要な新情報が得られない限り、あるいは得られるまで、メッセージは送らない。その期間は数日から数週間になり得る』」。

私は以前からこんなふうに想像していた。ホワイトハウスには、サイバー攻撃を受けていることをリアルタイムで示す最新鋭の地図があり、世界中の囮《おとり》サーバーからホワイトハウスに向かう赤い光の点滅で、攻撃の発生を知らせる。すると、緊急応答チームがリアルタイムで迎え撃つ、と。大外れだった。防衛となると、世界最先端のハッキング能力を持つアメリカでさえ、印刷物に頼らざるを得ないのだ。私たち一般市民と何ら変わらない。

職員の後ろについて歩き、ホールを隔てたところにある、木の腰壁の立派な部屋に案内され、そこでダニエルを待った。彼と直接顔を合わせるのは、大統領選の前のこの機会が最後になるだろう。一年後、ダニエルはホワイトハウスを去ることになり、さらにその数年後には、トランプ大統領がホワイトハウスのサイバーセキュリティ調整官の地位を完全に廃止してしまうことになる。ダニエルには、これまでにも何度も取材に応じてもらった。サウジアラムコや金融機関を狙ったイランのサイバー攻撃。米人事管理局を標的とした中国のデータ侵害。さらにはアメリカのお粗末なサイバー防衛についても。だが、政府が備蓄しているゼロデイについて、私はどうしてもダニエルに話を聞いておきたかった。そして今回が、それについて質問する最初で、おそらく最後の機会になるだろう。

一年前、ダニエルはゼロデイの論争に引きずり込まれた。この「引きずり込まれた」という表現が、ダニエルの立場をよく言い表している。あるゼロデイのために、政府関係の専門家の関与が是非とも必要になったのだ。二〇一四年四月一日、エイプリルフールの日、フィンランドとグーグルのセキュリティ・リサーチャーがほぼ同時に、広く普及している暗号化プロトコルにゼロデイを発見した。この時、見つけ出されたのが極めて重大なゼロデイだったことから、彼らはそのバグの大規模なブランド化に乗り出し、「ハートブリード（心臓出血）」という覚えやすい名前をつけてロゴを開発し、Tシャツを売り出した。

その破壊力を「一から一〇までで表せば一一だ」。評判の高いサイバーセキュリティの専門家ブルース・シュナイアーは当時、そう述べている。

ハートブリードは、インターネットのトラフィックを暗号化するために広く使われる、オープンソースのソフトウェア「オープンSSL」の典型的な欠陥だった。アマゾンからフェイスブック、FBIまでが、この無料ソフトウェアを利用してシステムを暗号化していた。アンドロイドスマートフォン、家庭用ワイファイルーター、国防総省の兵器システムにまで組み込まれていた。ハートブリードのバグは古典的なコーディングの誤りであり、バッファオーバーリード（データを読み取る時に、バッファの境界を超えて、隣接するメモリまで読み取ってしまう異常）の例だった。これによって、保護されているはずのシステムからパスワードや暗号鍵などのデータを、誰でも抜き取ることができた。プロプライエタリ（私有）のソフトウェアであれば、作成や管理に関わるのはほんの数人だけだ。ところが、オープンSSLのようなオープンソースのソフトウェアの場合、理論的には世界中のプログラマーによって、いくらでも設計したり改変したりできてしまう。

「充分な目ん玉があれば、すべてのバグは洗い出される」。オープンソース運動の重鎮エリック・S

・レイモンドは、オープンソース哲学の宣言書とされる一九九七年の著書『伽藍とバザール』（USP研究所刊ほか）で書いている。ところが、ハートブリードの場合には「その目ん玉がなかったわけだ」と、レイモンドは私に語っている。

オープンSSLの管理が疎かになってきたことに、世界はすぐに気づいた。莫大な数のシステムの安全に重要な役割を担っているのにもかかわらず、管理を担当しているのはたったひとりのエンジニアであり、しかも年間二〇〇〇ドルというわずかな予算しかなかった。大半が個人の寄付による、そのような微々たる額では、光熱費を支払うだけで精一杯だった。ハートブリードのバグが注入されたのは二年前のソフトウェアの更新時だったが、誰もそんなことに気づきもしなかった。

ハートブリードの発見から数日後、ブルームバーグは「NSAがすでにこのバグの存在を知っており、ひそかに利用してきた」という信憑《しんぴょう》性の薄い記事を発表した。この疑念に、CNN、ドラッジ・レポート（ニュース集約サイト）、《ウォールストリート・ジャーナル》紙、NPR、ポリティコ（政治専門サイト）が飛びつき、NSAは公式見解を発表せざるを得なくなった。NSAは、公表されるまでバグのことは知らなかった、とツイートした。

だがスノーデンの暴露騒ぎが九カ月も続いたあとでは、NSAの説明を額面通りに受け取る者はいなかった。世間の声に押されて、ホワイトハウスはほかのどこの国の政府よりも苦境に立たされたあげく、ゼロデイを扱うプロセスについて公式な説明の機会を設けることになった。政府高官は記者会見で背景説明を行なったあと、報道陣に対して、「オバマ大統領はこの数カ月のあいだに決断を下し、NSAがゼロデイを発見した際には――ほとんどの場合において――必ず修正パッチを当てるように指示を出した」と述べた。ところが、大統領はどうやら「明白な国家安全保障上、あるいは法執行上の必要性」がある場合に、紛れもない抜け穴を設けたようだった。その抜け穴はあまりに大きく、大統領に批判的な者にとって、オバマの指示はまったく無意味に思えた。そこで、詳しい説明役がダニエルにまわってきたというわけだった。

ハートブリードの前には、政府が「ゼロデイ」という言葉を口にすることすらなかった。ところがこの年の四月、ダニエルはアメリカのゼロデイ政策を真正面から取り上げた。ホワイトハウスのウェブサイトに声明文を発表し、ダニエルは彼が言うところの「脆弱性の開示に関する、基準に基づいた厳格かつ高度な意思決定プロセス」について詳しく記した。このプロセスによって、政府機関はゼロデイの情報を開示しない場合のプラス面とマイナス面とを評価する。声明文には、ゼロデイの情報を開示するかしないかを、それぞれの機関が判断するための質問リストが掲載されていた。たとえば次のような質問である。「修正パッチを当てないままにしておいた場合、その脆弱性によって重大なリスクの負担につながるか」「敵対国か犯罪グループがその脆弱性の存在を知った時、どの程度の損害を及ぼすか」「ほかの誰かがその脆弱性を発見する可能性は、どのくらいあるか」

セキュリティホールの情報を国民に開示しないことを政府が公的に認めたのは、この時が初めてだった。それでも、ダニエルは多くの疑問に答えていなかった。今回の訪問は、私にとって、その答えをダニエルから引き出す最後の機会になりそうだった。

午後五時を少しまわった頃、ダニエルが入ってきて、マホガニー製の長いテーブルの椅子に崩れるように座った。茶色の髪といかにも疲れた目は、まさに「沈黙の戦艦」のトミー・リー・ジョーンズを思わせた。薄くなりかけた髪も似ている。あのドアの引用は、ダニエルが書いたものだろうか。結局のところ、〝クソ忌々しい〟ヤツらがつくり出した無理難題に、土壇場で死に物狂いの解決策を捻り出すのは、ダニエルの仕事なのだ。

問題はハートブリードだけではなかった。ダニエルはまだスノーデン事件のあと始末に忙しかった。さらに彼が監視の目を光らせる前で、北朝鮮がソニー・ピクチャーズを攻撃した。「クリスマスを家族と過ごせなかったことを、金正恩に感謝しないとな」そしてまた、イランが（勘違いから）ボウマン・アヴェニュー・ダムを攻撃した時、午前三時に鳴ったのはダニエルのスマートフォンだった。中国人ハッカーが人事管理局に仕掛けた攻撃の対策指揮を執ったのも、ダニエルである。そしていま、私たちの足元で、旧ソ連時代のKGBの流れを汲むロシア対外情報庁（SVR）の一部門が暗躍していた。このハッカー部隊は、米国務省、ホワイトハウス、統合参謀本部、さらには当時、私もダニエルも知らなかったが、民主党全国委員会（DNC）のコンピュータのなかを這いまわっていたのだ。「ひっきりなしだよ」ダニエルが言う。「その場しのぎで対処しているだけだ。私は歴史に詳しいが、こんなことは前例がない」

ダニエルの仕事は、ホワイトハウスにおいて一貫したサイバー政策を立案することだ――とは言え、たとえそんな政策があったとしても、無駄になってしまうだろう。さらに、管理プロセスを指揮するという、誰もやりたがらない仕事を引き継いだのもダニエルだった。そのプロセスに従って、どのゼロデイを兵器庫に備蓄し、どのゼロデイに修正パッチを当てるのかを政府が決める。ダニエルが監督するそのプロセスには、いかにも曖昧で官僚的な名前がついていた。「脆弱性開示プロセス（Vulnerabilities Equities Process）」。もちろん三文字のアルファベットで呼ばれる「VEP」を、ダニエルは何もかも嫌っていた。彼は「脆弱性開示プロセス」の責任者の地位をハワード・シュミットから引き継いだ。前任者のシュミットは思慮に富んだ、祖父のような人物だった。シュミットは、ジョージ・W・ブッシュ政権でサイバーセキュリティの顧問役を務めたあと、オバマ政権において初めて正式なサイバー戦略を構築した。二〇一七年に亡くなったが、諜報活動に占めるゼロデイの価値を認めるとともに、ゼロデイが私たちをいかに無防備な立場に置いたかも理解していた。

「どこの政府も『自国を守る最善の方法は、よその国の脆弱性を見つけることだ』と言い始めた」生前、シュミットは私にそう言った。「問題はその結果、根本的に誰もが以前よりも安全でなくなったことだ」

スタックスネットの事件を知ったあと、数十の政府がゼロデイ争奪戦に加わった。アメリカは、かつて支配した市場のコントロールを失いつつあった。「もし誰かが莫大な数のデバイスに影響を及ぼすバグを持ってきて、『報酬を支払ってくれたら、ほかの誰にも売らない』と約束したら、支払おうという者が必ず現れる」シュミットは言った。そしてそのあとに、彼が続けた言葉はいまも忘れられない。「残念ながら、『悪魔と踊る』ことはサイバー空間では珍しくない」

シュミットがホワイトハウスで設定したゼロデイのプロセスは、NSAの方針をもとにしていた。NSAは長年、独自の「脆弱性開示プロセス」に従い、どのゼロデイを手元に置き、どれをベンダーに引き渡すのかを決めてきた。だが、ゼロデイを発見するための投資や、NSAの最も重要な作戦においてゼロデイが果たす役割を考えると、NSAがベンダーに通知するのは極めて稀なケースか、NSAがすでにそのゼロデイを利用したあとに限られた。ダニエルがシュミットのあとを引き継いだ二〇一四年頃には、ゼロデイの処理はいまだ非公式な場で協議され、またアメリカのネットワークが受けている執拗な攻撃の影響を考えれば、ベンダーに引き渡すという選択肢は現実的ではなかった。

これに先立つこと一年前、ロシア人ハッカーは米国務省に大胆なサイバー攻撃を仕掛けていた。国務省の職員にフィッシングメールを送って、まんまとクリックを誘い、ロシア政策を担当する外交官のコンピュータを隅々まで調べ尽くした。サイバーセキュリティ会社マンディアントのチームが呼ばれた頃には、ロシアのハッカーは国務省のネットワークの極めて深い部分にまで入り込んでいた。ケヴィン・マンディアのチームがバックドアを封鎖するたびに、ハッカーは別のバックドアから侵入した。マンディアのチームにとっても、あれほど図々しい攻撃は見たことがなかった。彼のチームがようやく攻撃を抑え込むところまできたとたん、今度は目と鼻の先でハッカーが姿を現した。ホワイトハウスのコンピュータである。ロシアのサイバー攻撃の特徴はそのステルス性にあったが、今回、アメリカは、攻撃を仕掛けている相手の姿を明確に摑んでいた。オランダの諜報機関が、モスクワの赤の広場近くにある大学のネットワークに侵入した。民間のセキュリティ・リサーチャーが「コージー・ベア」と呼ぶSVRのハッカーが時々、活動している大学だった。オランダ側は大学の防犯カメラにうまく侵入し、顔認識ソフトウェアを使って、SVRのハッカーの名前を割り出した。高解像度が捉えた、アメリカを狙う凄腕ハッカーたちの姿だった。ホワイトハウスがもっと注意深く追跡していれば、大統領選挙の最初の頃に攻撃を仕掛けた、その同じハッカーを捕まえていたかもしれない。

だが私がダニエルに取材したその日、ロシアは本筋の話題とはならなかった。ダニエルはロシアを「ワイルドカード」（第九章を参照）と評した。ロシアはアメリカのシステムに入り込んでいる。私たちにわかっているのは、それだけだ。ロシアには、破滅的な影響をもたらすだけの技術もあれば、その手段もある。だがいまのところ、少なくとも自制していた。ダニエルによれば、ロシア以上の懸念はイランと北朝鮮だという。イランについて言えば、「イラン核合意」によってイラン政府が行動を改めることをダニエルは期待したが、楽観的にはなれなかった。いっぽうの北朝鮮の脅威も間近に迫っていたが、大規模な攻撃を仕掛けるだけの能力はまだなかった。ＩＳＩＳについては、テロリストがソーシャルメディアを駆使して戦闘員の参加を呼びかけ、攻撃を計画していると教えてくれた。だがサイバー攻撃に関して言えば、ＩＳＩＳのハッキング部門がせいぜい成功したのは、米軍と政府職員の一〇〇〇人余りの名前と連絡先を、サイバー空間に流出させたことくらいだ。彼らはそれを

「殺害リスト」と呼び、アメリカ側のコンピュータに不正侵入したと主張した。ところが実際は、イリノイ州にあるオンライン小売業者のネットワークに入り込んで、「.gov」や「.mil」がついたメールアドレスを集めてつくったリストにすぎない。犯人のハッカーは服役中だ。殺害リストをツイートで拡散したハッカーは、前年の八月にドローン攻撃で命を落としている。サイバー能力にかけては、ＩＳＩＳのテロリストは何年も遅れていた。それでも、これらの行為者のひとりが、アメリカのサイバー兵器庫に手を出すことがあればどれほどの惨事を招くかは、ダニエルも嫌というほど承知していた。

ダニエルが監督している「脆弱性開示プロセス」は、アメリカ市民を守るという目的において、対立する利害を比較して検討するために設計されていた。ゼロデイを脆弱なままにしておけば、集団的サイバーセキュリティの効果は減少する。そのいっぽう、ゼロデイの情報を開示してベンダーがパッチを当てれば、デジタルスパイ活動を実施する諜報機関の能力を弱め、攻撃型のサイバー攻撃を実施する軍の能力も低下させてしまう。さらには、法執行機関の犯罪捜査能力も奪ってしまうことになる。

アメリカとロシアが違うタイプライターを使っていた冷戦時代には、判断ははるかに簡単だった。

「どこの国もスパイ行為を働いていることは、周知の事実だ」ダニエルが言う。「一九七〇年代や八〇年代、ロシアはアメリカが使わない技術を使っていた。アメリカはロシアが使わない技術を使っていた。ロシアのシステムに穴を見つけたら、アメリカはそれに乗じた。それで勝負が決まった。終わりだ。ところがいま、ことはそれほど単純ではない。アメリカとロシアは同じテクノロジーを使うようになった。何かに穴を開けるならば、相手のセキュリティにだけ穴を開けることは、もはやできないのだ」

ダニエルが「脆弱性開示プロセス」を引き継いだ時、彼はシュミットの尽力を加速させた。いつもの面々——NSA、CIA、FBI、国土安全保障省の代表——に加えて、財務省、商務省、エネルギー省、運輸省、保健福祉省など多くの政府機関の代表と、さらにアメリカのゼロデイが悪の手に落ちた時に標的となりそうな組織の代表を集めた。

そのような会合を開かないよりは、開いたほうがましだった。公正を期すなら、アメリカはそう主張できる、世界でふたつしかない国のひとつである。もうひとつは英国だ。ドイツの高官が私に語ったところによれば、プライバシーを重視するドイツでさえ、自国版「脆弱性開示プロセス」を設定するのはまだだいぶ先の話だという。イランや北朝鮮の高官がマホガニー製の長いテーブルの周りに座って、ウィンドウズのゼロデイをマイクロソフトに渡すべきかどうか、を議論する日はやってきそうにない。

「脆弱性開示プロセス」は、科学というよりも技術だとダニエルは認めた。ダニエルが決して自分の口から言うことはなかったが、確かな事実があった。それは、アメリカの諜報機関が防衛よりも攻撃に莫大な資産をつぎ込んでいることや、ゼロデイがテロ攻撃や北朝鮮のミサイル発射につながることを考えれば、「脆弱性開示プロセス」の重心が、修正パッチを当てるほうではなく非開示のほうに常に傾いていたことである。だが、病院、原子力発電所、証券取引所、航空機、車、送電網のオンライン化が進むなか、「脆弱性開示プロセス」の議論が非情さを伴うこともあった。

「いろいろな感情も絡んでいた」ダニエルが言う。

ダニエルはできる限り率直に話してくれたとはいえ、その時の会合は秘密のベールに包まれていた。「脆弱性開示プロセス」の話し合いの場にどの政府機関が参加したのかさえ、ダニエルは明らかにしなかった。「どこが出席したのか、想像できるはずだ」ダニエルが続けた。「ツールが敵の手に渡った時、甚大な影響を受けるあらゆるシステムを考えてみればいい」

　理論上はかなり単純に思えるが、実のところ、開示か非開示かはより厄介な問題だった。「どちらにするか判断する際」ダニエルが教えてくれた。「注目するのは、その技術がどれほど普及しているかという点だ。広く普及している技術なら開示する。反対に、敵だけが使っている技術ならば、重心は逆の方向に傾き、非開示とする可能性が高い。そしてその場合、（諜報機関は）非開示にする理由と期間について根拠を示さなければならない。その判断は定期的に見直すこととし、パッチを当てるタイミングについても検討する。そのゼロデイを敵が使っているという証拠が得られた時には、パッチを当てる」

「脆弱性開示プロセス」のおかげで、ホワイトハウスはうわべの説明責任は取り繕ったものの、実際には、制御不能に向かって疾走する、いちかばちかのチキンレースだった。私はダニエルにこう問いかけた。アメリカはそもそもゼロデイ市場をつくり出した国であり、スタックスネットで七つのゼロデイを使ってどれほどの被害をもたらせるかを、世界に示した国ではないか。この地下経済のサプライサイドは、アメリカ以外のあちこちで誕生し、制御不能な市場と化している。私はアルゼンチンの例をあげた。私に話してくれたハッカーは、イランよりもアメリカに売る義務を感じていなかった。気前のいい湾岸地域の王国に売ることに何の躊躇もなく、中東よりアメリカを選ぶことはまずない、と語ったのだ。

「言っておくが、何もかもわかっていると言うつもりはない」ダニエルは続けた。「時として」その声には悲しげな響きがあった。「テーブルに血が残っている場合もある」

　ダニエルは特定のエクスプロイトについて決して口を開こうとはしなかったが、彼が担当したケースのひとつに、「エターナル」というコードネームのエクスプロイトがあった。

このコードネームをつけたのは、NSAのコンピュータアルゴリズムである。とはいえ、エターナル（永遠）という名前は、ダニエル、NSA、アメリカの企業や市や町を、何年にもわたって悩ませることになるゼロデイ・エクスプロイトにはぴったりだった。エターナルと呼ばれるエクスプロイト群のひとつが「エターナル・ブルー」であり、マイクロソフトのソフトウェア・プロトコル「SMB（サーバー・メッセージ・ブロック）」に存在する重大なバグを標的にしていた。この通信プロトコルはコンピュータ内のファイルやプリンターサービスなどの情報を、サーバーからサーバーへ即時に伝達する。NSAにおいては、エターナル・ブルーが悪用するもとの欠陥を見つけ出すだけでは充分ではなかった。TAOの元メンバーに直接聞いた話によれば、本当の手柄は、標的のコンピュータをクラッシュさせずに、そのバグを活用する方法を見つけ出すことだという。TAOは、もとになったバグを発見するか買い取ったあとすぐに、そのツールを「エターナル・ブルースクリーン」と名づけた。コンピュータがクラッシュすると決まって現れる、不気味な死の青い画面にちなんだのだ。TAOのオペレーターは「プレシジョン・アタック（精密な攻撃）」以外には、当分、エターナル・ブルーは使わないように厳命された。任務を危険に曝さないため、エターナル・ブルーを放つためには上層部の特別許可をとらなければならなかった。相手のコンピュータ画面を青く染めずに標的を破壊するアルゴリズムの開発には、NSAの精鋭の分析官チームの協力が必要だった。そしてひとたびその問題が解決すると、TAOはその洗練されたスパイツールの魔術に驚いた。「これまでで最高の対テロ情報が手に入ったよ」と、元TAOのハッカーは私に語った。

エターナル・ブルーのとりわけ優れた特徴のひとつは、「ダーティ」ではないことだ。すなわち、最小限のログしか残さない。NSAのハッカーは、サーバーからサーバーへと検知されずに移動できた。ＮＳＡの攻撃対象であるテロリスト、ロシア、中国、北朝鮮が、このエクスプロイトに侵入されたことに気づく可能性はほぼゼロだった。ＮＳＡはエターナル・ブルーをスパイ活動に使った。だがもし、このエクスプロイトが一度でも外に漏れ出してしまえば、大陸間弾道ミサイルと同じくらい簡単に機能する。イラン、北朝鮮、中国、ロシア、あるいは神のみぞ知るどこかの国のハッカーが、エターナル・ブルーを、データを破壊するかシステムを停止に追い込むペイロードとして使えば、甚だしい惨事を招きかねない。

「あれは、大量破壊兵器になり得るとわかってたよ」元ＴＡＯのハッカーは私にそう漏らした。

エターナル・ブルーはあまりにも危険であるため、もとのゼロデイについてマイクロソフトに通知すべきだと訴えた当局者もいた。だが、ある元情報分析官によれば、エターナル・ブルーがあまりにも重大な情報をもたらしたため、通知するという選択肢はまともに検討されなかったという。その代わり、ＮＳＡはエターナル・ブルーを七年間保有し、誰にも発見されないように祈った。そのあいだもアメリカは、ネットワークを狙った深刻な被害のサイバー攻撃に何度も見舞われた。

ダニエルはエターナル・ブルーをはじめ、どのエクスプロイトについても、直接的な言及を避けた。だが、数年後に当時を振り返った時、脆弱性開示プロセスの意思決定のうち、後悔の念に駆られるものがあったことは認めた。ひとつだけでなく、ふたつの敵対者に発見され、エターナル・ブルーは世界中で数十億ドル規模の破壊をもたらした。ダニエルが後悔の念に駆られた意思決定のひとつが、マイクロソフトのゼロデイを七年間も手放さなかった決定だと考えて、まず間違いないだろう。

当時、ダニエルは知らなかったが、ロシアはすでに二〇一六年のアメリカ大統領選に大きな影響を与える工作にとりかかっていた。

二〇一四年六月頃、クレムリンはアレクサンドラ・Y・クリロバとアンナ・V・ボガチェバというふたりの工作員を、三週間の偵察旅行のためにアメリカに送り込んでいた。ふたりの女性はカメラ、SIMカード、プリペイド式の携帯電話を買い求め、もしアメリカの当局者に旅行の真の目的がバレた時の「退避シナリオ」まで用意していた。ふたりはカリフォルニア、コロラド、イリノイ、ルイジアナ、ミシガン、ネヴァダ、ニューメキシコ、ニューヨーク、テキサスの計九つの州を訪れ、アメリカ政治の「情報を収集」した。その夏、クリロバはアメリカ人の党派心や「紫の州」(共和党と民主党それぞれの支持率が拮抗している州。共和党と民主党のシンボルカラー「赤」と「青」を混ぜると「紫」になることから)について、サンクトペテルブルクの上司に報告を送った。その報告は、ロシアがアメリカの大統領選を妨害する際の手引き書として使われた。

サンクトペテルブルクでは、「インターネット・リサーチ・エージェンシー(IRA)」という、プーチン大統領のプロパガンダ組織が生まれようとしていた。ロシアはそのプロパガンダを「翻訳プロジェクト」というコードネームで呼んだ。目的は、アメリカ大統領選の「候補者とアメリカの政治システムに対する不信感を拡散すること」。「プーチンの料理長」なる異名をとるエフゲニー・プリゴジン(クレムリン御用達のケータリング会社を経営する謎の実業家)を、ロシアの情報戦争キャンペーンの監督役に抜擢し、赤の広場から少し入ったところにある、何の変哲もない四階建てのビルに拠点を置いた。プリゴジンはがっしりした体格にスキンヘッド、かつて詐欺罪で九年間、刑務所で過ごしたあと、ホットドッグ屋からプーチンの盟友にまで上り詰めた人物だ。資金提供者はいまもって不明だが、IRAは自由に使える数百万ドルの資金をもとに工作に乗り出した。ニュース記事ライター、グラフィックデザイナー、「検索エンジン最適化スペシャリスト」など、二〇代の若者を週一四〇〇ドルの報酬で採用した。一般的な企業の四倍以上の額である。ビルのひとつの階では、ロシア人のトロール（プロローグを参照）が一二時間シフトで働き、フェイスブックやツイッターで数百もの偽のアカウントを使って、誰であれ、彼らの雇用主であるプーチンを批判する者を激しく攻撃した。別のフロアでは、IRAのトロールがその日の仕事を待っていた。アメリカ社会を分断し、不信感を掻き立て、混乱を起こすために悪用できそうな〝本日の政治危機リスト〟である。

クリロバが作成した手引き書をもとに、ロシアのトロールはまずテキサスで行動を起こし、ほかの州に活動を広げた。二〇一四年九月、IRAはフェイスブック上に「ハート・オブ・テキサス」というグループをでっち上げると、「テキサス州分離独立賛成派」のインターネット・ミームを量産して拡散し、「#texit《テグジット》」（texas＋exit。テキサス＋離脱）というハッシュタグをつけ、お馴染みの恐怖撒き散らし戦術に乗り出した。「二〇一六年大統領選でヒラリー・クリントンが勝利したら、州民は銃を奪われる」といった具合である。一年も経たないうちに、グループのページには五五〇万の「いいね」がついた。すると今度は、その動きに対抗するかのように、IRAがフェイスブック上に別のグループ「ユナイテッド・ムスリムズ・オブ・アメリカ（アメリカの統一イスラム教徒）」をでっちあげた。そして、テキサス州ヒューストンに実在するイスラミック・ダアワ（布教）センターの前で、両方の集会の開催をあと押しした。ハート・オブ・テキサス側のデモ参加者と、イスラム教徒側のデモ参加者が路上で対峙した。それは、ロシアの操り人形師がデジタル空間で引いた糸が、八〇〇〇キロメートル離れたアメリカで起こした、現実世界の恐ろしい睨み合いだった。サンクトペテルブルクで暗躍するトロールでさえ、アメリカ人を騙すのがこれほど簡単とは思わなかったに違いない。

正当性を高めるため、ロシアは実在するアメリカ人の身元情報を盗んで使った。アメリカ人の社会保障番号、銀行や電子メールのログイン情報は、ロシアのダークウェブで難なく手に入った。ロシアの妨害工作が頂点に達した頃、IRAは新たに八〇人以上の採用に踏み切り、さらにその素性を隠すために、セキュリティ度の高い仮想プライベートネットワーク（VPN）を通して、フェイスブックやツイッターにログインした。そして、テキサス州で得た成功をアメリカ全土に広げるべく、コロラド、バージニア、フロリダなど「紫の州」に狙いを定めた（FBI捜査官がのちに発見するように、二〇一六年のアメリカ大統領選の妨害工作において、「紫の州」という言葉は一種のマントラのように使われた）。漏洩したメモによると、IRAの上司は部下のミニオンたちに、「ヒラリーたちを批判するいかなる機会も見逃すな（ただしサンダースとトランプは別。我々はふたりを支持する）」と伝えていた。

IRAは偽の人物をでっちあげ、選挙運動のボランティアや、トランプの主張を支持する草の根グループと連絡を取り合った。フェイスブックに親トランプ・反ヒラリーの広告を出し、特定の人種を攻撃して外国人を排斥するミームを量産することで、少数民族の投票率を抑え、緑の党の大統領候補ジル・スタインのような、民主党以外の候補者に対する有権者の関心を高めようとした。ブラック・ライブズ・マターのページを立ち上げた。インスタグラムで「ウォーク・ブラックス」（ウォークは「社会的に目覚めた」を指すスラング。ウォーク・ブラックスは、「社会の不公正や人種差別に対する意識の高い黒人」の意味）などの名前をつけたアカウントを作成し、ヒラリーの重要な支持層であるアフリカ系アメリカ人に、投票日に家から出ないよう説得しようとした。たとえばこんな具合だ。「トランプ憎悪は人びとを誤った方向に導き、黒人にキラリー（Kill＋hillary＝killary。殺人＋ヒラリー）に投票させようとしている」あるいは「ふたつの悪のうち、どちらかマシなほうを選ぶべきではない。それなら投票しないほうがずっといい」など。フロリダでは、何も知らないトランプ支持者にIRAが資金を提供し、トラックの平台に檻をつくらせ、雇った女優にヒラリーの格好をさせて檻のなかに閉じ込めた。集会に詰めかけた群衆は、檻に向かって「ロック・ハー・アップ（ヒラリーを投獄せよ）」とシュプレヒコールをあげた。この成功に倣って、ペンシルベニア、ニューヨーク、カリフォルニアでも同様の集会を計画した。数年後にＩＲＡの作戦がすべて明らかになった時点で、プーチンのトロールの投稿を閲覧したフェイスブックのユーザー数は一億二六〇〇万人にのぼり、ツイッターのインプレッション（投稿が表示された回数）は二億八八〇〇万回を数えた。アメリカで有権者登録をしている人が二億人であり、二〇一六年の大統領選で実際に投票した人が一億三九〇〇万人だったことを考えると、驚くべき数字である。

だが、ＩＲＡの作戦はロシアの妨害工作の目に見える部分にすぎなかった。二〇一四年以降、ロシアのハッカーは全米五〇州の有権者名簿を嗅ぎまわるようになり、アリゾナ州の有権者登録システムに不正侵入し、イリノイ州のデータベースから有権者情報を吸い上げた。アメリカの防衛力を探り、大統領選を運営する巨大なバックエンド機構――有権者登録の仕組みや電子投票者登録名簿、そのほかの設備――の弱点を突き止めようとした。フロリダやノースカロライナなど八つの激戦州に、電子投票者登録名簿のチェックインソフトウェアを納入する「ＶＲシステムズ」をハッキングした。二〇一六年六月、民主党全国委員会がハッキング被害に遭った時、アメリカ人は、ロシアによる選挙妨害工作のほんの一端を垣間見ることになった。

二〇一六年六月、スマートフォンにアラートが入った時、私はシエラネバダ山脈で休暇を取っていた。《ワシントン・ポスト》紙の報道によれば、サイバーセキュリティ会社のクラウドストライクが発見したところ、民主党全国委員会のコンピュータ・ネットワークに侵入していたのは、ひとつではなくロシアのふたつのハッカー集団だったという。ひとつは「コージー・ベア」。かつて米国務省とホワイトハウスの不正侵入にも成功したロシア対外情報庁のハッカー集団であり、民主党全国委員会のネットワークに一年以上も入り込んでいた。もうひとつは「ファンシー・ベア」。アメリカのジャーナリストから外交官、その妻のコンピュータまでハッキングした、私にとってはすでにお馴染みの集団である。後者は、簡単なフィッシングメールを使って、三カ月前に民主党全国委員会のネットワークに侵入していた。二〇一六年三月、ファンシー・ベアは、ヒラリー陣営の選挙対策本部長ジョン・ポデスタに、偽のグーグル・アラートを送って、グーグルメールのパスワードを変更するように求めた。ポデスタはこのアラートの信憑性を確かめるため、民主党全国委員会のIT担当者に転送した。ここで、アメリカ選挙史上最も悲劇的なタイプミスが発生する。その担当者は「不正な（illegitimate）メールです」と打つべきところを、誤って「本物の（legitimate）メールです」と打ってしまったのである。あとの祭りだった。

ロシアが作成した偽のGメールのログイン画面に、ポデスタが新しいパスワードを入力すると、ロシアのハッカー集団は、過去一〇年に及ぶ六万通のメールにアクセスできるようになり、民主党全国委員会やヒラリーのメールに、より深く侵入する足掛かりを築いた。この件を報じた《ワシントン・ポスト》紙の記事は、全体像は把握していたものの、的外れでもあった。「財務情報、献金者情報、個人情報が侵害された形跡はない」と請け合い、これはロシアの典型的なスパイ工作にすぎず、目的は「次期大統領と目される人物の政策、力量、弱点を把握すること」であり、「アメリカのスパイも外国の立候補者や指導者について、同様の情報収集を行なっている」と報じたのだ。とはいえ、誰が《ワシントン・ポスト》紙を責められただろうか。次に起きたことは、誰にとっても予想外だったからだ。

私はその報道を見てすぐ、バーモント州で休暇を取っていた同僚のデイヴィッド・サンガーに連絡した。ロシアの戦略がエスカレートしていく様子を目撃していた私たちは、アメリカが相手にしている敵の正体を完全に理解した。「これはウォーターゲート事件だ」ふたりとも同じ意見だった。《ニューヨーク・タイムズ》紙の担当デスクに連絡したものの、二〇一六年六月、この事件で大きな勢いをつくり出すのは難しかった。何と言っても、近年最も信じがたい大統領選の真っただ中なのだ。サイバー攻撃は私たちの生活にとって大袈裟に騒がれすぎの感があり、デスクは私とデイヴィッドの記事を、政治面の後ろの目立たないページに葬ってしまった。送電網、ホワイトハウス、国務省を狙い、エスカレートするロシアの猛攻に対処したあとでは、ホワイトハウスの当局者も同じように多少のことでは動じなくなっていた。報道によれば、被害に遭ったのは民主党全国委員会だけではなかった。共和党全国委員会（ＲＮＣ）も攻撃を受けてきたらしい。謎めいた単独犯のハッカーがどこからともなく現れるまで、当局者はハッキングを典型的なロシアのスパイ行為として片づけていた。

民主党全国委員会がサイバー被害に遭ったと報道された翌日、「グッチファー2・0」を名乗る謎の人物が登場し、「単独犯のハッカーが民主党全国委員会のサーバーをハッキング」と題するサイトに飛ぶリンクをツイッターに張った。

「世界的に有名なサイバーセキュリティ会社クラウドストライクは、民主党全国委員会（ＤＮＣ）のサーバーが『洗練された』ハッカー集団にハッキングされたと発表した」グッチファー2・0は書いていた。「私のスキルを高く評価してくれたとは、嬉しい限りだ)))。だが本当のところ、あれは簡単だった。すごく簡単だった」

アメリカ政府の当局者はほぼすぐに、ロシアの真の目的を完全に甘く見ていたことに気づいた。グッチファー2・0の投稿には、ネットワークから盗んだという民主党全国委員会のメール、政策文書、献金者の名前と住所、さらにはトランプ候補に対する調査報告が含まれていた。その報告には、「トランプは主要外交政策について無知であることを、これまで何度も証明してきた」「トランプが忠誠を誓うのは、自分自身に対してだけ」といった章の見出しがついていた。グッチファー2・0によれば、これらは「民主党のネットワークからダウンロードした文書のごく一部」にすぎないという。残りの「数千のファイルとメール」はウィキリークスの手にあり、「まもなく公開される」。そしてこうつけ加えた。「イルミナティとヤツらの陰謀論はファ*クだ!!!!!!!!!」

グッチファー2・0という偽名を使い、イルミナティという謎の秘密結社の名前を持ち出したことは、ロシア人ハッカーによる精巧なつくり話の一部だった。グッチファー（Guccifer は「GUCCI-fer」グッチファーと発音する）は実在の人物だ。ルーマニア人のサイバー犯罪者マルセル・ラザール・レヘルは、グッチファーというハッカー名を使って、ブッシュ家のメンバーやヒラリーの「ベンガジ・メモ」（二〇一二年にリビアのベンガジで起きた、米領事館襲撃事件に関するメールや覚書）、元国務長官コリン・パウエルのウェブサイトをハッキングした。グッチファーがヘッドラインを派手に飾ったのは、ジョージ・W・ブッシュがシャワーを浴びている自分の姿を描いた絵を、グッチファーがオンラインに流出させたためだ。ヒラリーの悪名高い私的顧問シドニー・ブルメンタールも、グッチファーの攻撃対象にされた。陰謀論者のなかには、世界を支配しているのは怪しげな「ディープステート」（プロローグを参照）のイルミナティだと信じる者も多い。そして、そのイルミナティにレヘルが並々ならぬ関心を抱いていたことは知られている。グッチファーはハッキングの罪を問われて二年前にルーマニアで逮捕され、身柄をバージニア州に移送されて判決を待つあいだに、ヒラリーの私用サーバーをハッキングしたと述べている。そしていま、グッチファー2・0は、中途半端に終わったレヘルの活動を引き継いで攻撃を再開した、と主張したのである。

ところが、コンピュータ・セキュリティの専門家が、民主党全国委員会の流出した文書のメタデー

大木毅監修・シリーズ〈人間と戦争〉1

監訳・解説：笠井亮平（岐阜女子大学南アジア研究センター特別客員准教授）

日本軍が銃をおいた日

——太平洋戦争の終焉

ルイ・アレン／長尾睦也・寺村誠一訳

eb8月

一九四五年八月十五日、太平洋戦争は終わった。だが海外各地の数百万の日本軍兵士にとって、それは新たな戦いの始まりだった。降伏交渉、戦犯裁判、そして帰国までの長い年月。現代アジアの政治・経済的地図はすべてこの夏に起因している——歴史転換期を克明に描く

四六判上製　定価4400円［10日発売］

小泉悠氏解説！

フィナンシャル・タイムズ紙とマッキンゼーが選ぶベスト・ビジネス書

サイバー戦争 終末のシナリオ（上・下）

ニコール・パーロース／江口泰子訳・岡嶋裕史監訳

eb8月

セキュリティホールの情報を高額で闇取引するサイバー武器商人。システムに罠を仕掛け金融、医療、原発など敵国のインフラを壊滅させるタイミングを窺う政府機関やテロリスト。スパイ小説さながらの筆致で、今そこにある「サイバー最終戦争」の危機を浮き彫りにする

四六判並製　定価各2530円［絶賛発売中］

原尞氏推薦！

若きキャリア警察官の正義と罪を描くハードボイルド

祈りも涙も忘れていた

伊兼源太郎

eb8月

犯罪多発地域、V県神浜。県警配属早々に捜査一課管理官となった新人キャリア警察官の甲斐は、管内で連続する放火や凄惨な死体遺棄、捜査関係者の不審死を追ううち、県警、そして政財界を揺るがす巨悪を目の当たりにする……次代を担う警察小説作家の最高傑作

四六判上製　定価2200円［17日発売］

タを分析したところ、ロシア語の言語環境のコンピュータで扱われた形跡が明らかになった。一部のファイルには、最後にマークアップ（「タグ」と呼ばれる識別用のマークをつけること）した者の正体を示唆するようなユーザーネームが、キリル文字で記されていた――旧ソ連の秘密警察の初代長官フェリックス・ジェルジンスキー、通称「鉄のフェリックス」である。専門家がツイッターでその発見を暴露すると、グッチファー2・0は、自分はロシアとは何の関係もない孤高のルーマニア人だ、と言い張った。テクノロジーニュースサイト「マザーボード」の野心的な記者が、グッチファー2・0にツイッターで直接メッセージを送った。記者のロレンツォ・フランチェスキ＝ビッキエライが妙案を捻り出し、英語、ルーマニア語、ロシア語の三つの言語で質問を送ったのである。グッチファー2・0は、ルーマニア語と片言の英語で答え、ロシア語の質問は理解できなかったと言った。言語学者がグッチファー2・0の回答を分析したところ、絶対にルーマニア人ではないことがわかった。「グーグル翻訳」を使っていたのである。正真正銘、ロシアの影響が及んだ作戦だった。ロシアではこのような工作を「コンプロマート」と呼ぶ。敵の信用失墜を狙った有害な情報を拡散する、ロシアお得意の技である。ロシアでは、何年もかけてコンプロマートに磨きをかけてきた。民主党全国委員会に攻撃を仕掛けたハッカーは、二年前にウクライナで実施された大統領選で選挙報道システムに攻撃を仕掛けた時と同じ集団だった。

だが、民主党全国委員会の文書を流出させたのは誰か、という問いは、その後のメディアの大混乱のなかですぐにうやむやになってしまった。グッチファー2・0は、盗み出した民主党全国委員会のメールの束を、ゴシップサイトの「ゴーカー」や「ザ・スモーキングガン」（法的記録や逮捕記録、容疑者の顔写真などを掲載したウェブサイト）に引き渡した。ジャーナリストや専門家は、みずからの支持政党に関係なく、漏洩した民主党全国委員会のメールに群がるハエのごとく飛びついた。ゴーカーに掲載された分だけでも、五〇万回クリックされている。グッチファー2・0の宣言通り、ウィキリークスがまもなく数万件のメールや情報を少しずつ暴露し始めると、《ガーディアン》紙、インターセプト（第一章に登場したジャーナリスト、グレン・グリーンウォルドが創設したオンラインメディア）、バズフィード、ポリティコ、《ワシントン・ポスト》紙が報じ、私の同僚も《ニューヨーク・タイムズ》紙に記事を書いた。ロシアは、民主党のメンバーが集合する民主党全国大会の数日前まで最も衝撃的な情報を取っておき、開催前のタイミングを狙って投下した。予備選を制するのはサンダースよりもヒラリーが望ましい、と民主党全国委員会がひそかに考えていることを示すメールをリークしたのだ。民主党の幹部は、サンダースの評判を落とす決定的な方法を検討していた。一部の幹部は、サンダースがユダヤ教を信仰していることに疑問を呈し、予備選も終盤に差しかかったいまの時点でサンダースを無神論者に仕立て上げれば、「数ポイントの違いが出るだろう」と発言していた。また別の幹部は、サンダースの選挙対策チームが、ヒラリーの選挙情報を盗んだという疑惑を広めるべきだと提案した。だが、最も打撃が大きかったのは、民主党全国委員会の委員長デビー・ワッサーマン・シュルツのメールだった。サンダースが「大統領になれるはずがない」と書いていたのだ。この暴露はロシアの狙い通りの効果を発揮した。数日後に民主党全国大会が開催されると、ワッサーマン・シュルツは激しい非難と野次に迎えられた。抗議者は――いやIRAが用意したサクラだったのかもしれないが――「電子メール」「『助けて』くれてありがとう、デビー！:)」と書いたプラカードを掲げた。そうこうしているうちに、アメリカはそれらのメールをリークしたのはいったい誰か、という問いを忘れてしまった。その七月、民主党全国大会が幕を閉じようとしていた頃、私とデイヴィッド・サンガーは共同で《ニューヨーク・タイムズ》紙に記事を執筆し、読者にその問題を思い出してもらおうとした。「サイバー専門家、ロシアの専門家、フィラデルフィアに集まった民主党指導部の関心を掻き立てている異例の問い『ウラジーミル・Ｖ・プーチンは、アメリカの大統領選に干渉しようとしているのか』」。ヒラリーの選挙参謀ロビー・ムックは、ロシアが「ドナルド・トランプを助ける目的で」情報をリークしていると主張したが、その主張を裏づける証拠はなく、ヒラリーの選挙運動は困難な状況にはまり込んだままだった。

いっぽうのロシアでは、プーチンのハッカーやトロールが過熱状態に陥っていた。ウィキリークスは民主党全国委員会のメールを暴露したものの、そのパンチ力の弱さに不満を抱いたロシアのハッカーが、盗んだメールを自前のチャネルで大量に暴露し始めたのだ。メールは「ＤＣリークス」なる新たなサイトに登場した。そのサイトは間違いなく六月に登録されていた。ロシアが民主党のメールを武器として利用する準備を、数カ月も前に進めていた証拠だ。キャサリン・フルトンやアリス・ドノバンといった、いかにもアメリカ人らしい名前のフェイスブックユーザーがどこからともなく現れ、ＤＣリークスをフォロワーに勧めた。大統領選の一カ月前、ウィキリークスはこれぞという情報の暴露に踏み切った。ヒラリー陣営の選挙対策本部長ジョン・ポデスタの私的メールである。そのなかには、ヒラリーがウォールストリートで行なった、八〇ページにのぼる有料の講演内容が含まれていた。その内容は議論を呼んだ。暴露された講演で、ヒラリーは聴衆に向かって、政治家は「公的な」立場と「私的な」立場を持つことが重要だと述べていた。これが、ヒラリーは二枚舌で、市民の利益のために行動していないという批判を浴びるもとになる。トランプの「壁の建設」を支持する強硬派は、ヒラリーが「開かれた国境」を擁護した演説に飛びついた。漏洩した一つひとつの情報を、ＩＲＡのトロール部隊が撒き散らし、中傷し、ハッシュタグをつけた。彼らは、すでに冷笑的になっていたアメリカの大衆に向かって情報を暴露していた。サンダースが選挙戦から撤退し、ヒラリー支持にまわった数カ月後、サンダース支持のフェイスブックページを運営していた活動家は、ヒラリーに敵対的なコメントが殺到し始めたことに気づいた。「バーニーに票を投じた者は腐敗したヒラリーには投票しない！」「革命は続かなければならない！　#NeverHillary（ヒラリーは永遠にあり得ない）」などである。フェイスブックのある管理者が、《ニューヨーク・タイムズ》紙の私の同僚スコット・シェーンに語ったところによると、「このようなコメントの影響力や悪辣さを見ると」、特定の策略を持った冷酷な敵対者の仕業に思えるという。だが、これらがロシアの選挙妨害だという考えそのものが、多くのアメリカ人にとって、いまだに頭のイカれた冷戦時代のお話に思えた。

ホワイトハウスでは、ウエストウィングの政府高官がすでに、ヒラリーの信頼失墜を狙った妨害工作の背後の存在をより明確に掴んでいた。とはいえ、ロシアの選挙干渉の全貌が明らかになるのは何年も先のことであり、当面の問題は「どう対処するか」だった。

民主党全国委員会はホワイトハウスに対し、ロシアによるハッキング攻撃と情報工作について掴んだことを公表すべきだと訴えた。CIAはすでに、今回のハッキングの背後にいるのがロシア政府だと「強い確信」を持って結論づけていた。ところが、ホワイトハウスは頑なに沈黙を続けた。政権内で対立が生まれつつあった。NSAは今回の攻撃者がロシアだという特定について、せいぜい「中程度の確信」しかないと主張した。NSAでは、分析官がシギントの内容をいまだ分析中であり、公式声明を発表するという異例の機会のためには一〇〇パーセントの確実性を求めた。CIA内部では、これがロシア政府によるダーティワークだという確信が一〇〇パーセントあったものの、情報源はプーチンのネットワークに潜む極秘のアメリカ人スパイである。もしロシアの関与を公にすれば、CIAの情報源を危険に曝すことになる。しかも、ハッキングがロシアの工作だと名指しで非難すれば、オバマは自分自身も大統領選に干渉していると見られることを懸念した。

普段は穏やかな物腰のＪ・マイケル・ダニエルも、同様の対抗策を取るべきだと強硬に主張した。ロシア連邦軍参謀本部情報総局のＣ＆Ｃサーバーを何とか乗っ取れないものか。グッチファー２・０とＤＣリークスを、オフラインにできないのか。ウィキリークスはどうか。これもオフラインにできるのではないか。プーチンの足元で情報戦争を開始することも検討した。プーチンとその取り巻きの不正な金融取引をリークしたらどうか。あるいは、ヤツらの急所を突いてはどうか。国際的な銀行システムにアクセスできないようにして、彼らの資金源を遮断するのだ。だが、私が直接聞いた話では、どのシナリオも大統領のデスクまでは到達しなかったか、真剣に考慮されなかったという。

オバマ大統領と政府の諜報関係の高官にとって、集中砲火のように続く民主党全国委員会の情報漏洩と衝撃的な見出しは、余興のようなものだった。さらに懸念されたのが、ロシアのハッカーが、あちこちの州の有権者登録データベースに不正侵入して、好き勝手にやっていることだった。アリゾナ州の州政府当局が発見したのは、選挙管理人のパスワードが窃取されてしまい、今後、有権者登録データが不正操作される恐れがあることだった。イリノイ州では、同州のネットワークがハッキングされ、ロシア人ハッカーに有権者データを盗み取られた被害を、州政府当局がようやく調査し始めたところだった。国土安全保障省の分析官は、ロシアが全米規模で、有権者登録システムを読み取っていることに気づいた。有権者名簿に入り込めるならば、ロシアのハッカーは有権者を登録済みから未登録に変えることもできる。まだ投票していない有権者を、投票済みのように操作することもできる。有権者の登録を名簿から完全に削除することも可能なのだ。そうであれば、ロシアのハッカーは自動投票機に不正アクセスする必要すらない。紫の州のなかでも、伝統的に民主党支持者の多い都市部に住む有権者の投票権を、数千人規模で剝奪するほうがはるかに簡単で、目立たない。データをほんの少し改竄するだけでも、不正選挙ではないかという恐怖を掻き立て、選挙を、さらにはアメリカを混乱に陥れることができる。ロシア外交政策の専門家によれば、いつの時代も混乱こそが重要だった。

二〇一六年秋、ロシアの脅威が雪だるま式に膨れ上がるなか、ホワイトハウスは何か手を打つ必要に迫られた。オバマ大統領は、党派を超えた連帯のメッセージを送るのがいいだろうと考えた。国土安全保障関連とFBIのトップを、両党の有力議員のもとに送って意見を交換し、一致団結してロシアを名指しで非難する考えについて打診した。しかしながら、その九月、リサ・モナコ（国土安全保障・テロ対策担当大統領補佐官）、ジェイ・ジョンソン（国土安全保障長官）、ジェームズ・コミー（FBI長官）が、黒塗りのSUVを連ねて連邦議会議事堂に到着すると、会合は党派対党派の激しい罵り合いの場になった。上院多数党院内総務のミッチ・マコーネル（共和党）は、ロシアを非難するいかなる超党派の声明にも署名しないと言い放った。諜報機関の情報を退け、民主党の偏向した情報操作の思う壺にはまったとして、会合に参加した三人をたしなめた。二〇一六年の大統領選をおとしめる工作が進行中だ、と国民に警告することを拒否した。

その空白に、共和党大統領候補のトランプが乗じた。「私はウィキリークスが大好きだ！」ある選挙集会でトランプは宣言した。ことあるごとにロシアのハッキングをけしかけた。こうツイートしている。「リークされた民主党全国委員会のメールが示しているのは、バーニー・サンダースを潰す計画……ひどく悪意に満ちている。不正だ」。また別のツイートでは、ハッカーがヒラリーの私的メールのサーバーにも不正アクセスすることを望む、と冗談交じりに呟いた。そのあいだもずっと、ロシアを名指しすることを拒んだ。集会のたびに、ロシアの関与に疑問を投げかけた。九月に放送されたロシアのテレビ局「RT（ロシア・トゥデイ）」のインタビューでは、民主党全国委員会のハッキングがプーチンの指示によることは「まずあり得ない」と述べた。「おそらく民主党じゃないか。誰にもわからないが、プーチンの関与はかなりあり得ないと思う」そして、大統領選に向けた初めてのテレビ討論会で、民主党全国委員会のハッキングは「ベッドに寝そべった体重一八〇キログラムのハッカー」の仕業でもおかしくないと発言した。

投票日が近づき、ホワイトハウスはプーチンに二度警告した。一度目はその年の九月、中国の杭州で開かれたＧ20サミットの会場で、オバマ大統領自身がプーチンに面と向かって、ロシアが今後もこのようなことを続けるならば、アメリカにはロシア経済を破壊する力があると警告したのだ。二度目はＣＩＡのジョン・ブレナン長官が、旧ソ連時代のＫＧＢを引き継いだロシア連邦保安庁（ＦＳＢ）の長官に対し、ロシアが手を引かなければ、「しっぺ返しを食らうぞ」と告げたのだった。

そして、ロシアは実際に介入をやめた。いや、ひょっとしたら当初の目的を果たしたのかもしれない。ロシアの選挙干渉は、ヒラリーをたっぷり流血させた。たとえヒラリーが大統領選を制したとしても、手負いの状態だろうと考えた。一部の情報筋によれば、ロシアはトランプが本当に勝つとはまったく思っていなかったという。ロシアのいちばんの目的はヒラリーに傷を負わせ、その勝利に疑問符をつけることだった。二〇一六年一一月、トランプが勝利を収めた時、ロシアの妨害工作が及ぼした影響を数字で表すのは不可能だった。ディスインフォメーションの専門家は、ロシアのコンプロマートはほとんど影響を及ぼさなかったと述べた。とはいえ、それについて私にはそれほど確信はない。数字を見ると、実際、トランプは一般投票でヒラリーよりも三〇〇万票も少ないだけでなく、過去の大統領選で敗北を喫したアル・ゴア、ジョン・ケリー、ミット・ロムニーの得票数をも下まわる。二〇一六年の大統領選では、トランプが勝ったというより、むしろヒラリーが負けたのである。これまで長く続いてきた投票傾向の多くが、今回の大統領選では逆になったか、終わってしまった。ロシアのトロールが積極的に標的にしたアフリカ系アメリカ人有権者の投票率は今回、二〇年ぶりに大きく減少した。トランプが制した激戦州では、トランプとヒラリーの得票差は、ロシアのトロールが支援した緑の党のジル・スタイン候補の得票総数よりも少ない。ウィスコンシン州では、スタインが三万一〇〇〇票を獲得したのに対して、ヒラリーは二万三〇〇〇票差で負けた。ミシガン州では約五万票を掻き集めたスタインに対して、ヒラリーは一万七〇四票差で敗退している（トロールが支援したスタインの得票数がヒラリーにまわっていれば、結果は違っていたと分析するアナリストもいる）。もちろん保守派の政治戦略家は、そもそも民主党はヒラリーがどれほど嫌われているかについて考えが甘かった、と主張する。反ヒラリーのミーム、偽の集会やボットなど、ロシアによる連日の集中攻撃が、ヒラリーに投票するつもりだった有権者の足をどれほど投票所から遠ざけたのか、あるいはヒラリーの出馬に暗い影を落として、第三の候補者に投票させたのか。これらについて、私たちが知ることはないだろう。

　オバマ政権の高官は、ロシア問題を大統領選のあとで処理するつもりだった――ヒラリーが勝利を収めたあとで。ところが、二〇一六年一一月にトランプが勝利したことで、先行きが不透明になった。オバマ政権はこの年の一二月、ロシアに対し懲罰的な制裁を科した。三五人のロシア人〝外交官〟を国外退去処分にしたのだ。その多くがスパイである。ロシアの機密の外交財産二件も閉鎖した。ひとつはロングアイランドの五・七ヘクタールの敷地に建つ四九部屋の大邸宅で、もうひとつはメリーランド州の水辺に建つスパイの拠点である。後者の隣人は、少なからぬ警戒心を示しながら、隣に住むロシア人たちは地元住民のようなカニの茹で方はしないと述べている。そのうちのひとりがAP通信に語ったところによれば、「あの人たちはスクリュードライバーでカニを突き刺して甲羅を外し、なかをきれいに洗ってから茹でるんですよ」

　結局、家を焼き尽くされて《バーニング・ダウン・ザ・ハウス》、やりたい放題やられておきながら、ロシア人にはお仕置きのひとつにもならなかった。「バーニング（燃やす）」と言えば、九カ月後、トランプ政権がついにサンフランシスコのロシア領事館の閉鎖を命じると、退去の当日、領事館の煙突から真っ黒い煙がもうもうと立ちのぼった。建物のなかでは、ロシア人がありとあらゆるものを燃やしていた。地元住民が歩道に集まり、その様子を呆然と眺めた。消防署に通報が入った。地区の環境関係の当局者が調査官を送った。地元新聞の記者が領事館から出てくる男女に声をかけ、何を燃やしているのかと訊いた。つんと鼻をつく黒い煙が渦巻くなか、その女性が答えた。「何も燃やしてませんよ」（「バーニング・ダウン・ザ・ハウス」はトーキング・ヘッズの楽曲のタイトル）

第二一章：シャドー・ブローカーズ——位置情報不明

NSAが備蓄するサイバー兵器がインターネット上に流出したという最初の証拠は、ツイッターアカウント「@shadowbrokerss」が時々漏らす、ほとんど意味をなさない呟きだった。

二〇一六年八月、民主党全国委員会の最初のメールが流出してからちょうど二週間後、ロシアのトロールがソーシャルメディアでヒラリーに致命傷を与え、あちこちの州の選挙システムを嗅ぎまわっていた頃、新しいツイッターアカウントがとつぜん現われた。「シャドー・ブローカーズ」を名乗る正体不明の集団が、NSAをハッキングしたと主張し、そのサイバー兵器を上機嫌でネットオークションにかけようとしていたのだ。

「!!!注目。サイバー戦争の政府の資金提供者と、利益を得る者たち!!!」。いかにもロシア人が書いたように思わせる、怪しげな英語のメッセージはそう始まっていた。「敵のサイバー兵器にいくら払うか」

そのツイッターアカウントは、「イクエイジョン（方程式）・グループ」のサイバー兵器を窃取したと吹聴していた。イクエイジョン・グループとは、ロシアのハッキング集団に「コージー・ベア」や「ファンシー・ベア」といった、馬鹿げた名前をつけるクラウドストライクに倣って、ロシアのカスペルスキーがＮＳＡの精鋭ハッカー集団ＴＡＯにつけた名称だった。

我々はイクエイジョン・グループのトラフィックのあとを追う。イクエイジョン・グループのソース範囲を見つける。イクエイジョン・グループをハッキングする。イクエイジョン・グループのサイバー兵器をたくさんたくさん見つける。あなたは写真を見る。我々はイクエイジョン・グループのファイルを少し無料で見せる。これはいい証拠だろう、なあ？　あなたは楽しむ！！！　あなたはたくさんのものに押し入る。たくさんの不正侵入を見つける。たくさんの言葉を書く。全部ではないが、我々は最高のファイルのオークションだ。

一見したところ、この砕けた文章は手の込んだ悪戯に思えた。グッチファー気取りで脚光を浴びようとしているのか。それとも、インターネット上で分刻みに繰り広げられる選挙妨害から、世間の関心を自分に集めようとしているのか。ところが、シャドー・ブローカーズがオンラインで公開したハッキングツールはどれも本物らしかった。添付されたリンクをクリックした先で公開されていたのは、三〇〇メガバイトのデータだった。これは、小説三〇〇冊分の文字量に匹敵する。ただし今回は小説ではなく、「Epicbanana（叙事詩のようなバナナ）」や「Buzzdirection（ざわつく指示）」「Egregiousblunder（とてつもない大失敗）」「Eligiblebombshell（適切な爆弾）」などのコードネームのついたハッキングツールだった。暇を持て余したどこかのお調子者が、スノーデンが暴露した文書や、ずいぶん前に《デア・シュピーゲル》誌が報道したＴＡＯの「ＡＮＴカタログ」（ＡＮＴはＴＡＯの一部門。「Advanced Net Technology」の略）にくまなく目を通したあげく、ダークウェブから拾ったハッキングツールに、みずから捻り出したくだらない名前を適当につけただけだろう、と考えた者も少なくなかった。

ところが、NSAのオペレーター、セキュリティ・リサーチャー、世界中のハッカーがファイルを徹底的に調べた結果、本物であることが明らかになった。そのなかには、シスコやセキュリティ会社の「フォーティネット」が販売するファイアウォールだけでなく、中国で最も普及しているファイアウォールを検知されずにすり抜けるゼロデイ・エクスプロイトも含まれていた。私はすぐに動いた。電話に出てくれそうなTAOの元メンバーに、片っ端から連絡したのだ。

「これは何なの?」

「王国へのカギだ」ひとりが素っ気なく答えた。彼はすでに画面のサンプルを綿密にチェックし、TAOのツールであることを確認していた。どれもすべて、サイバーテロリストが世界中の政府機関、研究所、企業のネットワークに侵入するために必要なツールだった。NSAのプログラムや能力に関する情報を少しずつ漏洩したのがシャドー・ブローカーズだったなら、シャドー・ブローカーズは兵器そのものを流出させてしまったのだ。大量破壊を実行するコードやアルゴリズムがいまや、悪意ある思惑を持つ者やデータの窃取を目論む者であれば、誰でも自由に入手できるようになったのだ――NSAが最も恐れた悪夢であり、まさにこのシナリオの実現を遅らせるために、「脆弱性開示プロセス」(第二〇章を参照)が考え出されたのだ。

ところが、公開されたカタログは単なるティーザー(情報を小出しにするじらし)広告だった。NSAから集めたもっと多くのツールを、オークションの最高額入札者に売却するための前振りだった。シャドー・ブローカーズが次に公開したのは「スタックスネットを凌ぐ!」という謳い文句の、暗号化された別のファイルだった。そして、ビットコインで最高額を入札した相手に解読すると持ちかけた。シャドー・ブローカーズは今回、ひと捻り加えていた。もし入札額が一〇〇万ビットコインを超えたら――当時の価値で五億ドルを優に上まわる――窃取した情報をすべてオンライン上で公開するというのだ。混乱には法外な価格がついていた。

シャドー・ブローカーズは「エリート」に向けて、長たらしい奇妙な文章でメッセージを締め括っていた。

「エリートに説明させてもらおう。あなたの富や支配は電子のデータに依存する。もし電子のデータがバイバイしたら、金持ちのエリートはどこにやられる？　たぶん馬鹿な家畜と一緒に？　あなたは支配すると感じるか。金持ちのエリート、あなたがビットコインを送る。あなたがオークションで入札する。たぶん、あなたに大きな有利になる」

私にとって、編集室にいたほかのスタッフにとって、そしてまた世界中のロシア専門家にとっても、ロシア人を真似たシャドー・ブローカーズのたどたどしい英語は、英語が母国語の人間がいかにもロシア人の振りをして書いたように思えた。なりすまし作戦というわけだ。私たちが詳しく知るようになった、ロシアの洗練されたハッカー集団のようには思えなかったが、その年の八月は、ロシアのハッカーが民主党全国委員会に不正侵入した直後だったために、いかにもロシアのやりそうなことだと誰もが思った。

三九歳のジェイク・ウィリアムズは、これといって特徴のない、オハイオ州のコマンドセンターのなかに座って、たちの悪いサイバー攻撃を受けた企業のあと始末に次から次へと取り組んでいた。クライアント企業のネットワークからサイバー犯罪者を駆逐しようと、彼のチームがとんでもない時刻に働いていた時だった。ウィリアムズが、シャドー・ブローカーズのツイートを目にしたのは。

サンプルファイルをダウンロードすると、見覚えのあるツールにすぐに気づいた。公にはしていなかったものの、ウィリアムズはつい四年前までTAOで働いていたのだ。もともと救急隊員として軍の諜報部にいたが、やがてNSAに加わり、二〇〇八年から一三年までTAOのエクスプロイテーション・スペシャリストとして働いた。最近のたいていの者よりも在職期間は長かった。シャドー・ブローカーズがインターネットに公表したツールのなかに、ウィリアムズが手がけたツールがあるかどうかについては教えてくれなかったが、どれもTAOから流出した本物であることは保証した。

ウィリアムズは、起業パートナーであるもうひとりの元TAOの分析官と視線を交わした。その彼もツールに見覚えがあった。「まったく何てザマだ。ふざけやがって。まさか、あり得ないだろ？」

編集室で、私も同じことを考えていた。私は政府のゼロデイの備蓄について、その初期段階から追跡取材していた。プロジェクト・ガンマン（第六章を参照）やジェームズ・ゴスラーからNSA、ハッカー、ブローカー、スパイ、市場、エクスプロイトを生み出す仕組みまでたいていのことは。ジレンマはいつも存在した。もしアメリカの敵対者かサイバー犯罪者が、まだ修正パッチの当てられていない同じバグを見つけたら？　もし政府が備蓄しているエクスプロイトが盗まれたら？　この問いについてじっくり考えたことのある者は、ほとんどいなかった。私には、目の前の光景が信じられなかった。スノーデンの暴露は外交的な大惨事だった。ANTカタログの公開によって、NSAの作戦が世界中で中止に追い込まれたのだ。とはいえ、よもやコードが暴露されてしまうとは。本物のエクスプロイトが。流出したファイルには、アメリカの優れたハッカーや暗号作成者が何カ月も、なかには何年もかけて磨き上げたエクスプロイトが含まれている。そのエクスプロイトがTAOの活動において、世界中の敵対国や、時には同盟国に対して積極的に使われたことは間違いない。スノーデンの暴露は打撃だった。だが、今回はそれを上まわる最悪の事態だった。

ウィリアムズはファイルを丹念に調べた。彼のチームはようやく、クライアントのネットワークから攻撃者を永遠に締め出すところまでたどりつき、ウィリアムズはあと少しでジョージア州の自宅に帰れるはずだった。ところが、クライアントのファイアウォールが、ついさっきシャドー・ブローカーズがオンラインに投下したゼロデイ・エクスプロイトの攻撃に曝される危険性が生じてしまった。となると当分、誰も家に帰りつけそうにない。

彼のチームはさらに数時間かけて、クライアントのネットワークに変更を加え、来たる攻撃からファイアウォールを守ろうとした。何とか緩衝を設定できそうになった頃には、夜も更けていた。コマンドセンターの入るビルは、とっくにひと気がなかった。ウィリアムズは滞在中のホテルに戻った。格別に強いロングアイランド・アイスティー（見た目は紅茶だが、ジンやウォッカなど四種類のスピリッツでつくるカクテル）を数杯飲みながら、シャドー・ブローカーズのメッセージに目を通す。ロシア語風の英語や愚弄の言葉を分析し、誰がこんな正気とも思えないことをしたのか、突き止めようとした。アメリカの最大の敵や最良の同盟国はすぐにでも、窃取されたNSAのコードの痕跡をみずからのネットワークに探し始めるに違いない。もしその痕跡を発見しようとするか、実際に発見した時には醜い展開が待っている。これまでにないレベルの責め苦を味わうことになるのは確実だった。

外交的に言えば、スノーデン事件が与えた最も深刻な打撃は、ドイツのメルケル首相の携帯電話をNSAが盗聴していたことが明るみに出た件だった。あれから三年が経つというのに、アメリカの外交官はいまだドイツ政府との関係修復に努めていた。アメリカの同盟国が次に発見するのは、NSAのどの活動だろうか。いちいち覚えていないほどロングアイランド・アイスティーを続けて飲みながら、ウィリアムズは敵対国について考えた。このようなことをするのはどこの国か。最も恩恵を受けるのはどの国か。イランと北朝鮮は何年にもわたって、アメリカに危害を加える意思を示してきた。どちらの国の攻撃も大きな被害を与え、みずからが恐るべきサイバー敵国であることを瞬く間に証明した。とはいえ、サイバー能力について言えば、まだアメリカからはるかに遅れている。そしていま、誰かがアメリカの敵対国にサイバー兵器を手渡し、アメリカとのギャップを埋めてしまったのだ――そしてそれは、いったいどこの国だというのか。

ウィリアムズは、これらのツールが引き起こしかねない大惨事を考えて、身の毛がよだつ思いだった。ウィリアムズのクライアントはひどい目に遭うだろう。世界中のサイバー犯罪者は、もちろんこれらのツールを使って利益を得るはずだ。とはいえ、どこの国も同じくらい簡単に、デジタル爆弾やデータワイパー（データを消去するマルウェア）をツールに仕掛けて、データを吹き飛ばすか、アメリカの政府機関、企業、重要インフラをオフラインにできる。

翌朝、ウィリアムズは起き抜けに、エナジードリンクの「モンスター・リハブ」を、二日酔いの解毒剤代わりに喉に流し込んだ。クライアントのオフィスに向かう途中で、同じ疑問が繰り返し頭に浮かぶ。「こんなことをしでかせるヤツはいったい誰なんだ？」

偶然のタイミングとは思えない。ロシアは民主党全国委員会をハッキングしたばかりで、あちこちにはいまだコンプロマートの影響が色濃く漂っていた。国防総省が報復の選択肢を検討していないはずはない。ウィリアムズの頭にこんな考えがよぎった。シャドー・ブローカーズによる今回の流出は、機先を制した攻撃だったのではないか。ロシア政府は、このゲームに参加しているのはアメリカだけではないことを、世界中に知らしめたのかもしれない。あるいは、もしアメリカがサイバー攻撃で報復すると決めたならば、お前たちのやり方はとっくにお見通しだ、と警告した可能性もある。

後者の考えを支持したうちのひとりがスノーデンだった。そして、モスクワからこうツイートした。「状況証拠と一般的な通念からすれば、ロシアの仕業だ」。また別のツイートではこう書き加えている。シャドー・ブローカーズの暴露は「警告の可能性が高い。このマルウェアのサーバーから生じた攻撃の責任はアメリカにあると証明できる、と。今回の暴露は外交政策に深刻な影響を及ぼすだろう」。「特に、それらの攻撃がアメリカの同盟国」や彼らの選挙を「標的にした場合には」。「結果的に」とスノーデンは続けている。「民主党全国委員会のハッキングに対して、アメリカがどれほど厳しい対抗措置を講じるか。これについて検討する意思決定者の計算に、影響を与えるための工作かもしれない」

言い換えれば、ロシアの選挙干渉に報復すれば「すぐに厄介な事態になる」という「メッセージを送っているのだ」と、スノーデンは書いていた。

シスコのサテライトオフィスは、NSAが位置するフォート・ミード陸軍基地から、ほんの一六キロメートルほどの距離にある。そのサテライトオフィスと、シリコンバレーにあるシスコの本社では、脅威分析官とセキュリティ・エンジニアがNSAのコードを解析していた。修正パッチのない、いわゆる〝デイゼロ〟である。シャドー・ブローカーズによってシスコのファイアウォールを危険に曝すゼロデイは、シスコにとってだけでなく、世界中の多くのカスタマーにとって悪夢のシナリオだった。そしていま、シスコのエンジニアたちは大急ぎで修正パッチを作成するか、次善策を考え出そうとしていた。一刻も早く手を打たなければ、デジタルの知識や資源を持つ者なら誰でも、シスコのカスタマーのネットワークにひそかに不正侵入できてしまう。

シスコのゼロデイには、闇市場で数万ドルの値がついたに違いない。だが、私の情報筋によれば、シャドー・ブローカーズによる暴露の被害は、難なく数億ドルを超えるという。彼らが公開したサンプルは、二〇一三年まで遡るものだったが、なかには二〇一〇年頃のコードまで含まれていた。NSAは、なぜこれほど古いツールを保持してきたのか。そのゼロデイは、ひとつのファイアウォールだけでなく、一一に及ぶセキュリティ製品まで無効にできた。国道一〇一号線を少し北上したところにある、別のセキュリティ会社フォーティネットでも、同じ悪夢のシナリオが展開していた。フォーティネットは、海外において市場シェアを着実に伸ばしてきた。だがこの時、経営陣が危惧していたのは、海外のカスタマーから、同社がリークの共犯とみなされてしまうことだった。フォーティネットのエンジニアたちは、アメリカ政府に悪態をついた。

今回の流出事件によって、世間の目にアメリカの当局者は嘘つきに映った。当局者は近年、「脆弱性開示プロセス」やNOBUS――我々以外の誰も――を盛んに喧伝してきたのだ。ゼロデイをベンダーに引き渡し、修正パッチを当てるかどうかの決定に、NSAはNOBUSを基準としてきた（第一〇章を参照）。しかしながら、シャドー・ブローカーズが暴露したエクスプロイトは、とてもNOBUSのレベルではなかった。敵対国やサイバー犯罪者、アマチュアなど誰にでも発見したり、エクスプロイトを開発したりできるレベルだったのだ。ファイアアウォールは、アメリカのネットワークを安全にするためのものなのに、NSAは何年ものあいだ、ファイアウォールを無効にするゼロデイを手元に保管していたのである。ホワイトハウスのサイバーセキュリティ調整官のJ・マイケル・ダニエルやほかの高官が教えてくれたように、もし「脆弱性開示プロセス」が本当に機能していたのであれば、バグはベンダーに引き渡され、とっくの昔に修正されていたはずだった。

スタックスネットのようなアメリカのサイバー作戦にヒントを得た敵対国が、独自のサイバー作戦を編み出すのではないか。アメリカの当局者は長年、そう憂慮してきた。潤沢な資金を持ち、訓練を積めば、いつかは敵対国に追いつかれてしまうのではないか、と。そしていま、アメリカのハッキングツールが、オープンウェブに「どうぞ」とばかりにぶら下がっていた。誰でもこれをもぎ取って、アメリカに反撃できた。フォート・ミード陸軍基地のスパイたちは、冷や汗をかき始めていた。

シャドー・ブローカーズのゼロデイは闇市場で大儲けできるはずだったが、公開オークションではまったく利益にならなかった。いくら入札したくても、入札すれば、世界中の優秀なスパイの標的になってしまうことを恐れたのかもしれない。それも無理はない。オークションの開始から二四時間が経ち、NSAに拷問の苦しみを味わわせていた相手が手にしたのは、たった九〇〇ドルにすぎなかった。

とはいえ、FBIやNSAの対諜報調査部局、通称「Qグループ」の捜査官のなかで、シャドー・ブローカーズが金銭目的でこのような行動に出たと思う者はいなかった。誰の仕業であれ、NSA、この攻撃を仕掛けた者たちの国、世界中の感染したコンピュータを大きな危険に曝した。もし捕まれば、攻撃者自身の身にも大きな危険が及ぶのだ。捜査官はこう考えるようになっていた。これはじわじわと展開するテロ計画に違いない。

スノーデン事件や民主党のハッキング事件の時のようには、メディアはシャドー・ブローカーズのカタログ漏洩には飛びつかなかった。同僚のデイヴィッド・サンガー、スコット・シェーンと私の三人は、今回の事件について《ニューヨーク・タイムズ》紙に次々と記事を書いた。一面を飾った記事もある。ところが技術的な側面もあって、以前ほどの反響はなかった。とはいえ、今回の事件はNSAの活動に、以前の事件とは比べものにならないほど大きな影響をもたらした。

フォート・ミード陸軍基地や国内のあちこちの基地では、漏洩したコードの影響を受ける作戦を慌てて中止し、ツールを新しいものに取り換え、次に相手が何を漏洩するかを予想し、その影響に備えようとした。そのあいだも基地のなかでは、窃取されたコードについて仄めかしただけで、無理やり別室に呼び出され、尋問される始末だった。シャドー・ブローカーズに協力した裏切り者を見つけるため、嘘発見器にかけられるか、無期限の停職処分になった者もいる。スノーデン事件でひどく傷ついていたＮＳＡ職員の士気は、落ちるところまで落ちた。ＮＳＡのスペシャリストのなかには、人生をＮＳＡに捧げてきた年配者でさえ、民間の仕事を探す者が出始めた。そのほうが給料もよく、官僚機構にありがちな煩雑な手続きもなく、嘘発見器にかけられる心配もまずなかったからだ。

　その年の夏、ＮＳＡは漏洩した犯人を突き止めようとし、ＮＳＡの請負企業で働くハロルド・〝ハル〟・マーティン三世なる人物のツイッターの投稿に目を光らせるよう、ＦＢＩに知らせた。マーティンがツイッターを介してロシアのカスペルスキーのラボに連絡を取ったことから、カスペルスキーがＮＳＡに注意を促したのだ。ＦＢＩはその情報を使って令状をとり、マーティンの住居を家宅捜索したところ、五〇テラバイトのデータが見つかった。六箱分に相当する機密コードや文書であり、そのなかには秘密諜報部員の名前もあった。それらの証拠がマーティンの車、トランク、自宅、庭、物置に散在していた。だが、マーティンにモノを盗んで溜め込む癖はあったにせよ、彼が情報の流出源ではなかった。盗んだファイルに実際に侵入するか、誰かに情報を流した形跡はなかったのだ。ＮＳＡはついに犯人を捕まえたと思っていたが、勘違いだったことがすぐに明らかになった。

　この年の一〇月、マーティンが拘留中だった時、シャドー・ブローカーズが再びハロウィンの前日に現れ、「トリック・オア・トリート（お菓子をくれなきゃ、悪戯するぞ）」と題する記事をブログに投稿した。今回、リークしたのはコードではなかった。世界中に設置したＮＳＡの囮サーバーのウェブアドレスである。これによって、ＮＳＡの極秘ハッキング工作の完全なマップを、同盟国と敵対国に提供することになった。拠点は北朝鮮、中国、インド、メキシコ、エジプト、ロシア、ベネズエラ、英国、台湾、ドイツにあった。暴露された情報のなかには当時、副大統領だったジョー・バイデンに対する嘲りの言葉もあった。ほんの数日前、バイデンはＮＢＣの報道番組「ミート・ザ・プレス」に出演し、民主党全国委員会のハッキングはロシアの犯行であり、米諜報機関は報復するつもりだと述べていたのだ。「メッセージは送っている」バイデンは続けた。「報復は我々が選んだタイミングで、最大の影響をもたらす状況で行なう」

シャドー・ブローカーズは、この発言が気に入らなかった。「なんで汚いジイさんがＣＩＡ（ママ）を脅してロシアとサイバー戦争するのか」とツイートした。「本にあった古代のコントロール術か、はん？　旗を振って、問題は外部の原因で、失敗の責任は取らない。だが、心配してなくてもいい。民主党全国委員会のハッキングは、能力を失っているイクエイジョン・グループより、もっともっとずっと重要だ。〝アメリカンスキー〟は、アメリカのサイバー能力がヤられてしまってることを知っていない。『報道の自由』はどうなった？」。ツイートは、さらに不気味な脅しで終わっていた。「一一月八日、投票しないのではなく、投票自体を停止させてるかもしれない。グリンチみたい、選挙が来ないようにしてるかもしれない。選挙をハッキングするのは最高のアイデアかもしれない。#hackelection2016（二〇一六年の選挙をハックせよ）」（グリンチは、アメリカの児童向け絵本の主人公。意地悪で不機嫌で、嫌がらせばかりする緑色の醜い怪物）。彼らが暴露したカタログにアクセスするためのパスワードは、開催中のオークションがまもなく終わる可能性を告げていた。パスワードが「オレたちに支払え（payus）」だったからだ。

六週間後、シャドー・ブローカーズが再び姿を現した。今回は方向転換して、ネットラガードやヴペン、ＮＳＯなどでお馴染みの路線を試した。「シャドー・ブローカーズはオークションしようとしている。みんな、好きでない。シャドー・ブローカーズはクラウドファンディングしようとしている。みんな、気に入らない。今回、シャドー・ブローカーズは直接販売しようとしている」。映画「ボラット　栄光ナル国家カザフスタンのためのアメリカ文化学習」（二〇〇六年のアメリカ映画。カザフスタンからニューヨークにやってきた突撃レポーターのボラットをめぐる、下ネタや差別ネタ満載のコメディ映画）の主人公ボラットを思わせる、芝居がかった売り文句についていたのは、それぞれ一～一〇〇ビットコイン（七八〇～七万八〇〇〇ドル）相当と称する、さまざまなファイルのスクリーンショットだった。NSAのハッキングツールをアラカルトで買いたい者は、一つひとつのエクスプロイトに直接入札できた。参加すればNSAの標的になるリスクが大きすぎると思ったのか、あるいはオークションそのものが茶番だと思ったのか、誰も入札しなかった。二〇一七年一月、シャドー・ブローカーズはサイバー兵器市場からの完全撤退を表明する。

「さらば、ごきげんよう、みなさん。シャドー・ブローカーズは真っ暗になる。退場する。このまま続けるともっとリスクが大きく、もっと馬鹿バカしく、ビットコインは少ない。仮説と違って、シャドー・ブローカーズにとって重要なのはいつもビットコインだ。ただでデータを公表したことと、くだらない政治の話は、注目を集めるマーケティングだった」

三カ月のあいだ、シャドー・ブローカーズは姿を消していた。そのあいだに、別の漏洩事件が起きた。CIAのヴォールト（貯蔵庫）――犯人はその貯蔵庫を「ヴォールト7」と呼んだ――が不正アクセスされて、二〇一三～一六年のハッキングツールがオンラインで公開されてしまったのである。その貯蔵庫は、車やスマートテレビ、ウェブブラウザ、あるいはアップルやアンドロイドのスマートフォンや、ウィンドウズ、マック、リナックスのOSを、CIAがハッキングできることを明らかにした。基本的には宝の山だった。ところが、シャドー・ブローカーズは今回、自分の手柄にしなかった。ツールを見る限り、今回のリークは別の人間の仕業に思えた。二年後、CIAはヴォールト7の犯人が、CIAの元エリートプログラマー、ジョン・シュルトであると突き止めた。シュルトは無実を主張した。陪審団はシュルトが捜査官に虚偽の供述をしたかどで有罪にしたが、リークについては全員一致の評決に至らず、判事が評決不能（審理無効）を宣言せざるを得なかった。

NSAとFBIは、シャドー・ブローカーズの背後にいる存在を競って突き止めようとした。有力な仮説は、NSA内部のハッカーが、NSAのサイバー兵器庫をコンピュータかサーバーに置いたままにし、ロシアのハッカーに不正アクセスされたのではないか、という説だった。NSA内には、これに同意しない者もいた。暴露されたなかには、TAOのゼロデイ・コレクションの多くが含まれ、NSAが物理ディスク（ストレージ装置）に保存していたツールもあったからだ。NSA内部の人間がUSBメモリをポケットに入れて持ち出したのではないか、と捜査官は踏んでいた。しかしながら、この説では説明のつかない点もある。なぜシャドー・ブローカーズが手に入れたファイルのなかには、その物理ディスクに入っていないものも含まれていたのか。ファイルが、異なるタイミングで、異なるシステムから窃取されたように見えるのはなぜなのか。公開されたデータには、パワーポイントやほかのファイルも含まれている。そうであれば、TAOの不注意なオペレーターが、インターネット上に置き忘れたサイバーツールを、シャドー・ブローカーズがただ拾っただけ、という可能性は考えにくい。

イスラエルから得た情報を手がかりに、捜査官はあるNSA職員の自宅のコンピュータを捜査した。この職員は自宅のコンピュータに、ロシアのサイバーセキュリティ会社カスペルスキーのウイルス対策ソフトをインストールしていた。私の情報筋によれば、イスラエルはカスペルスキーのシステムに不正侵入した。そして、カスペルスキーが自社のウイルス対策ソフトウェアを使って、世界中のコンピュータにアクセスし、極秘資料を探しまわって盗み取っていたことを発見した。イスラエルはカスペルスキーのシステム内部でスクリーンショットを撮影して、アメリカの諜報機関と共有し、情報窃取の実態を明らかにした。その説によれば、カスペルスキーのソフトウェアが、その職員の自宅コンピュータからNSAの極秘文書を窃取したように思える。スパイをハッキングするスパイがハッキングするという目眩《めまい》のするような話だが、その頃には、私はもう何を聞いても驚かなかった。私たちがそのことについて《ニューヨーク・タイムズ》紙に記事を書くと、カスペルスキーは内部調査の結果、同社のソフトウェアはやるべきことをやっただけであり、コードに「極秘」という言葉が含まれる特定のマルウェアを探しただけにすぎない、と主張した。NSAの職員のコンピュータから、極秘データを窃取したことを認めた格好だが、カスペルスキーは、「我が社の網に引っかかったものが具体的に何かを把握した時点で、すぐにNSAのデータは消去した」と述べている。この説明に納得した者もいたが、噴飯ものだと思った者もいた。アメリカの当局者は長年、カスペルスキーをロシアの諜報機関のフロント企業ではないか、と疑っていた。そして、今回の成り行きはカスペルスキーに疑惑の暗雲を投げかけ、NSAのサイバーツールの窃取に、ロシアが何らかのかたちで関与していたという仮説にさらなる信憑性を与えることとなった。

セキュリティ業界のなかには、次のように考える者もいた。もしシャドー・ブローカーズがロシアの工作員なら、昨年一一月にトランプがアメリカ大統領選を制したことでハッカーは任務を果たした、と。三カ月間、シャドー・ブローカーズは姿を消した。だがほっとしたのも束の間、二〇一七年四月には再び姿を現し、約八カ月前に公開した最初の暗号化ファイルのパスワードを公開した。「スタックスネットを凌ぐ！」と喧伝した宝の山である。ところがこれは、触れ込みばかり立派な期待はずれに終わった。解読したファイルには、古いバージョンのリナックス、ユニックス、ソラリス（ユニックス系OS）を無効化するエクスプロイトが含まれており、シャドー・ブローカーズが約束したようなサイバー版大量破壊兵器にはほど遠かったのだ。

シャドー・ブローカーズの目的がトランプを当選に導くための援護射撃だったにせよ、彼らはトランプに幻滅するようになった。彼らの暴露には、政治上の不満を並べ立てる長いリストが付いていた。シャドー・ブローカーズは、ベテラン政治評論家でもあるかのように気安く、トランプに話しかけた。最近、国家安全保障会議（NSC）の常任メンバーから、首席戦略官・上級顧問だったスティーブ・バノンを外したことで、自分たちが気分を害していることをトランプに知らせようとした。ほかにも、その前日に国防総省がシリアに仕掛けた攻撃やディープステート、「フリーダム・コーカス」（減税や財政規律を重視する共和党下院保守強硬派。南部の選挙区選出の白人男性議員が多く、トランプの天敵とされる）、「ホワイト・プリヴィリッジ」（社会のなかで多数派の白人男性が受ける優遇）についても、気に入らなかった。

「シャドー・ブローカーズはあなたに成功して欲しい」彼らはトランプに語りかけた。「シャドー・ブローカーズはアメリカに再び偉大な国になって欲しい」

ジェイク・ウィリアムズは、畏怖と不安がないまぜになった気持ちでシャドー・ブローカーズの事件を追っていた。彼には彼なりの考えがあった。あの漏洩はロシア人の仕業に違いない。アメリカに恥をかかせ、ニュースの話題をロシアの選挙干渉から逸らせて、アメリカのシリア攻撃に抗議するためだ。一日がかりのセキュリティ研修会で講師を勤める日の前夜、ウィリアムズはフロリダ州オーランドのホテルで過ごしながら、自分の考えを明らかにすることにした。そこでブログに投稿して、シャドー・ブローカーズを、ロシア政府による古典的なインフルエンス作戦（心理作戦などさまざまな手法を駆使して、他国の世論形成や政策決定に影響を与えようとする作戦。「影響力工作」とも呼ばれる）だと書いた。そして、彼らの最新の投稿のタイミングを指摘した。シャドー・ブローカーズが投稿したのは、アメリカがシリアの空軍基地にトマホーク巡航ミサイル五九発を発射した次の日である。その目的は、アメリカの面目を失わせることにあった。

「これは、将来に重大な影響を及ぼす行為だ。ロシアはサイバー作戦（お誂え向きのハッキングによるデータの窃取）を使って、現実世界の政策に影響を与えようとしている」。ウィリアムズは書いている。「シリアに対するアメリカのミサイル攻撃に、ロシアは素早く反応し、それまで保留していたファイルのパスワードを公開した。シャドー・ブローカーズにとって最後の手段だ」

ウィリアムズは投稿ボタンを押して、ベッドに入った。翌朝、午前七時半に目が覚め、寝返りを打ってスマートフォンをチェックした。メッセージやツイッターのメンションが吹き荒れていた。シャドー・ブローカーズが、ウィリアムズの投稿に直接反応していたのだ。最大の悪夢が訪れようとしていた。自分でも公表したことがないというのに、シャドー・ブローカーズは、ウィリアムズがTAOの元メンバーであることを正確に暴露していた。クライアントや同僚に経歴を訊かれた時にはいつも、国防総省に勤めていたとしか答えなかった。NSAでの仕事は人に話せるような内容ではなかったうえに、もし素性がバレれば、自由な移動が制限される恐れがある。アメリカ政府はこのところ、中国、ロシア、イランなど国家の支援を受けたハッカーを非難するようになっていた。そのため、もし前職が明らかになってしまえば、旅行の途中で身柄を拘束されたり、訴訟対象になったり、スパイ活動のノウハウを明かすよう強制されたりするのではないか、と心配だったのだ。

この日の朝、スマートフォンの画面を凝視しながら、ウィリアムズは「腹を蹴り上げられるような感覚を味わっていた」。

シャドー・ブローカーズによる反ウィリアムズの長たらしい投稿のあちこちには、「オッドジョブ（007映画の悪役の子分）」、「CCI（顧客極秘情報）」、「ウィンドウズのBITSパーシステンス（バックグラウンドインテリジェント転送サービスの永続性）」、「Qグループ」が関与する捜査など、いつもと違った言葉が散りばめられていた。これまでのシャドー・ブローカーズの無駄なお喋りではない。どれもNSAのお馴染みの隠語である。シャドー・ブローカーズが誰であれ、ウィリアムズが考えていた以上にTAOの作戦に深く食い込んでいた。内部事情に通じた人間に違いない。

「彼らは作戦について深い知識や考えを持っていた。TAOの私の同僚だったほとんどのオペレータ－でさえ持ち合わせていないような」ウィリアムズはそう教えてくれた。「誰が書いたにせよ、高い地位にある内部の人間か、大量の作戦データを盗み取った人物だ」

シャドー・ブローカーズの衝撃的な反撃が、ウィリアムズの人生を変えた。シンガポール、香港、さらにはチェコへの出張予定までキャンセルした。ウィリアムズはいつも、もし誰かにこんなふうに経歴を暴露されればNSAが守ってくれるはずだ、と思っていた。だが今回、シャドー・ブローカーズの反撃を受けたあと、電話の一本もかかってこなかった。

「裏切られた気持ちだよ。NSAで働いていたから、シャドー・ブローカーズの標的にされたんだ。自国の政府に守られている気がしない」

そのいっぽう、NSAは根底から揺さぶられていた。海外のコンピュータ・ネットワークに侵入することにかけては、他の追随を許さないとみなされていたNSAが、みずからのコンピュータ・ネットワークさえ守れなかったからだ。これ以上悪いことはもはやない、と思った矢先、シャドー・ブローカーズが、切り札となるツールを温存していたことが明らかになった。

数日後の二〇一七年四月一四日、シャドー・ブローカーズは最大の破壊力を秘めたエクスプロイトを解き放った。NSA、テクノロジー企業、その顧客企業の損害額は、数百万ドルから数百億ドルにのぼり、さらに増え続けることだろう。

「先週、シャドー・ブローカーズは人助けしようとしていた」メッセージにはそうあった。「今週、シャドー・ブローカーズは人をファ＊クしようと考えている」

今回、漏洩したのはNSAの王冠を飾る宝石、すなわちゼロデイ・エクスプロイトのなかでも、とりわけ誰もが欲しがる二〇個のコードだった。何カ月もかけてつくり上げ、磨き上げられ、最も重要な対諜報情報を取得するためのツールである。とはいえ、単なる監視ツールではない。計り知れない破壊力を秘めていた。エクスプロイトの一部は「ワーム化可能」だった。つまり、誰でも別のコードに付け加えるだけで、システム上で自己複製し、単独で世界中に拡散するのだ。サイバー版大量破壊兵器である。

NSAの元長官マイケル・ヘイデンは、スノーデン事件のあともNSAの活動を擁護したが、今回は珍しくNSAをかばう言葉はなかった。「強力なツールを保有し、そのツールを守れず、安全に保管しておくこともできないような組織は擁護できない」ヘイデンは、私の同僚のスコット・シェーンの取材にそう答えている。重要なツールを流出させたという失態と、その失態が生み出す損害は「NSAの将来に極めて深刻な脅威をもたらす」。

ハッカーやセキュリティの専門家が今回のリークを分析したところ、特に重要なエクスプロイトがあった。エターナル・ブルーである。このエクスプロイトは、何百万台ものウィンドウズのコンピュータに検知されずに侵入し、デジタルの足跡をほとんど残さない。

「検知されにくく、使いやすい。全自動カメラのようなものだ」元TAOのメンバーが私に言った。

「脆弱性開示プロセス」の担当者のなかには、エターナル・ブルーが外部に漏れ出した場合は危険すぎると指摘した者もいたが、諜報価値が極めて高いために、開示されないままだった。

エターナル・ブルーのもとになるゼロデイは、もはやゼロデイではなかった。マイクロソフトはその一カ月前に、エターナル・ブルーのもとになったバグの修正パッチを、ひっそりと配布していたのである。通常であれば、システムのバグを発見した者の功績を公表して称えるはずが、今回、マイクロソフトは誰の発見かは公表しなかった。シャドー・ブローカーズが野に解き放ちかねない前に、NSAがマイクロソフトに教えたのである。エターナル・ブルーが使われた範囲をリサーチャーが調査すると、このエクスプロイトが非常に巧みに姿を隠せることがわかった。使用されたことを示す唯一の痕跡は、NSAから盗み出された、コード名「ダブルパルサー」という、補足的に使われる別のエクスプロイトの存在だけだった。エターナル・ブルーをデバイスに埋め込む時によく使われるのだ。

リサーチャーがウェブをスキャンすると、感染した数万台という世界中のデバイスがピンという音で応えた。流出したツールが誰の手にも入るようになったいま、感染するシステムの数は爆発的に増えていくだろう。一週間後、感染したコンピュータの数は一〇万台を超えた。二週間後には四〇万台に達した。

フォート・ミード陸軍基地で、NSAは今後の影響に身構えていた。

第二二章：攻撃——イングランド、ロンドン

アメリカのサイバー兵器が、ブーメランのごとくアメリカに戻ってくる——そう示唆する最初の兆候は、二〇一七年五月一二日、ロンドンのあちこちの病院の救急搬入口で起きた騒ぎだった。救急車は、たらいまわしにされた。救急救命室が患者の受け入れを断った。ストレッチャーに乗せられた患者が手術室から運び出され、手術は延期せざるを得ないと告げられる。五〇近くもの英国の病院が、インターネットを襲った極めて悪質なランサムウェアの攻撃に遭っていたのである。

その日の真夜中、私のスマートフォンが鳴り始めた。「あなたも見てる?!」という複数のメッセージ。「英国の医療システムがダウン!!」私が起き上がった頃には、世界中でランサムウェアの攻撃が爆発的に発生していた。ロシアの鉄道と金融機関、ドイツの鉄道、フランスのルノー、インドの航空会社、中国の四〇〇〇校に及ぶ大学、スペイン最大の通信会社テレフォニカ。日本では日立や日産、警察が攻撃対象になった。ほかにも台湾の病院、韓国の映画館チェーン、中国国営の石油会社「中国石油天然気集団」が運営する、ほぼすべてのガソリンスタンド。米国ではフェデックスや、全米中の規模の小さな電力会社が被害を受けた。データが人質に取られ、赤く染まったコンピュータ画面では、カチカチと音を立てる秒読み時計がこう要求していた。「暗号化したデータをもとに戻した

ければ、三〇〇ドルの身代金を支払え」。三日以内に支払わなければ、身代金は二倍に跳ね上がるという。何も手を打たなければ、七日後にはすべてのデータが永久に消去される。身代金を要求するメッセージは、次のように伝えていた。「重要ファイルを暗号化した。ファイルをもとに戻す方法を必死に探しているかもしれないが、時間を無駄にするな。データを復元できるのは、我々の暗号化解除サービスだけだ」

世界中で、人びとがコンピュータのプラグを壁から引き抜き始めた。だが、たいてい手遅れだった。これほど早い拡散は、セキュリティ・リサーチャーも目にしたことがなかった。感染の広がりを地図上でリアルタイムに追跡した者もいる。二四時間のうちに一五〇カ国の二〇万の組織が感染していた。被害を免れたのは、南極、アラスカ、シベリア、中部アフリカ、カナダ、ニュージーランド、北朝鮮、アメリカの西部一帯だけだった。最も大きな打撃を受けたのは、海賊版ソフトの使用が盛んなことで知られる中国とロシアである。中国では感染した組織は四万を数えた。強大な影響力を持つロシアの内務省では当初、高官が感染を否定していたが、同省の一〇〇〇台以上のコンピュータが被害に遭っていた。

早速、コードの解析に取り組んだ分析官は、今回のランサムウェアを「ワナクライ」と名づけた。多くの被害者が感じた「WannaCry =泣きたい」という気持ちを表すのにぴったり、だったからではなく、ファイルの末尾に「.wncry.」と追加されていたからだ。さらにコードを詳しく解析すると、感染のスピードがこれほど速かった理由が明らかになった。強力なエクスプロイトが使われていたからだった。NSAのエターナル・ブルーである。

被害が急速に広がるなか、その後の数日間、トランプ政権の高官はこの不都合な事実を注意深く話題から外した。史上最大規模のデジタル攻撃が始まって三日目、トランプ政権の国土安全保障・テロ対策担当大統領補佐官のトム・ボサートは、朝の情報番組「グッド・モーニング・アメリカ」の司会者の質問に応えて、ランサムウェアの攻撃は、世界中の政府に「集団行動を呼びかける緊急」シグナルだと述べた。その日の記者会見で、ワナクライのコードは本当にNSAのものかと聞かれた時、ボサートは巧妙な言い逃れ戦術を用いた。「身代金を要求するためにNSAが開発したツールではありません。責めを負うべき当事者、おそらく犯罪者か外国の政府が開発したツールです」確かにアメリカが開発したツールには違いない。だが、これを他者がどう使うかは我々の責任ではない、というのが政府の公式見解だった。

幸いだったのは、今回の攻撃者が世界のほとんどの国に嫌われている北朝鮮だったことである。凄まじい感染速度や驚くような要素にもかかわらず、ワナクライの開発者はケアレスミスを犯していた。たとえば、彼らは以前と同じツールを使った。今回の攻撃で使われたC&Cサーバーが、二〇一四年のソニー・ピクチャーズの攻撃で使われたものと同じだったことに、リサーチャーはすぐに気づいた。ほかにも、北朝鮮の関与を示唆する決定的な証拠が浮かび上がった。北朝鮮政府によるサイバー攻撃でしか見られない、バックドアプログラムやデータ消去ツールが使われていたのだ。以前使ったツールをそのまま使うという、露骨な方法自体が巧妙な偽装工作であり、捜査の攪乱を狙ったなりすまし作戦だ、と推測する者もいた。

だが二、三時間もすると、シマンテックのリサーチャーから私のもとに電話がかかってきた。ワナクライの攻撃は、「ラザルス」というコードネームを持つ悪名高き北朝鮮のハッカー集団の仕業だ、という結論に達したという。ラザルスに攻撃されたのは、ソニーだけではなかった。彼らは同じ攻撃ツールをすでに一年半にわたってサイバー強盗に用い、鮮やかな手口を披露していた。北朝鮮政府は、偽札づくりや野生動物の違法な輸出といったお馴染みの手段よりも、サイバー攻撃のほうがはるかに制裁を回避しやすいことを学んだのだ。北朝鮮のハッカーは大規模なサイバー強盗で訴追されたものの、一度も処罰を受けていない。フィリピン、ベトナムの金融機関にサイバー攻撃を仕掛けたほか、バングラデシュ中央銀行から一〇億ドルを盗み出そうとした。そしてニューヨーク連邦準備銀行に振り込み依頼を出したところ、ここでスペルミスを犯した（「foundation」を「fandation」と打ち間違えた）。そのため、不審に思った銀行側が送金を中止したものの、ハッカーはすでに八一〇〇万ドルを手に入れたあとだった。銀行強盗の被害としては史上最高額である。ワナクライは、喉から手が出るほど欲しい外貨を稼ぐために、北朝鮮の努力が生み出した新たな進化の賜物だった。

「サイバーは北朝鮮にとってお誂え向きの権力手段だ」ワナクライと北朝鮮の関係が明らかになったあと、NSAの元副長官クリス・イングルスは私に語っている。「低コストで参入でき、たいてい非対称で、ある程度は匿名性も確保でき、こっそり実行できる。国営か民営かを問わず、幅広い分野のインフラに脅威をもたらす。収入源になる」実のところ、「北朝鮮は、世界で最も成功したサイバープログラムを保有していると言える。彼らが技術的に高度だからではなく、あらゆる目的を極めて低コストで実現したからだ」

とはいえ、先のスペルミスが示すように攻撃はぞんざいだった。被害者が身代金を支払った場合に、暗号解読キーを被害者に渡す方法が開発できなかったのだ。たとえ身代金を支払っても、データを復元する実質的な方法はなかった。その事実が明らかになると、被害者は身代金を支払わなくなった。ワナクライが手に入れた被害額は二〇万ドルに満たず、プロのランサムウェア犯罪者がひと月に稼ぐ数百万ドルと比較すると、微々たる額だった。そしてまた、被害者にとって幸運だったことに、攻撃者はワナクライのコードのなかにうっかり、キルスイッチ（強制停止スイッチ）を組み込んでいた。攻撃が始まって数時間のうちに、大学を中退した二二歳の英国人マーカス・ハッチンスが、攻撃を食いとめる方法を見つけ出した。ハッチンスは、コードのなかに見つけたウェブアドレスを購入した。一一ドルもしなかった。すると、被害者のサーバーを、攻撃者のC&Cサーバーからそのアドレスにリダイレクトできた。こうしてワナクライの被害者を、ハッチンスが購入した安全なウェブサイトにリダイレクトすることで、あっさりと攻撃を終わらせてしまったのだ。そうでなければあと数百万件もの人質をとるはずだった攻撃には、こうして免疫がついた。諜報機関の見事な手腕のおかげではない。大きな混乱を抜け出す方法を見つけ出したのは、ひとりのハッカーのおかげだった。ところが、この土壇場の英雄的行動によってハッチンスはFBIに目をつけられてしまい、二、三カ月後にラスベガスの空港で身柄を拘束されてしまう。デフコンに参加して英国に帰る途中だった。数年前にマルウェアを作成した罪で起訴されたのだ。善意の行動でも処罰を逃れることはできないという、世界中のハッカーに対する見せしめになった。

ワナクライの攻撃は慌てて計画されたように見えた。北朝鮮のハッカーは充分な準備もできていないうちに、攻撃コードを流出させてしまったのではないか。あるいは、単にツールをテストしていただけであって、新たに発見したNSAのサイバー兵器の潜在力にまったく気づいていなかったのではないか。どのように説明されるにせよ、充分な外貨も稼げず、デジタルの足跡も隠せなかったばかりか、北朝鮮の最大の支持者であり後援者でもある中国を、まんまと怒らせてしまった。最も甚大な被害を受けたのは、海賊版のソフトウェアが普及している中国だったからだ。

ワナクライの攻撃に対するホワイトハウスの反応は、ふたつの意味で際立っていた。自国のサイバー兵器を失ったことに対して、あっさり責任逃れをしただけでなく、即座に北朝鮮を非難したからである。二〇一六年のアメリカ大統領選の時とは大きな違いだった。積極的な選挙妨害を行なったのはロシアだと、諜報関係の当局者が結論づけてから一年以上が経った時点でも、トランプはロシアを名指しで非難したがらなかった。二〇一七年、トランプはプーチンと一対一で会談を行なった。その際、トランプは記者会見で、「プーチン大統領がロシアは関与していないと言ったことを自分は信じる」と述べた。「プーチンの仕業だと言われていることを、彼はやらなかった」大統領専用機のなかでトランプはこう続けている。「何もかも民主党の陰謀だ」

トランプとプーチンの一対一の会談から一カ月後、ホワイトハウスはワナクライの攻撃で北朝鮮を名指しで非難するチャンスに飛びついた。《ウォールストリート・ジャーナル》紙の論説の見出しは「公式見解：ワナクライの背後に北朝鮮」だった。安全保障・テロ対策の政府高官トム・ボサートは書いている。「一〇年以上にわたって、北朝鮮はほぼ野放しのまま極めて不正な行動をとってきたが、その悪意ある行為はますます言語道断なものになりつつある。ワナクライは無差別かつ向こう見ずな攻撃……（北朝鮮は）無謀な行動の資金をつくり、世界中で混乱を引き起こすために、以前にもましてサイバー攻撃を利用するようになった」

ボサートの論説に抜けていたのは、その攻撃でNSAのツールが果たした役割だった。

ワシントン州レドモンドにあるマイクロソフトの本社では、ブラッド・スミス社長が、はらわたが煮えくり返る思いをしていた。エターナル・ブルーがウィンドウズのバグのエクスプロイトであることを考えれば、ワナクライの攻撃に対して誰よりも優れた分析を行なえるのは、マイクロソフトだった。そしていまマイクロソフトは、NSAのゼロデイが自社のソフトウェアにどれほど破壊的な力を発揮し得るのかを、目の当たりにしていた。

マイクロソフトのセキュリティ・エンジニアと経営陣は、会社の作戦本部室に集合した。NSAがソフトウェアのバグにパッチを当てるようマイクロソフトに警告したのは、シャドー・ブローカーズがバグをオンラインに公開する、ほんの数週間前のことである。マルウェア「フレイム」（第一五章を参照）の時よりは、わずかにマシだった。あの時には、NSAがマイクロソフトのソフトウェアアップデートのシステムを悪用して、イラン中のコンピュータを感染させたために、エンジニアたちは休暇先から呼び戻された。だが現実的には、今回、マイクロソフトの顧客は、修正パッチをインストールするまでに数カ月から数年も待たされた。そして実際、NSAのサイバー兵器を使った北朝鮮の攻撃によって、パッチを当てていない数十万ものシステムが人質にとられるという、恐ろしい事態に巻き込まれた。感染したコンピュータの多くが、サポートを終了した、ひと昔前のウィンドウズXPを使っていることを考えると、経営陣は古いOSを放っておくわけにはいかないと判断した。病院や公益企業など、世界中の重要インフラを運用する驚くほど多くのコンピュータが、いまだにウィンドウズXPのOSを使っているのだ。しかも、マイクロソフトはそのパッチの配布を二〇一四年に停止していた。システムを更新しなかった相手を非難するのは簡単だが、規模の大きな産業機械や送電網用のソフトウェアに、パッチを当てたり更新をかけたりするのは容易ではない。重要インフラのネットワークの場合、自動パッチはまだまだご法度だった。これらのシステムのソフトウェアを更新する際には、組織の上位の承認を必要とし、メンテナンスのために設けられた短い時間帯か、システムをオフラインにしても安全な時に限られた。となると、年に一、二回しかない。この年の三月にマイクロソフトがエターナル・ブルーのもとになったバグにパッチを配布した時のように、たとえ重要度の非常に高いパッチであっても、混乱が生じる可能性がほんのわずかでもあれば、パッチは当てられなかった。そしてこの時、マイクロソフトのエンジニアは、古くて脆弱なシステムにパッチを当てる方法を捻り出すために昼も夜も働いていた。マイクロソフトはまたしても、政府が起こした混乱を収拾するために残業を強いられていたのである。

いろいろな意味で、アメリカは間一髪で惨事を免れた。ロシアや中国と異なり、アメリカの企業は少なくとも海賊版ソフトを使ってはいけないことは知っている。全米各地のフェデックスや規模の小さな電気事業者や製造工場を除けば、コンピュータ・ネットワークの大部分が被害を免れた。だが、マイクロソフトのブラッド・スミスは次の攻撃に備えていた。新たな攻撃はどれも前回の攻撃を参考にし、その失敗から学んでいる。だから、次の攻撃はこれほどずさんではないはずだ。瞬く間に攻撃を止めるキルスイッチもなければ、被害者を救う二二歳のハッカーも現れないだろう。

何年ものあいだ、NSAがマイクロソフトのソフトウェアを兵器化して、イランの標的を監視し、破壊する様子を、スミスは黙って見てきた。スノーデンが限界点だった。NSAがマイクロソフトのシステムに直接アクセスしていた、とスノーデンが示唆したあと、スミスは声を上げ始めた。外国情報活動監視裁判所（第八章を参照）の制約を受けて、企業側が言い分を伝えられない点を強く非難した。政府との話し合いが行き詰まると、マイクロソフトの弁護団を率いて裁判所に足を運んだ。マイクロソフトやほかの企業が、世界中の政府から受け取った、情報開示を要請するデータの公表を判事に認めさせた。大した功績ではない。とはいえ、少なくとも顧客データに直接アクセスできるパイプラインを、マイクロソフトがNSAに提供していたわけではないことを、世間に示す役には立った。だが、ワナクライの攻撃は別だ。NSAはマイクロソフトの脆弱性を何年にもわたって押し隠し、マイクロソフトの顧客をハッキング被害に遭わせ、またしても、そのあと始末をマイクロソフトに押しつけたのだ。スミスは憤懣《ふんまん》やる方なかった。NSAの説明責任を問う時が来た。そこでスミスは、NSAを名指しする声明文を書いた。

「今回の攻撃は、政府による脆弱性の備蓄が大きな問題である理由を示す、新たな事例です」スミスは書いている。「このパターンは二〇一七年に現れました。CIAが蓄えていた脆弱性が、ウィキリークスで暴露されました。そしていま、NSAから窃取された脆弱性が、世界中の顧客に被害を与えています」スミスはさらに続けた。「世界各国の政府は今回の攻撃を警告と受け取るべきです……これらの脆弱性を蓄え、エクスプロイトを使用することで民間人が被る被害について、政府には考慮してもらう必要があります」

フォート・ミード陸軍基地では、NSAがそんなことには構っていられない、という態度だった。シャドー・ブローカーズについてまだ公式なコメントも出しておらず、流出したサイバー兵器がNSAのものだとも認めていない。私が諜報関係の高官にオフレコで訊いたところ、ツールそのものではなく敵がどう使ったのかについて焦点を当てるべきだ、という答えが返ってきた。そこには、盗まれたサイバーツールが果した役割について、後悔の念や責任感はみじんもなかった。

いっぽう、モスクワでは連邦軍参謀本部情報総局のハッカーが、ワナクライの攻撃を軽蔑と困惑の入り交じった思いで眺めていた。そして、自分たちが攻撃の準備ができた時には、北朝鮮の轍を踏まないように注意した。

二カ月後、ドミトロー・シムキウがニューヨーク州キャッツキル山地をランニングしていた時、スマートフォンが鳴り始めた。四一歳。ウクライナ人。アップステート・ニューヨーク（ニューヨーク州の北部、中部、西部を指す）のフランス語サマーキャンプに、子どもたちを預けてきたばかりだった。日々、キーウで展開するサイバー攻撃の小競り合いを離れて、年に一度、家族とともに休暇に訪れる場所である。三年前、ウクライナのマイクロソフトを経営するという楽でおいしい仕事を辞めて、キーウ市内の独立広場に向かい、二〇一四年のウクライナ騒乱（プロローグを参照）に参加した。ウクライナの大手企業の元CEOとして、これほど公に反政府の抗議デモに参加したのは、彼が初めてだった。マイクロソフトのＣＥＯが地位を投げ出し、独立広場で雪かきをする様子をメディアは大々的に取り上げた。

三年後、シムキウは国民が選出した政府の一員だった。当時、新しく大統領に選ばれたペトロ・ポロシェンコから、「大統領府副長官として政権に参加して、ロシアの執拗なサイバー攻撃からこの国を守るために手を貸して欲しい」と直接頼まれたのである。

六月の憲法記念日を前に、母国では人びとが平穏な毎日を過ごしているのだろうとシムキウは考えていた。そして、キャッツキルのランニングから戻り、テキストメッセージに目を通した。

「コンピュータが次々に死んでいる」というメッセージが飛び込んできた。

ウクライナ全体が機能しなくなっていた。今回は送電網への攻撃ではなかった。だが、同じくらい不吉だった。キーウにあるふたつの国際空港のコンピュータがダウンした。輸送と物流システムが凍結状態に陥る。市民はＡＴＭから現金を引き出せなかった。支払い機が機能せず、ガス料金を払い込めない。前回の停電で被害を受けたエネルギー企業が、またしても麻痺状態に陥った。バス停留所、金融機関、鉄道、郵便サービス、メディア企業のコンピュータはすべて、お馴染みの身代金要求メッセージを表示していた。

攻撃が始まって最初の数時間、リサーチャーは「ペーチャ」というランサムウェアの仕業ではないかと推測した。ジェームズ・ボンド映画「００７／ゴールデンアイ」にちなんで名づけられたランサムウェアである。その映画のなかで、核弾頭を搭載した旧ソ連製の極秘衛星のひとつが「ペーチャ」、もうひとつが「ミシャ」であり、世界中の電力を使用不能にする、核電磁パルスを発射するシステムだった。ところがすぐに、攻撃がペーチャよりもはるかに洗練されていることが判明した。即座に拡散させるために、ひとつどころかふたつのＮＳＡのツール「エターナル・ブルー」と「エターナル・

ロマンス」が使われていたのだ。さらにもうひとつ、優れたエクスプロイト「ミミカッツ」も組み込まれていた。五年前にフランスのリサーチャーが「概念実証」（第三章を参照）のエクスプロイトとして開発した、被害者のネットワークにできる限り深く侵入して、パスワードを盗み取るツールである。

リサーチャーは慌てて「ノットペーチャ（ペーチャではない）」という名前をつけた。もっとも、ノットペーチャはランサムウェアではなかった。このランサムウェアの暗号化は復号できなかったのだ。今回の目的は身代金ではなかった。相手に最大の被害をもたらすことだった。アメリカの独立記念日にあたる、ウクライナの憲法記念日に攻撃が起きたことも偶然ではない。「母なるロシアがいまでもお前たちを支配している」というロシア政府のメッセージであることは、シムキウにもわかっていた。

子どもたちのサマーキャンプの場所に間に合わせでつくった作戦センターで、シムキウはまず、政権のフェイスブックに投稿した。「我々は攻撃されている。だが、大統領府はびくともしていない」「大統領府で生きている人間がいることを、国民に知らせることが重要だった」シムキウが私に語った。「攻撃された時にはいつでも、ナラティブを続けて発信する必要がある」

ウクライナにいるシムキウのチームが、マイクロソフトの修正パッチを配布し、復旧計画を投稿し始めた。シムキウはウクライナのインフラ省の大臣やマイクロソフトの元同僚と電話で連絡をとり合い、フェイスブックを使って情報を交換した。ウクライナで大きな被害を受けなかった企業や政府機関はひとつとしてなかった。この時のシムキウはまだ知らなかったが、ウイルスはウクライナを越えてはるか遠くまで拡散することになる。

ドイツの大手製薬会社のメルクでは、工場が稼働停止した。世界中にオフィスを構える法律事務所のＤＬＡパイパーは、一通のメールにもアクセスできなかった。日用品や食品を扱う英国の消費財メーカー、レキットベンキーザーは、数週間にわたってオフラインになった。フェデックスの子会社も同じだった。デンマークの海運大手マースクは麻痺状態に陥り、何億ドルもの損害を被ることになる。インド最大のコンテナ港は、船荷の受け入れを断っていた。アメリカでは、バージニア州の田舎やペンシルベニア州のあちこちの病院に勤務する医師が、カルテや処方箋にアクセスできなかった。ノットペーチャは、はるか遠くオーストラリアのタスマニア島にまで広がった。州都ホバートにあるキャドバリーのチョコレート工場のコンピュータでは、世界中のコンピュータ画面で点滅するランサムウェアと同じ身代金要求メッセージが瞬き、労働者は停止した機械を恐怖に怯えながら見つめた。攻撃はモスクワにもブーメランで戻った。ロシア最大の国営石油会社、ロスネフチのコンピュータまでダウンしてしまったのである。

その後の二、三日をかけ、リサーチャーはロシアがこの攻撃をいかに綿密に計画していたかを知った。攻撃の六週間前、ロシア人ハッカーは、キーウ郊外にある家族経営の小さなソフトウェア会社「リンコス・グループ」に不正侵入していた。リンコスは、ウクライナのほとんどの政府機関や大手企業の必需品である、税務申告ソフトウェア「Ｍ．Ｅ．ドック」――ウクライナ版ターボタックス――を販売していた。リンコスは、ロシアの攻撃にとって格好の標的だった。ロシア人ハッカーは、このソフトウェアのアップデートを巧みにトロイの木馬として利用し、ウクライナ全体を感染させた。感染源はリンコスのソフトウェアであると捜査官が突き止めるとすぐに、銃を携えたウクライナ兵が急襲した。数百人の記者が、この家族経営のソフトウェア会社のまわりを取り囲み、ロシアの工作員かという質問を浴びせかけた。だが、彼らは知らないうちに共犯に仕立て上げられただけであり、ＮＳＡの兵器に脆弱なままに放っておかれた何十万人もの被害者同様、何の責任もなかった。

リンコスはゼロ号患者だった。ハッカーは、リンコスのソフトウェアを感染させることで〝爆発半径〟を、ウクライナ国内に抑えておけると考えたらしい。ところが、それは希望的観測にすぎない。インターネットに国境はない。どんなサイバー攻撃も、ひとつの国だけに被害を与えることはもはや不可能だ。スタックスネットがイランから逃げ出した時に得たはずの教訓は、活かされなかった。サイバー攻撃は国境を越える。ウクライナと取引関係があるどんな企業も――たとえ、ウクライナ国内に従業員がたったひとりしかいない企業であっても――被害は免れない。その従業員が感染してしまえば、エターナル・ブルーとミミカッツが一気に仕事を仕上げる。残りのネットワークに入り込み、感染経路で出会う何もかもを暗号化してしまうのだ。ノットペーチャが、ウクライナの保健省からチョルノービリ原子力発電所の放射線モニターへ、やがてロシア、コペンハーゲン、アメリカ、中国、さらにはタスマニア島へと広がる速度は驚くほどだった。そして今回も、アメリカの当局は、しきりにロシアを名指しで非難しようとした。ホワイトハウスでは大統領補佐官のトム・ボサートが、《ウォールストリート・ジャーナル》紙に寄稿するために論説を書いた。ロシアの攻撃を激しく非難し、サイバー抑止を謳うアメリカの新たな戦略の輪郭を描いたが、その論説が日の目を見ることはなかった。トランプ大統領が差し止めたのだ。友人のプーチンが気分を害することを懸念したのである。

このロシアの攻撃は、史上最も破壊的な攻撃だった。数カ月後、ボサートが弾き出したノットペーチャの被害額は一〇〇億ドルに達した。これでもかなり低い額とみなす者もいた。政府機関や上場企業が公表した被害額から見積もるしかなかったからだ。多くの中小企業は被害額をひそかに査定し、被害に遭ったことを公には否定した。ウクライナ各地のＩＴ企業の経営陣からかかってきた電話を思い出して、シムキウは笑った。多くが被害を免れたと公表していたからだ。「電話をかけてきて、みなこう訊いたんだよ。『ええっと、六〇〇〇台のＰＣにソフトウェアをインストールする方法を教えてくれないか』ってね」

製薬大手のメルクやアメリカの食品・飲料会社モンデリーズが受けた被害額だけでも、一〇億ドルを超えた。損保会社はあとになって、ノットペーチャに関する保険金の支払いを拒否した。保険証書には書かれているものの、ほとんど行使されたことのない「戦争時の免責事由」に該当するためだった。損保会社によれば、ロシアの攻撃は戦争行為に相当するという。この年の六月、人命が直接失われたわけではないが、窃取されたNSA兵器と完璧に書かれたコードは、敵対的な軍事力に劣らない損害を与えうることを示した。

二〇一九年、爆心地をこの目で確かめようとウクライナに飛んだ時、あの国は被害からまだ完全には立ち直っていなかった。私は滞在していたホテルで、シムキウと一緒に朝食をとった。金髪。突き刺すような青い目。船乗りを思わせる風貌。紺のブレザーに襟のあるシャツを着て、真冬とは思えないほど日に焼けている。地の果てから戻ってきたばかりだという。政府の職を辞めて、数週間かけてアルゼンチンから南極をまわる船旅に出かけていたのだ。数年前に私がケニア南西部のマサイマラ国立保護区にトレッキングに出かけたように、旅に出ることはデジタルの地獄の光景から逃避する、たったひとつの方法だった。イスラエル人、ドイツ人、ロシア人の船乗りと、南氷洋をわたって南極大陸の調査基地をめぐったのだった。

「政治の話は避けた」シムキウはそう言って笑った。

帰途、彼らは大西洋、太平洋、南氷洋を結ぶドレーク海峡（南米大陸南端のホーン岬と南極大陸とのあいだ）を航海した。激しく打ちつけ、砕ける波に揉まれ、船が揺れ放題に揺れた。乗組員が何とか船を立て直そうと奮闘するなか、シムキウは空を見上げた。南半球の空は、これまで見たことがないほど澄み切って穏やかだった。「あんな空は見たことがなかった」シムキウが私に言った。ほんの一瞬、肉体を離れた霊魂のように、シムキウは自分を取り巻く混乱を俯瞰して見ることができた。

過去五年間、シムキウはロシアのサイバー攻撃と休む間もなく戦ってきた。ところが、ウクライナに対するロシアの干渉は続くものの、ロシアにとってウクライナはデジタルの実験場であって最終的な標的でないことは、シムキウも知っていた。

「私たちを実験台にしてるんだ」シムキウは、ベーコンと卵を食べながら言った。「ノットペーチャがどんな衝撃や影響を引き起こすか、予想もしていなかったに違いない。ロシアでは、この作戦で勲章をもらったヤツがいるんだろう」

二年後、ウクライナはまだ瓦礫のなかを彷徨《さまよ》っていた。

「私たちはみな、自分自身に問うべきだ」シムキウが続けた。「ロシアが次に何をするのか」


ノットペーチャの攻撃から五カ月後、マイクロソフトのブラッド・スミス社長は国連のジュネーブ事務局で演台にのぼった。スミスは聴衆に語りかけ、次のように思い出させた。約七〇年前の一九四九年、多くの国が国連の場に集まり、戦争行為の基本原則に合意した。病院や医療関係者を、戦争行為の攻撃対象にしないことに各国が合意した。その後、外交官による会議がさらに三回開催され、一六九カ国が「ジュネーブ四条約」に署名した。武力紛争が生じた場合に、傷病兵、捕虜の軍人、これらの救済にあたる医療関係者及び文民の基本的な保護に関する条約である。この条約はいまも守られている。

「一九四九年、ここジュネーブに世界中の政府が集まり、武力紛争が生じた際に民間人を保護することを誓約いたしました」スミスは、世界中の政府関係者に向かって続けた。「それにもかかわらず、いま何が起きているか見渡してください。私たちが見ているのは、平時だというのに国家が市民を攻撃している光景です」

スミスが指摘したのは、ひっきりなしに起きるサイバー攻撃だった。データ侵害があまりにも日常化し、もはや生活の一部になってしまった。新たなハッキング攻撃のニュースを聞かない日はない。みな、次のようなことに慣れてしまった。一年間無料のクレジット不正検知サービスを提供すると謳い、CEOがおざなりな謝罪を表明する。情報漏洩が著しく深刻な被害をもたらした場合、CEOは解任されるかもしれないが、たいてい株価が一時的に下落するだけで、あとは何も変わらない。

最近の攻撃はこれまでとは様相が異なる。二〇一七年に世界を襲ったワナクライとそれに続くノットペーチャのような、破壊力が大きく、打ち続くサイバー攻撃は、ポスト・スタックスネット時代の象徴である。国際社会が受け入れられるサイバー上のルールがなく、いやその定義さえないなか、アメリカがすでにルールを決め、平時によその国の重要インフラを攻撃しても容認されるようにしてしまった。そしていま、北朝鮮やロシアが、アメリカのサイバー兵器をみずからの攻撃手段として用い、世界のインフラの脆弱性を証明している。病院が患者を断る。メルクが重要なワクチンの生産を中断する。同社は需要を満たすために、アメリカ疾病予防管理センターの非常用備蓄を取り崩している。世界の物流は凍結状態に陥り、マースクは在庫システムの復旧と運用に必死になっている。モンデリーズが、オレオやクラッカー、作動しないラップトップ、画面から消えた請求書のせいで被った被害額は一億ドルを超える。放射線システムが停止したチョルノービリでは、防護服を着たエンジニアが、かつて爆発が起きた場所の放射線レベルを、携帯用のガイガーカウンターを使って手動で計測している。もし北朝鮮がコードを正しく検証していたら？　もしロシアが、ウクライナをもう少し長く停電させていたら？　もしロシアが、ノットペーチャの攻撃をもう一歩進めていたら？　その時には、金融も人間も想像を絶するほどの打撃を受けていたに違いない。「世界が向かっている方向は明らかです」外交官で埋め尽くされた会場で、スミスは述べている。「私たちが迎えようとしているのは、すべてのサーモスタット、すべての電気ヒーター、すべてのエアコン、すべての発電所、すべての医療機器、すべての病院、すべての交通信号、すべての自動車がインターネットにつながった世界です。考えてみてください。すべてのデバイスが攻撃対象になった時、それが世界にとってどのような意味を持つのか」

組織名こそ名指ししなかったものの、スミスはNSAに、そしてアメリカがつくったサイバー兵器市場に直接訴えかけた。「国家レベルの攻撃が増えているのは、投資が増え、その投資が、高度化するサイバー兵器を生んでいるからです」あるいは「新たな国際的取り決めがなければ、安全で確実な世界に生きることはできません」二一世紀に求められるのは戦時と平時の新たなルールだ、とスミスは提案する。「世界は新しい、デジタル時代のジュネーブ条約を必要としています……私たちに必要なのは、平時に民間人を攻撃しないことを政府が採択するアプローチです。病院を攻撃しない。送電網を攻撃しない。他国の政治プロセスに干渉しない。サイバー兵器を使って民間企業の知的財産を盗まない。その代わりに、サイバー攻撃が起きた時には、政府は協力して助け合い、民間部門の対応を支援する。実際、私たちが本当に必要としているのは、ルールの必要性を認識することだけではありません。率直に申せば、他国がその規則に違反している時には、その違法行為を検知することです」

国際的なサイバールールの必要性については以前にも、特にスタックスネットのあとに、欧州諸国やロシアが提案した。サイバー攻撃の速度、規模、破壊的な特徴について機密情報を知る、ごく少数のアメリカの元政府高官も同様の考えを訴えた。二〇一〇年にスタックスネットが明るみに出た時、レーガン、クリントン、ブッシュ政権でテロ対策を担当したリチャード・クラークが提案したのは、国家が民間インフラを攻撃しないことに合意する政策だった。アメリカはこうした議論に、長く加わってこなかった。大きな理由は、アメリカがトップに君臨する世界のサイバー超大国だからであり、その攻撃能力を敵対国が獲得するには、まだ何年も、いや何十年もかかると思い込んでいたからである。ところが、そのツールを盗まれ、ワナクライやノットペーチャの攻撃が起き、優位性のギャップは明らかに縮まりつつある。見えない戦場に多くの新興国が参入している。過去二〇年間、アメリカはサイバー戦争の土台を固めてきた。そしていま、サイバー戦争は激化し、国家として行動を起こさなかったために、アメリカの企業やインフラ、そして市民が攻撃の矢面に立たされていた。

それなのに、多国間の、あるいは二国間の協定すら結ぼうとせず、アメリカは正反対の方向に進んでしまった。二〇一七年一一月九日、スミスがジュネーブで演説を終えようとしていた、まさにその頃、国防総省のハッカーは――アメリカの大統領も知らないうちに――ロシアの送電網にバックドアとロジックボム（一定の条件が満たされると動作を開始して、破壊活動を行なうウイルス。論理爆弾とも呼ばれる）を埋め込もうとしていた。

第二三章：裏庭——メリーランド州ボルチモア

NSAのエクスプロイトがアメリカの都市や町、病院や大学をブーメランのように襲った頃、その閾値についてアメリカ市民を導く者も、助言を与える者も、これが彼らが超えることになる境界線だと教える者さえいなかった。

アメリカは何十年にもわたってサイバー戦争を秘密裏に仕掛けてきたというのに、同様の攻撃が、ゼロデイ・エクスプロイトが、そしてその監視能力が向きを変えてアメリカの市民を襲う時、どんなことが起きるかについて真剣には考えてこなかった。スタックスネット事件の一〇年後、見えない軍隊が私たちの目の前に並んだ。その多くがすでに、私たちが使うデバイスに、政治プロセスに、送電網に入り込み、引き金が引かれる合図を待っていた。効率性と社会の接続性を約束したインターネットは、いまやカチカチと音を立てる時限爆弾だった。

トランプ政権下では、ほとんどのアメリカ人が本当には理解できない次元で、ものごとがはるかに速く展開した。

オバマ大統領が習近平国家主席と交わした、産業スパイ行為を中止するという合意は、トランプが中国との貿易戦争に踏み切った時点で終了した。

イランのハッカーは唯一の根拠である核合意に従って節度を守っていたが、トランプが核合意を離脱すると、アメリカの国益を狙ったイランのサイバー攻撃がかつてない頻度で復活した。

二〇一六年の米大統領選に対する妨害工作や、ウクライナやアメリカの送電網を標的としたハッキングについて、ロシア政府はいまだ懲りておらず、アメリカの選挙システムをハッキングし続け、世論を操り続け、インフラに不正侵入し続けた。

湾岸の気まぐれな同盟国であるサウジアラビアとアラブ首長国連邦は、標的の選択にいっそう躊躇なかった。サウジアラビア人ジャーナリストのジャマル・カショギの残酷な殺害について、アメリカによる手ぬるい叱責すら回避し、何事もなかったかのようにすぐに前へ進み始めた。

そして、サイバー犯罪者はアメリカの市や町を荒らし続け、身代金を三〇〇ドルから徐々に一四〇〇万ドルまで吊り上げた。切羽詰まった市や町は、支払うほかなかった。

実際、トランプ政権下で神妙な態度に見えた敵対国は北朝鮮だけだった。とはいえ、その理由は、北朝鮮のハッカーが仮想通貨取引所のハッキングで手一杯だったからだ。北朝鮮政府は、ビットコインを現金化する取引所をハッキングすれば、何億ドルも手に入り、制裁の影響を軽減でき、自前の核開発に戻れることを学んでいた。

そしてアメリカでは、世論を脅かし、事実や真実を脅かす極めて破壊的な脅威が、ますますホワイトハウス内部から生じるようになっていた。

二〇二〇年になる頃には、アメリカはデジタル領域でこれまでにないほど危うい状態に陥っていた。

NSAがサイバーツールを窃取され、そのコントロールを失ってから三年後、エターナル・ブルーの〝長い尻尾〟は至るところに出現した。もとになったマイクロソフトのバグは、二年前に修正パッチが配布されていたために、もはやゼロデイではなかった。それでもエターナル・ブルーは、アメリカの都市や町や大学がサイバー攻撃の被害に遭った時には必ず現れた。そのような場所では、サポートが切れ、何年も前に修正パッチが受けられなくなった古いソフトウェアがいまだに使われ、複雑に絡み合ったネットワークの面倒を、地元のIT管理者が見ていた。マイクロソフトのセキュリティ・エンジニアから聞いた話では、二〇一九年に起きた攻撃で、NSAのサイバー兵器に遭遇しなかった日は一日もなかったという。

「エターナル（永遠）とは、まさにぴったりの名前です」二〇一九年初め、脅威リサーチャーのジェン・ミラー＝オズボーンは私に述べている。「とても便利な兵器ですから、使われなくなることはないでしょう」

ペンシルベニア州アレンタウンでは、市のネットワークで野火のように燃え広がったマルウェアのために、公共サービスが数週間にわたって停止状態になった。マルウェアはパスワードを盗み、警察のデータベースや事件記録を消去し、市内の一八五台の監視カメラを麻痺させてしまった。

「このウイルスは実際、ほかのどんなウイルスとも似ていません」アレンタウン市長は地元の記者の取材に応えている。「なかに知能が組み込まれているんです」

そのウイルスが、アメリカでもトップレベルの諜報機関によってつくられ、デジタルのミサイルに搭載されて襲来したことを、わざわざ市長に伝えた者はいなかった。

アレンタウンの攻撃から二、三カ月後、FBI捜査官が真夜中にテキサス州サンアントニオの刑務所に突入した。刑務所内のコンピュータから、捜査官がそれまで見たこともない速度でマルウェアが拡散していたのだ。エターナル・ブルーの仕業である。近く予定されている選挙が乗っ取られるのではないか、と捜査官たちは恐れた。

「誰の攻撃だったとしてもおかしくはなかった」テキサス州ベア郡の保安官は、地元のニュースで述べている。「テロ組織か、敵対する外国政府だったとしても」

二〇一九年五月になる頃には、NSAのエクスプロイトはすぐ裏庭で姿を現していた。フォート・ミード陸軍基地から、高速道路のボルチモア＝ワシントン・パークウェイを少し南へ下ったところにあるボルチモアの住民が、ある朝、目が覚めると、水道料金も財産税も駐車違反の罰金も支払えなくなっていたからだ。自宅は差し押さえられた。家の持ち主がローンの返済システムにアクセスできなくなったという、たったそれだけの理由である。伝染病学者は、感染症の広がりについて市の保健当局に警告を出す手段がなかった。裏通りで買える質の悪い麻薬を追跡するデータベースにも、アクセスできなかった。データの代わりにボルチモア市の画面に現れたのは、アメリカのあちこちの都市や町でお馴染みになった身代金要求のメッセージだった——データを復元して欲しければ、ビットコインで支払え。その後の二、三週間、ボルチモア市当局が身代金の支払いを拒否しているあいだに、前年に暴落していたビットコインの価格が一・五倍に高騰し、身代金の金額が一〇万ドルを超えてしまった。だが、ボルチモアが事態収拾のために負担することになる一八〇〇万ドルに比べれば、大した額ではなかった。

データ復元のために、ボルチモア市はマイクロソフトのセキュリティ・エンジニアを含む、数人のインシデントレスポンス・チームを招集した（インシデントレスポンスについては、第一八章を参照）。マイクロソフトが見つけ出したのは、やはりエターナル・ブルーだった。

私は同僚のスコット・シェーンとともに、ボルチモアのサイバー攻撃を《ニューヨーク・タイムズ》紙で報じたが、NSAはみずからの非をまったく認めようとしなかった。「悪意あるサイバー犯罪がもたらす脅威について、法に従う世界中の市民の懸念をNSAも共有する。だが、国家のツールがランサムウェアを拡散させていることは弁解の余地がない、とする説明は断じて真実ではない」私たちの記事が紙面を飾った数日後、NSAでハッキングプログラムを統括するロブ・ジョイスはそう述べたのである。

ジョイスは言葉を巧みに操っていた。捜査官がまもなく発見するように、ボルチモアは実際、複数の攻撃を受けていた。ある攻撃者がランサムウェアでシステムをロックし、別の攻撃者がエターナル・ブルーを使ってデータを盗んだ。エクスプロイトの売買に詳しいジョイスたちは、ボルチモアが修正パッチを使っていなかったことの責任を問い、今回の件に限って言えば、ランサムウェアの攻撃がエターナル・ブルーによって拡散したわけではない、という技術上の細かな点を突いた。だが、ジョイスの言葉には決定的に欠けていたものがある。それは、攻撃者がエターナル・ブルーを別の目的に使ったことや、世界最先端のハッキングツールを、まんまと敵の手に渡してしまったNSAの失態について、まったく触れていなかったことだ。マイクロソフトの内部では、経営陣やエンジニアが激怒していた。NSAは責任逃れのために、たったひとつの技術的な詳細につけ込んだのだ。そのあいだも、マイクロソフトは、全米中の都市や町で発生したエターナル・ブルーの被害のあと始末に追われていた。

この頃になると、私はNSAのこじつけや言い逃れには慣れていた。数週間前、私はマイケル・ロジャーズ海軍大将に取材する機会があった。NSAのぶっきらぼうな元長官である。シャドー・ブローカーズによる暴露と破壊的な攻撃が続いたのは、ロジャーズの在任期間だった。NSAが驚くようなそしていまとなっては半信半疑の告白をしたのも、ロジャーズの在任中だった。NSAがゼロデイを貯蔵しているという非難に反駁しようとして、二〇一六年一一月、ロジャーズは珍しく公式見解を出すこととし、NSAは発見したゼロデイの九一パーセントをベンダーに伝えた、と主張したのである。残る九パーセントについては手元に残したが、それはベンダーがすでに修正していたか、「国家安全保障上の理由」があったからだという。私の印象に残ったのは、この時、NSAが挙げた数字が具体的でありながら、いかに何の意味もなかったか、という点である。残りの九パーセントのゼロデイとは一〇件なのか、それとも一万件なのか。ハートブリード（第二〇章を参照）の時のように、たったひとつのゼロデイでも一〇〇万単位のシステムに打撃を与えられることを考えると、これらの数字が何かを詳しく説明しているわけではない。

NSAの見解を分析したところで無駄だった。シャドー・ブローカーズの情報漏洩、NSAが貯蔵するゼロデイ、貯蔵してきた年月、ゼロデイの重大性、ゼロデイによって影響を受けたシステムの範囲の広さや多さ、ワナクライやノットペーチャ攻撃がもたらした破壊。これらは、ロジャーズが率いたNSAがいかに世界を欺いてきたかを裏づけていた。

二〇一九年初め、サンフランシスコのホテルで私と顔を合わせた時、ロジャーズはこれらの点について、まったく気にもかけていなかった。NSAを去ってほんの九カ月ほどの頃だ。制服は着ていなかった。代わりに、祖父の世代が好むようなセーターを着て顎ひげを蓄えていたが、自信たっぷりの態度は相変わらずだった。この日、私がロジャーズに訊いたのは、北朝鮮とロシアがNSAから盗んだエクスプロイトを使って、世界中のコンピュータを人質にとった時にどう思ったのかだった。「私が思ったのは」ロジャーズが答えた。「NSAの法務責任者が見逃してくれないだろうということだった」

ロジャーズからどんな答えを期待していたのか自分でもわからなかったが、彼の割り切った態度に私はひどく面食らった。

「このような攻撃で、その、眠れなくなった、とか、そんなことは？」私は言葉に詰まった。

「よく眠れてるよ」そう答えたロジャーズの態度からは、後悔の念も自己不信のかけらも感じられなかった。

次に私はワナクライ、ノットペーチャ、そして全米中の都市や町を混乱に陥れているサイバー攻撃に対する、NSAの責任について単刀直入に訊いてみた。ロジャーズは椅子にふんぞり返り、腕を組んで、私の質問を聞いていた。

「トヨタが生産したピックアップトラックを誰かが盗んで、フロント部分に爆発物をくっつけ、柵を突き破って歩行者の群れに突っ込んだ。さて、これはトヨタの責任だろうか」

ロジャーズが物知り顔に私を諭そうとしているのか、それともこちらの答えを期待しているのか、私にはわからなかった。そう思った時、ロジャーズが自分で答えた。「NSAはエクスプロイトをつくったが、こんなことに使うために設計したのではなかった」

NSAに属した人間が、盗まれたツールをつくったのはNSAだと認めたのは、この時が初めてだった。説得力のない比喩でもあった。アメリカの市民を欺いたことについても、ネットワークに打撃を与えた、いや与え続けるサイバー攻撃に対して市民を脆弱なままに放置したことについても、NSAがまったく何の責任も感じていないことは明らかだった。

数週間後、トヨタの比喩をマイクロソフトに伝えると、経営陣らは危うく度を失いかけた。「その比喩は、エクスプロイトが社会にとって利益をもたらすものだ、という前提の上にだけ成り立つものだ」マイクロソフトの顧客セキュリティチームを監督し、アマチュアのレースカードライバーでもあるトム・バートが言った。「政府がエクスプロイトを開発して極秘にするのは、エクスプロイトを兵器やスパイツールとして使うという明白な目的があるからだ。本質的に危険なものだ。それを盗んだ者は、エクスプロイトに爆発物をくっつけたわけではない。エクスプロイト自体が爆発物なんだ」

私たちがこんな会話を交わしているあいだも、バートのエンジニアたちは、アメリカ各地の爆発物の取り外しに黙々と取り組んでいた。

盗まれたNSAのツールが、私たちが知る以上に長く、奇妙な影を落としていたことが次第に明らかになってきた。二〇一六年にシャドー・ブローカーズがNSAのツールを初めて暴露する数ヵ月前のこと、そして北朝鮮とロシアがそのツールを使って世界に破壊をもたらす一年以上前のこと、中国は自国のシステムにNSAのエクスプロイトを発見した。そしてそれをひったくるや、自分たちの極秘攻撃に使った。その事実が判明したのは、三年後のことである。だがたとえ、中国がNSAのツールを使ってアメリカの同盟国をハッキングしていることをNSAが知ったとしても、その情報が「脆弱性開示プロセス」という神聖な殿堂に伝わることはなかった。もし伝わっていれば、シャドー・ブローカーズや北朝鮮、あるいはロシアが混乱をもたらすよりもずっと早い段階で、熟慮の末にバグを修正する機会があったかもしれない。

シマンテックは、ワナクライの攻撃を北朝鮮のハッキング集団ラザルスの仕業だと見破った（第二二章を参照）。だから、NSAがツールを極秘で使った時でさえ、敵対国に検知されないか、敵対国が同じツールを使って反撃に出ないとは保証できないはずだ──ガンマンも敵のライフル銃を掴んで形勢を逆転させ、相手に弾丸を浴びせることができるのだ。NOBUS──我々以外の誰も──ゼロデイを発見して兵器化できるほど高度ではない、という考えが傲慢だという証拠でもある。それはまた、時代遅れでもあった。この一〇年で、NSAは優位性をかなり失っていた。スノーデン事件やシャドー・ブローカーズの暴露のせいでも、敵対国がスタックスネット事件から学んだからでもない。私たちが敵をひどく見くびっていたからだ。

それ以上に不安な気持ちを掻き立てるのは、NSAのエクスプロイトを抜き取り、再デプロイした中国のハッカー集団だ。「リージョン・アンバー」というコードネームを持つこの集団は、中国南部の古都、広州市に拠点を置いているが、国家との関係についてはNSAでさえ詳しく掴めていない。NSAのある極秘資料によれば、リージョン・アンバーの「オペレーターは民間、あるいは契約ハッカーと思われるが、所属についてはほとんどわかっていない」。「だが、ファイブ・アイズ、世界各国の政府や産業体を重点的に狙った攻撃を見ると、中国政府の構成要素のために作戦を実行していると思われる」

NSAの分析官の考えによれば、リージョン・アンバーは、中国のトップクラスのセキュリティ・エンジニアから成るデジタル予備軍に属していた。昼は民間のインターネット企業で働き、夜は、中国の主要な諜報機関である国家安全部のために機密の作戦に従事する。当初、リージョン・アンバーの標的はアメリカの防衛関連企業だった。しかしながら、徐々にその範囲は広がり、アメリカの兵器開発企業、科学研究所も含むようになった。そして航空宇宙や衛星の技術ばかりか、驚くことに、原子力推進技術まで盗んだ。シマンテックは、中国側がNSAのエクスプロイトを使って具体的に何を盗んだのかを公表できず、あるいは公表しようとしないが、リージョン・アンバーの犯罪歴を見れば、塗料の配合の話をしているのではなかった。

過去五〇年間、中国は核兵器については「先制不使用」の方針（相手に核兵器で攻撃されない限り、核兵器は使用しないという政策）に従ってきた。ところが、二〇一二年に最高指導者に就任した習近平がその方針を撤回した。中国の核兵器運用を行なう第二砲兵部隊を前に、国家主席として臨んだ初の演説で、習近平は世界の超大国である中国の地位に核兵器が重要な役割を果たすと述べた。演説のなかに、先制不使用に対する言及はなかった。

核兵器開発の分野で、中国はアメリカよりも数十年遅れていたが、アメリカに追いつくために必要な技術や情報をリージョン・アンバーがすべて盗んだ。二〇一八年、中国が新たな潜水艦発射弾道ミサイル（SLBM）のテスト発射に成功し、核ミサイルを搭載可能な新型潜水艦の開発を進める様子を、アメリカの当局者は背筋が凍る思いで見ていた。いっぽう、南シナ海を舞台にした、アメリカと中国の戦闘機や軍艦によるチキンレースは、二国間を超えた紛争の勃発に危ういほど近づいていた。米中のあいだには、些細な出来事を紛争に発展させないために長年使われてきた連絡網があったが、両国はそれを放棄した。二〇一九年になる頃には、米中の戦闘機や軍艦が一八回も異常接近を起こしている。二〇二〇年には中国が秘密裏に核実験を実施したことから、長年の核拡散防止条約に違反しているとアメリカが中国を非難した。

そのような状況にトランプ大統領が始めた対中貿易戦争が加わり、「商業機密の窃取を目的としたサイバー攻撃は行なわない」とする、習近平とオバマの二〇一五年の合意は、もはや無効と考えて間違いなかった。トランプがホワイトハウスのウエストウィングに落ち着いた頃には、中国のハッカーは嬉々として、アメリカ企業に対する攻撃を再開していた。二〇一九年初め、私はボーイング、GE・アビエーション（航空機エンジンメーカー）、Tモバイル（ドイツテレコム子会社）が標的になったことを知った。一年も経たないうちに、中国の攻撃リストは拡大し、通信、製造、ヘルスケア、石油や天然ガス、製薬、ハイテク、運輸、建設、石油化学、旅行、公益事業サービス、大学など侵入できるあらゆる組織が含まれるようになった。だが今回、中国は標的のシステムに力づくで押し入るのではなく、サイドドアを使った。従業員がリモートで働く際に使うソフトウェアから不正侵入したのである。すぐに中国のものとわかるマルウェアは使わず、トラフィックも暗号化するようになった。中国のC&Cサーバーに直接データを送るのではなく、サーバーログを消し、ファイルをドロップボックス（オンラインストレージサービス）に移動させて、活動の痕跡をきれいに拭い去った。

「今日、中国の工作の指紋はかなり異なっています」二〇一九年初め、元NSA職員のプリシラ・モリウチがそう教えてくれた。モリウチは、太平洋地域サイバー工作を担当していた。中国が二〇一五年の合意条件を守っているかどうかを見極めることも、彼女の任務のひとつだった。意外にも、何年かのあいだ、合意は守られていたというのがモリウチの結論である。ところが、トランプ政権になると本気の戦いが始まった。総当たり攻撃やスピアフィッシング攻撃で一度にひとりの標的を狙うのではなく、NSAがファーウェイに仕掛けたハッキング手法（第八章を参照）をアレンジして使ったのである。シスコのルーター、シトリックス（IT大手）のアプリケーション、通信会社に攻撃を仕掛け、数百万ではないにせよ、数十万を超える標的に被害をもたらしたのだ。モリウチ率いるチームが目撃したのは、中国のハッカーが、貨物船数隻分に相当するアメリカの知的財産を吸い上げて中国に送り、その情報を国営企業が略奪するさまだった。

二〇一五年の合意を順守するつもりは最初から習近平にはなかった、と懐疑派は主張する。オバマ政権の元側近は、習近平は誠実だったし、トランプがテーブルをひっくり返さなければ合意はいまも続いていたはずだと考える。私たちにわかっているのは、習近平が合意に署名してから三年後、中国は「戦略支援部隊」――アメリカで言えば、国防総省のサイバー軍に相当する――を新たに設置し、その下に中国人民解放軍のハッキング部門を置いたことだ。そして、ハッキング活動の大部分を、人民解放軍に散在していたハッカー部隊から、より極秘で戦略的な国家安全部に移したことである。

中国は自前のゼロデイを貯蔵するようになり、闇か闇でないかを問わず、国内のゼロデイ市場を廃止した。ゼロデイを報告する知名度の高い民間プラットフォームをとつぜん閉鎖し、創業者を逮捕した。警察は、「権限のない脆弱性の開示」を禁じる法の施行を発表した。中国のハッカーは、ゼロデイを公表する前に、まずは当局に第一先買権を与えなければならなくなった。過去五年間、大規模な国際ハッキング大会で賞を独占してきた中国のハッカーは、政府の命令によって姿を消した。アメリカには、そのような専横的な方法は許されない。アメリカではハッカーからゼロデイを強制的に取り立てることができないのだ。もしアメリカ政府が、自国のハッカーが発見したゼロデイに独占的にアクセスしたいのなら、政府機関が——すなわちアメリカの納税者が——ハッカーに報奨金を支払わなければならない。しかも、市場価格は高騰するばかりでまさに天井知らずの勢いだった。

二〇一九年八月、中国のゼロデイの使われ方を私が初めて目撃する機会があった。この月、グーグルのプロジェクト・ゼロ（第一六章を参照）のセキュリティ・リサーチャーが発見したのは、中国の少数民族ウイグル族向けのウェブサイトの多くが、アップルのiOSのゼロデイを使って、サイト訪問者のアイフォンにスパイウェアを秘密裏に埋め込んでいたことだった。それまでプロジェクト・ゼロが目にしてきた、どんな監視活動をも凌駕するほど洗練された手口だった。それらのウェブサイトを訪れた人は、中国からだけではない。世界中の訪問者が、知らないうちに中国のスパイを自分のデジタル生活に招き入れていたのである。その後の数週間で、ふたつ目のリサーチャーのグループが、ウイグル族のアンドロイドスマートフォンにも同様の乗っ取り工作が行なわれていたことを発見した。その後まもなくして、同様の作戦がチベット人に対しても実施されていたことを、カナダのシチズンラボが突き止めた。

ハッキングの標的は意外ではない。中国政府は習政権下で「五毒」——ウイグル族のイスラム教徒、チベット人、独立派の台湾人、法輪功の修練者、民主化運動の活動家——に対する取り締まりを、それまでにないほど強化していたからだ。中国北西部に位置し、インドや中央アジアなどと国境を接する新疆《しんきょう》ウイグル自治区では、ウイグル族のイスラム教徒が事実上、檻の中で暮らしていた。ロシアにとってのウクライナのように、中国にとっての新疆は、新たな監視技術を生み出す実験場である。ウイグル族は、電話やメッセージを監視するスパイウェアのダウンロードを強要された。新疆のあらゆる建物の出入口、店、モスク、通りには監視カメラが設置されている。顔認識アルゴリズムは、それぞれの顔の特徴によってウイグル族の一人ひとりが識別できるように調整されている。そして中国人の監視役が、ビデオをしらみつぶしに調べ、反体制派の匂いがするかすかな証拠も見逃さない。ほんのわずかでも疑わしいところがあれば、〝職業訓練施設〟送りにされる。実際は拷問室である。

中国はいまでは監視システムを輸出していた。グーグルのリサーチャーによれば、過去二年間というもの、ウイグル族、ジャーナリスト、そして驚くことにウイグル族が受けている非人道的な扱いに関心を寄せるアメリカの高校生など、毎週、世界中の数千人規模の人たちが中国の感染したサイトを訪れ、中国政府が埋め込んだスパイウェアをダウンロードしてしまったという。

これは水飲み場型攻撃（第一九章を参照）であり、モバイル機器を使った監視について、これまでの私たちの常識を完全にひっくり返してしまった。第一に、iOSやアンドロイドのゼロデイの発見は困難と思われていた。だからこそ、アイフォンのたった一度のジェイルブレイクに、FBIは一三〇万ドルも支払ったのだ（第一六章を参照）。いまやジェイルブレイクには、闇市場で二〇〇万ドルもの値がつく。その額を考えれば、各国政府はそう頻繁にジェイルブレイクはできないはずだ。不正アクセスの噂が派手に広まってしまう。ところが中国は、わかりやすい場所に仕込んだ一四件のゼロデイ・エクスプロイトを、二年にわたって隠し通した。しかも中国はその監視能力を、ウサマ・ビンラディン逮捕のために使ったのではない。ウイグル族や、彼らに共感する世界中の無辜の人たちに使ったのである。中国が監視ツールを、まずは自国の市民に試験的に使ったことに驚いた人は少ない。問題は、中国政府がその監視の矛先をいつアメリカ市民に向けるかである。

「中国は、最新技術の監視ツールをまずは自国民に使った。それは中国政府が彼らを最も恐れているからだ」政府の元高官で、サイバーセキュリティの専門家ジェームズ・A・ルイスは私にそう語っている。「次にそのツールを向けるのは、私たちアメリカ国民に対してだ」

知的財産の窃取者、世界規模の監視者として中国が再浮上したことに、アメリカが警戒を強めるようになったのとほぼ同じ頃、国防総省や国家安全保障省の高官は、長きにわたる別の敵に対峙していた。

トランプ大統領がイランとの核合意を無効にしたのに伴い、イランがサイバー攻撃を再開し、世界中のセンサーがすぐに点灯した。最初は、欧州の外交官を狙ったフィッシング攻撃だった。アメリカの同盟国が、トランプに倣って合意から離脱する可能性を探ろうとしたのだろう。ところが二〇一八年末になる頃には、イランのハッカーはアメリカの政府機関、通信、重要インフラに、かつてないほどの頻度で攻撃を繰り返すようになっていた。イランは、アメリカのデジタル領域において、国家が支援する最も活動的なハッカーだった。頻度においては、あの中国をも凌ぐほどだった。

スタックスネットの設計者である当時のNSA長官キース・アレクサンダーでさえ、衝撃に身構えた。「アメリカはおそらく、世界で最もオートメーション化の進んだ国だ。我々は優れた攻撃を行なえる。だが、イランもそうだ」トランプが核合意から一方的に離脱した週、アレクサンダー将軍が私にこう述べていた。「残念だが、我々のほうが失うものが大きい」

二〇一九年の最初の数カ月に、脅威はさらに増大した。サウジアラムコでデータを消去したイランのハッカーが、アメリカのエネルギー省、石油や天然ガス会社、国立エネルギー研究所に狙いを定めたのである。攻撃の目的はいつもの情報収集のように見えたが、アメリカとイランの敵意がこの年の夏に膨れ上がったことから、情報筋はイランのハッカーが「戦闘の準備をし」、より大きな破壊を狙っているのではないかと神経を尖らせた。

公平を期すために言うと、アメリカも同様にイランを攻撃していた。実際、攻撃は何年も続いた。ブッシュ政権で構想され、オバマ政権下で加速した極秘プログラムは、コードネーム「ニトロゼウス」と呼ばれた。アメリカサイバー軍は、イランの通信システム、防空、送電線の重要設備に時限爆弾を植えつけるようになった。二〇一九年六月になる頃には、アメリカの重要インフラを狙ったイランの攻撃は、アメリカに対する報復措置と考えて差し支えなかった。その夏、サイバーセキュリティ業界が目撃していたのは事実上、リアルタイムの相互確証破壊（第一九章を参照）だった。

二〇一九年夏、点火プラグは至るところにあった。徐々にエスカレートする現実世界の小競り合いが、サイバー空間に〝きりもみ降下〟した。ホルムズ海峡に近いオマーン湾は、世界の石油の三分の一を輸送する重要な海上交通路である。この年の五月と六月、オマーン湾を航行していた複数の石油タンカーの船体に、機雷を取りつけてほぼ同時に爆破させるという事件が起き、アメリカはイランの攻撃だと非難した。いっぽうのイラン政府は、爆破をアメリカのなりすまし攻撃と呼んだ。これに対してアメリカは、最初の爆破の数時間後に、爆破に遭ったタンカーの一隻にイランの巡視船が横づけして、船体から不発機雷を回収している場面のビデオ映像を公開した。一週間後、イランがアメリカの監視ドローン一機を撃墜する。トランプはイランのレーダー及びミサイル基地への攻撃を命じたものの、攻撃の一〇分前に取り消した。その代わりに、石油タンカーの攻撃計画に使われたと見られるイランのコンピュータを破壊するよう、サイバー軍に命じたのだ。再び、イラン側は同じやり方で応酬した。中東とアメリカに本社を置く二〇〇社以上の石油や天然ガス会社、重機メーカーをハッキングして企業秘密を盗み取り、データを消去し、何億ドルもの被害を負わせたのである。

トランプが攻撃の一〇分前に命令を取り消して、一八〇度の方向転換を図った件は、普段は直情的で「炎と怒り」を燃やして、敵を「徹底的に打ちのめす」と息巻くことの多い大統領が、実際は反トランプ派が考えるより、ずっと慎重な最高司令官であることを物語っていた。アメリカはすでに経済制裁によってイランに最大限の圧力をかけており、トランプがミサイル攻撃に消極的だったことから、サイバー攻撃という三番目の選択肢をとることになった。いくらかメリットはあるものの、キース・アレクサンダーの言葉を借りれば、「我々のほうが失うものが大きい」攻撃である。

この年の夏、私が取材した政府関係者は、イランの攻撃が思ったほど破壊的でなかったことにほっとしているように見えた。アメリカのデジタル化が進展し、脆弱性がさらに高まるなか、イランの攻撃を思いとどまらせたのは、アメリカ側のサイバー防衛ではなかった。イランの攻撃が多少なりとも収まったのは、二〇二〇年のアメリカ大統領選で、有権者がトランプを落選に追い込み、新大統領がイランに対する方針を変えることに賭けたからではないか、とアメリカの政府高官は推測した。その可能性を後押しするかのように、イランのハッカーはトランプの選挙運動に狙いを定めた。二〇一九年八月から九月の三〇日間に、イランのハッカーは、トランプの選挙運動やその関係者に二七〇〇回以上ものハッキングを繰り返したのである。大統領選に対する妨害行為で非難の的になったのはロシアだったが、二〇二〇年には、ほかの国もさまざまな理由から、アメリカの大統領選に干渉していたことを示す最初の証拠だった。

二〇二〇年一月二日、イランのサイバー攻撃による脅威が危険な状態に陥ったのは、トランプがイランのガーセム・ソレイマーニー司令官に対するドローン攻撃を命じた時だった。アメリカがソレイマーニーを殺害する機会は、これまでに何度もあった。だがトランプ以前の政権は、司令官の殺害が大規模な報復攻撃につながり戦争の勃発を招くことを恐れて、誰も引き金を引こうとはしなかった。

イランの安全保障及び諜報分野の司令官として、強大な権力を掌握していたソレイマーニーは、最高指導者アリー・ハーメネイー師の二番目の息子のような存在だった。イラン革命防衛隊の精鋭部隊「コドゥス部隊」を率いるソレイマーニーは、長年にわたってイラク駐在の、数千人とは言わないまでも数百人の米兵の殺害に関与してきた。さらなる殺害を計画していたことは疑うべくもない。イラン国内ではもちろん英雄だった。

「ニュースを見て驚くなよ」それは、ソレイマーニー司令官の躰が吹き飛んだ日の夜、ある政府高官から私の元に送られてきたテキストメッセージだった。

ソレイマーニー殺害の直後、フェイスブック、ツイッター、インスタグラムに、イラン語のハッシュタグ「#OperationHardRevenge（容赦ない報復作戦）」が現れた。ミネソタ州ミネアポリスやオクラホマ州タルサでは、ウェブサイトの画面がソレイマーニーを称える画像に置き換わった。その土曜日に連邦図書館のウェブサイトで、注釈付きのアメリカ憲法のページを探していた歴史を勉強中の高校生は、顔にパンチを浴びて血だらけになったトランプの画像に、しばらくのあいだ出くわすはめになった。トランプがあちこちに所有するホテルの住所を、次の標的候補としてツイートしたイランの高官もいる。

「お前たちはガーセム・ソレイマーニーの手を躰から切り落とした。今度は我々がお前たちの脚を切り落とす番だ」。あるイランの官僚がそうツイートした。アメリカの攻撃で、ソレイマーニーの手が切断されたと言っているらしかった。

二、三日後、イランは約束を守った。イラクの米空軍基地二カ所に二二発の弾道ミサイルを打ち込んだのだ。幸運だったのか意図的だったのか、ミサイルはインフラを直撃したものの、犠牲者は出なかった。数時間後、イランは攻撃の終了を発表した。

トランプはこれで一件落着と思った。

「万事うまく行っている」とツイートしている。

しかしながら、国土安全保障省の関係者はトランプのようには安堵しなかった。イランの軍事攻撃は終了したかもしれない。だが、同省のサイバーセキュリティ庁のクリス・クレブス長官は、サイバー戦争の脅威はまだ始まったばかりだとして警鐘を鳴らした。クレブスによれば、イランには「システムを全焼させる」力があるという。

イランの攻撃があった日、クレブスはアメリカの一七〇〇カ所の民間企業、連邦政府、地方政府に対し、システムに鍵をかけ、ソフトウェアをアップグレードし、データのバックアップを取り、重要なものはすべてオフラインに移しておくようにと伝えた。「次の不正侵入が命取りになることを、しっかり頭に叩き込んでおくように」

この原稿を執筆している時点で、イランのハッカーはアメリカの重要インフラと、送電網を運用する企業のネットワークに深く入り込んでいる。しかも、当分出ていきそうにない。オバマ政権で国土安全保障省のサイバーセキュリティ・重要インフラ担当次官だったスザンヌ・スポルディングは、イラン式の言い方だとして「相手はこっちの頭に銃を突きつけて居座っている状態」だと表現した。

そのいっぽう、新たなゼロデイ・ブローカーが静かにオンライン上に浮上し、ゼロデイに誰よりも高値をつけ始めた。みずから「クラウドフェンス」と名乗り、私が摑んだところによれば、アラブ首長国連邦とその最大の同盟国であるサウジアラビアのためだけに独占的に働いた。ほかの入札者が最高でも二〇〇万ドルで応札したアイフォンのエクスプロイトに、クラウドフェンスは三〇〇万ドルの値をつけた。

湾岸の君主国は中間業者を片っ端から排除していた。二〇一九年、ツイッターは社内の目立たないふたりのエンジニアが、サウジアラビアのスパイだったことを発見した。ふたりは六〇〇〇件以上のツイッター・アカウントのデータを盗み出していた。大部分はサウジアラビアの反体制派のアカウントだが、アメリカ人のものもあった。サウジアラビアのムハンマド・ビン・サルマン皇太子（通称MbS）の側近中の側近、バドル・アル＝アスカーの依頼だった。君主国がこれほどまでに手間をかけ、政権批判者を監視して口を塞ごうとするのであれば、シリコンバレーにそれを防ぐ手立てはなかった。

盗まれたツイッター・アカウントのデータが、何に使われたのかを推測する必要はなかった。アラブ首長国連邦では、人権活動家のアフメド・マンスールが、ツイッターで国家元首を「誹謗中傷した」罪で、いまも独房に監禁されている（第一三章を参照）。CIAはすでに、サウジアラビアの皇太子が《ワシントン・ポスト》紙のジャーナリスト、ジャマル・カショギの殺害命令を直接下したと結論づけていた。どれも驚きではなかった。だが、ホワイトハウスはそうと承知できなかった。トランプと義理の息子ジャレド・クシュナーは、石油資源に恵まれた同盟国の残虐行為に目をつぶった。皇太子の殺し屋によってカショギの手足が切断された時の音声記録だという、身の毛もよだつような録音テープが暴露されたあとでさえ、皇太子とクシュナーはワッツアップを使い続けた（カショギの監視に使われたのは、メッセージアプリのワッツアップにインストールされたスパイウェアだったとされる）。

だが、ジャーナリストたちにこのままで終わらせるつもりはなかった。とりわけ《ワシントン・ポスト》紙のカショギの同僚たちにとっては。トランプはすでに《ワシントン・ポスト》紙による政権報道をめぐって、同紙や同紙の所有者であり、アマゾン創業者のジェフ・ベゾスに矛先を向けていた。トランプはツイッターで《ワシントン・ポスト》紙を「#AmazonWashingtonPost（アマゾンワシントンポスト）」とハッシュタグを付けて呼び、同紙のことを、アマゾンとそのCEOである「ジェフ

・ボーゾー（bozo）」の「ロビイストの兵器」「巨大な税金逃れ手段」だと罵った（Bozo は英語で「血のめぐりの悪い男」「役立たずの能なし男」などを意味する俗語）。そのようなわけで、サウジアラビアが直接ベゾスと対決することになっても、トランプ政権のホワイトハウスでそれを止めようとする者は、ほとんどいなかった。

《ワシントン・ポスト》紙が熱心にカショギ事件を報道し続けたことに腹を立て、サウジアラビアはベゾスに報復しようとした。そして、《ワシントン・ポスト》紙が三カ月にわたってカショギの殺害事件を報道したあと、スーパーで売られるタブロイド紙《ナショナル・エンクワイアラー》は、ベゾスの不倫を報じる一一ページの特集記事を組み、写真や親密なテキストメッセージを掲載した。同紙を所有するのは、トランプの長年の親友であり、業界の黒幕的存在のデイヴィッド・ペッカーである。《ナショナル・エンクワイアラー》紙は何らかのかたちで、ベゾスのスマートフォンに不正アクセスする方法を見つけたらしい。

ベゾスは、サウジアラビアにスマートフォンをハッキングされた可能性についてブログに投稿し、事実を確かめるために民間のサイバーセキュリティチームを雇った。結局、暴露記事の情報源はベゾスの愛人の兄だとわかった。妹の私的なテキストメッセージや画像を、二〇万ドルで《ナショナル・エンクワイアラー》紙に売ったのである。だが、ベゾスが雇ったセキュリティチームは捜査段階で、サウジアラビアが同じ時期にワッツアップのゼロデイ・エクスプロイトを使って、ベゾスのスマートフォンをハッキングしていたことも突き止めた。もとをたどるのは難しくなかった。サウジアラビアの皇太子自身が、ベゾスにワッツアップの動画ファイルを送っていたからだ。その後すぐにベゾスのスマートフォンは、普段の三〇〇倍のデータを、湾岸諸国のサーバーの迷路に送り出していたのである。

二、三週間後、私はある情報源から電話をもらった。ワッツアップのエクスプロイトを使って、サウジがベゾスのスマホに侵入しただろ？　あれは、ヤツの親友が、クラウドフェンスに――サウジとアラブ首長国連邦のフロント企業に――売ったものと同じエクスプロイトなんだよ。
「なぜそれほど確信が持てるわけ？」私は聞いた。

「あのエクスプロイトか、まったく同じことをするワッツアップのエクスプロイトの仕業だろうな」

「あなたの情報筋と話せる？　オフレコで？　それか匿名報道で？」

「無理だね」

まったくファ＊キン・サーモンだ。

彼を責めるわけにもいかない。噂は聞いていたからだ。アラブ首長国連邦からアメリカに帰還した傭兵の話では、元の雇用主から脅迫電話がかかってくるようになったという。アブダビでの仕事について誰かに漏らしたら「ただではおかない」と。

アラブ首長国連邦のような国が扇動者の口を封じるためにどこまでやるかを、彼らは知っていた。トランプ流の商取引重視の中東外交が、残りのわずかな障壁を取り払った。トランプ政権の下で、湾岸の君主国は欲しいものを手に入れていた。トランプは、サウジアラビアとアラブ首長国連邦の人権侵害には目をつぶっても構わないと考えていた。経済的な繁栄をものにでき、さらにはアラブ首長国連邦とイスラエルの平和協定を実現できるかもしれないからだ。平和協定については、義理の息子のクシュナーがいつか実現させたと誇れる日が来るかもしれない。政府高官の話では、クシュナーはアラブ首長国連邦やサウジアラビアの皇太子と定期的に連絡を取り合っていると、自慢していたらしい（お気に入りの連絡方法は、もちろんワッツアップだ）。

トランプ政権の下で、サウジアラビアとアラブ首長国連邦がどれほどの悪事を免れてきたかを知り、このふたつの国が次期アメリカ大統領選に強い影響力を及ぼそうとするのではないか、と危惧する者もいた。

「王子が夜のなかに立ち去るのを彼らが黙って見ているとは、あなたも思わないですよね」二〇一八年末、ホワイトハウスの前職員が私にこう言った。

この「王子」が中東の皇太子の意味でないことを理解するまでに、少し時間がかかった。本物の皇太子のワッツアップ友だちで、ホワイトハウスのいちばんの財産であるクシュナーのことだった（「トランプが義理の息子のクシュナーを、このまま大人しく政治の舞台から引退させることはないですよね」という意味）。

そのあいだも、湾岸諸国が敵対者を監視するためにハッカーに支払う金額は、上昇するいっぽうだった。

「このサイバーゲームでは最高額をつけた者が勝つ」トランプ政権で初代の国土安全保障関連の大統領補佐官を務めたトム・ボサートが、辞任後に言った。もしこの市場で道徳的指針が必要な時があるとすれば、いまがまさにその時だった。監視ツールの濫用がこれ以上表面化すれば、専制君主にはゼロデイを売却しないと考える者が増えるかもしれない。いや、そんなことがあるはずがない。専制君主制の国が支払っても構わないと考える価格を見れば、躊躇しないハッカーやブローカーは続々と現れるに違いない。

私がブエノスアイレスをあとにしてから、アルゼンチン経済はさらに縮小した。失業率は過去一三年で最悪だ。ペソは再び乱高下を繰り返している。あの国の活気溢れる若いハッカーは、違法取引だが、インフレ率に左右されないサイバー兵器の売買で自分たちの身を守ったほうがいいと、ますます考えるようになっていた。コードを欲しいのが独裁者や専制君主であろうと、欲しい相手に売ればいいだけだ。

このようなことがすべて「アメリカ第一主義」の大統領の下で起きていた。その大統領は複雑なことには関心がない。権威主義を美化し、ロシアによる選挙妨害のいかなる議論も、念入りな「でっち上げ」だとして一蹴する。中国との貿易戦争、イラン核合意からの離脱、プーチンとの直接対決の回避。これらが予期せぬ危険な結果を招きかねないことは、トランプが自分のために書き上げた「古い西部劇」のなかでは、さほど重要ではないようだった。彼が改作したその作品のなかで、トランプはワイアット・アープ――西部開拓時代に法と秩序を回復させ、国境を守り、みずからの栄光の道を開拓する保安官――だった。

トランプは、毎朝の諜報関係のブリーフィングに早い段階で飽き、中止してしまった。サイバーセキュリティ関係の長官を、大統領執務室の外へ締め出してしまった。ロシアによるアメリカ大統領選の妨害工作について説明しようとすると、逃げ腰になった。「妨害って何だ?」妨害について話すことは、トランプの大統領としての正統性に疑義を呈することだったのだ。二〇一八年末には、ロシアのオリガルヒや彼らの企業に科していた経済制裁の一部を解いていた。その後の二、三カ月間、大統領選の不正防止についてホワイトハウスに話を切り出そうとした者は――ある高官の言葉を借りれば――「肘鉄を食らった」。サイバーセキュリティ調整官の仕事は、アメリカのサイバー政策を調整することであり、政府がどのゼロデイを開示し、非開示にするかを決める「脆弱性開示プロセス」を監督することである。ところが、その調整官のポストをトランプが完全に廃止してしまった。当時の国土安全保障長官キルステン・ニールセンが、政府は二〇一六年の選挙干渉の再発防止に集中的に取り組むべきだと繰り返すたびに、首席補佐官代行だったミック・マルバニーが、大統領の前で選挙干渉についてひとこともロにしてはならないと、ニールセンを諭した。数カ月のうちに、ニールセンも辞任を表明した。

二〇一九年六月、トランプは実際、選挙妨害は歓迎だと述べている。もし将来、自分の対立候補に打撃を与えるような情報が外国政府からもたらされた時には、そのような情報を受け入れるかと単刀直入に質問され、「受け入れると思う」と答えたのだ。それから二、三カ月後、トランプとプーチンは、選挙妨害の問題を一笑に付した。二〇二〇年のアメリカ大統領選に介入しないよう、ロシアに釘を刺すのかと訊かれたトランプは、プーチンを叱る振りをした。「選挙介入しないでくれ、大統領」。おどけた様子でプーチンを人差し指で指し、そう言ったのである。この日、記者会見に参加したジャーナリストに言及し、「彼らを始末してしまえばいい」とも述べた。プーチン政権下では何十人ものロシア人ジャーナリストが殺害されている。「『フェイクニュース』とは、実にすばらしい言葉だと思わないか。ロシアにはフェイクニュースの問題はないだろうが、アメリカにはあるんだ」

実際、プーチンが選挙妨害をやめることはなかった。それどころか、二〇一六年の大統領選は予行練習にすぎなかった。ある専門家が上院情報委員会でこう述べている。二〇一六年に起きたアメリカの有権者データベースや、バックエンドの選挙システムのハッキングは、「ネットワークをマッピングし、接続形態をマッピングするための偵察行為でした。これでアメリカのネットワークの実態を把握できます。まずは足場を築いておいて、あとで戻ってきて、工作を実行するためであります」それでは、なぜ途中でやめたのか。おそらく、オバマがプーチンにやめるように直接要求したか、当時のCIA長官ジョージ・ブレナンがロシア連邦保安庁の長官に電話をかけたのだろう。だが二〇二〇年の大統領選がどんどん近づくにつれ、ロシア政府がまたも常套手段に訴えるという証拠が集まり、今回、ホワイトハウスの誰がプーチンと対決するのかについては、甚だ疑問だった。

その四年のあいだに、攻撃の手口は巧妙さを増し、ロシア政府はつけあがるいっぽうだった。二〇一六年、ロシアのインフルエンス作戦（第二一章を参照）は図々しさが特徴だった。ソーシャルメディアの投稿は、たどたどしい英語で書かれた。フェイスブックの広告はルーブルで支払われ、自称テキサスの分離独立主義者やブラック・ライブズ・マターの抗議デモ参加者は、モスクワの赤の広場近くのサーバーからログインしていた。ロシアはオフショア銀行に口座を開設し、フェイスブックのユーザーに手数料を支払ってアカウントを借り、接続経路を匿名化するソフトウェア「TOR《トーア》」を使って、実際の居場所を隠した。

サンクトペテルブルクに本拠を置く、プーチンのプロパガンダ組織IRAの内部では、トロールたちがアメリカ政治にいっそう大きな影響を及ぼしていた。人間のトロールの代わりにロシア製ボットが、インターネットからキーワードを拾い出して、扇情的なコメントを書き込んで議論に割り込んだ。アメリカの文化戦争を煽るどんな機会も見逃さなかった。銃、移民、フェミニズム、人種。米国歌斉唱の際に片膝をついて人種差別に抗議した、ナショナル・フットボール・リーグ（NFL）の選手についてまで。

ロシアのトロールは時差を意識するようになった。アメリカのリベラルの体中の血が煮えくり返るような内容であれば何でも、ロシア時間の早朝に投稿した。そうすれば、夜を迎えたアメリカのリベラルたちの感情を掻き乱せる。あるいは保守派向けには、彼らが朝のテレビ番組「フォックス＆フレンズ」を座って見る時間帯を狙った。IRAはフェイスブックに、バーサ・マローンやレイチェル・エディソンといった、いかにもアメリカ人らしい名前の架空アカウントをつくり続け、オバマが「ムスリム同胞団」と関係があるという偽の情報をばら撒き、民主党が国民から銃を取り上げようとしているという全米ライフル協会（NRA）の主張を繰り返した。二〇一八年の中間選挙の妨害行為を、

IRAは「プロジェクト・ラフタ」というコードネームで呼んだ（ラフタは、サンクトペテルブルクにある歴史地区。ロシア一高い超高層ビルが建つ）。選挙までの半年間で、IRAはこの情報工作に一〇〇〇万ドルをつぎ込んでいる。アメリカ国民の心理にどれだけの影響を及ぼしたかを測ることは、またしても不可能に近い。

だが今回、アメリカの当局者はうまくトランプを迂回して、断固たる対応に出た。

二〇一八年九月、トランプはアメリカの〝攻撃型サイバー攻撃〟の意思決定を国防総省に委ねた。その役を担ったのは陸軍大将のポール・ナカソネである（ミネソタ州生まれ。沖縄出身の日系アメリカ人三世）。ナカソネは新しくNSA長官に就任し、アメリカサイバー軍の司令官も兼ねていた。その前の月には、タカ派の国家安全保障問題担当大統領補佐官であるジョン・ボルトンが、サイバー戦略の新たな草稿を作成していた。オバマ政権ではどんな攻撃にも大統領の明白な認可が必要だったが、今回、ボルトンの新たなサイバー戦略に従い、攻撃型のサイバー攻撃の実施にはサイバー軍にはるかに大きな裁量が与えられた。九月、トランプはいまなお極秘扱いの「国家安全保障大統領覚書一三」に署名した。これによって、サイバー軍に対する手綱が緩み、トランプという邪魔者もうまく片づけることができ、アメリカの精鋭戦士はロシアのサーバーにすぐさま戦いを仕掛け始めた。

二〇一八年一〇月、中間選挙を一カ月後に控え、サイバー軍はロシア政府にメッセージを送った。IRAのコンピュータ画面に直接警告文を表示し、選挙に干渉すれば、トロールを告発し、制裁を科すと警告したのである。一九四五年にアメリカのパイロットが、原爆を投下する前に、日本の国民に避難を呼びかけたビラのデジタル版だった。そして二〇一八年の中間選挙当日、サイバー軍はIRAのサーバーをオフラインにし、選挙管理人らが得票数を確定させるまでの数日間、オフラインのままにした。投票日にロシア側が何かを計画していたとして、何を計画していたのかを私たちが知ることはないだろうが、二〇一八年の中間選挙は比較的無事に行なわれた。

ところが、サイバー軍の勝利は幻想だった。二、三週間後のこと、二〇一六年に民主党全国委員会をハッキングしたロシアのハッカー集団コージー・ベアが、一年間の休眠から覚めて再び姿を現したのだ。数週間にわたって、民主党、ジャーナリスト、法の執行機関、防衛関連企業、さらには国防総省に対してフィッシング攻撃の集中砲火を浴びせたあと、二〇一九年初めに不気味に沈黙した。攻撃をやめたのか。いや、それはありえない。あるいは潜伏するのがうまくなったのか。

その後数カ月のあいだ、ロシアの諜報部隊がイランの精鋭ハッカー部隊のネットワークにセキュリティホールを開け、イランのシステムを無断使用して、世界各国の政府や民間企業を攻撃した。その様子を捉えたNSAと英国のGCHQが、珍しく共同声明を出してロシアの動きを暴露した。二〇二〇年の大統領選を目前に控え、ロシアの脅威が急速に高まっているという警告だった。もはや、目の前の現象をそのまま受け取っていては危険だった。

アメリカでは、国土安全保障省に設置されたばかりの「サイバーセキュリティ・インフラストラクチャセキュリティ庁（CISA）」が、努力の割りに少しも感謝されず、ワシントンDCで最も物議を醸す仕事、つまり二〇二〇年の大統領選を防衛するという仕事を任された。二〇一八年の中間選挙が終わった直後に、トランプ大統領が「サイバーセキュリティ・インフラストラクチャセキュリティ庁法」に署名し、これによって略称CISAが、国土安全保障省に設置されることが決まったのだ。長官に抜擢されたのは、マイクロソフトの元幹部であるクリス・クレブスだ。少年っぽい魅力を残す四〇代である。CISAを率いる彼の任務は、トランプが守りたくないアメリカ大統領選を敵の妨害から守り、クレブスの支援を余計なお世話とみなす州を支援することだった。大統領選を運営するのは、結局のところ、それぞれの州なのだ。連邦政府が選挙のセキュリティ支援を州に提供するためには——たとえそれが、ただ単に脆弱性のあるなしを明確にするために、システムを検査するだけであっても——、連邦機関は州に招かれなければならない。州政府は、それも特に共和党支持の赤い州の政府は長年、連邦政府の選挙支援を一種の内政干渉とみなしてきた。ところが二〇一九年には、アメリカの市や町や郡が、ランサムウェア攻撃の記録的な数の被害に遭っていたことから、連邦政府としては何としてでも選挙システムの脆弱性を州政府に理解してもらう必要があった。

二〇一九年と二〇年に、ランサムウェアによって人質に取られた市や町や郡は六〇〇を超えた。サイバー犯罪者が狙ったのは、ニューヨーク州オールバニーやルイジアナ州ニューオーリンズといった大都市だけではない。ミシガン州、ペンシルベニア州、オハイオ州といった、勝敗のカギを握る規模の小さな激戦州も攻撃した。新たな戦場となったテキサス州では、二三の町が同時に攻撃された。ジョージア州でも驚くほど大きな被害を受けた——州都のアトランタが攻撃される。同市の公安局、州立裁判所と地方裁判所、規模の大きな病院、郡政府、三万人が暮らす市の警察まで。いずれの場合も、ネットワークがクラッシュした。公文書が消去され、メールが使えなくなる。ラップトップはフォレンジックな手法で検査する必要があり、再設定されたものの結局は廃棄処分となった。警察は紙と鉛筆に頼らざるを得なくなった。

もし有権者リスト、有権者登録データベース、あるいは州務長官を狙ったランサムウェア攻撃が投票日の一一月三日に起きていたら、どれほどの混乱が生じていたかを考えて、当局やセキュリティ専門家は青ざめた。

「目の前に迫った、すでに馬鹿ばかしいほど厄介な選挙に奮闘している地方政府が、攻撃を免れる可能性は極めて低い」脅威アナリストのブレット・カローは私にそう漏らした。

アメリカ大統領選で、フロリダ州はいつも問題児だった。そして今回、攻撃の矛先が向けられたのもやはりフロリダだった。ジョージ・W・ブッシュとアル・ゴアが戦った二〇〇〇年の大統領選で、最終的に勝敗を決めたパームビーチ郡は、二〇一六年の大統領選前の数週間、選挙事務所がランサムウェアの攻撃を受けていたが、その事実を隠していた。しかも郡当局がその件を連邦政府に報告したのは、二〇一九年にハッカーが再び、郡のふたつの町を人質にとった時だった。パームビーチ郡のリビエラビーチの町は、メール、水道施設、ポンプ場が停止するという悪質な攻撃を受け、当局が六〇万ドルを支払った。その少し南に下ったパーム・スプリングスの村で起きた別の攻撃では、未公表の身代金を支払ったものの、結局、データは復旧できなかった。

一見したところ、アメリカの都市や町を襲ったのは、ごく普通のランサムウェア攻撃だった。ところが二〇一九年秋以降は、その多くが数段階の攻撃で成り立っていることがわかった。ハッカーは被害者のデータに鍵をかけただけではなく、データを盗んだ。時にはオンラインに流出させ、被害者のシステムに対するアクセスをダークウェブで売った。とりわけ憂慮すべきケースでは、そのアクセスを北朝鮮に売り払っていた。「ノットペーチャのランサムウェアは政治的暗殺だ」という結論を、ウクライナの捜査当局が下したように、アメリカ中部地域で起きたランサムウェア攻撃の目的には身代金だけでなく、政治的側面もあることを、CISA、FBI、諜報機関の当局者は危惧した。

攻撃の出所がどこかについて、ほとんど疑いはなかった。おびただしい数の攻撃が、モスクワ時間の午前九時から午後五時のあいだに発生していた。攻撃の多くが、感染したコンピュータの巨大な集まりであるボットネットの「トリックボット」を介していた。その開発者の拠点は、モスクワとサンクトペテルブルクにあった。トリックボットのオペレーターは、感染したコンピュータへのアクセスを、東欧中のサイバー犯罪者やランサムウェアのグループに売り捌いた。ところが、トリックボットを使ってアメリカの標的を人質にしたランサムウェアの犯罪グループは、重要な足跡を残していた。攻撃者のコードに、ロシア語の中間生成物がちりばめられていたのだ。そして、おそらく最も有力な証拠として、このランサムウェアは、ロシアのコンピュータを感染させないように設計されていた。ランサムウェアのコードは、キリル文字のキーボードを検索して検知すると、そのまま立ち去ったのである。「母なる大地」ではハッキングをしないことという、プーチン大統領が言い渡した最も重要なルールを、ロシアのハッカーが守っている技術的な証拠だった。

二〇一九年になる頃には、ロシアのサイバー犯罪者はランサムウェア攻撃で数十億ドルも稼ぎ、ますます実入りが多くなっていた。サイバー犯罪者が身代金の要求を三桁から六桁、さらには七桁に吊り上げても、地方の当局者や損保会社は、データを集めてシステムを一から立ち上げるよりも、身代金を支払った方が安いと考えたのである。ランサムウェア業界は活況を呈した。ロシアに流れ込む戦利品を考えると、アメリカの諜報機関の高官には確信があった。犯罪者が手に入れたデータを、みずからの政治目的のために悪用するか強制的に活用できることに、ロシア政府が気づいていないはずがない。

誤解のないように言うと、推測ではあった。だが、二〇二〇年の米大統領選が目前に迫ったいま、ロシア政府とサイバー犯罪者との長期にわたる協力体制は、とても無視できなかった。五年前にロシアが、ヤフーの約五億件のメールアカウントをハッキングした事件は、いまだ記憶に新しい。あの時の攻撃を捜査員が解明するためには、何年もかかった。最終的に、ロシア連邦保安庁のふたりのロシア人工作員の下で働く、ふたりのサイバー犯罪者を探し当てた。ロシア連邦保安庁の工作員は、配下のサイバー犯罪者が個人データの窃盗で得る金銭的利益には目をつぶったいっぽう、彼らが窃取したデータを使って、アメリカの政府高官、反体制派、ジャーナリストの個人メールを監視した。もっと最近、アメリカの諜報分析官が突き止めたところによれば、ロシアの有名な犯罪者で、サイバー犯罪のエリート集団「イーブル・コープ」のリーダーは、ロシア連邦保安庁に協力していたのではなかった。彼自身が、ロシア連邦保安庁の職員だったのだ。

「ロシア政権とサイバーカルテルとのあいだには、パックス・マフィオーサ（マフィアによる平和）がある」二〇二〇年の大統領選が刻々と近づく頃、ロシアのサイバー犯罪に詳しいトム・ケラーマンが私に言った。「ロシアのサイバー犯罪者は国家資産とされる。政権は彼らの働きのおかげで、ランサムウェアや金融犯罪の被害者に自由にアクセスできる。その見返りに、サイバー犯罪者は特別な地位を得て、国に守ってもらう。用心棒代のお返しのようなものであり、双方にとって持ちつ持たれつの約束事として働く」

政府の当局者には証拠があったわけではない。ところがその年の秋、ランサムウェアがアメリカの町をひとつ、またひとつと機能不全に陥れていくと、当局者らは不安に駆られた。身代金の要素は単なる目くらましにすぎないのではないか。本当の目的は、いまのうちにあちこちの郡を深く調査しておいて、二〇二〇年の大統領選の直前に格好の標的にするためではないか。二〇一九年一一月、危うく最悪の悪夢が実現するところだった。ルイジアナ州の知事選が行なわれた週に、サイバー犯罪者が州務長官の事務所をランサムウェアで人質にとったのである。ルイジアナ州の有権者名簿をオープンネットワークから切り離すという考えが、その前に州政府当局者の頭に浮かんでいなければ、選挙は大混乱に陥っていたに違いない。結局、州知事選は支障なく行なわれたものの、フォレンジック調査の結果、攻撃が極めて念入りに計画されていたことが判明した。タイムスタンプによると、攻撃者は三カ月前にシステムに侵入してから攻撃の時まで辛抱強く潜伏していたのだった。二〇二〇年の大統領選の前哨戦だと、ＦＢＩは危惧した。

その後の数カ月、ＦＢＩは国内の現地要員に極秘文書を送り、ランサムウェアがアメリカの選挙インフラを破壊する「可能性がある」と注意を促した。この手の攻撃が、この機に乗じて暴利を貪ろうとする輩によるものか、もっと怜悧な敵対国によるものか、その混合した目的を持つ連中によるものか。これについて、アメリカ政府にはまだ確信がなかった。

ワシントンＤＣでは、ハッカーの解禁日を迎え撃つべく大統領選の準備を進めていた。連邦議会は、外国勢力による選挙妨害を阻止する法案の審議を控えていた。だが、その前に立ちはだかった、たったひとりの障害があった。上院多数党院内総務のミッチ・マコーネル上院議員（共和党）である。マコーネルは、たとえ超党派の提案であろうと、いかなる選挙改正法案も上院で審議しないと明言した。「選挙の完全性」を訴える専門家が重要だと指摘する法案でさえ、マコーネルのデスクの上で握り潰された。それにはたとえば、全投票を紙の記録に残すことや、選挙後に厳格な監査を実施すること、投票機をオープンウェブに接続することを禁止し、外国勢力から選挙活動の支援を受けた候補者には、報告を義務づける法案も含まれた。ミッチ・マコーネルに批判的な者は、ロシアの手先という意味で、彼を「モスクワ・ミッチ」と呼んだ。そう呼ばれて初めてマコーネルは、各州が選挙妨害を阻止するために必要な二億五〇〇〇万ドルの拠出を渋々認めた。この時でさえ、連邦政府が投票記録の紙のバックアップや監査を要求することは拒否した。マコーネルは表向き、イデオロギー上の純粋性から拒否していた。昔から、中央政府が州の選挙を「乗っ取る」ことに反対していたからだ。その実、議員仲間はひそかにこんなふうに疑っていた。選挙改正法案にこれほど敵意を燃やすのは、何が何でもトランプを怒らせたくないからではないか。

トランプを怒らせるのは簡単だった。トランプは、みずから呼ぶところの「ロシア犯人説というでっちあげ」に代わる別の説明を躍起になって探した。そして、二〇一六年の大統領選の選挙干渉の首謀者に据えたのが、ウクライナだった。トランプは、ロシア政府も支持するこの新たな陰謀論を熱心に謳った。ところが、これが転じてウクライナ疑惑（プロローグを参照）を招き、トランプ弾劾へとつながっていく。ロシア政府は、そしていまやトランプは、こんな修正陰謀論を唱えていた。民主党全国委員会をハッキングしたのは、ロシアではなくウクライナである。大統領選の不正侵入を捜査するために民主党全国委員会が雇ったセキュリティ会社は、クラウドストライクである。この会社を所有するのは、富裕なウクライナ人だ。クラウドストライクは、不正侵入された民主党全国委員会のサーバーをウクライナに隠している。FBIはそのサーバーにアクセスできない。ウクライナがハッキングに果たした役割を隠匿するためだ、など。一から十まで虚偽だった。アメリカに一七ある諜報機関はどこも当初から、民主党全国委員会のハッキングの黒幕はロシアだという結論を下していた。クラウドストライク関与説にはまったく何の根拠もない。同社のふたりの共同創業者のうちのひとりは、アメリカ人である。もうひとりはロシアからの亡命者であり、彼がまだ子どもの頃に家族でアメリカに渡ってきた。クラウドストライクが、民主党全国委員会のサーバーを物理的に所有したこともない。アメリカで起きた不正侵入に対応する、どのセキュリティ会社もそうであるように、クラウドストライクも「イメージング」と呼ばれるプロセスによって捜査を実施する。イメージングとは、不正アクセスされたコンピュータのハードドライブやメモリを複製し、そこから侵入の糸口を摑む作業である。クラウドストライクは、調査結果をFBIと共有した。FBIも民主党全国委員会のハードドライブのイメージ複製を持ち、FBI独自の分析結果と、クラウドストライクの分析結果は一致している。すなわち、不正アクセスはロシアのハッカー集団コージー・ベアとファンシー・ベアの仕業である。

通常の政治環境であれば、このような非主流の仮説をゴリ押しする者は、正真正銘の異常者と診断されただろう。ところが、トランプの時代は違った。その陰謀論はロシア政府とトランプが、ウクライナと民主党を中傷するための必死の試みだったのである。かつてみずからも唱えたバーセリズム〈Birtherism。バラク・オバマの出生〈Birth〉に疑義を唱え、オバマは国外で生まれたため、アメリカの大統領になる資格がないなどとする運動〉の時と同じように、トランプはこの陰謀論も引っ込めなかった。議会で承認されたウクライナ向けの四億ドル近い軍事支援を保留した。ウクライナの新しい大統領であるウォロディミル・ゼレンスキーがトランプに取り入り、軍事資金を自由に使えるようにして欲しいと頼むと、トランプはゼレンスキーに持ちかけた。かの悪名高き二〇一九年七月の電話会談である。「我々にも聞いてもらいたいことがある」軍事資金の見返りに、という意味である。そして、すかさずこう続けた。「サーバーのことだ。ウクライナにあるそうじゃないか」

この電話会談では別の陰謀論も生まれた。ウクライナの天然ガス会社「ブリスマ」が絡む話だ。ブリスマの経営陣には、ジョー・バイデンの息子ハンターがいた。ブリスマがハンターを経営陣に引き入れたのは、父親がオバマ政権の副大統領としてウクライナ政策を主導していた時だった。当時、バイデンは、汚職を追及しようとしないウクライナの検事総長の更迭を要求していた。その要求には欧州諸国の支援もあった。ところが二〇一九年夏、バイデンが頭ひとつ抜け出し、世論調査でトランプと接戦になり、さらに二〇二〇年になってトランプの対抗馬として浮上すると、トランプはナラティブをひっくり返してしまった。すなわち、バイデンがウクライナの司法制度に干渉したのは、ブリスマが捜査対象にのぼり、バイデンの息子に捜査の手が及ぶのを阻止しようとしたからだ、と主張したのである。トランプの顧問弁護士ジュリアーニ（元ニューヨーク市長）は、この仮説の売り込みを自分の使命と定めた。そして、わざわざウクライナに飛び、アメリカに定期的に連絡を入れては、バイデン側に不正行為の証拠があると主張した（一年後、財務省はウクライナ在住のジュリアーニの情報源が「現役のロシア工作員」だったことを公表する。そして、二〇二〇年のアメリカ大統領選に干渉するために極秘のインフルエンス作戦を遂行したとして、このウクライナ人に制裁措置を科した）。

この時のゼレンスキーとの悪名高い電話会談で、トランプはふたつ目の頼み事をしている。ブリスマとバイデン親子の公的捜査を行なうと発表するよう、ゼレンスキーに迫ったのである。バイデン親子については「もうひとつのこと」と表現している。電話会談の内容を聞く合法的な立場にあったホワイトハウスの内部告発者が、この内容を暴露しなかったら、ウクライナは数百万ドルの支援金欲しさに、トランプの依頼に応じていたかもしれない。だが、内部告発によってトランプの弾劾調査が始まったことから、ゼレンスキーはトランプの罠を逃れ、偽りのブリスマ捜査は阻止された。

私たちはそう思った。ところが実際には、トランプの対ウクライナ作戦が終わったとみるや、ロシアのハッカーがそのあとを引き継いだ。二〇一九年一一月、トランプに対する非公開の弾劾調査が連邦議会で終了し、公聴会が始まろうとした矢先、二〇一六年に民主党全国委員会をハッキングしたハッカー集団のひとつファンシー・ベアが、同じように不気味なフィッシング攻撃を使ってブリスマに不正侵入した。そして、今回も認証情報をまんまと盗み出し、ブリスマのメールの受信箱のなかを好き勝手に動きまわった。トランプによる怪しげな陰謀論を裏づけ、バイデンの顔に泥を塗るようなメールを探し出すためだ。二〇二〇年一月、私はブリスマがロシアにハッキングされた事件を報道した。二〇二〇年の大統領選の選挙運動も最終段階に入り、ハッキングされたブリスマの情報がリークされることは避けられないかに見えた（実際、そうなった。最終的に《ニューヨーク・ポスト》紙がバトンを受け取り、公表に踏み切った）。もはや、バイデンの「汚職」について、トランプやジュリアーニの根拠のない主張を裏づけるのかどうかという問題ではない。二〇一六年には、偽の捜査、そして真実ではないほのめかしが、ヒラリーの選挙戦を潰したのである。再選のためには、今回も同じ作戦で充分だとトランプは踏んだらしい。そして今回も、ロシアはトランプ陣営の支援に意欲的であり、充分な体制も整えていた。

一カ月後、アメリカの諜報機関の高官が立法者とホワイトハウスに、ロシアのハッカーやトロールがまたもやトランプ再選のために暗躍している、と警告を発した。トランプはこのブリーフィングに激怒した。ロシアがアメリカの民主主義に干渉していたからではない。諜報機関の高官が、この情報を民主党と共有したことに腹を立てたのだ。そして激怒の末に、諜報機関の長官代理をあからさまなトランプ支持者にすげ替え、ツイッターでこの諜報情報を「デマ」だと非難した。共和党も警告を無視した。ユタ州選出の共和党下院議員クリス・スチュワートは、《ニューヨーク・タイムズ》紙に対して、ロシア政府が二〇二〇年にトランプを支持する理由はないと述べた。「プーチンが（民主党の）バーニー・サンダースよりも、トランプを好むというのなら、その現実的な根拠を示してもらいたいね」

実のところ、ロシアはサンダースも支援していた。別のブリーフィングで、諜報機関の高官はサンダースに対して、「民主党予備選において、ロシアはバイデン候補よりもあなたの勝算を高めようとしています」と告げている。対トランプでは、サンダースがいちばん弱い対抗馬だと想定されたからである。

「サンダースが民主党の候補者指名を獲得すれば、本選でトランプが当選する」と、ロシア政府の元顧問は、ある記者に述べている。「理想的なシナリオは、アメリカ国内の分裂と疑念を本選ぎりぎりまで引っ張ることだ。我々が支援する候補者は〝混乱〟だ」

その後の二、三カ月、私はロシアによる妨害工作を次々に追った。だが二〇一六年の選挙戦略が暴露されると、ロシアは方法を変えた。選挙関係者のメールを再び狙ったものの、もはや初歩的なフィッシング攻撃は使わなかった。NSA分析官の発見によると、ウクライナを停電に追い込み、ノットペーチャを解き放ち、二〇一六年の大統領選で全五〇州の有権者登録システムを探ったロシアのハッカー集団サンドワーム（第一九章を参照）は、メールプログラムの脆弱性を悪用したという。NSAは公式の勧告で、サンドワームがロシアに「夢のようなアクセス」を与えたと注意を喚起した。

ブリスマに仕掛けたハッキング攻撃が見破られた経験から、ファンシー・ベアは細心の注意を払って足跡を消した。TORを使って居場所を隠した。マイクロソフトによると、ファンシー・ベアはほんの一、二週間で、共和党か民主党かを問わず、選挙運動員、選挙コンサルタント、政治家の計六九〇〇件を超える個人メールアカウントを攻撃したという。

ランサムウェア攻撃にロシア政府が関与していたとして、どのような役割だったのかはいまもわかっていないが、攻撃は激しさを増すばかりだった。トリックボットの開発者は、アクセスしたアメリカの市や町や郡のカタログをつくり、アメリカの選挙をお手軽な方法でハッキングしたい相手に販売していた。

ディスインフォメーションについては、ロシアの目的は以前と同じだった。「分断し、征服する」。だが今回、ロシア政府のトロールは「フェイクニュース」を大袈裟に掻き立てる必要はなかった。アメリカ人――それも特にトランプ大統領――自身が、虚偽の内容や誤解を招く情報、対立を煽るコンテンツを毎日、たっぷりつくり出していたからだ。二〇一六年であれば、ロシアは民主党員が魔術を行なっているという架空の話を膨らませなければならなかった。ところがこれまでにないほどアメリカが分裂しているいま、ロシアのトロールや国営の報道機関は、自分たちがつくり出すよりも、アメリカ人がつくり出した偽の情報を増幅させるほうが、よほど効率がよかった。今回の目標は、バズらせることではなかった。バズってしまうと、あまりにも注意を惹きすぎてしまうからだ。火の粉の発生源を見つけ出して、ほんの少し焚きつければいいだけだった。

二〇二〇年二月、民主党のアイオワ州党員集会（大統領選の民主党候補者選びの初戦）で、選挙区の投票結果を集計するために利用したスマートフォンのアプリが、公式の場で正常に機能しなかった。すると、そのアプリはサンダースから選挙戦を奪い取ろうとしたヒラリーの取り巻きの仕業だ、と間違って信じたアメリカ人がいた。その発言をロシアのトロールがリツイートし、この偽情報を掻き立てた。新型コロナウイルス感染症のパンデミックの時には、その同じロシアのアカウントが、アメリカ人の次のようなツイートをリツイートしていた――新型コロナウイルス感染症はアメリカが開発した生物兵器か、ワクチンから莫大な利益を得ようとするビル・ゲイツの狡猾な策略ではないか。そして、そのワクチンを世界中が待つあいだ、ロシアのトロールは、ウクライナではしかが流行した一年前と同じように、陰謀論に必死に正当性をつけ加えようとした。彼らはまた、公式のコロナ感染者数に疑問を呈し、ロックダウンに抗議し、マスク着用の効果を疑問視するアメリカ人のツイートを拡散した。そしてアフリカ系アメリカ人の男性が警官によって死亡し、数千人が通りで抗議デモに参加した時にも、私は同じ現象を目にした。ブラック・ライブズ・マター運動を暴力的な左派急進派のトロイの木馬だと片づける、アメリカ人やトランプ大統領のツイートを、またもや同じロシアのアカウントがリツイートしていたのだ。新たな動きが現れるたびに、アメリカ発のディスインフォメーションがどこで終わり、ロシアの積極的な攻撃がどこから始まっているのか、正確に見分けるのは難しかった。私たちアメリカ人は、プーチンの〝使えるバカ〟になってしまったのだ。アメリカ人が内輪揉めに明け暮れている限り、プーチンは誰にも邪魔されずに世界を操ることができた。

「ロシアの積極的工作のマントラは『力の政治ではなく、政治の力で勝て』だ」元FBI捜査官で、ロシアのディスインフォメーションの専門家であるクリント・ワッツは私にそう説明した。「その意味するところは、敵中に入り込み、敵を政治にかかりきりにさせ、混乱に陥れろ。そうなったら、何でもこっちのやりたい放題だ」

アメリカの政治家や高官が、プーチンのために何としてでも邪魔者を排除しようと決意しているように見えた日もあった。上院多数党院内総務の「モスクワ・ミッチ」ことマコーネルの存在や、選挙改正法案をただのひとつも成立させるまい、と意気込む彼の態度だけではない。二〇二〇年八月、新たに就任した国家情報長官のジョン・ラトクリフが、それまで前任者が連邦議会で行なっていた選挙妨害に関する情報ブリーフィングを中止してしまったのだ。ラトクリフはその理由について、リークが多すぎるからだと答えたが、書面での情報報告にしたために、一国の国家情報機関の長官であるラトクリフに、情報を捻じ曲げる機会を与えてしまった。連邦議会に直接出席して、質問に答えたり追及されたりすれば、情報を捻じ曲げることは不可能だったからだ。その後の数週間から数ヵ月間というもの、情報分析官や当局者が唖然と見守るなか、ラトクリフはトランプ大統領の望み通りに情報を捻じ曲げた。そして、ブリーフィングを行なう者に監視役を付け、許可を得た話題から逸脱しないように見張り、特定の諜報情報だけを選んで機密解除し、政治的ポイントを稼いだ。トランプの支持者を高い地位に抜擢し、大統領選の最大の脅威はプーチンではなく中国やイランだと主張して、毎回、諜報機関の報告に反駁した。

それは、トランプ大統領というひとりの人間のためにつくられた、幻想のプロパガンダだった。現実とはかけ離れていた。中国とイランも活発に動いてはいたが、トランプとその取り巻きがアメリカ国民に信じ込ませようとするには無理があった。イランのサイバー部隊もかつてないほど活発だったにせよ、到底成功とは言えなかった。イランはトランプの選挙活動にフィッシング攻撃を浴びせたが、不正侵入はできなかった。投票日が近づくにつれ、白人至上主義の極右団体「プラウドボーイズ」になりすまして、数千人のアメリカ市民に馬鹿げたメールを送り、共和党に投票するように圧力をかけ、投票しなければ「お前を捕まえに行くぞ」と脅した。だが予想と違って、彼らは窃取された有権者データは使わず、公的に入手できるデータしか使わなかった。しかもケアレスミスのせいで、メールの発信元を即座に突き止めることができた。史上最速のスピードで攻撃者の特定に成功したことは、称賛すべき功績だっただろう。ところが、ラトクリフはこの機をトランプの有利に働くように悪用した。記者会見に臨んだラトクリフは報道陣に向かって、イランのささやかなメール作戦は、有権者を脅し、社会不安を煽ったばかりではなく、「トランプに打撃を与える」ことが目的だったと述べたのである。

トランプと側近は、中国とイランの脅威を強調することで、ロシアの脅威を霞ませようとした。二〇二〇年九月の選挙集会で、トランプはまたしてもロシアによる選挙妨害はでっちあげだと述べた。「中国はどうなんだ？　ほかの国は？　いつもロシア、ロシア、ロシアだ。ヤツらはまたでっちあげてるぞ」トランプの部下は喜んで歩調を合わせた。国家安全保障問題担当大統領補佐官のロバート・オブライエンと、好戦的な司法長官のウィリアム・バーはそれぞれ、来たる大統領選でどこの国が最大の脅威かとテレビのインタビューで訊かれ、ロシアではなく中国こそが最も深刻な脅威だと答えている。

話を複雑にするのは、それまでのところ、中国が積極的に標的にしていたのはトランプではなくバイデンだったという事実だ。諜報機関の高官は公にはそうと言わないものの、グーグルとマイクロソフトのセキュリティチームは、中国のハッキング攻撃がバイデンに照準を合わせていたことを突き止めていた。しかも中国の工作は、ロシア流の「ハックしてリークする」ための前哨戦には見えなかった。ごく普通のスパイ活動に見え、二〇〇八年の大統領選で、中国がマケインとオバマの両陣営をハッキングした時とさほど変わらなかった。あの時、中国のスパイは、両陣営の政策文書や選挙参謀のメールに不正アクセスしたのだ。セキュリティ・リサーチャーや諜報分析官は、今回もまた中国がバイデンの対中政策を見極めるために、情報を分析しているのだろうと解釈した。

インテリジェンス・コミュニティの使命は、常に客観的で公平であることだ。毎日、トランプ大統領と彼に政治任用された者は、トランプの政治目的のために諜報情報を大なり小なり捻じ曲げていた。トランプの幹部チームのなかではFBI長官のクリストファー・レイだけが、公的な発言において、ホワイトハウスの〝オルタネイト・リアリティ（代替現実）〟を打破しようとした。オブライエンとバーがテレビに出演して中国を非難したその同じ月に、レイは連邦議会議員の前で証言し、ロシアが「バイデンの選挙活動をおとしめるために、有害な影響力」を使い、大統領選に干渉していると述べた。レイは淡々と語ったが、真実が極度に不足している状況にあって、その言葉は反乱兵士の発言のように響いた。トランプと取り巻きはレイを批判した。

「クリスよ、中国の活動を見ていないのか。ロシア、ロシア、ロシアよりもはるかに大きな脅威だというのに。どちらの国も、そしてほかの国も、我々の極めて脆弱で、勝手に送りつけてくる（偽造の?）投票用紙を使って詐欺を働けば、二〇二〇年の大統領選に干渉できる」トランプはそうツイートした。

あとになってトランプの極右の腹心スティーブ・バノンは、クリストファー・レイと感染症専門家のアンソニー・ファウチ博士のクビを切るべきだ、と主張した。トランプのプロパガンダに疑問を呈するような連邦政府の職員に対する見せしめ、というわけである。

この四年間というもの、私たちはみな、国外の敵対者の目論見を懸念してきた。だが大統領選が目前に迫り、本当の妨害は国内から発生していることが明らかになった。まだ一票も投票されていないにもかかわらず、トランプはすでに、二〇二〇年の大統領選だけでなく民主主義そのものまで「不正操作されている」、「インチキでごまかしだ」などとおとしめ、正当性にケチをつけていた。アメリカ人の半数以上、実に約五五パーセントがこれに同意しているという世論調査も出始めた。
「大統領がこれまでやってきたことの多くに私は賛成しかねますが、それにしてもこれは最悪です」投票日の数日前、メイン州選出の無所属の上院議員アンガス・キングは、私にそう漏らした。「民主主義制度の効用についてアメリカ国民の信頼を傷つけることは、非常に危険です。ロシアやほかの国がやっていることと同じになってしまいます」

政治という危険地帯に埋まった地雷を避けながら、アメリカの当局者は一一月の大統領選に向けて、州と郡の防衛を強化する最後の準備に取り掛かる必要があった。だが、上院多数党院内総務のマコーネルは、選挙改正法案をただのひとつも上院で審議しようとしない。そのため、上院情報委員会の副委員長を務める、バージニア州選出のマーク・ウォーナー民主党上院議員は、「外国政府による選挙妨害の脅威が現実的であるため、CISAの支援を得るよう」、アメリカ中の州務長官を——たとえ極右の長官であっても——説得しようと個人的に働きかけた。

CISAのクレブス長官は、選挙支援委員会の元コミッショナーで当時CISAの副長官を務めていたマット・マスターソンを、各州に派遣した。マスターソンは、脆弱性がないかどうかシステムをスキャンして調べ、修正パッチを施すよう、州や郡に丁寧に依頼した。さらに、有権者登録のデータベースや有権者名簿にロックをかけ、パスワードを変え、悪意あるIPアドレスをブロックし、二段階認証を導入し、プリントアウトしてバックアップをとっておくように呼びかけた。新型コロナウイルス感染症のパンデミックは、選挙に甚大な影響を及ぼした。投票所は閉鎖になり、数百万人以上の有権者が郵便投票を余儀なくされたのだ。ある意味で、これで選挙はより安全になった。なぜなら、郵送される投票用紙は有効票かどうかを確認できるように作成されていたためだ。となると、有権者登録のデータベースがますます重要になった。有権者の住所を変更したり、登録済みの有権者を未登録にしたり、有権者の記録そのものを抹消したりするなど、有権者登録のデータを改竄する大規模な攻撃が起きてしまえば、数千人、場合によっては数百万人規模の有権者から、デジタル投票の機会を奪ってしまうことになるからだ。郵便投票の場合、圧勝のケースを除けば、一晩では結果が出ないだろう。数日間あるいは数週間と開票作業が長引くにつれ、アタック・サーフェスはさらに広がる。しかも、有権者登録システム、郵便局、有権者の署名の有効性を確認するプロセス、集計及び報告システムが、ランサムウェア攻撃を受ける恐れがあり、ますます背筋が凍るような状況だった。

二〇二〇年九月、マイクロソフトで顧客セキュリティチームを監督するトム・バート副社長は、全国の都市や町がランサムウェア攻撃に遭うのではないかと、気を揉んでいた。ちょうど同じ月、「タイラー・テクノロジーズ」という、テキサスのソフトウェア会社がランサムウェア攻撃を受けた。その会社は実際の集計はしないが、同社のソフトウェアが、少なくとも全国二〇カ所で得票数を総計し、選挙結果を報告するために使われた。選挙に乗じて混乱と懸念の種をまこうとする者にとって、まさに格好の標的だと当局者が懸念するようなソフトターゲット（軍事作戦やテロ攻撃において、攻撃されやすい脆弱な人物や施設、モノなど）だった。前年、アメリカの都市や町で発生した一〇〇〇件を超えるランサムウェア攻撃と比べれば規模は小さかったが、今回の攻撃の標的は、二〇一四年に実施されたウクライナの大統領選でロシアのハッカーが突いたスイートスポットでもあった。あの時、ハッカーが投下したマルウェアがすんでのところで見破られていなければ、極右の候補者が大統領選を制していたに違いない。タイラー・テクノロジーズへの攻撃は、別の意味でも不気味だった。というのも、攻撃を受けたあとの数日間、同社のクライアント（クライアントの名前は公表されなかった）のシステムに、不正侵入を試みた跡が見られたのだ。手っ取り早く身代金を狙った攻撃ではなかったことがわかり、いっそう不安を掻き立てた。

マイクロソフトのトム・バートは激しい胸騒ぎを覚えながら、ランサムウェアの攻撃を見守ってきた。トリックボットのオペレーターは監視機能を加え、感染したデバイスでスパイ行為を働き、どのデバイスが選挙管理関係者のものかを記録した。ここまでくれば、サイバー犯罪者や国家主体にとって、投票日を挟んだ前後の数日間、選挙システムを凍結することは造作もない。

「ロシアの諜報機関の仕業かどうかはわからない」バートは私に言った。「だが、規模で言えば、トリックボットがランサムウェア配布のおもなパイプラインであることはわかっている。国家主体がトリックボットと契約して、選挙システムのハッキングのためにランサムウェアをばら撒くことは極めて簡単だ。非常に多くのランサムウェアが市や町や郡を標的にしていることを考えれば、現実的なリスクがある。こう想像してみればいい。投票日に四つか五つの選挙区が、ランサムウェアに攻撃されたとしよう。すると、その選挙結果は有効なのかどうかという信じられないような議論が、爆発的な威力で燃え広がることになる。新聞の見出しを飾り、際限なく報じられる。ロシアにとっては、してやったりだ。来年までウォッカで乾杯し続けるだろう」

「そのリスクを」バートは部下に伝えた。「取り除きたいんだ」

最初に手をつけるべきは、トリックボットだった。トリックボットは、ランサムウェア攻撃のパイプ役に使われ、フロリダ州、ジョージア州の裁判所、《ロサンゼルス・タイムズ》紙、ニューオーリンズ市、さらにはルイジアナ州の州政府機関に被害をもたらした。その同じ月には、トリックボットが撒き散らしたランサムウェアが、パンデミックの真っ最中に四〇〇カ所以上の病院を乗っ取るという、医療機関に対する史上最大規模のサイバー攻撃が起きていた。

バートの指示の下、トリックボットを無力化する方法をすぐにでも見つけ出すために、セキュリティ関係の幹部と法務責任者によるチームが結成された。裁判所を通じた法的手段に訴えるのが最もいいだろうという結論に達した。連邦裁判所に持ち込めば、トリックボットのオペレーターをオフラインにするよう、ウェブのホスティング会社に強制できる。停止命令の根拠として、サイバー犯罪者がマイクロソフトのコードを悪意ある目的で使用することは著作権法の侵害にあたる、と主張するのだ。この段階に数カ月かかると考えていたが、一〇月まで待つことにした。あまり早く行動すれば、ロシアのハッカーが一一月の投票日までに巻き返しを図る恐れがあったからだ。

だが一〇月に、いざ行動を起こす段になると、マイクロソフトはほかにも潜伏している相手がいることを発見した。九月末以降、アメリカサイバー軍はトリックボットのC&Cサーバーをハッキングし、感染したコンピュータが無限ループに陥る指示を埋め込んだ。自分の電話番号に繰り返し電話をかけるのと同じで、ほかの誰かがその番号にかけても常に話し中になる。トリックボットのオペレーターは、半日で事態を回復させた。一週間ほど経ってサイバー軍が同じ攻撃を仕掛けると、この時もトリックボットの中断は一時的なもので終わった。ところが、今回はメッセージが表示された。ナカソネ陸軍大将率いるサイバー軍が、二〇一八年の中間選挙前にIRAに宛てたメッセージに似ていた。「お前たちの動きは見ている。我々は内部にいる。我々の選挙に干渉したら、抹殺する」（選挙が近づいていたこの時、プラウドボーイズになりすましたイランのサイバー攻撃の背後で、アメリカサイバー軍が、同様の攻撃をイランのハッカーに仕掛けていたことを、私たちは知った。彼らがこれ以上攻撃できないように阻止していたのだ）

記者会見の場で、ナカソネ陸軍大将はイランやトリックボットに対する攻撃について話すことは控えたが、サイバー軍がさらなる行動を準備していることは明らかにした。「正式な許可があれば、敵対勢力に対する準備はできており、ほかの作戦を実行します」そして今後の数週間について、次のように述べている。「この数週間、数カ月間、選挙を妨害させないために敵に対してとった行動に、私は自信を持っています」

サイバー軍による攻撃の数週間後、連邦裁判所の決定に従い、マイクロソフトはトリックボットの活動を封じ込めた。一〇月末、マイクロソフトが講じた法的措置は、トリックボットに対するワンツーパンチの二番目のパンチとなって打撃を与え、トリックボットのオペレーターは――あるセキュリティ関係の幹部が私に語った言葉を借りれば――〝手負いの獣〟になったという。みずからのインフラの九〇パーセント以上が使えなくなり、トリックボットのロシアのオペレーターは反撃を開始し、新たなツールに変えて、アメリカの病院を報復対象に選んだ。約四〇〇カ所の病院リストを買い求め、ランサムウェア攻撃を計画し、一カ所ずつゆっくりと攻撃していった。投票日まで一週間を切り、ちょうど新型コロナウイルス感染症患者が激増していた頃だった。

「パニックが起きるぜ」あるロシア人ハッカーが仲間に書き送った私的なテキストメッセージを、脅威リサーチャーが捉えていた。

FBI、CISA、保健福祉省は、病院の管理責任者とセキュリティ・リサーチャーとのあいだに緊急電話を設置し、差し迫って「起こりうる脅威」について病院側に情報を伝えた。すでにカリフォルニア州、オレゴン州、ニューヨーク州の病院が攻撃を報告していた。生死にかかわるような脅威ではなかったものの、病院は紙と鉛筆を使った業務を余儀なくされ、化学療法は中断された。それでなくても、職員数の記録的な不足に見舞われていた病院は、患者を転院させなければならなかった。当局は大混乱が起きることを危惧した。投票日が一週間後に迫るなか、集中して警戒にあたる必要があった。

サイバー軍、CISA、FBI、NSA、政府の当局者は厳戒態勢に入った。投票が進むにつれ、攻撃は徐々に表面化していった。ジョージア州では、郵便投票で送り返された有権者の署名を確認するデータベースが、ロシア人ハッカーによるランサムウェア攻撃でロックされてしまった。そのうえ、ハッカーは有権者登録データをオンラインに流出させてしまった。ルイジアナ州では、州政府関連の規模の小さなオフィスでサイバー攻撃が発生し、州兵が動員された。この時のハッカーは、過去に北朝鮮による攻撃でしか目撃されていないツールを使っていた。あるいは、ロシアが誇る精鋭中の精鋭であるAチームが、インディアナ州やカリフォルニア州のシステムを探っているところを発見された。何者かがトランプ陣営をしばらくハッキングしてサイトを改竄し、片言の英語で「最悪はこれからだ」と書き換えた。

一つひとつはさほど大きな攻撃ではない。しかしながら、すべてを合わせると、CISAのクレブス長官やシリコンバレーのサイバーセキュリティの責任者が言うところの「認識のハッキング」になってしまう。つまり、小さな攻撃も激戦州に集中して発生することで、より大きな攻撃に簡単に増幅されてしまい、大統領選全体が「不正操作された」証拠とみなされてしまうのだ。トランプがうんざりするほどまくし立てた通りの証拠になりかねない。CISAでは、クレブスのチームが「噂の抑制」サイトを立ち上げ、選挙が不正操作されたと大袈裟に騒ぎ立てる主張や陰謀論の真偽を暴いた。これは、トランプに真正面から対抗することを意味した。クレブスも部下も更迭を覚悟した。選挙が終わるとすぐに、クビを切られるのは間違いない。

シリコンバレーでは数カ月にわたって、フェイスブック、ツイッター、グーグルのサイバーセキュリティの責任者が、自社のネットワークをより安全なものにするために、いつも以上に時間を費やし、情報を交換し合った。ツイッターの経営陣のひとりが私に語ったところによると、彼らがそのために使った時間は、私生活のパートナーと過ごした時間よりも長かったという。彼らの努力の大半は、サイバー攻撃にせよ、インフルエンス作戦にせよ、海外からの攻撃をどう防ぐかに焦点が当てられた。そして、大統領選の完全性を損なう、虚偽か誤解を招く投稿に対して警告を発し、またそう明確に表示するための準備を進めた。これらの動きをトランプが歓迎しないことは、彼らにもわかっていた。

投票日には予想通り、あちこちで小さな障害が発生した。ジョージア州ではフルトン郡で給水管が破裂し、州都のアトランタで投票集計が数時間——そして結局のところ、数日間遅れた。ジョージア州のほかのふたつの郡では、別のソフトウェアに問題が生じ、投票所の係員が有権者の投票手続きに手間取った。さらには、別のソフトウェアに問題が発生し、集計作業の報告が遅れたものの、得票結果には影響を及ぼさなかった。ミシガン州では、ある都市の得票数を誤って二度数えてしまった職員がいたが、すぐに間違いに気づいて訂正した。同じくミシガン州で、共和党の強いアントリム郡において、当初、非公式の集計結果では民主党のバイデンが約三〇〇〇票差でトランプをリードし、二〇一六年のトランプ勝利を大きく逆転したことになっていた。ところが、投票所の職員が誤って、候補者名簿のスキャナーと報告システムを、若干バージョンが異なる候補者名簿に設定してしまったことから、投票結果と候補者とが一致しないという事態が発生していたのだ。人為的ミスであり、すぐに発見されて訂正された。

だがおそらく奇跡的にも、投票日に外部からの干渉があったという証拠はなく、不正投票行為もなく、たったひとつのランサムウェア攻撃さえ発生しなかった。CISAの当局者が三時間ごとに記者会見を開き、状況や情報を報道陣に伝えた。「安心するのはまだ早い」と気を引き締めたものの、多くの者が危惧したようなロシア、イラン、中国のサイバー犯罪者による攻撃は認められなかった。C

ＩＳＡのクレブス長官が述べたように、「インターネット世界のいつも通りの火曜日」だった。敵対国が投票日に何を計画していたのかについて、あるいはその後の数日間、彼らの攻撃を阻止したものが何だったのかについて、私たちが知ることは永遠にないのかもしれない。だが、投票所に足を運んでトランプに投票した有権者の得票数は〝赤い蜃気楼〟と消え、記録的な数の郵便投票によって、次期大統領ジョー・バイデンが誕生した（赤い蜃気楼とは、郵便投票の開票が進むにつれ、トランプの優位が幻のように消える現象。赤は共和党のシンボルカラー）。

敵対国の攻撃を阻止したのは、協力し合い、連携した攻撃のおかげだと私は考えたい。アメリカサイバー軍による攻撃。ＣＩＳＡの陰の英雄たちは、州政府や郡政府のシステムを外部から閉じ、トリックボットの活動を封じ込め、イランによる攻撃であることを即座に公表した。連邦検察官は、投票日の数週間前から攻撃者を名指しで非難した――ノットペーチャ、ウクライナの送電網攻撃、二〇一八年冬季オリンピックを狙ったサイバー攻撃、フランス大統領選のハッキング。二〇一六年のアメリカ大統領選で有権者登録データベースが不正アクセスされた件では、ロシア軍のハッカーを訴追した。これらの積み重ねが、二〇二〇年のアメリカ大統領選に対する選挙妨害を阻止したと思いたい。このような活動は改善を重ね、何度でも繰り返し実行できるのだ。

選挙までの数週間に、プーチンがポーカーフェイスを崩し、一瞬だけ降参の表情を見せたことがあった。ロシア政府の声明のなかで、アメリカにサイバー戦争の「リセット」を呼びかけた時である。「（私は提案する）……互いの内政問題には不干渉の保証を取り交わしたい。これには選挙プロセスも含まれる」プーチンはそう切り出した。「我々の時代の大きな戦略課題のひとつは、デジタル空間での大規模な対立のリスクだ。もう一度、アメリカに呼びかけたい」さらに続けた。「情報と通信技術の使用について、我々の関係をリセットすることを」

本心だったのかもしれない。だが、アメリカ政府の高官はこの提案を即座に切り捨てた。司法省の国家安全保障担当のトップは、プーチンの呼びかけを「不正直なレトリックであり、シニカルで安っぽいプロパガンダ」とおとしめた。

だが、私の考えるところ、二〇二〇年にロシアからの妨害があれで終わったのは、プーチンが思いとどまったからではなく、おそらくアメリカでの工作が完了したと考えたからではないだろうか。最近では、ロシアのトロールはアメリカに不和と混乱の種をまくために指一本動かす必要はない。アメリカ国民とその去り行く大統領に任せておけばいいからだ。本書を執筆している時点で、二〇二〇年一一月三日の投票日からちょうど一週間が経ったが、トランプはいまも敗北を認めていない。選挙は「不正だ」。幅広い有権者が「詐欺を働いた」。投票機に疑わしい「不具合があった」。このようなトランプの抗議は激しさを増すばかりだ。大統領の投稿にツイッターが警告を発した時でさえ、保守系サイトの「ブライトバート」や「ザ・フェデラリスト」あるいはより新興の保守派SNSの「パーラー」が、トランプのメッセージを増幅する。アメリカはまっぷたつに分断され、アリゾナ州の投票所の前に数百人のトランプ支持者が押しかけ、「票を数えろ！」と叫んだ。ミシガン州では、マスクをつけない抗議デモ参加者が「集計を止めろ！」と声を上げた。アトランタでは、トランプの息子が支持者に向かって「死ぬまで」戦えとけしかけた。アメリカの民主主義の発祥地であるフィラデルフィアでは、開票作業が原因で投票所の係員が殺害予告を受け取っている。この四年間ほど、アメリカ人が大量のディスインフォメーションを目にしたことはなかった。しかも、アメリカ政府の高官が懸念したような認識のハッキングが、明らかにホワイトハウスの内部から起きていたのだ。

私たちはまもなく、ソーシャルメディアのエコーチェンバー（反響室）のなかで、イランとロシアのトロールがトランプのメッセージを反響させ、増幅させることを身をもって知るだろう。だがたとえそうだとしても、イランとロシアのトロールの反響は、アメリカ国民の発言に掻き消されてしまっている。二〇一六年、プーチンの選挙妨害の目的が混乱の種をまき、民主主義をおとしめることだったのなら、二〇二〇年のいま、私たちの目の前で起きていることは、プーチンが夢にも思わなかったほどの成功だろう。

私たちはキノコ雲に向かっている——私はいつも、そう警告されてきた。選挙干渉、ディスインフォメーション、中国による企業秘密の窃取や気味の悪い監視、イランによる激しい攻撃。実際、これまで追跡してきたさまざまなスクープの背後で、私は最悪の事態を予言するように思える事件を報じてきた。

何年も前に、国土安全保障省からかかってくるようになった電話。ロシアがアメリカのエネルギー網に入り込んでいるという警告。送電網への不正アクセス。アメリカが〝ロシア人のつくり話〟に右往左往しているあいだに、彼らは実際、それよりもはるかに悪いことを企んでいたのである。

その電話がかかってきたのが七月四日の独立記念日だったことは、いかにも自然に思えた。二〇一七年、休暇をとっていたその週末、私はコロラド州のロッキー山脈をドライブしていた。夫がいて、犬も一緒だった。電話が鳴った。

「なかにいる」電話の相手は言った。「ヤツら、なかに入っちまった」

車を停めて欲しいと夫に頼み、私は車から降りた。私の情報源は、国土安全保障省とＦＢＩの緊急警報を受け取っていた。公益事業、給水、原子力発電所の三つにかかわる警報である。休暇中の週末にもかかわらず、官僚は緊急事態の発生を知らせようとしていた。その理由がわかった。ロシア人ハッカーが、アメリカの原子力発電所に侵入してしまったのである。

情報源の報告は詳細を説明してはいなかった。だが技術的な指標に埋もれるようにして、分析官は攻撃のひとつからコードの一部を紹介していた。そのコードを見れば、ロシアのハッカーが最も危惧すべき標的に侵入したことは明らかだった。カンザス州バーリントン近郊にある、一二〇〇メガワット級のウルフクリーク原子力発電所である。産業スパイ目的ではない。将来の攻撃に備えて、ロシアは原発のコンピュータ・ネットワークを把握しようとしていた。彼らはすでに、ウルフクリークの原子炉制御や放射線モニターに直接アクセスできる、産業制御エンジニアのコンピュータに入り込んでいたのである。これによって、世界がまだチョルノービリ、スリーマイル島、福島でしか目撃したことのない、炉心溶融《メルトダウン》の類いを引き起こす恐れがあった。スタックスネット事件だった。ただ今回、ハッキングしているのはアメリカではなかった。ロシアだった。スタックスネットの目的は、イランのどっかーんを止めることだったが、今回、ロシアの目的はどっかーんを起こすことだった。

ロシア人は、臆面もなくアメリカの政治に干渉してきた。だがアメリカのインフラに関して言えば、探りを入れ、突っつき、陰でこそこそ動きまわっていた。ウクライナで威嚇射撃をしたあと、いったん姿を消した。そしていま、アメリカの原子力発電所のなかに入り込み、プーチンが「撃て」と命じる日まで潜伏している。二〇一七年七月、ロシアに何ができるのかとぐずぐず疑問を感じる者は、ウクライナを思い出せばいい。あるいはその一カ月後に、サウジアラビアのラービグ精製石油化学会社を襲ったサイバー攻撃を考えてみればいい。ロシアのハッカーはゼロデイを使って、エンジニアのコンピュータから一気に原子力発電所の制御室に入り込み、安全装置のスイッチを切ったのだ。爆発発生の一歩手前だった。私たちはみな、もはやあと戻りの効かない、ロシアの待機戦術のなかで身動きがとれなくなっていた。

翌年三月、国土安全保障省とFBIは再び、共同の公式声明を発表し、アメリカの送電網と原子力発電所にサイバー攻撃を仕掛けた首謀者はロシアだと名指しした。報告書には、私たちが新たな窮地に陥ったことを示す、ぞっとする画像が添えてあった。ロシア人の指がスイッチに置かれたスクリーンショットである。「彼らがデバイスの上に、どっかり腰を落ち着けて」シマンテックでディレクターを務めるエリック・チェンが続けた。「電源を切り、破壊行為を実行できるという証拠があります。このスクリーンショットから判断すると、彼らはそこにいました。電源を切ることができます。あと足りないのは政治的な動機だけ、というわけです」

報告書には、経緯を示すタイムラインが入っていた。ロシアがアメリカの送電網を標的とする攻撃を加速させたのが、二〇一六年三月。この月、ヒラリー陣営の選挙対策本部長ジョン・ポデスタと国土安全保障省を、ロシアがハッキングする。八カ月後、ロシア政府が肩入れしていたトランプが選挙戦を制して大統領執務室に入ったことに、誰よりもロシア政府自体が驚いた。だが、トランプ政権の誕生でロシアは満足しなかった。それどころか、この成功でますますつけあがった。そして、アメリカ中の数多くの核施設や原子力発電施設に、ひそかに押し入ったのである。

「現時点でお答えするとすれば、彼らは自分たちがたいした罰や報復を受けることはないと考えています」二〇一八年五月にNSA長官とサイバー軍の司令官に任命される数週間前、ポール・ナカソネ陸軍大将は上院本会議でこう述べている。「ロシア人は我々を恐れてはいません」

ナカソネが新たな任務に就いた時、彼の部下はロシアのサイバー攻撃をいまなお確認していた。ウルフクリークだけではない。ロシア人はネブラスカ州のクーパー原子力発電所をはじめ、多くの原子力運営会社を標的にしたが、詳細についてはいまもわかっていない。また、サウジアラビアのラービグ精製石油化学会社の安全装置を解除した同じロシア人ハッカーが、アメリカでも化学、石油、天然ガス施設の運営会社に〝デジタル版立ち寄り〟をしていたことも判明した。攻撃の実行まで、ロシアは危険なほど近づいていた。

サイバー空間において、アメリカは「先に防御行動に出る」必要があるというのが、かねてからのナカソネの姿勢だった。真珠湾攻撃をハワイで直接体験した日系アメリカ人の通訳を父に持つナカソネは、「大きな有事」を阻止する唯一の方法は、敵と戦場で戦うことだと信じていた。イランの送電網に地雷を植えつけ、イラン全土を停電させるという「ニトロゼウス作戦」の採用に重要な役割を果たしたのは、ナカソネだった（結局、ニトロゼウス作戦は実行されなかった）。アメリカの重要インフラを狙ったロシアの攻撃を見すごしてはならない、と主張したのもナカソネである。そしていま、ナカソネをトップに頂く新たな体制の下、サイバー軍は対抗措置を計画し始めていた。

その後の数ヵ月間、サイバー軍はロシアに壊滅的な打撃を与えるマルウェアをシステムの奥深くに、積極的に埋め込んだ。何年ものあいだ、アメリカはデジタル空間で最も秘密裏のプレイヤーだったが、いまはその能力を誇示し、ロシアにメッセージを送っていた。もしアメリカでスイッチを切りでもしたら、その時には報復を覚悟せよ、と。これまでにデジタル空間でさんざんやりたい放題にやられ、停電まで許したあげく、もっと早くやりかえすべきだったと言う者もいた。また、アメリカが送電網を適切な標的だと実質的に認めてしまったことを懸念する声もあった。もちろん、懸念の種であることは間違いない。

三ヵ月にわたって、私と同僚のデイヴィッド・サンガーは、米露でエスカレートするデジタル版冷戦について、できる限り多くの情報を集めようとした。攻撃は極秘だったが、国家安全保障問題担当大統領補佐官のジョン・ボルトンは、公にヒントを出すようになった。記事の掲載を準備していた週に、ボルトンはある会議で次のように述べている。「私たちは昨年、選挙干渉に対してサイバー空間での対抗措置が最優先事項だと考え、その点に注力しました。ですが、私たちはいま開口部を大きく開け、行動の範囲を拡大しています」ボルトンはロシアを指して、こうつけ加えた。「相手が理解するまで、被害を与え続けることになります」

その後の二、三日のあいだ、彼らの広報官を通じてナカソネとボルトンに連絡をとったが、ふたりとも、送電網に関する私たちの質問には答えられないと断ってきた。だが、同僚のサンガーが国家安全保障会議に出向いて、記事の内容をこと細かに説明すると、興味深いことが起きた。いつもであれば、機密性の高い国家安全保障に関する原稿には政府から横槍が入る。ところが、今回は違った。私たちの記事の掲載には国家安全保障上の懸念がまったくない、と担当官が言うのだ。アメリカがロシアの送電網にサイバー攻撃を仕掛ける話は、リークを前提としていることを示す明確な証拠だった。

実のところ、私たちの報道に対して国防総省の当局者がたったひとつ躊躇したのは、送電網攻撃について、トランプが詳しく知らされていないことだった。サイバー軍の新しいトップは、大統領に報告する必要も許可をとる必要もないために、トランプには報告していなかったのだ。とはいえ、それは表向きの理由にすぎない。実際は、トランプに計画を撤回されたりロシアの官僚にバラされたりすることを恐れて、説明していなかったのである。トランプには前科があった。二年前、極めて機密性の高いアメリカの作戦を、ロシアの外相に簡単に喋ってしまったのだ。アメリカ政府の多くの当局者でさえ知らなかった、極秘作戦だったというのに。

二〇一九年六月、《ニューヨーク・タイムズ》紙が私たちの記事を掲載した時、案の定、トランプが怒りを爆発させた。お気に入りのメディアであるツイッターを使って、情報源をただちに開示せよ、「事実上の国家反逆行為だ」などと私たちを非難した。反逆という言葉をトランプが使ったのは、この時が初めてだった。

何年もかけて、私たちはトランプの攻撃に慣れてきた。「フェイクニュース」「国民の敵」「落ち目の《ニューヨーク・タイムズ》」……。だがトランプは、私たちが死刑もあり得る犯罪を犯したといって非難したのである。報道機関との戦いがエスカレートしつつあった、深刻な問題だった。過去にこのような攻撃を仕掛けたのは、専制君主か独裁者だけである。《ニューヨーク・タイムズ》紙の発行人A・G・サルツバーガーが、ただちに私たちを擁護してくれたことは、彼の永遠の名誉として称えられるべきだろう。《ウォールストリート・ジャーナル》紙の論説欄を使って、大統領は「危険な一線」を越えたと論じてくれたのである。

「極めて扇情的な言葉を使った」大統領が、「その脅しを行動に移したらどうなるのか」。

この時、私が懸念したのは自分の身の安全ではなく、海外で活動する記者の身の安全だった。この仕事を始め、サイバー分野のテーマを追い始めた時から、私は自分が危険な領域に向かっていることを自覚していた。だが、私は常にメンターのフィル・タウブマンの言葉を肝に銘じてきた。タウブマンは、冷戦時代の《ニューヨーク・タイムズ》紙のモスクワ支局長である。中国が《ニューヨーク・タイムズ》紙をハッキングしたという私の記事が紙面を飾った日、私は彼とランチの席についた。タウブマンは、私が恐れているかと聞いた。それは、私が意識的に自問しないようにしていた問いだった。私はぎこちなく笑った。それを見たタウブマンは、モスクワ時代の話を打ち明けてくれた。彼が毎朝、子どもたちを車で送る時、KGBに車のあとをつけられたという。旧ソ連政府はしばしば、その姿を誇示した。タウブマンの一挙一動を見張っていることを、知らしめようとしたのである。

「それと同じだと考えればいい」タウブマンはその日の午後、私にそう教えてくれた。だが、同時に次のことも覚えておいたほうがいいと言って、こう続けた。《ニューヨーク・タイムズ》紙で働くことには、大きな特権がある。そのひとつは、見えない鎧に包まれていることだ。もし君の身に何か起きれば、国際的な大事件になるだろう。KGBがあれほど私に張りついていながら、一線を超えなかったのもそれが理由だよ。この時の彼の言葉に、私は七年間、励まされてきた。見えない鎧。国際的な大事件。

ところが、この頃には、その見えない鎧が本当に存在するのか、私は訝《いぶか》るようになっていた。サウジアラビア人ジャーナリストのジャマル・カショギが殺害された時、アメリカ政府がまともに反応しなかったことが警鐘を鳴らした。トランプが脅し文句を実行に移すとはまさか思わなかったが、私が懸念したのは、中国、トルコ、メキシコ、ミャンマー、ロシア、湾岸地域の政府にトランプが送った暗黙の教唆だった。それでなくても、私たちは悲惨な体験を目撃している。メキシコ政府によるジャーナリストのハッキング。ジャーナリストを投獄するトルコ政府。エルドアン大統領がワシントンDCを訪れた時、現政権に抗議するトルコ系アメリカ人に対し、トルコ政府の警備員が激しい暴力を振るった。だが、そのことをトルコ政府は黙認した。中国はアメリカ人ジャーナリストを国外追放した。サウジアラビア政府が、ジェフ・ベゾスをハッキングしていた。二〇一九年、エジプト当局は、当時カイロにいた私の同僚のデイヴィッド・D・カークパトリックを躊躇なく逮捕し、強制送還した。トランプが「反逆行為」だとして私たちを名指しで非難する二年前、別の事件で私たちのことを心配したひとりのアメリカ市民が、《ニューヨーク・タイムズ》紙に電話をかけてきた。彼は自分の意思で電話をかけたことをはっきりと言った。彼の話によると、エジプト当局が、私たちの同僚であるデクラン・ウォルシュを、すぐにでも逮捕できるよう準備を進めているのだという。ウォルシュは、イタリア人学生の拷問と殺害事件に対するエジプト政府の関与について、調査記事を書いたばかりだった。学生の遺体は、カイロの高速道路沿いの側溝に投げ捨てられていた。驚くような電話だったが、さほど珍しいわけではない。《ニューヨーク・タイムズ》紙は長年、アメリカの外交官から同様の警告をたくさん受けとってきた。だが、デクラン・ウォルシュの件は別だった。外交官たちは動揺していた。彼らが教えてくれたところによると、アメリカ大使館の上層部はすでにエジプト政府に対し、自分たちは干渉しないというメッセージを送ったという。トランプ政権は逮捕を阻止しない模様だった。ウォルシュが大使館に電話をかけて助けを求めた時、表向きは懸念しながら、ウォルシュはアイルランド人だから、アイルランド大使館に助けを求めるべきだと述べたのだった。最終的にウォルシュを国外に無事に脱出させたのは、アメリカ政府ではなくアイルランド政府だった。ウォルシュはのちに書いているが、彼の体験談からも明らかなように「ジャーナリストは身の安全を守ってもらうことについて、もはやアメリカ政府を頼れない」。つまり、私たちの見えない鎧は消えてしまったのだ——トランプが大統領に就任したその日に。

ハッカー、政府高官、ウクライナ人、〝荒野に叫ぶ声〟。彼らはいつも私に、サイバー攻撃による凄まじい破壊が私たちを滅ぼすだろうと警告してきた。サイバー版真珠湾攻撃というわけである。この分野のテーマを追い始めた一〇年ほど前、その警告に私は必ずこう問い返した。「わかった。で、いつなの？」答えはいつも、滑稽なほど同じだった。「一八カ月から二四カ月後だ」らせん綴じのノートに、私はいつも「一八から二四✔」と走り書きした。彼らの預言に切迫感を与える短さだが、そのくらい先の話であれば、たとえその予測が実現しなくても、彼らの責任を問うことはないだろう。

あれからすでに八年。一〇〇カ月以上が経ち、私たちはいまだキノコ雲を目にしていない。だが、その日は刻々と近づいている。二〇二〇年のアメリカ大統領選投票日前の数週間、原子力発電所に不正侵入したロシア人ハッカーが、今度は地方のネットワークに入り込んだ。投票日の直前だった。ハッカーはロシア連邦保安庁の部隊だと思われた。やがて襲う激しい破壊を予測して、NSAの警報べルが鳴った。ところが、投票日が来て、過ぎ去っても、何も起こらなかった。この原稿を執筆中のいま、彼らが何をしていたのか、なぜそこに潜伏していたのかはわからない。極秘のハッカーを使って国家と地方のシステムを標的にすることで、両面作戦をとったのだと見る者もいた。もしプーチンがトランプの再選を予測して、アメリカとよりよい関係を築きたがっているのなら、ロシアが干渉しているとみなされたくはないはずだ。ところが次期大統領に決まったのがバイデンだったため、ロシアはアメリカのシステムに築いた足掛かりを使って、次期政権を弱体化するか、その正当性をおとしめようとするかもしれない。あるいは新政権を挑発しないように身を引くか、バイデンの頭にデジタルの銃を突きつけたまま、居座るだけかもしれない。

「考えうる説明は、ロシアが真のプロフェッショナル、すなわちAチームを招集していることです。機密度の高い重要インフラで作戦を遂行するのに慣れているこのチームは、いざ行動を起こすまでは、その場にじっと潜伏しているのです」国土安全保障省のサイバーセキュリティ・重要インフラ担当の次官を務めていたスザンヌ・スポルディングは、私にそう述べている。「ひっそり潜伏すればするほど、選択肢が増えますから」

実を言えば、私にはわからなかった。長年、警告されてきたサイバー攻撃による凄まじい破壊は、実際に起こるのか。そしてそれはいったい、いつのことなのか。だが、真珠湾攻撃になぞらえるのは、まったくの見当違いである。アメリカは真珠湾攻撃を予期していなかった。ところが、私たちはサイバー攻撃を一〇年にわたって目の当たりにしてきた。私たちが体験しているのは、たった一度の攻撃ではなく疫病である。裸眼では見えず、驚くような速さでさざ波のようにアメリカ中に広がり、インフラ、民主主義、選挙、自由、プライバシー、人の心理にこれまでにないほど深く入り込み、しかもいつ終わるのかもわからない。アメリカのコンピュータは三九秒に一度の割合で攻撃されている。人の目を惹く不運な事故でも起きない限り、私たちはじっくり考えようとはしない。だが、極めて破壊的な攻撃を受けた時の教訓でさえ、すぐに忘れてしまう。攻撃の結果は深刻化し、脅威は危険度を増し、私たちを襲うスピードもこれまでにないほど速いというのに、私たちは攻撃を日常化させてしまった。危機は私たちのほとんどが見えない次元で展開し、私たちのほとんどが理解できない言語で設計され、アメリカの都市や町、病院を一日おきに機能停止に陥れている。時にはアメリカも訴追や経済制裁で応じる。アメリカが仕掛けるサイバー攻撃も、激しさを増すばかりだ。私たちはまた、インターネットに国境がないことを忘れてしまった。越えてはならない一線はない。アメリカが攻撃を仕掛ければ、アメリカもまたその攻撃のブーメランから逃れられるわけではない。ダライ・ラマの言う通り、敵は実際、非常に優れた教師である。サイバー兵器市場は、もはやアメリカの独占ではない。私たちのサイバー兵器を、安全なままにしておくことはできない。敵はアメリカのサイバー兵器を使って、アメリカを狙うことができ、実際に狙ってきた。私たちにも脆弱性はある。アメリカのほうが、彼らよりも脆弱なのだ。

二〇二〇年一一月のアメリカ大統領選の投票日を数週間後に控え、私はアメリカのサイバー戦争のゴッドファーザーに電話をかけた。ジェームズ・ゴスラーはネバダ州の砂漠にある自宅にいた。スロットマシンを分解して、新たな脆弱性がないか、例によって探しているところだった。私がゴスラーに電話をかけたのは、安心したかったからではないかと思う。

「いまのような状態に悪用することは、避けられなかった」ゴスラーが言った。「長いあいだ、問題がこれほど深刻だと考える者はいなかった」

ゴスラーによると、いまでは空の星の数ほど多くの脆弱性があるという。辛抱強い敵が私たちに向かってその脆弱性を悪用するのは、単に時間の問題だった。そして、すべてがあまりにも頻繁に起きていたため、ほとんどの攻撃はわざわざ報道されることもなかった。サイバー攻撃は原子力発電所、病院、介護施設、優れた頭脳が集まる研究所や企業を襲っている。どれほど私が原稿を書こうとも、どういうわけか、ごく普通のアメリカ市民の意識にはのぼらないらしい。そして、その普通のアメリカ人は、ネスト（グーグルのスマートホームデバイス）やアレクサ、サーモスタット、ベビーモニター、ペースメーカー、電球、車、電気調理器、インスリンポンプをネットにつなげて使っている。

実際、先頭に立って率いている者はいなかった。騎兵隊もいなかった。パンデミックは想像を超える速度で私たちの生活をバーチャル化し、かつてないほど私たちをサイバー攻撃のリスクに曝していた。新型コロナウイルス感染症に乗じて、ハッカーが病院、ワクチン研究所、パンデミック対応を率いる政府機関に狙いを定めたとしても不思議ではなかった。アメリカの病院を標的にしたロシアの報復攻撃が、どれほど成功を収めるのかはわからない。投票日から一〇日が経ち、サイバー攻撃を受けたと報告する病院が増えていた。新型コロナウイルスの感染者数が記録的に増加し、感染していない病院職員が不足するなか、サイバー攻撃が私たちの命を奪う日は、すぐそこまで来ているのではないかと私は不安を覚える。

この原稿を執筆している時点で、外国政府やサイバー犯罪者はあちこちからアメリカのネットワークを攻撃している。現在私がいる隔離された場所から、彼らの足跡を追うことはほぼ不可能になってしまった。

「このような事態に陥ることは、ずいぶん前からわかっていた」ゴスラーは語る。「一〇〇〇人のハッカーが引き起こす死だ。アメリカには脆弱な対象システムがあることを、我々の敵は基本的に見抜いている。その脆弱性を突くツールが思いがけなく彼らの手のなかに転がり込み、彼らはある程度のリスクを積極的に冒してそのツールを使う。なぜなら、インターネットでは匿名性が保てるからだ。今後、攻撃はさらに深刻さを増すばかりだろう」

つい忘れがちだが、私たちがインターネットを使って初めてメッセージを送ったのは、ほんの四〇年前のことだ。いまから一〇年後、二〇年後のインターネットはどんな姿だろうか。私たちはウェブに、どれほど依存しているだろうか。インフラはどれほどオンライン化されているだろうか。そして一瞬、私は情報が引き起こす騒乱と大量破壊の可能性について思いを巡らせた。

「ニコール、よく聞いて欲しい」ゴスラーが言った。「サイバー世界の脆弱性について憂慮したくないのなら、アフリカの山で隠遁生活を送る修道士になるしかない」

その言葉を聞いて、私はアメリカのサイバー戦争のゴッドファーザーをスロットマシンに戻すことにした。ゴスラーとの短い会話のあいだに、どれだけ新たなサイバー攻撃が起きていただろうか。アフリカの山のなかで俗世と離れて暮らす修道士と、わが身とを交換したかった。

これほど象を恋しく思ったことはない。

エピローグ

カリフォルニア州ポルトラ・バレーにある、私が育った場所からほんの一・五キロメートルほど離れた場所に、古い木造のロードハウス（街道沿いのレストラン）がある。鬱蒼とした木々に覆われた小川の土手に建つ「アルパイン・イン・ビアガーデン」である。地元の人たちはいまだに「ゾッツ（ゾットの店）」と呼ぶ。以前のオーナーの名前で呼んでいた「ロゾッティーズ（ロゾッティの店）」を縮めた愛称だ。ゾットの店は一八五〇年代に賭博場として営業を始め、やがてバーになり、のちにハンバーガーとビールを出すロードハウスになった。すぐ東に建つ由緒正しきスタンフォード大学からすれば、目障りな存在に違いない。

スタンフォード大学のキャンパスは禁酒だった。創設者のリーランド・スタンフォードの方針で、キャンパス内や近郊のパロアルト市でさえ、アルコールの販売が固く禁じられた。スタンフォードの事務局は、大学近くの通りでおおぜいの学生が酩酊することを懸念した。大学の最初の総長は、ゾットの店を「ロードハウスにしてもひどく不道徳」だと非難して閉店させようとしたが、うまくいかなかった。

実際、あらゆるタイプの厄介者やお騒がせ者が集まる薄汚い場所だったため、いま振り返ってみると、いかにもインターネットが誕生した場所に似つかわしい。

現在の顧客で知る者はほとんどいないだろうが、デジタルの全宇宙がやがて軌道に乗るのは、一九七六年八月のある日の午後、ここのピクニックテーブルに設置されたコンピュータから、インターネットを使ってコンピュータ科学者が最初のメッセージ送信に成功したことがきっかけだった。その八月、メンロパーク近郊にある「スタンフォード国際研究所（SRI）」の科学者は、パンを移動販売する古いバンに乗ってゾットの店の駐車場にやってきた。この時のためにわざわざ飛んできた国防総省の高官に、デモ実演するためである。ゾットの店を選んだ理由は、仲間うちのジョークだった。スタンフォード国際研究所のテックオタクたちは、ヘルズエンジェルの恐ろしげなバイカーがこの店に集まっていることを期待した。案の定、バイカーが国防総省の大将に挨拶すると、ひとりが訊いた。

「バイカーがたむろするようなバーの駐車場で、いったい何をやらかすつもりだ？」

「そうおっしゃるだろうと思ってましたよ」科学者のひとりが答えた。「友好的とはいえない環境でこのデモをやりたかったんです」

科学者は、テキサス・インスツルメンツの無骨なコンピュータを、端のピクニックテーブルに置いた。そしてカウボーイやバイカーが一心に見つめるなか、コンピュータ端末のケーブルを、駐車場にとめたバンにつないだ。研究者のチームはバンのなかに五万ドルの無線機を設置し、数カ月をかけてバンを巨大な移動無線に改造していた。すべての回線を接続し終わったあと、全員のビールを注文して、世界初の電子メールをインターネットで送信した。

一〇〇〇分の一秒もかからないうちに、メッセージはバンの携帯無線を介して、二番目のネットワークである国防総省の「高等研究計画局ネットワーク（ARPANET）」に送られ、そこからボストンの最終目的地に到達した。ふたつのコンピュータ・ネットワークがつながった最初の瞬間である。

別の年には、三つのネットワークが「インターネットワーク」され、今日、私たちが知るところのウェブ時代の幕開けとなる。

ゾットの店には、「インターネット時代の始まり」と記された銘板がいまも壁に飾ってある。写真もある。複数の男性とひとりの女性が、ビールを片手に最初のインターネット送信の文字を入力する男性を囲んで立っている。数年前、私はその写真の男性を探し出した。デイヴ・レッツだ。私はレッツに訊いた。あの日、彼らが築き上げていたものに、セキュリティ上の懸念を感じた者は誰もいなかったのか。

「いなかった」レッツは言う。「みな、何とかうまくいくことだけを願っていた」

あの時、古いバンに据えつけた相互接続のシステムが、いつか人間の集団的な記憶となる日が来ると考えていた者はいなかった。あるいは、現代の銀行業、商業、運輸、インフラ、医療、エネルギー、兵器システムに、デジタルのバックボーンを提供することになると想像していた者はいなかった。だが振り返ってみると、現在の事態につながる不吉な兆候があったことをレッツは認めた。

バンがゾットの店に駐車する二年前、サンフランシスコ空港の航空管制官が、航空管制用レーダーが「出所不明」の発信電波に妨害されている、と苦情を訴えるようになったのだ。あとになってわかったのは、スタンフォード国際研究所の電波周波数が空港の航空管制システムに干渉していたのだった。とはいえ、この時でさえ、この発明がいつか飛行機を墜落させ、給水システムを停め、選挙を不正操作することになるかもしれないという考えが浮かんで、インターネットの構成要素を築いていた男女が躊躇することはなかった。あれから四〇年近くが経った二〇二〇年、サンフランシスコ国際空港の当局者が発見したのは、アメリカの原子力発電所、送電網、州政府のネットワークをこっそり嗅ぎまわっていたロシア人ハッカーが、旅行者や空港職員が使うインターネット・ポータルを乗っ取ったことだった。

私はレッツに、もし何かをもとに戻せるとしたら、何をもとに戻したいかと訊ねた。即座に明確な答えが返ってきた。「何もかもが傍受される」レッツが続けた。「何もかもが捕獲される。システムの完全性を確かめる方法はない。当時はそんなことは考えていなかった。だが、実際のところ」後悔の念をにじませながら、レッツが言った。「何もかもが脆弱だ」

＊＊＊

一〇年前、アメリカの国家安全保障に対する第一の脅威は、大部分が物理的な脅威だった。飛行機を乗っ取って高層ビルに激突させる。ならず者国家が核兵器を手に入れる。麻薬の運び屋が国境にトンネルを掘って密輸する。即席爆発装置（ＩＥＤ）が中東に駐留する米軍を苦しめ、アメリカ生まれのテロリストがマラソン大会で爆弾テロを起こす。これらの脅威を追跡し、次の攻撃を阻止するツールを開発するのが、これまでＮＳＡの仕事だった。もし次の同時多発テロが明日起きたら、まず自問するのは二〇年前とまったく同じ問いである。なぜ予測できなかったのか。

だが、二〇〇一年の同時多発テロから二〇年が経ち、脅威をめぐる環境は劇的に変わった。飛行機を乗っ取って高層ビルに激突させるよりも、ボーイング七三七マックスのソフトウェアにサイバー攻撃を仕掛けたほうが、悪意ある行為者やならず者国家にとってはまず間違いなく簡単だ。一〇年前には仮説にすぎなかった脅威が、いまは極めて現実的な脅威になった。ロシアは、極寒の真冬に停電を起こせることを実証した。サウジアラビアの精製石油化学会社の安全装置を解除したロシア人ハッカーが、アメリカの標的に〝デジタル版立ち寄り〟をした。初歩的なフィッシング攻撃が、アメリカ大北朝鮮のサイバー攻撃を受けた病院は、患者の受け入れを断らざるをえなかった。イラン人ハッカーは、アメリカ国内のあちこちのダムを探っていた。国内の都市や町や病院、もっと最近では天然ガスのパイプラインが、ランサムウェアで人質にとられた。アメリカの同盟国がサイバーツールを使って、アメリカ人を含む罪のない市民を監視し、執拗に嫌がらせを繰り返していた。新型コロナウイルス感染症のパンデミックのなか、中国やイランといったいつもの容疑者に加えて、ベトナムや韓国などの新たなプレイヤーが、パンデミック対策を主導するアメリカの機関を標的にしている。

パンデミックは地球規模だが、対策はどこの国でも同じように講じられたわけではない。同盟国も敵対国もサイバースパイ活動を展開し、それぞれの国の封じ込め作戦、治療法、感染対策についてできるだけ多くの情報を掻き集めた。ロシアのサイバー犯罪者は、リモートワークのアメリカ市民に目をつけ、「フォーチュン500」に名を連ねるアメリカ企業のシステムに不正侵入した。標的となった企業は数知れない。

これらの活動に終わりはない。この原稿を執筆している週に、アメリカは医療機関を狙った史上最大規模のサイバー攻撃に見舞われた。全米四〇〇カ所以上でサービスを提供する病院チェーン「ユニバーサル・ヘルス・サービス」が、ランサムウェア攻撃を受けたのである。会社のソフトウェアが臨床試験の管理に使われていたため、数百の臨床試験が人質状態になった。そのなかにはコロナウイルスの検査キット、治療、ワクチン開発に向けた集中試験も含まれていた。それまで目立ったハッキング能力を示していなかった国も、新たな可能性を見せ始めた。ナイジェリアでは、かつてのナイジェリア詐欺師がハッキングに転じ、自宅で隔離中の人たちを狙って、新型コロナ関連のメールをクリックするように促し、コンピュータに不正アクセスした。ハクティビスト（第一一章を参照）も声を上げた。ゆるやかにつながり、ここ一〇年ほど休眠状態だったハッカー集団「アノニマス」が、ミネアポリス市警によるアフリカ系アメリカ人ジョージ・フロイドの死亡事件をきっかけに、報復に乗り出した。そして、ブラック・ライブズ・マター運動の支援活動として、アメリカ中の二〇〇を超える警察とFBIの拠点をハッキングし、法の執行機関の一〇年分のデータをオンラインにぶちまけた。アメリカの法執行機関を狙って公になった、過去最大規模のハッキング事件である。イスラエル当局は、給水施設がハッキングされたとしてイランの攻撃を非難した。自宅に閉じこもっている数千人のイスラエル市民に対する断水が目的だったことは、間違いない。パンデミックがピークを迎えたアメリカでは、一日のハッキング攻撃の回数が四倍に増えたという。攻撃の頻度と範囲は「天文学的だ。グラフに収まり切らない」と、元諜報員は教えてくれた。検知された分だけでそのありさまなのだ。

「ストローの小さな穴から、はるかに大きな問題を覗いているようなものです」脅威リサーチャーのジョン・ハルトキストは私にそう言った。

諜報機関は何年にもわたって、デジタルの脆弱性を押し隠す理由を正当化してきた。アメリカの敵を監視し、サイバー戦争の戦略を練り、国家の安全を保障するためというわけである。だが、その論拠が揺らいでいる。グローバルなパンデミックのなかで誰もが痛感しているように、インターネットが私たちを切っても切れないほど緊密に結びつけた、という事実を無視しているからだ。ひとりに影響を与えるデジタルの脆弱性は、全員に影響を及ぼす。物理的空間とデジタル空間とを隔てる障壁は薄くなるばかりだ。「何もかもが傍受される」というのは正しい。そして重要なものはすべて、たとえば個人情報、知的財産、化学工場、原子力発電所、サイバー兵器でさえ、その危機にある。私たちのインフラはもはやバーチャル化している。パンデミックによって数週間前までは想像もつかなかった範囲と速度で、オンラインを利用するようになったのに伴い、バーチャル化には拍車がかかるばかりだ。その結果、アタック・サーフェスはこれまでにないほど拡大し、破壊工作の可能性もこれまでにないほど高まっている。

攻撃型のサイバー能力において、アメリカが一歩抜きん出ていることは間違いない。NOBUS――我々以外の誰も。すなわち、アメリカの諜報機関ほど脆弱性を発見でき、その脆弱性を使って攻撃を仕掛けられる者はいない――という考えは、しばらくのあいだ事実だった。この点については、ゴスラーたちに感謝しなければならない。スタックスネットは最高傑作だった。イスラエルの爆撃機が飛び立つ必要はなく、犠牲者の数も減らせた。イランの核開発計画を何年も後退させ、まず間違いなく、イラン政府を交渉のテーブルに引っ張り出すことができた。だがそれによって、世界中に、特にアメリカの標的である敵対国に、今後、彼らにどんな手が打てるのかを知らしめてしまった。

あれから一〇年が経ち、グローバルなサイバー兵器競争が本格化している。民間企業とオープンソース業界が修正パッチを当てるために投入する時間と資金以上に、各国の政府機関は脆弱性の発見に時間と資金を投入している。ロシア、中国、北朝鮮、イランは独自のゼロデイを備蓄し、ロジックボム（第二二章を参照）を準備している。これらの国はアメリカのデジタル地形を熟知し、すでにあちこちに潜入済みだ。シャドー・ブローカーズが窃取したNSAのハッキングツールを公開し、出来合いのハッキングツールがインターネット上に出まわり、デジタルの傭兵市場が拡大したために、アメリカに可能なことと、敵対国に可能なこととの差が大きく縮まってしまった。

サイバー攻撃によって、世界は破滅の危機に瀕している。数年前だったら、私もそのような表現は人騒がせだとか、さらには無責任だと決めつけていただろう。怪しげなFUD――「恐怖」「不安」「疑念」（第一九章を参照）――が蔓延していると言って。私たちはあまりに多くの〝終末シナリオ"を、サイバーセキュリティ業界からあまりに頻繁に吹き込まれて慣れてしまい、何も感じなくなってしまった。だが、デジタルの脅威にどっぷり浸かって一〇年、これらの言葉がいまほど現実味を帯びて聞こえることはないように思う。私たちは、奈落の底へ向かう短絡的な競争をしているのだ。そしていま、私たちの緊急の国益とは、立ち止まってじっくり考え、危機を脱するために行動を起こすことである。

問題を解決する第一歩は、問題の存在を認識することだという。この本は私なりの「どっかーんの左」、すなわち爆発の発生を未然に防ぐための試みである。デジタルに伴う莫大な脆弱性についての物語であり、脆弱性がなぜ、どのように存在するのかについての物語であり、脆弱性を悪用し、有効にして、私たちみなに対する危険性を高めてしまった政府についての物語である。この物語について熟知している者もいるだろうが、気づいている者は極めて少ないだろう。真に理解している者はもっと少ないはずだ。だが、これらの問題に対する私たちの無知こそ、最大の脆弱性なのだ。政府は国民の無知につけ込んだ。安全保障上の機密要件やフロント企業を巧みに用い、問題の技術的な特性に乗じた。確固たる事実を押し隠し、うやむやにするためである。すなわち、国民の安全を守るはずの政府機関が、国民をより脆弱なままにしておく選択を、幾度となく下してきたのだ。本書が警鐘を鳴らし、読者を目覚めさせ、デジタル時代において最も複雑と思われる問題の解決につながることを望んでいる。

私は、なぜ本書を一般読者向けに書いたのか。なぜデバイスではなく、人に焦点を当てたのか。なぜ「読者に読みやすい」ように願ったのか。この三つには理由がある。それは、サイバー戦争には特効薬がないからだ。この混乱した状態から抜け出すためには、私たち人間がその方法を考え出さなければならないからだ。私がそう言うと、テクノロジー業界の人間は、私が問題を十把一絡げにしすぎだとか、単純化しすぎだと非難するだろう。確かに一部の問題や解決策は極めて技術的なものであるため、専門家に任せたほうがいいだろう。だが、私はこうも言いたい。問題のほとんどはまったく技術的なものではなく、私たち一人ひとりに果たすべき役割がある、と。しかも、一般市民に何も教えず、無知なままにしておけばおくほど、実際に問題を解決する気が少しもない人間に、問題の決定権を譲り渡してしまうことになる。

デジタルの窮地に取り組むためには、国家安全保障、経済、そして当たり前のように享受している日常の利便性とのあいだで、難しい妥協点を見つけ、折り合いをつけることになるだろう。だが何もしないという選択肢は、私たちを危険な方向に追いやる。私にはすべての答えがわかっている、などと言えば嘘になる。私にも答えはない。だが、何か行動を起こさなければならないことはわかっている。ハッカーのように考えてみてはどうだろう。ゼロと一で始めて、そこからひとつずつ積み上げていくのだ。

私たちはコードに鍵をかけるべきだ。基礎部分がいまだ弱いままの時に、上の層の安全にわざわざ投資しようという者はいないだろう。インターネットをつくり直したり、世界のコードを取り換えたりするわけにはいかない。また、そうすべきでもない。だが、利益を貪ろうとし、インフラの破壊を狙うサイバー犯罪者や敵対国に対するハードルを、ぐっと引き上げることは可能だ。そのためには、簡単に見つかるようなバグはコードに入れないことだ。問題のひとつは、製品を最初に市場に投入する者に経済が報酬を与える仕組みが、いまも変わっていないことだ。たくさんの特徴を備えた気の利いた製品を、競争が始まる前に市場に送り出した者が勝つ。だがいつの時代も、優れたセキュリティ設計の天敵はスピードだ。現行のビジネスモデルは、徹底的に検証済みの安全なソフトウェアを備えた製品に充分に報いることがない。

そのいっぽう、フェイスブックを立ち上げた当初にマーク・ザッカーバーグのモットーだった「素早く行動し、破壊せよ」は、何度も私たちを裏切ってきた。サイバー攻撃による年間損失額は、テロによる損失額を上まわる。二〇一八年、世界経済はテロ攻撃によって三三〇億ドルの損失を被った。前年比三八パーセント減である。同じ二〇一八年、この種の分析では最も包括的なデータである五五〇を超える情報源から、ランド研究所がサイバー攻撃によって世界が被った損失額を弾き出したところ、数千億ドル規模にのぼった。これでも控えめな見積もりだ。個々のデータを集計すると、年間の損失額は二兆ドルを超えていたからである。

損失額は上昇の一途をたどるだろう。なぜなら北朝鮮のような国にとって、物理的空間よりもウェブのほうがもっと稼げ、もっと大きな損害を与えられるからだ。私たちはこれにどう対応するのか。利益、スピード、国家安全保障。この三つの名の下に、私たちはいまもデジタルシステムから、少しでも多くのセキュリティを確保し、攻撃を跳ね返す力を絞り出そうとしている。だが、この数年に大きく報道されたサイバー攻撃から、少しは学ぶことがあったとすれば、それは最近、フェイスブックを訪れた時に、私が壁に見つけた新しいフレーズかもしれない。誰かが「素早く行動し、破壊せよ」の文字の上に線を引いて消し、代わりに「ゆっくり行動し、クソを直せ（Move slowly and fix your shit）」と書いてあったのだ。

セキュリティは最初の段階から始まる。脆弱なコードがすでに数百万人の手元や車、航空機、医療機器、送電網に行き渡ったあとで、ようやく問題の解決に取り組む。そのようなことが、これまであまりにも長く続いてきた。サイバーセキュリティ業界は、ファイアウォールやウイルス対策ソフトを使ってデジタルの堀を築くことで、脆弱なシステムを守ろうとしてきた。だが、それではうまく行かない。ハッキングされたことのない企業や政府機関の名前を挙げるのは、ほとんど不可能である。私たちはNSAが呼ぶところの「多層防御」アプローチをとる必要がある。このアプローチでは、コードを第一層とする複数の防御壁の層で、ネットワークやコンピュータシステムのセキュリティを高める。安全なコードを築く唯一の方法は、まずはなぜ脆弱性が生じるのか、どこに生じるのか、攻撃者がどう悪用するのかを理解した上で、その知識を使ってコードを検証し、攻撃を緩和することだ。理想的には、市場に投入する前にこれらを終えておく。今日、ほとんどのソフトウェア開発者や企業は、必要最低限のことしかしない。つまり、コードが無事に機能することしか確かめないのだ。サニティチェック（明らかな不具合がないかを調べる、基本的な動作確認テスト）を行なうセキュリティ・エンジニアを、初期段階から参加させて、オリジナルのコードもサードパーティのコードも検証する必要がある。

これは、別に新しいアイデアではない。インターネットが生まれるはるか前から、セキュリティの専門家は安全な設計を訴えてきた。二〇〇二年にマイクロソフトが打ち出した「信頼できるコンピューティング」という目標が転機だった。完璧ではなかったし、途中で失敗や後退もあった。ウィンドウズの脆弱性は、スタックスネット、ワナクライ、ノットペーチャのもとになってしまったが、別の意味では、マイクロソフトが生まれ変わるきっかけにもなった。マイクロソフトは、かつてジョークのネタ扱いだった。ところがいまや、セキュリティ対策のリーダーと広く目されている。マイクロソフトのゼロデイの価格は、ただも同然から一〇〇万ドルにまで跳ね上がった。その価格は、マイクロソフトのセキュリティを迂回するために必要な時間とエネルギーを反映している、という者もいる。ウィンドウズに対する懸念が徐々に和らぐいっぽう、新たな問題児がアドビやジャバである。

これがオープンソースコードの問題につながる。この無償のソフトウェアコードは、私たちがオンラインで行なう、ほぼすべての作業を陰で支えている。アップルやマイクロソフトなどの企業はプロプライエタリ（私有）のシステムを使うが、なかに組み込まれている構成要素はオープンソースのコードであり、それを改良したり修正したりしているのは、世界中のボランティアのユーザーだ。少なくとも理論上は、同業者どうし、専門家どうし、お互いの作業を検証している。ちょうど科学者どうし、あるいはウィキペディアの記事を共同で書く編集者どうしが、お互いの論文や記事を相互にチェックし合うようなものだ。現代のどのソフトウェアも、八〇〜九〇パーセントはオープンソースのソフトウェアでつくられている。今日、高級車の平均的なコード行数は一億行を超える。ボーイング七八七、ステルス戦闘機F35、スペースシャトルを凌ぐ行数だ。このコードのおかげで音楽ストリーミングを楽しんだり、ハンズフリーで電話をかけたり、ガソリン残量や走行速度を測定したりできるが、そのコード行数の約四分の一はオープンソースである。「ソフトウェアが世界を呑み込む」（マーク・アンドリーセンが《ウォールストリート・ジャーナル》紙に寄稿した記事から）ように、オープンソースのコードは、思いつく限り、ほぼあらゆるデバイスに使われている。だが、そのデバイスの上に事業が成り立つ企業や政府機関のほとんどが、システムにどんなコードが組み込まれ、誰が管理しているのかを知らない。

苦い経験を通してそうと思い知らされたのが、二〇一四年にリサーチャーが「ハートブリード」を発見した時だった（第二〇章を参照）。暗号化通信に使われるソフトウェア「オープンSSL」のバグである。そのセキュリティホールが、一〇〇万を超えるシステムに脆弱性をもたらしたことが発覚するまでに二年もかかった。オープンSSLは医療機関、アマゾン、アンドロイド、FBI、国防総省で使われていたにもかかわらず、ハートブリードの問題が明らかにしたのは、オープンSSLのコードの管理が、イングランドに住む、食べるものにも事欠くようなスティーブという名前のひとりの男性に任されていたことだった。

私たちの〝すばらしい新世界〟で、このとりたてて魅力のないオープンソースプロトコルは重要インフラになったが、私たちがその存在に特に注意を払うことはなかった。ハートブリードの問題が発覚したあと、非営利組織の「リナックスファウンデーション」とオープンSSLを利用するテクノロジー企業は、重要なオープンソースプロジェクトの発見と資金供給に取り組み始めた。リナックスファウンデーションは、「ハーバード大学イノベーションサイエンス研究所」と協力して、最も広く使われ、最も重要なオープンソースのソフトウェアを特定する調査も行なっている。その目的は、開発者に資金やトレーニングを提供し、ソフトウェアを保護するツールを供給することにある。マイクロソフトとフェイスブックは、インターネット全体を対象としたバグの報奨金制度のスポンサーを務め、広く普及している技術のバグをハッカーから買い取る。マイクロソフトの傘下である、プログラマーのプラットフォーム「ギットハブ」では、オープンソースのバグに報奨金を支払い、バグを報告するハッカーを法的に保護する。このようなすばらしい試みはもっと必要だが、パズルの一片でしかない。

政府にも担う役割がある。ハートブリードの発覚後、欧州委員会はオープンソースの監査や報奨金制度のスポンサーを務めるようになった。同じ方向にわずかながらも歩を進めているアメリカの政府機関もある。たとえば食品医薬品局は、医療機器メーカーに対して「サイバーセキュリティ部品表（CBOM）」を提出するように求めている。医療機器に使われて脆弱性の影響を受けやすい、商用、オープンソース、汎用のソフトウェアとハードウェアの構成要素をリスト化した部品表である。下院エネルギー及び商業対策委員会も、部品表の提出を求めている。修正パッチの当てられていないオープンソースコードを利用して、ハッカーが信用情報大手「エクイファックス」に不正侵入し、全アメリカ人の半数以上のデータを盗み取る事件が発生したためだった。さらに最近では、連邦議会議員、政府当局者、サイバーセキュリティの専門家から成る「サイバースペース・ソラリウム委員会」が、「国家サイバーセキュリティ認証・ラベリング機関」の設置を答申した。消費者がテクノロジー製品やサービスを購入する際に、セキュリティを評価する上で必要となる情報を提供する機関である。

以上が、重要なコードとそれを管理する数千人のプログラマーを特定し、優先順位をつけ、支援し、検討する第一歩となる。これによってエンドユーザーはシステムの中身を知った上で、どのコードを信頼するか、どのコードはさらに見直す必要があるかを、リスクに基づいて自分自身で判断できる。サイバースペース・ソラリウム委員会はまた、既知の脆弱性を悪用したハッキング事件で損害が発生した場合に、関係企業の責任を問う措置についても答申した。この方法は、修正パッチの改善に大きく貢献しそうである。

私たちはまた、コードの開発者についても検討する必要がある。リナックスファウンデーションは最近、セキュリティ対策プログラミングの研修を受けて認定試験に合格したプログラマーに、デジタルバッジを授与している。同ファウンデーションのジム・ゼムリン理事長は、サイバー版運転免許証を考えているという。重要なコードを管理するプログラマーにサイバーセキュリティ免許証の取得を義務づけるよう、政府が検討すべきだというわけだ。コードが最終的にスマートフォンや車、兵器システムに使われることを考えると、極めて適切な提案に思える。

この数年、オープンソースコードの開発者自身が、頻繁にサイバー犯罪者や敵対国の標的にされてきたという事実にも、取り組む必要がある。攻撃者が開発者のアカウントを乗っ取り、数百万のシステムに組み込まれるコードにバックドアを仕込む。このような攻撃が訴えるのは、開発者が多要素認証やほかの認証ツールを利用する必要性である。

＊＊＊

デバイスの基本的アーキテクチャにも再考が必要だ。安全なアーキテクチャは、顧客データ、患者のカルテ、企業機密、生産システム、車のブレーキやステアリングシステムなどにおいて、最も重要なシステム――王冠を飾る宝石――を特定し、重要なシステムとさほど重要でないシステムとを区画化（コンパートメント化）して、重要なシステムでのみ相互運用性を実現する必要がある。

「理想的には、不正侵入されていると想定してつくることだ」サイバーセキュリティ起業家のケイシー・エリスはある日、私にそう説明した。「企業はすでに不正侵入されているものと想定した上で、その爆発半径を最小限に抑える方法を考え出さなければならない」

読者にとって最も馴染み深いのは、アイフォンのアプリケーションの「サンドボックス化」だろう。アップルでは、アイフォンユーザーの明白な許可がない限り、それぞれのアプリケーションがほかのアプリケーションやデータにアクセスできないように、システム設計している。それでも攻撃者は重要なバグや「サンドボックス・エスケープ」を見つけるが、アップルがハードルを大きく上げたために、ハッカーには余計な時間や費用がかかることになった。アイフォンを遠隔操作でジェイルブレイクさせるために、政府やブローカーが、ハッカーに二〇〇万ドルも支払おうとするのは、付随的な被害を軽減させるアップルの対策が理由のひとつだ。それだけ手間がかかるという証拠である。

ハードウェア面を見ると、セキュリティ・リサーチャーが現在、再考しているのはマイクロチップのアーキテクチャである。マイクロチップはデバイスの最も基本的な部品である。現在、最も有望なアーキテクチャのひとつは、国防高等研究計画局（DARPA）、スタンフォード国際研究所、ケンブリッジ大学の共同プロジェクトである。インターネットは、国防総省とスタンフォード国際研究所による、前回の大掛かりな共同作業で誕生したと言っても差し支えないだろう。そして今回のプロジェクトも、その時に負けないくらい野心的である。コンピュータチップを一から設計し直し、隔離環境を組み込む。そうすることによって、信頼できないコードや悪意あるコードを、スマートフォン、パソコン、サーバーのチップ内で実行させないようにする。

スマートフォンのほとんどのプロセッサを設計、開発しているArm（アーム社。英国）を含めて、世界的なチップメーカーはすでに、新たな設計をチップに組み込むことに意欲を燃やしている。この設計はCHERI（Capability Hardware Enhanced RISC Instructions。ケーパビリティハードウェアにより改良されたRISC命令セット）アーキテクチャと呼ばれる。マイクロソフト、グーグル、ヒューレット・パッカードなどが、このコンセプトの可能性を探っている。性能面のトレードオフについては、未解決の問題が多い。この設計で処理速度がほんのわずかにでも遅くなれば、経済的に打撃だと多くの人が抗議の声をあげることは避けられないが、現在、サイバーセキュリティが巻き起こしているホラーショーを考えれば、チップの製造業者やデバイスメーカーは、セキュリティのために若干の遅れが出ても受け入れようと考え始めている。

＊＊＊

積み重なる層のずっと上のほうに位置するのが、私たちエンドユーザーである。セキュリティの強さは結局、最も弱い輪で決まる。そして、私たち自身が最も弱い輪であることに変わりはない。私たちはいまだに、悪意あるリンクやメールの添付をクリックしてしまう。修正パッチが配布された時でさえ、なかなかアップデートしない。サイバー犯罪者や敵対国が悪用するのは、パッチの当てられていないソフトウェアだ。パッチが配布された日が、そのバグが最も多く不正利用される日だ。なぜか。それは、私たちにはソフトウェアのアップデートを面倒くさがるという、不名誉な記録があるからだ。

パスワードもなきに等しい。パスワードを特に守ろうともしない組織から、ごっそり盗まれてしまったからだ。いつか近いうちに、パスワードを使わなくてもいい日が来ると私は思いたい。だが、新たなモデルが捻り出される日まで自分たちを守る最も簡単な方法は、サイトごとに違うパスワードを使い、可能な限り多要素認証を用いることだ。サイバー攻撃の九八パーセントは、ゼロデイもマルウェアも関係ないフィッシング攻撃を使い、私たちを騙してパスワードを窃取する。TAOの上級顧問であり、事実上、アメリカのハッカーのトップに君臨するロブ・ジョイスが、四年前に珍しく講演を行なった。この時、ジョイスは、ゼロデイには魅力があるものの、その効力は過大評価されており、国家が支援するサイバー攻撃においては、パッチの当てられていないバグの利用と、資格情報（パスワードなど認証情報）の窃取がはるかに一般的だと述べている。

過去三年で急増したのは、いわゆる「パスワードスプレー攻撃」だ。ハッカーが複数のユーザーアカウントで、よく使われるパスワード（たとえば「password」というパスワード）を使って、ログインを連続的に試みてアカウントを乗っ取る手口だ。同じアカウントでいろいろなパスワードを試すブルートフォース攻撃が、何回かパスワードを試した時点でロックされることが多いのに対して、単純だが極めて有効な方法だ。イスラム革命防衛隊の命を受けたイランのハッカー集団は、アメリカの複数の政府機関と企業三六社、NGOに、パスワードスプレー攻撃だけで不正侵入に成功している。

多要素認証はこれらの攻撃にとって最善の防御策だ。使える場合には必ず使おう。まだの人もいますぐに。

選挙について。選挙をオンラインで実施することは不可能である。これが選挙についての結論だ。二〇二〇年、パンデミックが猛威を振るっていた頃、デラウェア州、ニュージャージー州、コロラド州がオンライン投票の実験を行なった。まさに暴挙と呼ぶしかない。コンピュータ科学者で、選挙セキュリティの専門家J・アレックス・ホルダーマンが最近、私にこう言った。「この三つの州は、選挙結果の正当性をおとしめる大きなリスクを冒している」

ホルダーマンのようなセキュリティ専門家は、現在までに、ありとあらゆるオンライン投票プラットフォームのハッキングに成功してきた。ひとりかふたりの専門家によってシステムをハッキングでき、特定の候補者の当選を不正操作できるのであれば、ロシアや中国、あるいは自分たちに都合のいい候補者をホワイトハウスに送り込みたいどこの国にも、不正操作は可能である。

二〇二〇年、アメリカは有権者登録システムのセキュリティを大きく改善した。公開データだから保護する必要はない、と考えるような間違いは犯せない。有権者登録データベースがランサムウェアでロックされ、データ改竄によって投票権が剥奪されてしまう恐れがある。データを改竄するためには、ハッカーが重要な選挙区のリストに忍び込んで、有権者登録を削除するか、住所を変更して投票者が別の州に引っ越してしまったように見せかければいいだけだ。不正操作に至らず、単にハッカーがリストに忍び込んだだけでも、選挙結果に大きな疑問を投げかけるのには充分だ。

二〇一八年、トランプ政権は国家のサイバーセキュリティ調整官を廃止した。だが、アメリカはこのポストを再度設置する必要がある。調整官がホワイトハウスに存在して、国家のサイバーセキュリティ戦略を調整し、サイバー攻撃や脅威に対する政府の対策を指導すべきである。

規制の力では、アメリカが陥った現在の危機的状況から抜け出せそうにない。だが、サイバーセキュリティの基本的な必要条件を満たすように命じることで、サイバー攻撃に対する国内の重要インフラの抵抗力を高めることは可能だ。この点で、アメリカははるかに遅れている。連邦議会が、実効力の高い法案の可決に立て続けに失敗したからだ。それゆえ、国民にとって極めて重要な施設やインフラを管理運営する企業に対して、基本的な必要条件を満たすよう命じることができなかった。その隙間を埋めるために、オバマ政権とトランプ政権はそれぞれ大統領令を出し、重要インフラを特定し、運用者に対して任意の「ベスト・プラクティス（最良の方法）」を設定し、脅威情報の共有を求めた。意図はよかった。だが、ランサムウェアが病院や地方政府に容赦ない攻撃を続ける限り、それだけでは不充分である。

まずは、極めて実効力の高い法律を成立させる。たとえば、重要インフラの運用者には、サポート期限の切れた古いソフトウェアの使用を控えるように義務づける。定期的にペネトレーション・テストを実施する。メーカーが初期設定したパスワードを利用しない。多要素認証を採用する。最も重要なシステムにはエアギャップを設ける、など。アメリカ商工会議所のロビイストは長年、「国内の重要インフラを監督する民間企業にしてみれば、たとえ任意の基準であっても重荷だ」と主張してきた。だが、何も手段を講じないことによる損失は、何か手段を講じることによる負担をすでに上まわってしまった、と私は言いたい。

調査によれば、世界で最もデジタル面で安全な国は、つまり一台当たりのサイバー攻撃の成功例が最も低い国は、実のところ、最もデジタル化の進んだ国である。最も安全なのはノルウェー、デンマーク、フィンランド、スウェーデンの北欧諸国。最近では日本である。最も安全なノルウェーは、世界で五番目にデジタル化の進んだ国である。そうでありながら、ノルウェーは二〇〇三年に国家サイバーセキュリティ戦略を実施し、最新の脅威に合わせて毎年、再検討と更新を欠かさない。金融サービス、電力、保健サービス、食料供給、運輸、光熱、メディアプラットフォーム、通信といった「国家の基本機能」を担う企業は、「適切な」レベルのセキュリティ対策を講じることが求められている。ペネトレーション・テストを行なわない、脅威を監視しない、セキュリティ上のベスト・プラクティスに従わない企業には、国が罰金を科す。政府職員には電子ID、多要素認証、暗号化を義務づける。ノルウェーの企業は、研修や企業文化の中心にサイバーセキュリティを置いてきた。

日本からはさらに多くの教訓が得られるかもしれない。日本では、サイバー攻撃の成功例が劇的に減少している。シマンテックが提供したデータの実証研究によると、一年間で五〇パーセント以上も低下したという。リサーチャーの分析するところ、その要因は「サイバー衛生」（一般的な衛生管理に倣い、企業や国民一人ひとりが、インターネットを利用する環境を健全な状態に保とうとする取り組み）の文化に加え、日本政府が二〇〇五年に実施したサイバーセキュリティ戦略にある。日本の政策は驚くほど詳細だ。政府機関、重要インフラ事業者、企業、大学、一般個人向けに、セキュリティ上の必要条件を明確に義務づけている。リサーチャーの発見によれば、重要システムに「エアギャップを設ける」ことをとり入れた、世界で唯一の国家サイバーセキュリティ計画だという。実施から数年が経ち、GDP規模が同程度のほかの国と比べて、日本のデバイスがより高度に保護されていることを、リサーチャーは発見している。

サイバー攻撃を跳ね返す力――あるいはそれを言うなら、外国のディスインフォメーション作戦に対する抵抗力――を築くためには、優れた政策に加えて、サイバー脅威に対する国民的な意識を高める努力が重要だ。教育カリキュラムは、サイバーセキュリティとメディアリテラシーを中心に据えるべきだろう。多くのサイバー攻撃は、アップデートしていないか、修正パッチの当てられていないソフトウェアを使った脆弱なシステムに乗じている。これは大部分、教育問題でもある。同じことは情報戦でも言える。アメリカ人は、ディスインフォメーション作戦や陰謀論にどっぷり浸かってしまっているが、その理由は私たちが、リアルタイムで発生する国内外のインフルエンス工作を見抜くツールを持っていないためだ。二〇一六年のアメリカ大統領選をロシアが妨害したあと、国際政治学者のジョセフ・S・ナイは述べている。「サイバー情報戦争の時代に民主主義を守るためには、テクノロジーだけに頼っているわけにはいかない」

アメリカは脆弱性のサイバー兵器市場を生み、長いあいだスポンサーを務めてきた。アメリカはいまこそ、その莫大な資金力を使って、公共の利益のために軍拡競争を始めるべきだと私は考える。『ソフトウェア・セキュリティ』（Software Security、未邦訳）の著者ゲアリー・マグローは、セキュリティの万全なソフトウェアを開発する企業に対して、政府は税額控除を検討すべきだと提案する。企業がセキュリティホールを閉じることよりも、政府がよほど巨額の資金をハッカーに支払って、ホールを大きく開けておくようなことが続く限り、アメリカのサイバー防衛はますます手薄になり、疎かになる。政府はまず、国防総省のバグ報奨金プログラムの適用範囲を拡大することから始められるだろう。そしてまた、シナック、ハッカーワン、バグクラウドがトップクラスのハッカーを非公式に招いて、政府のネットワークをハッキングする、民間のイニシアチブも拡大できる。さらには、これらの報奨金プログラムを、連邦政府のネットワークからオープンソースのコードや国家の重要インフラにまで拡大することも可能だ。グーグルのプロジェクト・ゼロの政府版を検討する。これによって、諜報機関だけでなく、たとえば金融機関、シリコンバレー、サイバーセキュリティ企業などの民間部門から最高ランクのハッカーをスカウトして、一、二年間、防衛分野で働いてもらうのだ。理論上は、次のようなことが考えられるだろう。最初の一年は、国内最高ランクのハッカーに、アメリカ国内で最も重要なコードの脆弱性を発見して、修正パッチを当ててもらう。二年目は現場で働いてもらい、脆弱性の影響を軽減させるために、病院や都市、原子力発電所、パイプラインの運用会社、生物医学研究所などのIT管理者を支援し、州や地方の選挙管理当局者をサポートしてもらう。

容易ではない。連邦政府は〝信頼の赤字〟（国や政府に対して「信頼できる」より「信頼できない」と考える国民のほうが多い状態）のせいで、効果的に動けない。特に州政府や郡政府の選挙管理当局者のあいだで、連邦政府が提供するサイバーセキュリティ上の支援に対する不信感が強く、それだけでも本が一冊書けるぐらいだ。一部の州政府は、それも特に共和党支持者の多い州の政府は長年、連邦政府による選挙支援に懐疑的な目を向け、中央の支援を州や郡に対する干渉と見なしてきた。二〇一六年の大統領選において、ノースカロライナ州ダーラム郡で有権者の投票手続きに使われたコンピュータを、国土安全保障省がフォレンジック分析する許可を州当局から得るまでに、三年の月日を要した。激戦州のノースカロライナ州にあって、ダーラム郡には民主党支持者が多く、広い地域でコンピュータが故障したり不具合が発生したりして、たくさんの有権者が投票機会を失った。リークされたNSAの報告書は、投票手続きに使われたシステムのベンダーが、ロシアのハッカーに不正侵入されていたことを確認している。ノースカロライナ州がようやく、国土安全保障省の申し入れを受け入れることにしたのは、事件が新聞の見出しを飾り、疑念のくすぶる三年間が過ぎた二〇一九年も後半になってからのことだった（国土安全保障省の分析によれば、不具合の原因はハッカーではなく技術的な問題だったという）。

信頼の赤字は民間部門ではさらに悪化する。スノーデン事件のあと、民間企業、なかでも騒動に巻き込まれたテクノロジー企業は、裁判所命令がない限り、連邦政府に情報を提供したりアクセスを許可したりすることを、ひどく警戒するようになった。公共と民間のネットワークを守るために、脅威情報の共有が欠かせないことについて、ほとんどのアメリカ企業も政府の指導者も理論上は異論がない。とはいえ、脅威データをリアルタイムで政府に伝達する信頼性の高いチャネルの設置に、企業はいまだ消極的だった。大きな理由は世論と関係があった。スノーデン事件のあとで企業が恐れたのは、政府との脅威情報共有メカニズムが、中国、ドイツ、ブラジルなどの海外の顧客から、アメリカ政府に対するバックドアとみなされることだった。たとえその共有メカニズムが、脆弱性、積極的攻撃、技術に関するデータの共有のためだけに使われるとしても、誤解の恐れがある。

「何が障害でしょうか。それは、六年前のスノーデン事件以来つきまとう信頼の赤字です」ウーバーの最高セキュリティ責任者(CSO)マット・オルセンは最近、サイバーセキュリティの講演会で語っている。「アメリカ政府は、情報収集について国民からの信頼の回復を図るために、力強く前進していると思います。同盟国との関係を再構築するために、政府はよい仕事をしたと思います」オルセンは続ける。「とはいえ、充分ではありません」

信頼の赤字は、アメリカ政府の攻撃型エクスプロイテーション・プログラムで悪化の一途をたどった。ハートブリードの件により、政府は脆弱性を開示するか非開示のままかを決定する「脆弱性開示プロセス」(第二〇章を参照)に、取り組まざるを得なくなった。このプロセスについて私たちが初めて知ったのは、ホワイトハウスのサイバーセキュリティ調整官だったJ・マイケル・ダニエルの公式声明によってである。次に、電子フロンティア財団が申請した「情報公開法」に関する要求からだった。これによって、政府は「脆弱性開示プロセス」政策にまつわる、編集済みの文書を提出せざるを得なくなった。最近では、政府は誠実な態度を見せて、さらに文書を開示している。トランプ政権がホワイトハウスのサイバーセキュリティ調整官を廃止する前、最後にこのポストに就いていたロブ・ジョイスは、二〇一七年一一月、政府の「脆弱性開示プロセス」に関するハイレベルの案内図を公表した。ジョイスは公表について、それが「正しいこと」だからと答えている。ジョイスが公開した文書は、政府が手持ちのゼロデイを開示するのかしないのかを判断する手続きを示す、最も包括的な案内図の役割を果たすものだった。関連する政府機関の名前が記してあった。以前なら機密の情報だ。そして、文書は改めて次の点を確認していた。「本政策のおもな焦点は、アメリカ政府が発見した脆弱性の開示を通して、サイバーセキュリティから得る国民の利益を優先し、核となるインターネットインフラ、情報システム、重要インフラのシステム、さらにはアメリカ経済を保護することにある。ただし、諜報関連法規の合法的な執行や国家安全保障の目的で、脆弱性を活用する上で明らかに優先する利益がほかにない限りにおいて、とする」。付録には、ゼロデイを開示すべきかどうかを「脆弱性開示プロセス」の利害関係者が判断する際の重要な基準が挙げてあった。「普及率、依存性、重大性」である。

開示はまことに結構だ。とりわけ、世界中でこれほど多くの情報を開示した国がほかにないことを考えれば、称賛すべきだろう。しかしながら、NSAのエクスプロイトであるエターナル・ブルーに照らし合わせると、世界中で最も普及しているソフトウェア・プロトコルのバグをもとにしているため、その基準はいまさら空々しく聞こえる。リストには次のような開示条件が記載されていた――どれほど広く使われているか。脅威の行為者が不正利用しそうか。重大な影響が生じるか。この脆弱性の存在が明らかになれば、政府と業界との関係にどのようなリスクが生じるか、など。これらの開示条件によれば、エターナル・ブルーのもとになったマイクロソフトのバグは、シャドー・ブローカーズが公開する何年も前に開示されてしかるべきだった。バグがどれほど普及していたかは、その後、北朝鮮やロシアがサイバー攻撃によってもたらした破壊の大きさを見ればいい。そしてまた、その結果、病院や物流拠点が麻痺状態に陥り、ワクチン不足が起きたことで、被害の重大性が理解できるはずだ。TAOの元ハッカーは、エターナル・ブルーのエクスプロイトを「ダイナマイトを使って漁をする」と喩えている。さらに「脆弱性開示プロセス」の文書では、ゼロデイを「一定期間」のみ保持すると述べているが、NSAはエターナル・ブルーを五年以上も保持していた。シャドー・ブローカーズが暴露したリストには、NSAが四年間保持していたオラクルのインプラントも含まれていた。世界で最も普及しているデータベースシステムの一部に影響を及ぼすインプラントである。

不正侵入というNSAの使命を特に考えた場合、諜報機関が発見したゼロデイをひとつ残らずベンダーに通知するよう義務づけるのは、世間知らずというものだろう。あるいは、こう指摘する者もいる。システムやデバイスにゼロデイでセキュリティホールを開ける手段を政府が有している限り、フェイスブックやアップルなどのテクノロジー企業に対して製品の暗号化を弱めるよう、政府が強制するインセンティブは働きにくい、と。これが明らかになったのが、二〇一六年のアップル対FBIの対決だった。サンバーナディーノの銃乱射事件の犯人が所持していたアイフォンに不正侵入するために、あるハッカーがFBIにエクスプロイトを渡したあと、FBIはアップルに、アイフォンの暗号化の解除に協力するよう、もはや強要しなかった（第一六章を参照）。

だが、「脆弱性開示プロセス」が本質的にいまも防衛より攻撃に重きを置いていることは確かだ。もちろん、当局者はその反対だと主張する。防衛と攻撃のバランスを取り戻すためには、いくつか常識的な変更を加える必要があると思う。まず、「脆弱性開示プロセス」の議論に参加している政府機関は著しく攻撃に傾いている。たとえば国家情報長官、FBIを含む司法省、CIA、サイバー軍、NSAの攻撃重視の部隊などだが、これらはどこも充分、議論に参加している。いっぽう、財務省、国務省、商務省、国土安全保障省、そして中国のサイバー攻撃で一〇〇〇万単位のデータが窃取された行政管理予算局は、開示に傾きがちであるが、私の考えでは、もっと市民生活に近い保健福祉省や運輸省も、「脆弱性開示プロセス」について議論するメンバーとして参加する必要があるだろう。なぜなら、サイバー攻撃は病院、医療機関、運輸システムにも甚大な影響を及ぼすからである。

現在のところ、「脆弱性開示プロセス」の議論を監督する事務局長は、NSAでサイバーセキュリティを担当する部門である「情報保証」の責任者だ。「ハーバード大学ベルファー科学・国際問題センター」のリサーチャーは、たとえ責任者が防衛側の立場に立つ人間であっても、NSAは真に中立の立場を保てるのか、という疑問を投げかけてきた。そして、「脆弱性開示プロセス」に関する責任を国土安全保障省に引き渡し、実行については「監察官」と独立監視機関の「連邦プライバシー・市民自由監視委員会（PCLOB）」が監査すべきだと主張する。私もその考えは、「脆弱性開示プロセス」に対する信頼を取り戻し、アメリカの攻撃型プログラムを簡易に承認するための優れた一歩だと思う。

さらに実務的なレベルでは、「脆弱性開示プロセス」はゼロデイの有効期限のようなものを設定すべきである。広く使われているシステムのゼロデイを、NSAが五年間公表しなかったために起きた被害については、すでに明白なケーススタディがある。ゼロデイの平均寿命は一年強だという、ランド研究所の調査結果を踏まえれば、有効期限はそれよりも短く設定すべきだろう。いつまでもゼロデイを隠し持っていたり、別の敵対国が悪用して、アメリカの利益に反する明確な証拠を摑むまで待っていたりすれば、勝ち目はなくなる（もちろん敗者は私たちのほうだ）。

二〇一七年、超党派のグループが「脆弱性開示プロセス」とともに、PATCH法（Protecting our Ability to Counter Hacking Act＝ハッキングに対抗する能力を保護する法。パッチ法）の法制化を試みた。この法案は、保持するゼロデイの価値を定期的に再評価し、連邦議会と国民向けに年間報告書を作成するよう命じるものだった。上院は通過しなかったが、法案の支持者は再度提出する予定である。

政府のゼロデイ備蓄が全部でどのくらいあるか、私たちにはわかっていない。政府が莫大なゼロデイを備蓄しているという考えは誇張だ、とNSAの高官は退ける。もしそうなら、その証拠として、NSAは開示しているゼロデイと開示していないゼロデイの数、また開示しなかったゼロデイについてはその平均的な期間について、毎年公表してはどうだろうか。もちろん、すべての脆弱性が同じ威力を持つわけではない。ハートブリードのように、一〇〇万以上のシステムに被害を及ぼす脆弱性もあるが、より詳細な情報を開示して、政府が数千のゼロデイを永遠に備蓄しているわけではないとわかれば、国民も安心できるだろう。

政府がゼロデイをベンダーに通知した時、政府はその事実を公表しなかった。企業は通常、製品にバグを見つけて報告するユーザーの功績を認める。だが、エターナル・ブルーのもとになったマイクロソフトのバグが修正された時、誰の報告だったかは空白のままにされた。修正パッチを当てるために、バグをベンダーに報告したのが政府だったとわかれば、国民の信頼を取り戻すことにつながるかもしれない。そしてまた、あるバグの発見者が世界の精鋭ハッカー集団だったと、テクノロジー企業やシステム管理者が知ることになれば、バグの重大さも明確に伝わるだろう。最近ではこんな例がある。「ブルーキープ」と呼ばれた深刻な脆弱性を、二〇一九年、英国のGCHQがマイクロソフトに引き渡した時、NSAはアドバイザリを発して、早急に修正パッチを当てるようユーザーに呼びかけた。最近になって、GCHQはベンダーに報告するゼロデイの数を毎年、公表するようになった。アメリカも開示の方向にゆっくりと向かっている。二〇一九年、サイバー軍は、みずから見つけたマルウェアのサンプルを、ウイルス・トータル（第一九章を参照）にアップロードするようになった。ウイルス・トータルは、野放し状態の悪質なコードを検査できる、マルウェア検索のウェブサイトである。マルウェア版グーグルの検索エンジンのようなものだ。

「脆弱性開示プロセス」にはいまも大きな抜け穴がある。最も明白な抜け穴は、政府がサードパーティから購入したゼロデイだ。「脆弱性開示プロセス」の最新の開示情報によると、ある脆弱性を公表するかどうかを政府が判断する際には、「(政府の)外国部門、あるいは民間部門のパートナーが課す制約、たとえば機密保持契約の制約を受ける」という。機密保持契約が当てはまる場合、ゼロデイは開示の考慮対象にさえならない。政府が請負業者やハッカーから購入するゼロデイに依存し、市場で機密保持契約が当然とみなされている現状を考えると、この但し書きは大きな抜け穴として読めてしまう。

ゼロデイ市場で最も古く最大のプレイヤーであるアメリカは、莫大な購買力を誇っている。もし明日からでも、アメリカの政府機関が、取引相手であるゼロデイのブローカーかハッカーに、次のように義務づけたらどうだろうか。ブローカーやハッカーは、政府機関にツールの独占権を与えるとともに、政府機関が修正パッチのためにそのツールをベンダーに引き渡す資格を与える、と。そうするならば、その方法が基準になる可能性が高い。しかも相乗効果として、ハッカーがそのゼロデイを、アメリカの国益を損なう恐れのある外国政府に売却することも阻止できる。そのようなことに私が淡い期待を抱いているいっぽうで、アメリカは、みずからも監視ツールを購入しているNSOやハッキング・チームのような世界中の企業に対し、アメリカ人を対象に監視プログラムを使ったという確かな証拠がある国や、明らかな人権侵害を行なう国には売らないように義務づけるべきだ。サウジアラビア政府は、ジャーナリストのジャマル・カショギに監視ツールを使った。アラブ首長国連邦は、ガンマグループ（その後、ハッキング・チーム）、ダークマター、NSOから調達した監視ツールをアフメド・マンスールに使って人権侵害を行なった（第一三章を参照）。

さらに話は飛ぶが、NSAの元ハッカーは、外国政府のためにアメリカ大統領夫人のメールをハッキングすべきではない。トルコの将軍にスパイ活動に必要なノウハウを教えるべきではない。ハッカー、ブローカー、防衛関連企業が外国政府と共有できる情報について規定する法を設けるべきだ。そのいっぽう、防衛を担う者が、国境を跨いでサイバー脅威の情報を共有できないような規則であってはならない。ハッカーやサイバーセキュリティ・リサーチャーが懸念しているのは、国境を越えたエクスプロイトの売買を禁じることで、防衛に支障が出ることだ。その点については、範囲を広げすぎない規則をつくる力が政府にはある、と私は考えている。また、これに反対する人たちは、私たちが思い切って考えを変える時に待ち受ける困難を、誇張しすぎているように思う。

ロシア、中国、イランが汚れ仕事《ダーティワーク》の多くをサイバー犯罪者や請負業者に丸投げする限り、アメリカはデジタル版ジュネーブ条約には署名しないかもしれない。また、アメリカの戦略的戦争計画を不利に陥れる、いかなる合意にも署名しそうにない。だが、越えてはならない一線は必要だ。病院、選挙インフラ、航空機、核施設などを、サイバー攻撃の標的から外すことについては、アメリカも合意できるだろう。

以上は、私たちの時代の重要な課題である。多くの人が、そのような課題の解決は不可能だというだろう。だが私たちはこれまでにも、人類の生存を脅かすような難しい問題を、科学界、政府、産業界の精鋭たちと一般市民の力で乗り越えてきた。今回も不可能ではないはずだ。

いま最後の言葉を記す時、世界的なパンデミックのために私はステイホーム状態にある。世界中で同じ問いが繰り返されている。「なぜ、もっとちゃんと準備しておかなかったのか」「なぜ充分に検査しなかったのか」「防護具は充分か」「もっと優れた警告システムはないのか」「復旧計画はどうなっているのか」。同じ問いが、サイバー領域にも当てはまることを実感している。

今回のパンデミックが過ぎ去るまで、次の大きなサイバー攻撃が発生しないことを祈っている。だが、祈るだけでは充分ではない。次の大きな攻撃の発生を待つ必要はない。

この点について、私がいつも思い出すのは、ニュージーランド人ハッカーのグレッグ・マクマナスと彼が着ていたTシャツの言葉だ。「誰かが行動を起こすべきだ」

謝辞

《ニューヨーク・タイムズ》紙のストレージ・クローゼットに案内されたその日、私はいまの夫である男性からメールを受け取り、初めてのデートに誘われた。私はアメリカ中を旅し、口外を禁じられて、いつ終わるかもわからないプロジェクトに関わっていた。そういうわけで、ブラックハットのハッキング・カンファレンスに出かけるために、ようやくとれた休みに合わせて、彼がラスベガスまで飛んできてくれた。何とか間に合う時間に到着して、私の誕生日にディナーに連れて行ってくれた。それが私たちにとっての初めてのデートだった。その時以来、彼は私に、私の仕事に、この物語が終わるまでずっと寄り添ってくれた。彼のような人はそういない。彼の愛情、励ましに感謝したい。そして私が本書の執筆に取り掛かっていたあいだ、シングル・ファーザーの役目を務めてくれたことにも感謝したい。息子のホームズにもありがとうと伝えたい。彼をお腹に入れてワシントンのベルトウェイをよたよた歩いていた時、サイバー兵器の工場にこっそり忍び込んだ時、世界中を旅してまわった時にも、お腹を蹴って大騒ぎしたりしなかった。彼がいつかこの本を読んでくれ、本書をふたりで書いたことを知る日が待ち遠しい。それから、最も貴重なプレイヤーであり、乳母であり、いまは私の親友でもあるサリー・アダムズにも感謝の気持ちを伝えたい。私が不在の時に、ホームズの面倒を見てくれた。彼女がいなかったら、本書が完成を見ることはなかっただろう。

「《ニューヨーク・タイムズ》紙のニコール・パーロースです」と名乗れることほど、ジャーナリストにとって名誉なことはない。時に「グレイ・レディ（灰色の貴婦人）」と称される大手新聞社で働けることは、私の人生において最高の栄誉だ。私の同僚は真の意味で私の英雄である。《ニューヨーク・タイムズ》紙で過ごした一〇年間、私が同僚の記者、編集者、原稿整理編集者、フォトグラファーから学んだことは、学校で学んだことよりも多い。毎朝、目が覚めるたびに、新聞を出すために必要な超人的な努力に驚いたものだ。痛切に感じるのは、私が《ニューヨーク・タイムズ》紙で働けることになったのも、敬愛するメンターであり友人でもあるフィル・タウブマンとフェリシティ・バリンジャーの推薦があったからこそ、ということだ。当時、まだ未熟な大学院生だった私を、タウブマンとバリンジャーは庇護し、コツを教えてくれ、若くてハングリーなジャーナリストを探していた《ニューヨーク・タイムズ》紙の編集部に、私の名前を伝えてくれた。編集局次長のグレン・クレイモンは常に私を支援してくれ、インスピレーションを与えてくれた。元編集局長のジョン・ゲッデスは、私を雇用することに賭けただけでなく、《ニューヨーク・タイムズ》紙が中国軍のサイバー攻撃を受けた件について書いた私の記事にゴーサインを出す、という賭けにも出てくれた。この記事を契機にふたつの変化が訪れたことは、まず間違いない。ひとつ目として、ほかの企業が同じようにサイバー攻撃を受けていたと名乗り出て、その事実を認めるようになった。ふたつ目として、アメリカ政府が自国のネットワークにサイバー攻撃を仕掛けた相手を、名指しで非難するようになった。私は、元ビジネス記事担当編集者のラリー・イングラッシアに、大きな声で感謝を捧げたい。私に仕事を与えてくれ、私の能力をいつも必ずありのままに認めてくれた。デイモン・ダーリンとデイヴィッド・ギャラハーにも感謝の念を伝えたい。ふたりは、私がこれまで一緒に働いたなかで最高の編集者である。ふたりのディーンにも永遠の感謝を述べたい。編集主幹のディーン・バケットは、私を機密の部屋へと招き入れてくれた。ディーン・マーフィは、本書を執筆する時間をたっぷり与えてくれた。プーイング・タムとジェームズ・ケーステッターは、最高のテクノロジーチームを提供してくれた。ふたりは、本書の執筆という仕事をやり遂げる時間と励ましを与えてくれ、そのおかげで私はたとえ心身ともに疲れ切った時でも、何とか脱落せずに済んだ。特別な感謝の気持ちをジョン・マルコフに送りたい。私の（多くの）疑問に辛抱強く耳を傾け、私が彼の担当を引き継いだ時には、情報源を教えてくれ、アドバイスを与えてくれた。彼はまた、サンフランシスコ支局に入ったばかりの多くの怯えた記者の気持ちを奮い立たせる、ロールモデルでもあった。最高峰のサイバーセキュリティ記者や編集者と一緒に働くことができた私は、とても幸運だった。スコット・シェーン、デイヴィッド・サンガー、レベッカ・コーベット、マーク・マゼッティ、マシュー・ローゼンバーグ、ビル・ハミルトン、トム・シャンカー。最後の数章を編集してくれ、よく書けていると保証してくれたジェフ・ケインと、何もかも正確に検証してくれ、私を狼狽から救ってくれたエヴァ・ボジョンには特別な感謝の意を表したい。シリコンバレーの内外ではブライアン・X・チャン、ニック・ビルトン、クレア・ケイン・ミラー、ジェンナ・ウォーサム、マイク・アイザック、クエンティン・ハーディ、新米ママさんたち、そして最高にすばらしい支局のみんなの友情にも感謝したい。勇敢で質の高いジャーナリズムを支え続けるサルツバーガー家にも感謝する。ストレージ・クローゼットを貸してくれたA・G・サルツバーガーには、特別な謝意を表したい。トランプ大統領がデイヴィッド・サンガーと私の〝反逆行為〟を名指しで非難した時、声を上げて立ち向かってくれたことにも感謝している。

私のライバルたちにも特別な感謝の気持ちを送りたい。彼らの存在があったからこそ、私は記事を書き、毎日、より優れた書き手であり記者であろうと努めることができた。日曜の夜一〇時にお互いの記事で張り合うのは、決して気持ちのいいものではなかったが、最終的に私たちは同じ側に立つ仲間である。ジョー・メン、アンディ・グリーンバーグ、ケヴィン・ポウルセン、ブライアン・クレブズ、キム・ゼッター、エレン・ナカシマ、クリス・ビングに特別な感謝を捧げたい。

本書を執筆するというアイデアは、ダニエラ・スベコブが私をディナーに誘ってくれた時に始まった。それまでにも本の執筆を勧めてくれたエージェントは多かったが、ダニエラは違った。最初に彼女の名前をグーグルで検索した時、私が知ったのは、彼女が料理本を書いた複数の作家の代理人だということだった。そのなかには、サンフランシスコでレストランを開いている、私の好きなシェフの名前もあった。ダニエラが代理人を務めてくれれば、きっとあの素敵な「ステート・バード・プロビジョン」を予約できるかも。あるいは、私を夫の料理本のゴーストライターにしてくれるかも（ダニエラ、あの時の約束、まだ覚えてる？）。その代わりに、ディナーの席に現れたダニエラが手にしていたのは、私がそれまでに《ニューヨーク・タイムズ》紙に書いたすべての記事を挟んだ、三センチメートルもあるぶ厚いファイルだった。それだけでも充分な読み物になりそうだった。彼女は章タイトルと本のタイトルに加えて、それまで私の記事に登場した人たちのなかから、すばらしい語り手となってくれそうな人のリストをつくっていた。私はふたつ返事で承諾した。出版社とのつらい交渉、思い出せないほど多くの医療問題、結婚、息子の誕生の際にも、ダニエラは私のそばに寄り添ってくれ、それまで一緒に働いたなかでも最も積極的に手伝ってくれた編集者だった。ダニエラは、そこらへんのエージェントではない。レジェンドと言ってもいいだろう。共同エージェントのジム・レビーンにも特別な感謝の意を表したい。出版界の真に高潔な人物である。私が最も必要としている時に、穏やかな励ましの声をかけてくれた。

私自身でさえ、もはや本当に完成するのか自信が持てなくなった時でも、アントン・ミューラーとブルームズベリー出版社の彼のチームは、このプロジェクトを信じてくれた。締め切りという大きなプレッシャーのかかるなか、アントンはてきぱきと仕事を進め、その手際のよさが本書のすべてのページに磨きをかけた。彼は本書を貫くテーマを見てとり、完成まで導いてくれた。アントンとブルームズベリーに、どれほど感謝しても感謝し切れないくらいだ。

一冊の本を書き上げることは、孤独な作業だった。頭のなかで考えることに多くの時間を費やす。人生のどこかの時点で出会ったひと握りの友人が、執筆の途中で私に必要な励ましと笑いを与えてくれた。メーガン・クランシー、ジュリア・ヴィニヤード、ローレン・グローバック、ローレン・ローゼンタール、ジャスティン・フランチェーズ、マリーナ・ジェンキンズ、フレデリック・ヴァイアル、アビー・グレゴリー、マイケル・グレゴリー、レイチェル・スナイダー、マット・スナイダー、セーラ・シーラウス、ベン・シーラウス、パティ・オイカワ、リズ・アーミステッド、ビル・ブルーム、ココ・ミアーズ、イーサン・ミアーズ、ショーン・レイオ、キャロリン・シーブ、ネイト・セリン、ジェン・クラスナー、ポール・ガエタニ、ジーン・ポスター、メリッサ・ジェンセン、ダン家の家族、ポール・トムソン、ジョン・ロビンソン、ジェナ・ロビンソン、アレックス・ダコスタ、タイソン・ホワイト、そして、アラスカ州チュガッシュ・パウダー・ガイズにいる親戚のみんな。

私の両親カレンとマーク・パーロース、きょうだいのビクターとニーナ。私がこの人生で得たどんな成功も、あなたたちの愛情と支援のおかげだ。私が子どもの頃、みんなが順番で私の宿題を見てくれ、学期末のレポートを書く時には肩越しに覗き込んでくれた。私がジャーナリストになって、いつか本を執筆することになるとは、それも特に秘密主義で名高いサイバー兵器の機密市場がテーマの本だなんて、いまでも不思議だ。特にビクターには感謝したい。私が考えを整理する力になってくれ、彼の会社の株主の前でスピーチをするために出かけた途中で、脚注を付けてくれた。母には何もかも感謝したい。「母親」であるとはどういうことか。私はいま、ようやくわかりかけているところだ。

本書が完成したのは、数百人の情報源のおかげである。彼らは、実態のよくわからないこの分野について、地球上で最も機密主義の市場について、何もかも快く教えてくれた。物語を共有してくれた彼らの忍耐に感謝したい。物語の多くは公表されるはずのものではなかったが、私を信頼して打ち明けてくれてありがとう。本書のページには名前のない情報源の人たちがたくさんいるが、彼らの協力は本当に貴重だった。それが誰かはその人が知っている。彼らには心の底から感謝したい。

そして最後に、私の兄のトリスタン。もう何年も前に亡くなったが、不思議なことに、いまも耳元で囁くあなたの声がはっきりと聞こえる。人生が短いことを、人生を悔いなきものにすることを教えてくれたのは、あなた以外にいない。この本をあなたに捧げる。

解説　「人」を通して見るサイバー安全保障

東京大学先端科学技術研究センター専任講師
小泉　悠

ロシアのサイバー戦に関わる基本概念を作っているのはどんな場所か、ご存知だろうか。最新のコンピュータがずらりと並ぶＩＴ企業のオフィスのような場所を想像したなら、少し肩透かしを食らうだろう。

その場所――モスクワ大学附属情報安全保障問題研究所は、広大な大学キャンパスのはずれにひっそりと存在している。モスクワ大学構内に土地勘のある人（あまりいないだろうが）のためにもう少し詳しく述べるならば、ロモノソフ大通りとミチューリン通りが交わる角のあたり、工学系の学部棟が軒を連ねる一角の一番奥まったところ、という説明になるだろうか。筆者は各国のサイバー安全保障政策に関する委託調査の一環として、二〇一〇年にここを訪れた。

スターリン様式の荘重な建築で、馬鹿でかい木の扉をくぐって案内された会議室は、これまた恐ろしく天井の高いクラシックな内装の部屋である。当時、世間はそろそろスマホ時代に突入しつつあったが、室内にはＩＴ機器の影はなく、テック企業風のカジュアルなファッションの人もいない。皆、背広かワイシャツ姿で、さらに言えば中年から年配であり、所長は長い髭を蓄えた数学者だった。

しかも、会議が始まると、ある不快な出来事に気づいた。参加者の一人が筆者の話をまるで聞かずに本を読んでいるのだ。さすがに頭に来ていると、彼はニヤリと笑って本を手渡してきた。

「これ、日本の有名な宗教家の本だろ」

タイトルを見てみると、創価学会の池田大作名誉会長の著書をロシア語に翻訳したものだった。この人たちは一体なんなのだ……ここが世界的なサイバー大国の研究所であるとは、最後までどうにも信じられなかった。だが、彼らこそがロシアのサイバーセキュリティの指針となる『ロシア連邦情報安全保障ドクトリン』の主要な起草者なのだ。

本書『サイバー戦争　終末のシナリオ』の解説という大役をおおせつかるにあたり、一〇年以上前の個人的な体験から始めたのは理由がある。サイバー空間とかサイバー安全保障という言葉にまつわる「先端」感というのは、もしかすると思い込みではないか。サイバー空間と我々の安全保障との関わりは、もっとずっと古臭いものなのではないか。こんな想いが、モスクワ大学の片隅にあるあの研究所を訪れてからどうにも頭から離れないのである。

サイバー安全保障が、ＩＴ技術と密接な関係を持つことは間違いない。未発見のセキュリティホールである「ゼロデイ」、これにつけ込むサイバー兵器「エクスプロイト」、穴を塞ぐ「パッチ」……どれもが高度なスキルを持つＩＴ技術者やハッカーでなければ扱えない代物であり、サイバー安全保障を語る者もまた、最新のＩＴ技術について一通りの知識が求められるのは当然だろう。

しかし、技術的知識があれば当該分野の安全保障について深い洞察を得られるとは限らない。核抑止理論を語る上で、核物理学やロケット工学を知っているだけでは十分でないのと同様である。その根底には核兵器の巨大な破壊力がもたらす恐怖という巨大な心理的現象が横たわっており、つまりは安全保障の対象である「人」の要素についての洞察が欠かせない。とするならば、これはサイバー安全保障も同様ではないか。IT技術と「人」との関わりという、ある意味では人文的な素養がそこには求められるのではないか。ロシアが世界的なサイバー戦大国でいられるのは、ターゲットである人間そのものを操ったり攪乱することについて冷戦期からの積み重ねがあるからではないか……。『サイバー戦争　終末のシナリオ』は、このような筆者の問題意識に見事に応えてくれた。著者のパーロースがエピローグで述べているように、本書の焦点はまさに「人」に当てられているからであり、他の「サイバー戦争本」と一線を画しているのはまさにこの点である。

本書の内容を簡単に要約してみよう。サイバー安全保障業界にとって、一大脅威とも絶好のチャンスともなるゼロデイは、人間の単純なミスから生まれる。サイバー・コミュニティは当初、それが悪用される可能性など眼中になかった。カリフォルニアのロードサイドにあるレストラン「ゾッツ」に集まった黎明期のITエンジニアたちは、荒くれ者のバイカーたちや国防総省の将軍の前でコンピュータからコンピュータへ情報が伝わる様子を見せつけてやることだけを考えていた。

やがて世界にIT化の波が訪れると、ハッカーたちはゼロデイ探しに夢中になる。当初、彼らを突き動かしていたのは仲間達から賞賛を得たい、傲慢なテック企業の鼻を明かしてやりたいという名誉欲であり、それが金になるなどとは思ってもみなかった。それが変化し始めるのが二〇〇〇年代のことで、ジョン・P・ワターズのような企業家が金を払ってでもゼロデイを欲しがった。ここからは、全てが雪だるま式に膨れ上がっていく。七五ドルでスタートしたゼロデイの買い取り価格はやがて一〇〇〇ドル単位、一万ドル単位へとインフレしていき、最終的には一〇〇万ドル単位のビジネスへとなっていった。顧客も、米国の国家安全保障機関に限らない。民主主義国から権威主義的な独裁国家までが金の力でサイバー兵器（ゼロデイを攻撃するエクスプロイト）を買い漁り、さらに磨きをかけることでサイバー軍拡が発生した。その中でトップを走っていたのは確かに米国だったが、やがて彼らが作り出した世界最強のサイバー兵器は秘密の兵器庫から漏れ出し、ついには米国に牙を剝きつつある……。

アテナイの将軍であったトゥキュディデスは、人間が戦争をする理由を「恐怖、利益、名誉」の三つに集約したことで知られるが、この原則はサイバー時代にも変化していないことが以上からも理解できよう。ハッカーたちの好奇心や名誉欲、そこから利益を得ようとする企業家たち、サイバー兵器を独占しようとする軍や情報機関の恐怖。こうした人間の性がサイバー戦争を突き動かす原動力であったことを、パーロースは「人」への粘り強い取材で抉り出し、その成果を本書に結実させた。元々サイバー業界の人間ではなく、ジャーナリストとして出発した彼女だからできた仕事である。しかもその取材をお腹に子供を抱えながらやってみせたというガッツには驚嘆するほかない。

いずれにしても、サイバー安全保障も安全保障である以上、その本丸は私たち人間である。とすると、その未来を見通す上で決定的な要素もまた、「人」であろう。

このような観点から第一に指摘できるのは、私たちがサイバー技術と訣別することはおそらく不可能だということである。航空機や原子力は戦争の道具としての危険性を秘める一方で、安価な交通やエネルギー源をもたらした。そのような危険性の上に胡座をかいて安楽な生活を送ることに対して、文明論的な批判は常に存在してきたが、ひとたび知った利便性を人類が捨てたためしはない。大金持ちでなくても手軽に海外旅行を楽しむことを可能とした航空機技術をもはや人類が捨てることはできないだろうし、これはインターネットを使って物を買ったり、ポルノサイトを閲覧することについても変わらないだろう。

第二に、人間はサイバー空間の「最も弱いリンク」であり続けるだろう。パーロースも述べるように、サイバー安全保障の最大の弱点は人間である。アンチウイルス・ソフトを買う費用をケチったり、駐車場に落ちている正体不明のUSBメモリーを職場のコンピュータに突っ込んでみたくなったり、パスワードを「password」に設定したりするような愚かさから、おそらく私たちは逃れられない。それは人間という生物が持っている本性、あるいは人間らしさそのものだからである。

第三に、サイバー空間を巡る軍拡競争は続くだろう。ある個別の兵器を禁止しようという試みは、歴史的にあまり長続きしなかった。一八九九年の万国平和会議において、世界の主要国は航空機を攻撃目的に使用することを禁止するというロシア皇帝ニコライⅡ世の提案に賛同して見せたが、その四年後にライト兄弟が人類初の動力飛行に成功するとたちまち反故にされた。あるテクノロジーが兵器化できそうだという見通しが立った途端、敵の手に渡る前にまず自分達が手にしようというインセンティブが働くのである。

しかし、あるテクノロジーを独占しておくことは容易ではない。ギリシャ神話のプロメテウスが天上から火を盗み出したように、パキスタンのA・Q・カーン博士はオランダの原子力企業から遠心分離機の技術を盗み出して核兵器技術を世界中に拡散させた。本書に登場するイランの遠心分離機はカーンの売り込んだ技術によって開発されたものである。さらにイランの核開発を止めるために米国が開発した世界最強のサイバー兵器「スタックスネット」もそう長くは独占することができず、結局は世界中の政府やサイバー犯罪者に悪用される結果となったという経緯は本書で詳細に描かれているとおりである。

以上の見通しは悲観的に過ぎるかもしれない。しかし、人類は結局のところ、新たなテクノロジーと（核兵器とさえ）一応の折り合いをつけながらここまで至っている。その扱いを間違えればとんでもない惨事を引き起こすことはたしかであるとしても、テクノロジーと人間がどんな相互作用を起こすのかを知っておけば、そのような事態を回避できる確率は高まるだろう。パーロース自身が述べるとおり、サイバー戦争には特効薬はなく、破局を防ぐ責任と力は、最終的には私たち一人一人に委ねられているのである。

二〇二二年六月

原　注

第一五章：賞金稼ぎ――カリフォルニア州シリコンバレー

私は以前働いていた《フォーブス》誌で、シリコンバレーの熾烈な人材獲得競争について記事を書いた。グーグルは、転職を阻止するために給与を10パーセント上げた。フェイスブックは、ふたりの優秀なプロダクトマネジャーがツイッター社に流出するのを防ぐためだけに、数千万ドルも支払った。当時は、企業が「個人のワークスペースを自由に飾りつけるための費用」や、ビール1年分を贈っていた。以下を参照。Perlroth, “Winners and Losers in Silicon Valley’s War for Talent,” June 7, 2011.

グーグルの「ファズファーム」についてより詳しく知りたい方は、以下のブログを参照のこと。Google Blog, “Fuzzing at Scale,” August 2011, security.googleblog.com/2011/08/fuzzing-at-scale.html. バグ報奨金制度の詳しい情報については、以下を参照。Perlroth, “Hacking for Security, and Getting Paid for It,” *New York Times*, October 14, 2015; Steven Melendez, “The Weird, Hyper-Incentivized World Of “Bug Bounties,” *Fast Company*, January 24, 2014; Andy Greenberg, “Google Offers $3.14159 Million in Total Rewards for Chrome OS Hacking Contest,” *Forbes*, January 28, 2013. 実家を改築して、両親にメッカ巡礼の旅をプレゼントしたアルジェリア人ミソウム・サイードの話はインタビューに基づく。報奨金を使ってアパートを購入したメイザン・ガマルとムスタファ・ハッサンというふたりのハッカーにも、私はインタビューしている。そのうちのひとりは報奨金で婚約指輪を買った。ニルス・ユネマンが報奨金をエチオピア、トーゴ、タンザニアの学校に寄付した話は、彼のブログで読める。www.nilsjuenemann.de/2012/04/26/ethiopia-gets-new-school-thanks-to-xss.

報奨金プログラムを愚弄した側の話として、私は、アンディ・グリーンバーグが書いたシャウキ・ベクラーのプロフィール記事を参考にした。“Meet the Hackers Who Sell Spies the Tools to Crack Your PC and Get Paid Six Figure Fees,” *Forbes*, March 21, 2012, 及び “The Zero-Day Salesman,” *Forbes*, March 28, 2012. 公文書サービスの非営利組織「マックロック」が、情報公開法に基づいて行なった公開請求によって、NSAがベクラー率いるヴペンと契約していたことが、のちに明らかになった。以下を参照。www.muckrock.com/foi/united-states-of-america-10/vupen-contracts-with-nsa-6593/#file-10505. 契約日は2012年9月14日であり、ベクラー自身が署名している。

2015年にハッキング・チームがハッキング被害に遭ったことの影響については、以下を参照。Kim Zetter, “Hacking Team Leak Shows How Secretive Zero-Day Exploit Sales Work,” *Wired*, July 24, 2015, 及び Lorenzo Franceschi-Bicchierai, “Hacking Team

Has Lost Its License to Export Spyware," *Vice*, April 6, 2016. ハッキング・チームがハッキング被害に遭ったあと、ゼロデイ市場は規制当局の厳しい監視下に置かれ、ヴペンは「ゼロディアム」と社名を変えた。以下を参照。Dennis Fisher, "VUPEN Founder Launches New Zero-Day Acquisition Firm Zerodium," Threatpost, July 24, 2015. ゼロディアムはその後、「遠隔操作によるアップル iOS のジェイルブレイクに100万ドルを支払う」という広告を出した、最初のブローカーになった。公になった支払い額としては最高額である。twitter.com/Zerodium/status/645955632374288384.

グーグルの報奨金増額については、以下を参照。Aaron Holmes, "Google Is Offering a $1.5 Million Reward to Anyone Who Can Pull Off a Complex Android Hack," *Business Insider*, November 22, 2019.

「国防総省の請負業者が、プログラミングをロシアの下請けプログラマーに出している」と、ある内部告発者が告発すると、アメリカ国内のふたつの請負業者がその告発を否定した。内部告発者は、「関係者全員がこの事実を知っていたはずだ」と主張したが、コンピュータ・サイエンシズ・コーポレーション（CSC）は、下請けのソフトウェア企業「ネットクラッカー」の名前も知らなければ、彼らがロシアのプログラマーに下請けに出した件も、まったく知らなかったと主張した。それでも、CSC とネットクラッカーは総計1275万ドルの罰金を支払うことで収拾を図った。その金額には、内部告発者に対する支払い額230万ドルも含まれていた。

フェイスブックとマイクロソフトが実施していた初期のバグ報奨金プログラムについては、「ハッカーワン」のミッシェル・プリンズ、ジョベール・アブマ、アレックス・ライス、「ルタセキュリティ」のメーレン・テルヘッゲン、ケイティ・ムスリス、「ベンチマーク・キャピタル」のビル・ガーリー、そのほかの人たちに対するインタビューをもとに編集した。数時間、あるいは数日間かけてインタビューした甲斐があった。

「フレイム」の発見とマイクロソフトが被った打撃については、マイクロソフトの従業員に行なったインタビューに基づく。私はフレイムの発見を《ニューヨーク・タイムズ》紙で報じた。"Microsoft Tries to Make Windows Updates Flame Retardant," June 4, 2012. マイクロソフトには CIA や NSA のスパイが潜入しているという仮説を最初に主張したのは、フィンランドのセキュリティ・リサーチャー、ミッコ・ハイポネンである。Kevin Fogarty, "Researcher: CIA, NSA May Have Infiltrated Microsoft to Write Malware," *IT World*, June 18, 2012.

NSA の「プリズム・プロジェクト」についてスノーデンが最初にリークしたのは、2013年6月、英国の《ガーディアン》紙上だった。同紙はプリズムを、テクノロジー企業と FBI、CIA、NSA との「チームスポーツ」と評した。以下を参照。Glenn

Greenwald and Ewen MacAskill, "NSA Prism Program Taps into User Data of Apple, Google and Others," June 7, 2013. その1カ月後、グレン・グリーンウォルド、ユエン・マカスキル、ローラ・ポイトラス、スペンサー・アッカーマン、ドミニク・ラッシェが、「マイクロソフトはNSAに、暗号化されたメッセージへのアクセスを与えている」と報じた。"Microsoft Handed the NSA Access to Encrypted Messages," *Guardian*, July 12, 2013. 海外の当局者がインターネットの「バルカン化」を警告するなか、私と同僚のクレア・ケイン・ミラーは、テクノロジー企業が悩まされる後遺症について報じた。以下を参照のこと。"N.S.A. Spying Imposing Cost on Tech Firms," *New York Times*, March 22, 2014.

2013年、テクノロジー雑誌はマイクロソフトのバグ報奨金プログラムについて報じた。以下を参照。Andy Greenberg, "Microsoft Finally Offers to Pay Hackers for Security Bugs with $100,000 Bounty," *Forbes*, June 19, 2013. バグ報奨金プログラムの経済学と、その始まりに関する役立つ概要をお探しの方には、以下をお勧めしたい。Andreas Kuehn and Milton Mueller's 2014 paper, "Analyzing Bug Bounty Programs: An Institutional Perspective on the Economics of Software Vulnerabilities." 以下で読むことができる。papers.ssrn.com/sol3/papers.cfm?abstract_id=2418812 及び「*Journal of Information Policy*」に掲載された以下の記事を参照されたい。Mingyi Zhao, Aron Laszka, Jens Grossklag "Devising Effective Policies for Bug-Bounty Platforms and Security Vulnerability Discovery." 後者はフェイスブック、グーグル、バグクラウド、ハッカーワンのバグ報奨金プログラムにおいて、「有益な情報対ノイズ情報」の比率について言及している。ベンチマークがハッカーワンに行なった初期投資の背景については、ビル・ガーリーに教わった。

中国が米連邦政府人事管理局をサイバー攻撃した件について、同僚のデイヴィッド・サンガー、マイケル・シーアと私は《ニューヨーク・タイムズ》紙で報じた。以下を参照。"Attack Gave Chinese Hackers Privileged Access to U.S. Systems," June 21, 2015.

国防総省が初めて立ち上げたバグ報奨金プログラムに関する当時の詳細については、国防総省の高官や、プログラムに参加したセキュリティ企業に行なったインタビューに加えて、以下の公式報道をもとにした。Lisa Ferdinando, "Carter Announces, 'Hack the Pentagon' Program Results," DOD News, June 17, 2016; U.S. Department of Defense, "D.O.D. Expands 'Hack the Pentagon' Crowdsourced Digital Defense Program," press release, October 24, 2018; Jason Murdock, "Ethical Hackers Sabotage F-15 Fighter Jet, Expose Serious Vulnerabilities," *Newsweek*, August 15, 2019; Aaron Boyd, "DOD Invests $34 Million in Hack the Pentagon Expansion," Nextgov.com, October 24, 2018.

元NSAの副長官クリス・イングリスの「サッカーの喩え」は、2014年開催のブラックハットでダン・ギアが行なった演説をもとにしている。以下を参照。"Cybersecurity as Realpolitik," 2014 Black Hat Talk, August 6, 2014, geer.tinho.net/geer.blackhat.6viii14.txt.

第一六章：ゴーイング・ダーク――カリフォルニア州シリコンバレー

スノーデンが暴露したなかでも最も世間の非難を浴びたのは、2013年10月、《ワシントン・ポスト》紙に掲載された「ポストイットのイラスト」だった。NSAがグーグルやヤフーのデータセンターに侵入している方法を、NSAの分析官が手書きした概念図である。グーグルのデータが暗号化される前の場所に、スマイリーフェイスが描かれていた。これについては以下を参照。Barton Gellman and Ashkan Soltani, "NSA Infiltrates Links to Yahoo, Google Data Centers Worldwide, Snowden Documents Say," October 30, 2013. この記事を書いたバートン・ゲルマンとアシュカン・ソルタニ、そしてトッド・リンデマンが3人で書いた補足記事については、以下を参照のこと。Barton Gellman, Todd Lindeman and Ashkan Soltani, "How the NSA Is Infiltrating Private Networks," *Washington Post*, October 30, 2013. NSAが電子メールや連絡先を窃取していた件については、ゲルマンとソルタニによる2013年10月14日の以下の記事を参考にした。"NSA Collects Millions of Email Address Books Globally." その後、テクノロジー企業やNSAが被った影響については、以下の記事を参照のこと。"Google's Schmidt: NSA Spying on Data Centers Is 'Outrageous,'" *Wall Street Journal*, November 4, 2013; Mike Masnick, "Pissed Off Google Security Guys Issue FU to NSA, Announce Data Center Traffic Now Encrypted," *Techdirt*, November 6, 2013; Alexei Oreskovic, "Google Employees Lash Out at NSA over Reports of Cable Tapping," Reuters, November 6, 2013. 以上に加えて、私が同僚のビンドゥー・ゴールやデイヴィッド・サンガーと書いた記事も参照されたい。"Internet Firms Step Up Efforts to Stop Spying," December 5, 2013; and David E. Sanger and Nicole Perlroth, "Internet Giants Erect Barriers to Spy Agencies," *New York Times*, June 6, 2014. 私は、スティーブン・レビーの包括的な記事を強くお勧めする。以下を参照。Steven Levy, "How the NSA Almost Killed the Internet," *Wired*, January 7, 2014.

グーグルの「プロジェクト・ゼロ」について最初に報道したのは、《ワイヤード》誌である。以下を参照。Andy Greenberg, "Meet 'Project Zero,' Google's Secret Team of Bug-Hunting Hackers," July 15, 2014. プロジェクト・ゼロは、マイクロソフトのソフトウェアに重大な脆弱性を発見した。そしてそのことが、グーグルとマイクロソフトのあいだで舌戦を引き起こした。詳細については以下を参照のこと。Steve Dent, "Google Posts Windows 8.1 Vulnerability before Microsoft Can Patch It," Engadget.com, January 2, 2015, and Lorenzo Franceschi-Bicchierai, "How Google Changed the Secretive Market for the Most Dangerous Hacks in the World," *Vice*, September 23, 2019. ロキハルトことリ・ジョンフンのエクスプロイトについては、以下を参照。

Russell Brandom, “A Single Researcher Made $225,000 (Legally!) by Hacking Browsers This Week,” *The Verge*, March 20, 2015. プロジェクト・ゼロでは、発見されたゼロデイをスプレッドシートに記録している。以下で見ることができる。googleprojectzero.blogspot.com/p/0day.html.

シリコンバレーのなかでティム・クックほど記者の取材に気軽に応じてくれるCEOはいない、と私は思う。クックはそのような機会を使って、プライバシーから移民の問題まで、さまざまな話題について彼自身の考えを語ってくれる。ちゃんと座ってゆっくりインタビューに応じてくれたことが、本書の執筆には、それも特に本章には信じられないくらい役に立った。シリコンバレーのCEOたちよ、ご参考までに！

少年時代のKKKとの遭遇について、クックはみずから語っている。Bloomberg: Tim Cook Speaks Up,” October 30, 2014. 以下も参照されたい。Tim Cook’s 2019 Commencement Address to Stanford University: www.youtube.com/watch?v=2C2VJwGBRRw. 同僚のマット・リクテルとブライアン・X・チェンは、クックがCEOに就任した頃の様子を記事にしている。“Tim Cook, Making Apple His Own,” *New York Times*, June 15, 2014.

スノーデンによる暴露のあと、オバマ大統領は2014年、クックやほかのテクノロジー企業の経営陣と数回、非公開の会合を行なった。その年の12月にオバマが会ったのは、クックのほかにヤフーのマリッサ・メイヤー、ツイッターのディック・コストロ、グーグルのエリック・シュミット、フェイスブックのシェリル・サンドバーグ、コムキャストのブライアン・ロバーツ、AT&Tのランドール・スティーブンソン、マイクロソフトのブラッド・スミス、リンクトインのエリカ・ロッテンバーグ、ネットフリックスのリード・ヘイスティングである。公式な議題は政府のウェブサイト「Healthcare.gov」の改善策だったが、話はすぐに政府の監視と国民からの信頼の失墜に移った。以下を参照。Jackie Calmes and Nick Wingfield, “Tech Leaders and Obama Find Shared Problem: Fading Public Trust,” *New York Times*, December 17, 2013. 同じ年の8月に開かれた同様の会合については、以下を参照。Tony Romm, “Obama, Tech Execs Talk Surveillance,” *Politico*, August 8, 2013. これらの記事には、クックが受け取った手紙の話はないが、その件についてはほかのインタビューをもとにした。

クックが発表したアイフォンの新たなセキュリティは、テクノロジー系の媒体で広く報道された。以下を参照。 John Kennedy, “Apple Reveals 4.7-inch and 5.5-inch iPhone 6 and iPhone 6 Plus Devices,” Siliconrepublic.com, September 9, 2014. 次も参照のこと。David Sanger and Brian Chen, “Signaling Post-Snowden Era, New iPhone Locks Out N.S.A.,” *New York Times*, September 26, 2014.

ジェームズ・コミーの「ゴーイング・ダーク」ツアーについては、以下を参照。Igor Bobic and Ryan J. Reilly, "FBI Director James Comey 'Very Concerned' about New Apple, Google Privacy Features," *Huffington Post*, September 25, 2014; James Comey, "Going Dark: Are Technology, Privacy, and Public Safety on a Collision Course?" Full Remarks, Brookings Institution, October 16, 2014; 及び Scott Pelley's *60 Minutes* interview with Comey on June 21, 2015.

NSAが暗号解読のために行なっている取り組みについて包括的な説明は、私が「プロパブリカ」と協力して、《ニューヨーク・タイムズ》紙に書いた記事を参照されたい。Nicole Perlroth, Jeff Larson, and Scott Shane, "NSA Able to Foil Basic Safeguards of Privacy on Web," September 5, 2013.

サンバーナディーノ銃乱射事件の犯人について、私は以下を参考にした。Adam Nagourney, Ian Lovett, Julie Turkewitz, and Benjamin Mueller, "Couple Kept Tight Lid on Plans for San Bernardino Shooting," *New York Times*, December 3, 2015. その後のアップルとFBIとの確執については、私の同僚が《ニューヨーク・タイムズ》紙で詳しく報じている。Mike Isaac, "Why Apple Is Putting Up a Fight Over Privacy with the F.B.I.," February 18, 2016; Cecilia Kang and Eric Lichtblau, "F.B.I. Error Led to Loss of Data in Rampage," March 2, 2016; and Eric Lichtblau and Katie Benner, "Apple Fights Order to Unlock San Bernardino Gunman's iPhone," *New York Times*, February 17, 2016.

当時、セキュリティ・リサーチャーは、FBIがアップルに変更するよう強要したソフトウェアを「政府OS」と呼んだ。iOSモバイル・ソフトウェアのもじりである。以下を参照。Mikey Campbell, "Apple Rails against FBI Demands for 'Govtos' in Motion to Vacate Decryption Request," Appleinsider.com, February 25, 2016.

アップルとFBIとの戦いについて、ティム・クックはみずから、インタビューや同社の顧客に向けたメッセージ "A Message to Our Customers," February 16, 2016. で見解を語った。アップルの従業員の非公式な主張は、「アメリカ政府職員のデータでさえ安全に守れなかった政府が、アップルのバックドアを守れるという言葉は信用できない」というものだった。実際、中国のハッカーが米連邦政府人事管理局にサイバー攻撃を仕掛けた時にも、政府はハッキングを防げなかった。

サンバーナディーノ銃乱射事件で息子を失った母親キャロル・アダムズが、アップルを支持した言葉は、以下から引用した。Tony Bradley, "Apple vs. FBI: How Far Can the Government Go in the Name of 'National Security'?", *Forbes*, February 26, 2016.

銃乱射事件の犯人が使っていたアイフォンをロック解除するために、FBI がハッカーに 130 万ドルを支払ったという、コミー長官の前代未聞の告白については、以下を参照。Eric Lichtblau and Katie Benner, "FBI Director Suggests Bill for iPhone Hacking Topped $1.3 Million," *New York Times*, April 21, 2016.

FBI にアイフォンのハッキングを提供したのはうちの企業だ、と称する「セレブライト」の主張にあちこちの記者は飛びついたが、残念ながら誤報だった。当時の誤報のひとつとして、以下を参照のこと。Jonathan Zalman, "The FBI Is Apparently Paying an Israel-Based Tech Company $15,278.02 to Crack San Bernardino Killer's iPhone," *Tablet* March 24, 2016.

FBI がハッカーに 130 万ドルを支払ったと発表した 4 カ月後、アップルは 8 月開催の「ブラックハット」で、バグ報奨金プログラムの開始を発表した。何年も報奨金を支払ってきたグーグル、フェイスブック、マイクロソフトなどの企業と違って、アップルは一貫して報奨金の支払いに抵抗してきた。「リサーチャーから常に脆弱性の報告を受けとっているため、金銭的なインセンティブは必要ない」というのが、それまでのアップル経営陣の考えだった。また、「政府の価格には決して太刀打ちできない」とも訴えてきた。ところが、FBI との論争によって iOS エクスプロイトの旨味のある市場に注目が集まったために、アップルはついに白旗をあげた。そして、ごくひと握りのハッカーを選んで、「ファームウェア（ベアメタルに最も近いところのソフトウェア）にセキュリティホールを見つけた場合、最高 20 万ドルの報奨金を支払う」と約束した。闇市場で iOS のエクスプロイトの価格が上昇し、2019 年には、NSO やそのほかのスパイウェアに iOS のエクスプロイトが使われ始めた。そこでアップルは、「検知されずにデバイスのカーネルに遠隔操作で不正侵入できる、ゼロクリックのエクスプロイト」に、最高 100 万ドルの報奨金を支払うことに決めた。アップルはまた、2020 年に報奨金制度を公にし、「iOS セキュリティ・リサーチ・デバイス・プログラム」という新たなプログラムを打ち出して、ハッカーに特製のアイフォンを贈ることにした。デバッグ能力などの特別な機能を付与したアイフォンだったため、市販のアイフォンにはアクセスできない、たとえば iOS の OS やメモリの一部も精査でき、ハッカーはその部分の脆弱性も見つけやすかった。

高度な攻撃型サイバー・エクスプロイト・プログラムを有する国の数について、情報は少ない。だが、2017 年に元 NSA 副長官のリチャード・レジェットが公に語ったところによると、サイバー攻撃を仕掛けられる国は、「100 カ国を優に超える」という。以下を参照。Mike Levine, "Russia Tops List of 100 Countries That Could Launch Cyberattacks on US," ABC News, May 18, 2017. この記事は、2013 年 7 月に、私と同僚のデイヴィッド・サンガーが《ニューヨーク・タイムズ》紙に書いた記事の内容と一致する。"Nations Buying as Hackers Sell Flaws in Computer Code".

第一七章：サイバー・ガウチョ――アルゼンチン、ブエノスアイレス

アルゼンチンの輸入規制によって高精細テレビの価格が2倍になり、手に入るまで半年待ちだという情報は、以下を参考にした。Ian Mount, "A Moveable Fiesta," *New York*, February 17, 2006.

この手のコンピュータプログラミング大会のなかでも最も古く、由緒ある「国際大学対抗プログラミングコンテスト（ICPC）」の結果については、以下を参照。//icpc.baylor.edu/worldfinals/results. ロシアやポーランド、中国、韓国などのチームに、アメリカのチームがこのところずっと負けていることがわかる。

NSAの士気の落ち込みについては、以下を参照。Ellen Nakashima and Aaron Gregg, "NSA's Top Talent Is Leaving Because of Low Pay, Slumping Morale and Unpopular Reorganization," *Washington Post*, January 2, 2018.

セザール・セルードが信号機をハッキングした件については、《ニューヨーク・タイムズ》紙の私の記事を参照されたい。"Traffic Hacking: Caution Light Is On," June 10, 2015.

ブラジルのサイバー犯罪の問題については、以下から情報を得た。Janes Intelligence Review: "Brazil Struggles with Effective Cybercrime Response," 2017. マカフィーの報告書によれば、ブラジルはサイバー犯罪によって70億ドルから80億ドルを失ったという。そのなかには、パスワード窃取、クレジットカード詐欺などのサイバー攻撃も含まれる。ブラジルのサイバー攻撃の54パーセントが国内発である。McAfee and Center for Strategic International Studies, "Economic Impact of Cybercrime—No Slowing Down," February 2018.

2014年開催のブラックハットでダン・ギアが行なった基調演説の詳細は、以下を参照。Tim Greene, "Black Hat Keynote: U.S. Should Buy Up Zero-day Attacks for 10 Times Going Rate," *Network World*, August 7, 2014.

2001年にアルゼンチン国内で起きた抗議デモについて、当時の情報は以下を参照。Uki Goni, "Argentina Collapses into Chaos," *Guardian*, December 20, 2001.

「サイバー・ガウチョ」ことアルフレド・オルテガは、原子核科学者が直面する課題を熟知していた。トレッキング旅行者にはあまり知られていないが、パタゴニアは長年、秘密の原子力研究所の拠点だった。1940年代後半、オーストリア生まれのドイツ人科学者ロナルド・リクターは、アルゼンチンの大統領を説得して、原子炉「サーモトロン」の建設に漕ぎ着けた。3年をかけ、4億ドル以上を投資したもののプロジェクトは頓挫し、リクターは詐欺罪で投獄される。とはいえ、このプロジェクトは、

アルゼンチン初の原子炉をつくるための基礎となった。50年後、アルゼンチンの原子炉は世界で高く評価され、おもに医療分野の検査と治療に使われている。オルテガが私に語ったところによれば、パタゴニアで過ごした子ども時代の友人である原子核科学者は、最近、誘拐を恐れてほとんど旅行にも出かけなくなったという。「カタールやサウジアラビアに行けば、彼が誘拐される危険性は非常に高く、核兵器プログラムの開発を強制されるに違いない」とオルテガは言う。それは自分も同じであり、自分がエクスプロイトを売却したことがバレてしまえば、誘拐される危険性は高いとオルテガは恐れている。特にオルテガが売却したエクスプロイトは、核施設のエアギャップを飛び越えたり、人工衛星をハッキングしたり、世界的なサプライチェーンを破壊したりできるからだ。アルゼンチンの原子炉についてさらなる情報は、以下を参照。Charles Newbery, "Argentina Nuclear Industry Sees Big Promise in Its Small Reactors," *Financial Times*, September 23, 2018.

アメリカとアルゼンチンの関係がわかる比較的最近の資料として、私は特に以下を勧めたい。Graciela Mochkofsky, "Obama's Bittersweet Visit to Argentina," *New Yorker*, March 23, 2016. クリスティーナ・キルチネルとヘッジファンドとの戦いや、アメリカが彼女の暗殺を目論んでいるという陰謀論については、以下の記事を参照のこと。Agustino Fontevecchia, "The Real Story of How a Hedge Fund Detained a Vessel in Ghana and Even Went for Argentina's Air Force One," *Forbes*, October 5, 2012. 及び Linette Lopez, "The President of Argentina Thinks the US Wants Her Dead," *Business Insider*, October 2, 2014.

ビル・クリントンの決定によって2002年に公開された機密文書によれば、1976年6月、アルゼンチンの軍事政権が激しい人権侵害を行なっていた頃、当時のキッシンジャー国務長官がアルゼンチンのセザール・アウグスト・グゼッティ外相に、うまくいくように伝えていたという。同じ年、サンチャゴでグゼッティと会談した際、キッシンジャーは「実施すべきことがあるなら、早急に実施すべきだ」と述べている。さらに続けて「我々は、アルゼンチンの最近の出来事を詳細に追ってきた。新政府に幸運あれ。成功するように。そのために、アメリカはできる限りのサポートをする……議会が再開する前に仕事を終えるなら、なおのことよい」と伝えた。次を参照。National Security Archive Electronic Briefing Book No. 133, posted Dec 4, 2003, nsarchive2.gwu.edu/NSAEBB/NSAEBB104/index.html.

第一八章：パーフェクト・ストーム――サウジアラビア、ダーラン

本章では、アメリカ政府の高官や企業の経営陣に対するインタビューを大いに参考にした。また、2012～19年に、私が《ニューヨーク・タイムズ》紙で報道した記事からも引用している。サウジアラムコのサイバー攻撃について、最も包括的な記事は以下を参照されたい。Nicole Perlroth, "In Cyberattack on Saudi Firm, U.S. Sees Iran Firing Back," *New York Times*, October 23, 2012.

イランの目的について述べたアブドラ・アル＝サアーダンの発言は、以下を参照。“Aramco Says Cyberattack Was Aimed at Production,” Reuters, December 9, 2012.

アメリカを標的としたサイバー攻撃の急増については、以下の私の記事に基づく。“Hacked Vs Hackers, Game on,” *New York Times*, December 3, 2014. サイバー攻撃の脅威が絶えない時代に、オバマ政権がサイバーセキュリティの法案を成立できなかった経緯については、以下を参照。Michael S. Schmidt and Nicole Perlroth, “Obama Order Gives Firms Cyberthreat Information,” *New York Times*, February 12, 2013; Nicole Perlroth, David E. Sanger, and Michael S. Schmidt, “As Hacking against U.S. Rises, Experts Try to Pin Down Motive,” *New York Times*, March 3, 2013; Nicole Perlroth, “Silicon Valley Sounds Off on Failed Cybersecurity Legislation,” *New York Times*, August 3, 2012.

イランのサイバー軍に関する詳細な情報は、以下を参照。Ashley Wheeler, “Iranian Cyber Army, the Offensive Arm of Iran’s Cyber Force,” September 2013, available at www.phoenixts.com/blog/iranian-cyber-army. イランは「世界で４番目に大きなサイバー軍」を保有するという、イラン政府の自慢げな発言については以下を参照。“Iran Enjoys 4th Biggest Cyber Army in the World,” FARS (Tehran), February 2, 2013.

中国による知的財産の窃取については、以下を参照されたい。Intellectual Property Commission Report, “The Theft of American Intellectual Property: Reassessments of The Challenge and United States Policy,” published May 22, 2013, updated February 27, 2017.《ニューヨーク・タイムズ》紙が中国のハッキング被害に遭った件について、私が書いた記事は以下の通り。“Chinese Hackers Infiltrate *New York Times* Computers,” *New York Times*, Jan 30, 2013. 中国のサイバー攻撃に遭ったほかの企業に、これらの記事が与えた影響については、以下を参照。Perlroth, “Some Victims of Online Hacking Edge into the Light,” *New York Times*, February 20, 2013. 人民解放軍の 61398 部隊について明らかにした、私と同僚の記事も参照されたい。David E. Sanger, David Barboza, and Nicole Perlroth, “Chinese Army Unit Is Seen as Tied to Hacking against U.S.,” *New York Times*, February 18, 2013. このあと、司法省が 61398 部隊のハッカーを訴追した件については、以下を参照のこと。“U.S. Charges Five Chinese Military Hackers for Cyber Espionage Against U.S. Corporations and a Labor Organization for Commercial Advantage,” Department of Justice, May 19, 2014. この件については、《ニューヨーク・タイムズ》紙も報じている。Sanger and Perlroth, “Hackers from China Resume Attacks on U.S. Targets,” May 19, 2013. それから１年も経たないうちに、アメリカにサイバー攻撃を仕掛けた人民解放軍のふたつ目のハッキング部隊の存在を、私はクラウドストライクと協力して見つけ出した。“2nd China Army Unit Implicated in Online Spying,” *New York Times*, June 9, 2014.

アメリカの金融機関を狙ったイランのサイバー攻撃については、以下を参照。Nicole Perlroth and Quentin Hardy, "Bank Hacking Was the Work of Iranians, Officials Say," *New York Times*, January 8, 2013. 激しい「サービス拒否攻撃」から、さらに破壊的なサイバー攻撃へと、イランが攻撃を激化させた件については以下を参照。Perlroth and Sanger, "Cyberattacks Seem Meant to Destroy, Not Just Disrupt," *New York Times*, March 28, 2013.

ニューヨーク州ウエストチェスター郡のボウマン・アヴェニュー・ダムに、イランが攻撃を仕掛けた時のアメリカ政府の最初の反応について、今回もまた、J・マイケル・ダニエルは時間を取ってくれ、説明してくれた。攻撃から3年が経ち、司法省は7人のイラン人に対する起訴状を公開した。彼らは、アメリカの金融機関に攻撃を仕掛け、ボウマン・アヴェニュー・ダムに不正侵入したとされる。7人の名前は、ハミド・フィルージ、アフマド・ファティ、エイミン・ショコヒ、サデ・アフマドザデガン（通称「Nitr0jen26」で知られる）、オミド・ガファリニア（通称「PLuS」）、シナ・ケイサー、ナデル・サエディ（通称「トルコのサーバー」）である。全員が、イスラム革命防衛隊のふたつのフロント企業「ITSecTeam」「Mersad」で働いていた。ボウマン・アヴェニュー・ダムに不正侵入したのはフィルージである。起訴状によれば、フィルージは水位、圧力レベル、閘門、ゲートなど、ダムの稼働に関する情報を繰り返し集めていたという。フィルージが、オレゴン州にあるはるかに巨大なアーサー・R・ボウマン・ダムをハッキングするつもりだったのか、稼働しているダムを将来の攻撃の予行練習として研究していただけなのかについて、起訴状は明らかにしていない。いずれにせよ、アメリカ政府当局はその意図を、敵対的と推測するほかなかった。司法省の起訴状についてさらなる情報を知りたい方は、以下を参照のこと。David E. Sanger, "U.S. Indicts 7 Iranians in Cyberattacks on Banks and a Dam," *New York Times*, March 24, 2016, and Joseph Berger, "A Dam, Small and Unsung, Is Caught Up in an Iranian Hacking Case," *New York Times*, March 25, 2016. イランがアメリカ海軍のコンピュータをハッキングした件については、以下を参照されたい。Julian E. Barnes and Siobhan Gorman, "U.S. Says Iran Hacked Navy Computers," *Wall Street Journal*, September 27, 2013.

アメリカのリサーチャーは2009年以降、中国のサイバー攻撃を行なっているのは、「863計画（国家ハイテク研究発展計画）」の資金を受け取っている同国の大学だ、と公に特定するようになった。以下を参照のこと。Michael Forsythe and David E. Sanger, "China Calls Hacking of U.S. Workers' Data a Crime, Not a State Act," *New York Times*, December 2, 2015. 中国側は否定している。

イントレピッド会場航空宇宙博物館でパネッタが行なった演説の報道は、以下を参照。Elisabeth Bumiller and Thom Shanker, "Panetta Warns of Dire Threat of

Cyberattack on U.S.," *New York Times*, October 11, 2012. この時、パネッタは、アメリカの金融機関やアラムコを狙った攻撃に言及し、この演説が、アメリカがサイバー脅威と戦うための「戦闘ラッパ」になることを望むと述べている。会場で演説を聞いた企業経営者のなかには、パネッタの演説が大げさで、連邦議会を意識した過剰な表現だと非難する者もいた。だが演説後、パネッタはその非難を一蹴し、ある記者にこう語っている。「重要なのは、ただ傍観して、忌々しい危機が発生するのを待っていてはいけないことだ。この国では、我々はついそうしがちである」。

イランがサンズカジノをハッキングした件について、最も包括的な記事は以下を参照。Ben Elgin and Michael Riley, "Now at the Sands Casino: An Iranian Hacker in Every Server," Bloomberg, December 12, 2014.

みずからのカジノに、イランがサイバー攻撃を仕掛けるきっかけをつくったシェルドン・アデルソンの発言は、以下を参照。Rachel Delia Benaim and Lazar Berman, "Sheldon Adelson Calls on U.S. to Nuke Iranian Desert," *Times of Israel*, October 24, 2013. これに対し、イランの最高指導者アリー・ハーメネイーは「アデルソンは、その口に平手打ちを受けるべきだ」と述べた。穏当な表現に聞こえるかもしれないが、ハーメネイーが次に「誰かを平手打ちする」という表現を持ち出すのは、2020 年のことである。イランのガーセム・ソレイマーニー司令官を、アメリカがドローン攻撃で殺害したことの報復として、イランはイラクにある米空軍基地に 22 発の弾道ミサイルを撃ち込んだ。この時もハーメネイーは、この攻撃を「顔を平手打ちする」と表現した。

2014 年 12 月に北朝鮮がソニー・ピクチャーズを狙った攻撃は、イランがアラムコやサンズを狙ったサイバー攻撃と奇妙に類似していた。その点について、私と同僚のデイヴィッド・サンガーは《ニューヨーク・タイムズ》紙で詳しく報じた。"U.S. Said to Find North Korea Ordered Cyberattack on Sony," December 17, 2014. ソニー経営陣のメールがリークされた件については、以下を参照。Sam Biddle, "Leaked: The Nightmare Email Drama Behind Sony's Steve Jobs Disaster," *Gawker*, December 9, 2014. 及び Kevin Roose, "Hacked Documents Reveal a Hollywood Studio's Stunning Gender and Race Gap," *Fusion*, December 1, 2014.

サイバー攻撃を仕掛けた北朝鮮に対するオバマ政権の報復措置については、以下を参照。David E. Sanger, Michael S. Schmidt, and Nicole Perlroth, "Obama Vows a Response to Cyberattack on Sony," *New York Times*, December 19, 2014. 1 週間後、北朝鮮のインターネットが機能停止に陥った件については、以下を参照されたい。Nicole Perlroth and David E. Sanger, "North Korea Loses Its Link to the Internet," *New York Times*, December 22, 2014.

2014年12月22日に北朝鮮のインターネットが機能停止に陥った件について、アメリカ政府の元高官は一切の関与を否定し、2015年1月の制裁こそオバマ政権の正式な反応だと指摘した。すなわち、ホワイトハウスが、北朝鮮政府の高官10人と諜報機関に科した制裁のことを指している。そしてその元高官は、北朝鮮の10人と諜報機関が「北朝鮮が仕掛ける多くの大規模サイバー作戦」の責任者だと説明した。イランは北朝鮮の軍事テクノロジーの重要な顧客であり、興味深いことに、10人のうちのふたりはイランを担当していた。この件は、イランと北朝鮮の2カ国が協力体制にあり、情報を共有している可能性を垣間見せる出来事だった。

イランが米国務省の職員をハッキングしていた件について、私と同僚のサンガーは《ニューヨーク・タイムズ》紙で報じた。以下を参照のこと。“Iranian Hackers Attack State Dept. via Social Media Accounts,” November 24, 2015.

トランプが中国に貿易戦争を仕掛け、イランとの核合意を破棄したあと、中国とイランはそれぞれアメリカ企業を狙ったサイバー攻撃を再開した。以下を参照。Perlroth, “Chinese and Iranian Hackers Renew Their Attacks on U.S. Companies,” *New York Times*, February 18, 2019.

習近平とプーチンが初めて会談した時の様子と、習の発言「私たちは性格が似ている」については、以下の記事を参考にした。Jeremy Page, “Why Russia’s President Is “Putin the Great” in China,” *Wall Street Journal*, October 1, 2014. 初期の習政権が市民を逮捕した件については、以下を参照。Ivan Watson and Steven Jiang, “Scores of Rights Lawyers Arrested after Nationwide Swoop in China,” CNN, July 15, 2015. 習近平については、エヴァン・オスノスの記事が特にお勧めである。Evan Osnos’s *New Yorker* article about Xi Jinping, “Born Red,” April 6, 2015.

中国のサイバー窃取を抑制するためにオバマ政権がとった戦略は、元高官に対して私が行なった多くのインタビューに基づくとともに、スーザン・ライスの回想録も参考にした。Susan Rice’s memoir, *Tough Love: My Story of the Things Worth Fighting For* (Simon & Schuster, 2019). エレン・ナカシマはライスたちへの取材を通して、間近に迫る制裁措置について2015年8月30日付けの《ワシントン・ポスト》紙でスクープ報道した。以下を参照。“U.S. Developing Sanctions Against China over Cyberthefts,” August 30, 2015, *Washington Post*.

中国がアメリカの企業秘密のハッキングは行なわないことについて、習近平とオバマが2015年9月に合意に達したという報道は、以下を参照。Julie Hirschfield Davis and David E. Sanger, “Obama and Xi Jinping of China Agree to Steps on Cybertheft,” *New York Times*, September 25, 2015. 2015年9月に行なわれた公式晩餐会の描写は、AP通信の記事を参考にした。以下を参照。Associated Press, “Obama Hosts Lavish

State Dinner for China's President Xi Jinping," September 25, 2015.

ファイア・アイの一部門である「アイサイト・インテリジェンス」によれば、2015年9月に合意がまとまったあと、中国によるサイバースパイ活動の頻度がすぐに90パーセント減少したという。以下を参照。David E. Sanger, "Chinese Curb Cyberattacks on U.S. Interests, Report Finds," *New York Times*, June 20, 2016, and Ken Dilanian, "Russia May Be Hacking Us More, But China Is Hacking Us Much Less," NBC News, October 12, 2016.

第一九章：送電網——ワシントンＤＣ

本章の大部分は、国土安全保障省の元及び現役の高官に、私が行なったインタビューに基づく。彼らは2012年初めから2013年末まで、アメリカの送電網を標的とした攻撃について警告を発した。2012年にサイバー攻撃が急増した件については、以下を参照。David Goldman, "Hacker Hits on U.S. Power and Nuclear Targets Spiked in 2012," CNN, January 9, 2013; Nicole Perlroth, "Tough Times at Homeland Security," *New York Times*, May 13, 2013; 及び Perlroth, "Luring Young Web Warriors Is Priority. It's Also a Game," *New York Times*, March 25, 2013.

送電網に迫るサイバー脅威についてより詳しく知りたい方には、以下の書籍をお勧めしたい。Ted Koppel's『*Lights Out*』(Broadway Books, 2015)。この本ではR・ジェームズ・ウールジー、ジョン・M・ドイッチュ、ジェームズ・シュレシンジャー、ウィリアム・ペリー、スティーブン・ハドリー、ロバート・マクファーレンらが、2010年に連邦議会に送った親展書についても言及している。

2013年の一般教書演説でオバマが認めたのは、国土安全保障省の職員が過去1年間、私に話してきた内容だった。「私たちの敵もいまでは、アメリカの送電線、金融機関、航空管制システムに破壊工作を行なう能力を得ようとしている」「いまから数年後に振り返って、アメリカのセキュリティや経済に対する真の脅威を前にしながら、なぜ何もしなかったのだろうと、悔やむことがあってはならない」などである。オバマはこの演説をした当日のもっと早い時間に、国家のインフラを担当する民間企業と政府とのあいだで、サイバー脅威情報をよりよく共有するための大統領令に署名していた。法令化よりも拘束力の弱い、大統領令というかたちによる提案だった。大統領令はアメばかりで、ムチはなかった。公益事業やインフラ提供企業にサイバーセキュリティを強化させるためには、議会の承認が必要だったからだ。

1年後、政府高官や民間のセキュリティ・リサーチャーは、攻撃者がロシア人ハッカーであることを、もっと確信を持って特定するようになっていた。次を参照。Perlroth, "Russian Hackers Targeting Oil and Gas Companies," *New York Times*, June 30, 2014.

私はその年の6月の記事で、「リサーチャーは攻撃の目的を企業秘密の窃取と見ている」と書いた。「攻撃の背景にある動機は産業スパイ活動のようだ。ロシアの石油・天然ガス産業の重要性を考えれば、当然の結論だ」と、リサーチャーは述べている。「だが、ロシアのハッカーがアメリカ企業を標的にしている方法はまた、産業制御システムを遠隔操作でコントロールする機会をも与える。2009年、アメリカとイスラエルも、スタックスネットのコンピュータ・ワームを使って、同じような方法でイランの核燃料施設を掌握することができたのだ」

のちにリサーチャーは、攻撃の真の目的は知的財産の窃取ではない、と考えを変えた。あれらの攻撃は、サイバー戦争を睨んだ計画段階として行なわれたのだ、と考えるようになった。

ロシアが国際的なサイバー兵器の禁止を呼びかけた件については、以下を参照。Andrew E. Kramer and Nicole Perlroth, "Expert Issues a Cyberwar Warning," *New York Times*, June 3, 2012. サイバー戦の激化に対するロシアの懸念については、以下を参照のこと。Timothy Thomas, "Three Faces of the Cyber Dragon: Cyber Peace Activist, Spook, Attacker," Foreign Military Studies Office, 2012. ロシアの「モノのインターネット（IoT）」市場の詳細については、以下を参照されたい。MarketWatch, "Russia Internet of Things (IoT) Market Is Expected to Reach $74 Billion By 2023," October 17, 2019.

ロシアのGDP、購買力平価、人口増加率の統計について、私は以下を参考にした。CIA World Factbook, the World Bank GDP Ranking, and the Wilson Center studies on Russia's demographic trends.

ファイア・アイのジョン・ハルトキストは、民間リサーチャーのあいだで「サンドワーム」と呼ばれる「ロシア連邦軍参謀本部情報総局（GRU）」傘下のサイバー部隊について、調査を行なった。彼の調査は、私の記事執筆にとって貴重な資料になった。とはいえ、ハルトキストのサンドワーム発見について、最も包括的に描かれているのはアンディ・グリーンバーグの著書 Andy Greenberg『*Sandworm: A New Era of Cyberwar and the Hunt for the Kremlin's Most Dangerous Hackers*』であり、キム・ゼッターによる以下の記事である。Kim Zetter, "Russian Sandworm Hack Has Been Spying on Foreign Governments for Years," *Wired*, October 14, 2014.

ハルトキストの調査をもとに、セキュリティ会社「トレンドマイクロ」のふたりのリサーチャーは、サンドワームのツールをさらに詳細に分析した。以下を参照。Kyle Wilhoit and Jim Gogolinski, "Sandworm to Blacken: The SCADA Connection," Trend Micro, October 16, 2014.

2週間後、「産業制御システムのサイバー緊急事態対応チーム（ICS-CERT）」がセキュリティ・アドバイザリを出し、GEだけでなくシーメンスやアドバンテックのソフトウェアにも、サンドワームがハッキング攻撃を仕掛けていると詳細に警告した。シーメンスとアドバンテックは、産業インフラに接続できるソフトウェアを販売している。このアドバイザリはいまはもう読めないが、複数の報道が詳しく伝えている。以下を参照。Michael Mimoso, "BlackEnergy Malware Used in Attacks Against Industrial Control Systems," Threatpost, October 29, 2014.

2020年2月20日、米国務省と英国の「国家サイバーセキュリティセンター（NCSC）」は、ロシアのサンドワーム／ブラック・エナジー・グループが、ロシア連邦軍参謀本部情報総局傘下のサイバー部隊「74455」の一部門であることを公表した。米英の政府高官が攻撃者の特定を公表することはあまりないが、この時、米英当局は、2019年にジョージア（グルジア）を襲ったサイバー攻撃も、このグループの仕業だったと指摘した。ハッカーはジョージア政府と民間が運営する数千のウェブサイトを攻撃し、少なくともふたつの大手テレビ局の放送を中断させた。ポンペオ米国務長官の声明文は、以下の通り。Secretary of State Michael R. Pompeo, "The United States Condemns Russian Cyber Attack Against the Country of Georgia," press statement, February 20, 2020.

ロシア軍ハッカー7人に対する2018年10月4日付けの起訴状のなかで、米司法省はすでに、ロシア連邦軍参謀本部情報総局傘下のサイバー部隊「74455」を名指ししていた。起訴状では、「ファンシー・ベア」ことサイバー部隊「26165」のメンバーが使うために、「74455」のメンバーがソーシャルメディアのアカウントをつくり、ハッキング用のインフラを立ち上げたことを非難していた。ロシア側の目的は、世界アンチ・ドーピング機構の職員や、ロシアによる化学兵器の使用を調査している組織をハッキングすることにあった。以下を参照。Department of Justice, "U.S. Charges Russian GRU Officers with International Hacking and Related Influence and Disinformation Operations," press release, October 4, 2020. ロシア連邦軍参謀本部情報総局傘下のサイバー部隊「74455」については、「民主党全国委員会に不正侵入したふたつのサイバー部隊のうちのひとつであること、及びもうひとつのサイバー部隊である「26165」が窃取したデータの公開を、「74455」が手伝ったこと」に、モラー報告書が複数回言及している。同報告書の主張によれば、アメリカ州政府の選挙管理委員会や州務長官、民間企業（ソフトウェアをはじめとする選挙関連のテクノロジーのサプライヤー）のコンピュータをハッキングしたのは、「74455」の仕業だという。このサイバー部隊は複数の部署から成り、そのひとつがハルトキストのチームが「サンドワーム」と名づけた集団であり、もうひとつがクラウドストライクが「コージー・ベア」と呼ぶ集団だった。特別検察官ロバート・S・モラーⅢ世による報告書については、以下を参照。Robert S. Mueller III, "Report on the Investigation into Russian

Interference in the 2016 Election," Volume I and II, March 2019.

ウクライナでは、サンドワームがメディア企業や送電網を狙った攻撃の経緯とノットペーチャについて、オレクシー・ヤジンスキーとオレフ・デレヴィアンコが、何日もかけて私に説明してくれた。ウクライナを襲ったロシアのサイバー攻撃について、詳しくはキム・ゼッターの記事を読まれることを強く勧めたい。Kim Zetter's *Wired* story "Inside the Cunning, Unprecedented Hack of Ukraine's Power Grid," March 3, 2016. アンディ・グリーンバーグの『*Sandworm*』は、ウクライナを標的としたロシアのサイバー攻撃について、現時点で最も包括的な著書である。

第二〇章：ロシア人がやってくる——ワシントンDC

民主党全国委員会を襲ったハッキングについて最も包括的な報道は、私の同僚による記事である。Eric Lipton, David E. Sanger, and Scott Shane, "The Perfect Weapon: How Russian Cyberpower Invaded the U.S.," *New York Times*, December 13, 2016.

「ハートブリード」が発見されると、「民主党全国委員会は、すでにそのバグの存在を何年も前から知っていた」というブルームバーグの記事が続いた。だがこれについては、民主党全国委員会もホワイトハウスも強く否定している。以下を参照。Michael Riley, "NSA Said to Exploit Heartbleed Bug for Intelligence for Years," April 11, 2014, and David E. Sanger and Nicole Perlroth, "U.S. Denies It Knew of Heartbleed Bug on the Web," *New York Times*, April 11, 2014.

堂々巡りの議論の末、ホワイトハウスは初めて「脆弱性開示プロセス（VEP）」の公表を迫られた。VEPによって、政府はどのゼロデイを機密にし、どれを開示して修正パッチを当てるためにベンダーに知らせるかを判断することになる。以下を参照。J. Michael Daniel, "Heartbleed: Understanding When We Disclose Cyber Vulnerabilities." White House Blog, April 28, 2014. 同僚の記事は以下を参照のこと。David Sanger, "Obama Lets NSA Exploit Some Internet Flaws, Officials Say," April 13, 2014.

ソフトウェアの脆弱性を開示するかしないかを判断する際に、政府が考慮すべき項目について、J・マイケル・ダニエルは何時間にもわたって（とりあえず公にできる情報に限って）私に教えてくれた。そのことに深く感謝したい。またダニエルの前任者として、ホワイトハウスのサイバーセキュリティ調整官を務めていたハワード・シュミットは、残念ながら2017年3月に亡くなったが、彼にも永遠の感謝の意を伝えたい。数回のインタビューを通して、シュミットは、ゼロデイ市場が海外に移っていくなか、アメリカ政府が直面するジレンマについて話してくれた。そのインタビューの一部は《ニューヨーク・タイムズ》紙に掲載された。掲載されなかった分は、本書執筆のアイデアを生み、情報を与えてくれた。以下を参照されたい。Nicole Perlroth

and David E. Sanger, "Nations Buying as Hackers Sell Flaws in Computer Code," *New York Times*, July 13, 2013.

コージー・ベアと呼ばれるロシアのハッカーたちの正体を突き止めるために、オランダの諜報機関が果たした役割については、以下を参照のこと。Huib Modderkolk, "Dutch Agencies Provide Crucial Intel about Russia's Interference in U.S.-Elections," *de Volkskrant*, January 25, 2018.

「エターナル・ブルー」は、もとはNSAのエクスプロイトだった。だが窃取され、リークされたあげく、北朝鮮のワナクライ攻撃と、続くロシアのノットペーチャ攻撃で致命的な役割を果たすことになる。エターナル・ブルーについては、私たちの記事を参照されたい。Perlroth and Sanger, "Hackers Hit Dozens of Countries Exploiting Stolen NSA Tool," May 12, 2017; Perlroth, "A Cyberattack 'the World Isn't Ready For,'" *New York Times*, June 22, 2017; 及び Perlroth and Scott Shane, "In Baltimore and Beyond, a Stolen NSA Tool Wreaks Havoc," *New York Times*, May 25, 2019.

本章は、「上院スパイ活動特別調査委員会」の報告書に負うところが大きい。以下を参照されたい。Senate Committee on Intelligence's "Report on Russian Active Measures Campaigns and Interference in the 2016 U.S. Election." アメリカの全国民に、同委員会の報告書とモラー報告書の全文の閲読を勧めたい。以下を参照。www.intelligence.senate.gov/sites/default/files/documents/Report_Volume2.pdf and Special Counsel Robert S. Mueller, III, Volumes I and II, "Report on the Investigation into Russian Interference in the 2016 Presidential Election," March 2019. Available at www.justice.gov/storage/report.pdf.

2016年のアメリカ大統領選にロシアが干渉しようとしたことを示す最初の兆候が見つかったのは、2016年6月である。以下を参照。Ellen Nakashima, "Russian Government Hackers Penetrated DNC, Stole Opposition Research on Trump," *Washington Post*, June 14, 2016.

ロシアの選挙干渉について最も信頼できる説明は、私の同僚がのちに報じた記事である。Eric Lipton, David E. Sanger, and Scott Shane, "The Perfect Weapon: How Russian Cyberpower Invaded the U.S.," December 13, 2016.

大混乱のなかで見過ごされたが、2016年に《ニューヨーク・タイムズ》紙のモスクワ支局も、ロシアのサイバー攻撃を受けていたことが、その後の報告で明らかになった。ロシアのハッカーが攻撃に成功したという証拠はない。以下を参照。Nicole Perlroth and David E. Sanger, "*New York Times*'s Moscow Bureau Was Targeted by Hackers," *New York Times*, August 23, 2016.

ソーシャルメディアを駆使したロシアのインフルエンス作戦について、最も信頼できる記事は以下の通り。Scott Shane and Mark Mazzetti, "Inside a 3-Year Russian Campaign to Influence U.S. Voters," *New York Times*, February 16, 2018.

ロシアのIRA（インターネット・リサーチ・エージェンシー）を相手どったアメリカ政府の起訴状も、私は参考にした。以下を参照のこと。Indictment, *United States v. Internet Research Agency, et al.* Case 1:18-cr-00032-DLF, D.D.C., February 16, 2018. IRAは2016年のアメリカ大統領選に影響を及ぼす工作を行ない、情報戦のキャンペーン全体をエフゲニー・プリゴジンが取り仕切った。プリゴジンに関する詳しい情報については、以下を参照されたい。Neil MacFarquhar, "Yevgeny Prigozhin, Russian Oligarch Indicted by U.S., Is Known as 'Putin's Cook,'" *New York Times*, February 16, 2018. 2016年のアメリカ大統領選に対する選挙干渉で訴追されたあと、プリゴジンはロシアの国営通信社「RIAノーボスチ」に次のように語った。「アメリカ人とは実にすばらしい人たちだよ。自分が見たいものを見る。私は大いに尊敬するよ。（起訴状の）リストに入ってしまったが、私はまったく怒っていない。悪魔を見たいというのなら、見せてやろうじゃないか」

ロシアのソーシャルメディア作戦が地方レベルでどう展開したかについて、より詳細な情報は以下を参照のこと。Stephen Young, "Russian Trolls Successfully Peddled Texas Pride in 2016, Senate Reports Say," *Dallas Observer*, December 19, 2018.

ロシアが「VRシステムズ」に仕掛けたハッキング攻撃については、NSA職員がリークした機密書類を参照のこと。Matthew Cole, Richard Esposito, Sam Biddle, and Ryan Grim, "Top Secret NSA Report Details Russian Hacking Effort Days before 2016, " *Intercept*, June 5, 2017.

オンラインメディアの「インターセプト」とアメリカ国民が、ロシアがVRシステムズをハッキングした件について初めて知ったのは、リアリティ・ウィナーと称する情報漏洩者（NSA職員）が、NSAの機密書類をインターセプトの記者に送付したあとだった。VRシステムズは、アメリカ国内の選挙で利用される、重要なソフトウェアや設備のサプライヤーである。このバックエンドのベンダーに、ロシアのハッカーがどれほど深く潜入していたかについて、米国土安全保障省でさえ、何も知らなかったらしい。その機密書類には、ロシアがVRシステムズにサイバー攻撃を仕掛けていることが記してあった。ここで、インターセプトは致命的な失敗をしでかしてしまう。リアリティ・ウィナーから受け取った書類をスキャンしてつくったコピーを、書類の信憑性を確認するという目的で、NSAに送ってしまったのだ。報告書は折りたたまれ、折り目がついて見えた。それを見たNSAの高官が、その書類が印刷されて、NSAの職員によって持ち出されたものだと推測できた。となると、政府の捜査員は

ただ、印刷した人物を特定するだけでよかった。その書類を印刷した職員は全部で6人。そのなかのひとり、リアリティ・ウィナーと呼ばれる人物が、ジョージア州オーガスタにあるNSAのオフィスのコンピュータから、別件でインターセプトに連絡を取っていたことが判明した。FBI捜査官がウィナーの自宅を訪ねると、その女性は機密書類をオフィスから持ち出して、インターセプトに郵送したことを認めた。報告書には複数のドットが入っており、裸眼では見えないシリアル番号が表示されていたために、NSAは機密書類からそのオフィスのコンピュータまでたどり着いたのだった。「オペレーション上のセキュリティ」において、漏洩者が犯した致命的なミスだった。2018年8月23日、ウィナーは63カ月の禁錮刑を言い渡された。以下を参照。Amy B. Wang, “Convicted Leaker Reality Winner Thanks Trump after He Calls Her Sentence So Unfair,” *Washington Post*, August 30, 2018.

グッチファー2.0について報じた私と同僚の初期の記事は、以下を参照。Charlie Savage and Nicole Perlroth, “Is DNC Email Hacker a Person or a Russian Front? Experts Aren't Sure,” *New York Times*, July 27, 2016. 雑誌《ヴァイス》の テクノロジーニュースサイト「マザーボード」で、ロレンツォ・フランチェスキ＝ビッキエライは、グッチファー2.0に質問状を送り、その素性を明らかにするために大きく貢献した。“Why Does DNC Hacker ‘Guccifer 2.0’ Talk Like This?” Motherboard, June 23, 2016.

民主党全国委員会の文書流出とその衝撃について、当時の報道は以下を参照。Sam Biddle and Gabrielle Bluestone, “This Looks Like the DNC's Hacked Trump Oppo File,” *Gawker*, June 15, 2016; Kristen East, “Top DNC Staffer Apologizes for Email on Sanders' Religion,” *Politico*, July 23, 2016; Mark Paustenbach, “Bernie Narrative,” via WikiLeaks, May 21, 2016, Wikileaks.org/dnc-emails; Meghan Keneally, “Debbie Wasserman Schultz Booed at Chaotic Florida Delegation Breakfast,” ABC News, July 25, 2016; Rosaline S. Helderman and Tom Hamburger, “Hacked Emails Appear to Reveal Excerpts of Speech Transcripts Clinton Refused to Release,” *Washington Post*, October 7, 2016; 及び David E. Sanger and Nicole Perlroth, “As Democrats Gather, a Russian Subplot Raises Intrigue,” *New York Times*, July 24, 2016.

2016年アメリカ大統領選に影響を及ぼそうとしてロシアが次々につくり出した偽の物語について、最も徹底した記事を書いたのは同僚のスコット・シェーンである。“The Fake Americans Russia Created to Influence the Election,” *New York Times*, September 7, 2017.

ロシアの選挙干渉に対してオバマ政権が当初どのような対抗措置を考えていたかについて、以下の詳しい資料を勧めたい。David Sanger's *The Perfect Weapon: War, Sabotage, and Fear in the Cyber Age* (Crown, 2018).（デービッド・サンガー著『世界の

覇権が一気に変わる サイバー完全兵器』/朝日新聞出版)。

国土安全保障省は当初、ロシアが21州の有権者登録システムを標的にしていたと報告した。この数字はあとになって、全50州に修正された。以下を参照。David E. Sanger and Catie Edmondson, "Russia Targeted Election Systems in All 50 States, Report Finds," *New York Times*, July 25, 2019.

2020年のアメリカ大統領選の脅威を当時の政府がどう評価していたかについて、詳細な記事は以下を参照のこと。Matthew Rosenberg, Nicole Perlroth, and David E. Sanger, "'Chaos Is the Point': Russian Hackers and Trolls Grow Stealthier in 2020," *New York Times*, January 10, 2020, 及び Sanger, Perlroth, and Rosenberg, "Amid Pandemic and Upheaval, New Cyberthreats to the Presidential Election," *New York Times*, June 7, 2020. 選挙改正法案に反対するマコーネルのたったひとりの反乱については、以下に詳しい。Steve Benen, "McConnell's Response to Russian Attack Is Back in the Spotlight," MSNBC, February 19, 2018. 2016年の選挙干渉はロシアの仕業だという説に、トランプが公に疑念を呈したことについては、以下を参照。Michael D. Shear, "After Election, Trump's Professed Love for Leaks Quickly Faded," *New York Times*, February 15, 2017; Cristiano Lima, "Trump on RT: Russian Election Interference 'Probably Unlikely,'" *Politico*, September 8, 2016; 及び First Presidential Debate, CNN, September 26, 2016.

選挙干渉をやめるように、CIAのジョン・ブレナン長官がロシアに警告したことについては、以下を参照。Matt Apuzzo, "Ex-CIA Chief Reveals Mounting Concern over Trump Campaign and Russia," *New York Times*, May 23, 2017.

「ロシアのコンプロマートは、2016年の大統領選にほとんど影響を及ぼさなかった」と、ディスインフォメーションの専門家が考えていた件については、以下を参照。Christopher A. Bail, Brian Guay, Emily Maloney, Aidan Combs, D. Sunshine Hillyguus, Friedolin Merhout, Deen Freelon, and Alexander Volfovsky, "Assessing the Russia Internet Research Agency's Impact on the Political Attitudes and Behaviors of American Twitter Users in Late 2017," *Proceedings of the National Academy of Sciences of the United States* 117, no. 1 (November 25, 2019).

以下の記事は、ディスインフォメーションの専門家の考えに異論を唱える。Matthew Yglesias, "What Really Happened in 2016, in 7 Charts," *Vox*, September 18, 2017; Jens Manuel Krogstad and Mark Hugo Lopez, Pew Research Center, "Black Voter Turnout Fell in 2016, Even as a Record Number of Americans Cast Ballots," May 12, 2016; 及び Brooke Seipel, "Trump's Victory Margin Smaller Than Total Stein Votes in Key Swing States," *The Hill*, December 1, 2016.

2016年のロシアの選挙妨害に対して、オバマ政権は最終的にロシアに制裁を科し、多くのスパイを含む35人のロシア人外交官を国外退去処分とし、2カ所の外交財産も閉鎖した。以下を参照。Mark Mazzetti and Michael S. Schmidt, “Two Russian Compounds, Caught Up in History's Echoes,” *New York Times*, December 29, 2016. サンフランシスコのロシア領事館から煙が立ちのぼった件については、CBSニュースの報道を参考にした。以下を参照のこと。“Black Smoke Pours from Chimney at Russian Consulate in San Francisco,” September 2, 2017.

第二一章：シャドー・ブローカーズ――位置情報不明

シャドー・ブローカーズの存在が最初に垣間見えたのは、ほとんど判読不可能なツイートや「ペーストビン」（匿名でペーストできるインターネットのクリップボード）に貼り付けられた投稿だった。以下を参照。Shadow Brokers, “Equation Group Cyber Weapons Auction—Invitation,” August 13, 2016.

法の執行機関、諜報機関、サイバーセキュリティ業界に出まわった問い「NSAはハッキングされたのか」に関する初期の記事は、以下を参照。David Sanger, “Shadow Brokers' Leak Raises Alarming Question: Was the NSA Hacked?”, *New York Times*, August 16, 2016.

シスコはファイアウォールに脆弱性が見つかったことを、ただちに顧客に警告せざるを得なくなった。以下を参照。“Cisco Adaptive Security Appliance SNMP Remote Code Execution Vulnerability,” Cisco Security Advisory Alerts, August 17, 2016, and Thomas Brewster, “Cisco and Fortinet Confirm Flaws Exposed by Self-Proclaimed NSA Hackers,” *Forbes*, August 17, 2016.

シャドー・ブローカーズの初期のマニフェストについては、以下を参照。Bruce Sterling, “Shadow Brokers Manifesto,” *Wired*, Aug 19, 2016.

NSAがアンゲラ・メルケルの携帯電話をハッキングしていた件については、以下を参照。“NSA Tapped German Chancellery for Decades, WikiLeaks Claims,” July 8, 2015. リークについてスノーデンがつぶやいたツイートは、以下を参照。Edward J. Snowden, Twitter, August 16, 2016, twitter.com/Snowden/status/765515619584311296.

シャドー・ブローカーズの最初のオークションは不発に終わった。以下を参照。Andy Greenberg, “No One Wants to Buy Those Stolen NSA-Linked Cyberweapons,” *Wired*, August 16, 2016.

サイバー兵器の流出に対するNSAの反応は、以下を参照。Scott Shane and Nicole

Perlroth, "Security Breach and Spilled Secrets Have Shaken the NSA to Its Core," *New York Times*, November 12, 2017.

報道番組「ミート・ザ・プレス」に出演した際のバイデンの発言は、以下を参照。Joe Lapointe, "Despite All Other News, Sunday Shows Keep Covering Trump's Sex Scandal," *Observer*, October 17, 2016.

NSAが世界中に設置した囮サーバーのアドレスをシャドー・ブローカーズが暴露すると、ハッカーたちはすぐにリストを分析して、その発見を「MyHackerHouse.com」というウェブサイトで公開した。このサイトはのちに閉鎖された。www.myhackerhouse.com/hacker-halloween-inside-shadow-brokers-leak.

CIAの情報漏洩事件について詳しく知りたい方は、以下を参照されたい。Adam Goldman, "New Charges in Huge C.I.A. Breach Known as Vault 7," *New York Times*, Jun 18, 2018, 及び Nicole Hong, "Trial of Programmer Accused in C.I.A. Leak Ends with Hung Jury," *New York Times*, March 9, 2020.

NSA職員の自宅コンピュータの極秘文書に不正アクセスしたカスペルスキーの役割について、さらに詳しく知りたい方は以下を参照のこと。Scott Shane, David Sanger, Nicole Perlroth, "New NSA Breach Linked to Popular Russian Antivirus Software," October 5, 2017, 及び Perlroth and Shane, "How Israel Caught Russian Hackers Scouring the World for U.S. Secrets," *New York Times*, October 10, 2017. NSA職員（契約社員）の極秘文書を故意に窃取したわけではない、とカスペルスキーは否定した。うっかり収集してしまったのであり、すでに削除したと主張した。カスペルスキーによる専門的な説明については、以下を参照されたい。"Preliminary Results of the Internal Investigation into Alleged Incidents by US Media," www.kaspersky.com/blog/internal-investigation-preliminary-results/19894 and its FAQ: "What Just Hit the Fan: FAQs," www.kaspersky.com/blog/kaspersky-in-the-shitstorm/19794. カスペルスキーの説明は、多くのセキュリティ・リサーチャーや顧客を納得させるには充分だったが、そうでない場合もあり、特にアメリカ政府は、政府関連ネットワークにおいてカスペルスキーのウイルス対策ソフトウェアの使用をすでに禁じている。ロシア政府のフロント企業という疑惑に長年つきまとわれてきたことも、足を引っ張った。以下を参照。Andrew Kramer and Nicole Perlroth, "Expert Issues a Cyberwar Warning," *New York Times*, June 4, 2012.

シャドー・ブローカーズのリークについて投稿したジェイク・ウィリアムズのブログ記事は、以下を参照。"Corporate Business Impact of Newest Shadow Brokers Dump," Rendition Infosec, April 9, 2017. それに対するシャドー・ブローカーズの反応は、以下を参照。The Shadow Brokers, "Response to Response to DOXing," Steemit

Post, 2017.

2017年、マイクロソフトはバグの修正パッチを配布したが、NSAのエターナル系エクスプロイトのもとになった重大な脆弱性を持ち込んだのは誰か、という点については空白のままだった。以下を参照のこと。“Microsoft Security Bulletin MS17-010-Critical Microsoft Security Update for Windows SMB Server,” March 14, 2017, docs.microsoft.com/en-us/security-updates/securitybulletins/2017/ms17-010.

第二二章：攻撃——イングランド、ロンドン

ワナクライ攻撃に関する当時の記事は、以下を参照。Nicole Perlroth and David Sanger, “Hackers Hit Dozens of Countries Exploiting Stolen NSA Tool,” *New York Times*, May 12, 2017, 及び Perlroth, “More Evidence Points to North Korea in Ransomware Attacks,” *New York Times*, May 22, 2017. 国土安全保障・テロ対策担当の大統領補佐官だったトーマス・ボサートは、ABCの番組「グッド・モーニング・アメリカ」で、ワナクライ攻撃について初めて言及した。“Unprecedented Global Cyberattack Is ‘an Urgent Call’ to Action, Homeland Security Adviser Says,” May 15, 2017. 北朝鮮のサイバー能力についてより包括的な分析は、以下を参照されたい。David Sanger, David Kirkpatrick, Nicole Perlroth, “The World Once Laughed at North Korean Cyberpower. No More,” *New York Times*, October 15, 2017.

ワナクライの攻撃を停止する方法を見つけ出し、すぐに被害を食い止めた英国のハッカー、マーカス・ハッチンスはのちに、マルウェアを書いたかどで逮捕されている。以下を参照。Palko Karasz, “He Stopped a Global Cyberattack. Now He’s Pleading Guilty to Writing Malware,” *New York Times*, April 20, 2019. ハッチンスについて詳しく知りたい方は、以下を参照。Andy Greenberg, “The Confessions of Marcus Hutchins, the Hacker Who Saved the Internet,” *Wired*, May 12, 2020.

中国が受けたワナクライの被害については、以下を参照。Paul Mozur, “China, Addicted to Bootleg Software, Reels from Ransomware Attack,” *New York Times*, May 15, 2017. ソフトウェア販売業者の非営利団体「ビジネス・ソフトウェア・アライアンス」（BSA）の調べによれば、2015年の時点で、中国でインストールされたソフトウェアの70パーセントが海賊版だったという。僅差でロシアが64パーセント、インドが58パーセントと続く。修正パッチの当てられていない、海賊版のソフトウェアをインストールしたコンピュータでは、マイクロソフトの修正パッチをダウンロードできなかったに違いない。サイバー攻撃に対してアメリカは脆弱かもしれない。だが中国、ロシア、インドは、海賊版ソフトウェアのせいで同じくらい脆弱であることが改めて明らかになった。BSAの調査は以下を参照。www.bsa.org/~/media/Files/StudiesDownload/BSA_GSS_US.pdf.

2017年12月、ボサートはワナクライ攻撃を仕掛けたのは北朝鮮だと公表した。Thomas P. Bossert, "It's Official: North Korea Is behind WannaCry," *New York Times*, December 18, 2017.

アメリカ政府の監視要求に対するマイクロソフトの初期の抵抗については、以下を参照。Rory Carroll, "Microsoft and Google to Sue over US Surveillance Requests," *Guardian*, August 31, 2013, 及び Spencer Ackerman and Dominic Rushe, "Microsoft, Facebook, Google and Yahoo release US Surveillance requests," *Guardian*, February 3, 2014. ワナクライに対するブラッド・スミス社長の反応については、以下を参照。"The Need for Urgent Collective Action to Keep People Safe Online: Lessons from Last Week's Cyberattack," May 14, 2017, blogs.microsoft.com/on-the-issues/2017/05/14/need-urgent-collective-action-keep-people-safe-online-lessons-last-weeks-cyberattack.

ノットペーチャに対するウクライナの当初の対応は、ドミトロー・シムキウに対して行なったインタビューに基づく。2014年のウクライナ騒乱の際に彼が果たした役割については、以下を参照のこと。Serhiy Kvit, "What the Ukrainian Protests Mean," University World News, Jan 8, 2014.

ノットペーチャの攻撃について、私は《ニューヨーク・タイムズ》紙に記事を書いている。Nicole Perlroth, Mark Scott, and Sheera Frenkel, "Cyberattack Hits Ukraine Then Spreads Internationally," *New York Times*, June 27, 2017. アンディ・グリーンバーグは、トーマス・ボサートを引用して、推定被害額を最初に公表した。"The Untold Story of NotPetya, the Most Devastating Cyberattack in History," *Wired*, August 22, 2018. シムキウやほかの関係者によれば、企業が損失を公表しなかったことを考えれば、100億ドルという被害額はまったくの過小評価だという。私と同僚のアダム・サタリアノは、被害者と損保会社との戦いについて記事を書いている。メルクとモンデリーズの損保会社は賠償金の支払いを拒否した。契約書には必ず記載されているものの、めったに使われることのない「戦争による免責事由」に該当するという。以下を参照。Adam Satariano and Nicole Perlroth, "Big Companies Thought Insurance Covered a Cyberattack, They May Be Wrong." *New York Times*, April 15, 2019.

ブラッド・スミスが国連を引用した演説については、以下を参照されたい。"Remarks on Cybersecurity and a Digital Geneva Convention," United Nations, November 9, 2017: www.youtube.com/watch?v=EMG4ZukkClw. 民間インフラはサイバー攻撃の標的としないことに各国は合意すべきだという、リチャード・クラークの提案については、以下の書籍を参照。Richard A. Clarke and Robert K. Knake, *Cyber War: The Next Threat to National Security and What to Do about It* (HarperCollins, 2010).(『核を超える脅威　世界サイバー戦争　見えない軍拡が始まった』(リチャード・クラーク、ロバート・ネイク著／徳間書店)。

ロシアがアメリカの、そしてアメリカがロシアの送電網にサイバー攻撃を仕掛けた件については、以下を参照。David E. Sanger and Nicole Perlroth, "U.S. Escalates Online Attacks on Russia's Power Grid," *New York Times*, June 15, 2019.

第二三章：裏庭――メリーランド州ボルチモア

スコット・シェーンと私はエターナル・ブルーの長い尻尾について報じた。エターナル・ブルーはテキサス州サンアントニオ、ペンシルベニア州アレンタウン、そして最後にはNSAの裏庭とも言えるメリーランド州ボルチモアを攻撃した。以下を参照。"In Baltimore and Beyond, A Stolen NSA Tool Wreaks Havoc," *New York Times*, May 25, 2019. 以下も参照されたい。Yami Virgin, "Federal Agents Investigate Attempted Hacking at Bexar County Jail," Fox San Antonio, January 31, 2019.

私たちの記事は、デイヴィッド・アイテルなどのエクスプロイト開発者や、NSAからも大きな非難を浴びた。NSAは、「エターナル・ブルーがボルチモアへの攻撃に一役買った」ことを否定した。実際、ボルチモアは複数の攻撃を受け、そのうちのひとつがエターナル・ブルーで、別のひとつは「ロビンフッド」と呼ばれるランサムウェアだった。テレメトリによって同社のシステムにエターナル・ブルーが存在するかどうかを確認できるマイクロソフトは、ボルチモアとも契約し、同社の調査チームがエターナル・ブルーの存在を突き止めた。そして「このエクスプロイトが、ボルチモアのシステム内でランサムウェアが拡散するのに一役買った」という初期の結論に達した。最終的な統一見解は、ボルチモアの攻撃者が手動でランサムウェアをまき散らし、別の攻撃グループがNSAのツールを別の目的で使ったというものだった。だが、その目的が何だったのかについてはいまだにわかっていない。しかしながら注目すべきは、ボルチモアの攻撃が始まる頃には、NSAのツールがいたるところで発見されていた点である。「サイバーリーズン」でリサーチャーを務めるエーミット・サーパーは、「同社が３つの大学でエターナル・ブルーの攻撃に対応した」ことや、「ダラス、ロサンゼルス、ニューヨークなどの主要都市で脆弱なサーバーを発見した」ことを明らかにしている。元TAOの分析官ジェイク・ウィリアムズは、あちこちの地方自治体でエターナル・ブルーの攻撃に対応した。NSAでハッカーの頂点に立つロブ・ジョイスは、「ボルチモアの攻撃ではエターナル・ブルーは使われなかった」と公表したが、マイクロソフトはボルチモアの顧客に対し、《ニューヨーク・タイムズ》紙の報道を認める声明を出すつもりだと伝えていた。結局のところ、ボルチモアはマイクロソフトに対し、同社が発見した内容を公表する許可を与えなかった。その理由はわからない。だが表向き、注目を集めたくなかったからか、それともただ、マイクロソフトのバグに修正パッチを当てていなかったという事実を、広く知られたくなかったからかもしれない。多くのセキュリティ・リサーチャーは、落ち度はツールを窃取されたNSAにあるのではなく、システムに修正パッチを当てていなかったボルチモアにあると述べた。だが、市や町のサイバーセキュリティがわずかな予算で

運営されており、IT管理者が古くて時代遅れのシステムのネットワークを管理している点には留意すべきだろう。さまざまな議論については以下を参照。Scott Shane and Nicole Perlroth, “NSA Denies Its Cyberweapon Was Used in Baltimore Attack, Congressman Says,” *New York Times*, May 31, 2019,《ウォールストリート・ジャーナル》紙は、ボルチモアが何度も攻撃を受けたことを確認している。以下を参照のこと。Scott Calvert and Jon Kamp, “Hackers Won't Let Up in Their Attack on U.S. Cities,” *Wall Street Journal*, June 7, 2019.

中国がNSAのエクスプロイトを発見し、それを自分たちのツールとして利用したことについては、以下を参照。Nicole Perlroth, David E. Sanger and Scott Shane, “How Chinese Spies Got the NSA's Hacking Tools, and Used Them for Attacks,” *New York Times*, May 6, 2019. シマンテックが報告書で特定した中国のハッカー集団は、さまざまなセキュリティ企業によって、「Buckeye」「Gothic Panda」「APT3」などの名前で呼ばれている。リークされたNSAの報告書を私が読み込んだところでは、そのハッカー集団は中国の広州に拠点を置き、以前、NSAからは「リージョン・アンバー」というコードネームで呼ばれていた。彼らは国家安全部が雇っている請負業者のひとつで、かつてアメリカの兵器開発企業や科学系のラボをハッキングしたことがわかっている。

米中関係について、より詳しい記事は以下のとおり。Evan Osnos, “The Future of America's Contest with China,” *New Yorker*, January 6, 2020. 中国が秘密裏に核実験を行なったとされる件について、詳しくは以下を参照。Associated Press, “China Denies U.S. Allegations It's Testing Nuclear Weapons,” April 16, 2020. 中国政府がウイグル族に対して行なっている監視工作について、包括的な説明は以下を参照されたい。Paul Mozur, “One Month, 500,000 Face Scans: How China Is Using A.I. To Profile a Minority,” *New York Times*, April 14, 2019, 及び Austin Ramzy and Chris Buckley, “Absolutely No Mercy': Leaked Files Expose How China Organized Mass Detentions of Muslims,” *New York Times*, November 16, 2019.

中国がアップルのiOSのエクスプロイトを使っていたことをグーグルが発見した件について、詳しくは以下を参照。Ian Beer, “A Very Deep Dive into iOS Exploit Chains Found in the Wild,” Google Project Zero, August 29, 2019. 中国による少数民族の監視工作について、詳しい情報は以下の通り。Nicole Perlroth, Kate Conger, and Paul Mozur, “China Sharpens Hacking to Hound Its Minorities, Far and Wide,” *New York Times*, October 22, 2019. 紛争が拡大した際には、イラン国内の送電網の機能を麻痺させるという国防総省の「ニトロゼウス作戦」は、以下の通り。David E. Sanger and Mark Mazzetti, “U.S. Had Cyberattack Plan if Iran Nuclear Dispute Led to Conflict,” *New York Times*, February 16, 2016. 石油タンカー攻撃に対する報復として、サイバー軍がイランに行なったサイバー攻撃については、以下の記事をもとにしている。

Julian E. Barnes and Thomas Gibbons-Neff, "U.S. Carried Out Cyberattacks on Iran," *New York Times*, June 22, 2019. 近年、数百に及ぶ西洋の企業を狙ったイランのサイバー攻撃については、以下を参照。Robert McMillan, "Iranian Hackers Have Hit Hundreds of Companies in Past Two Years," *Wall Street Journal*, March 6, 2019.

マイクロソフトは2019年10月、イランが少なくとも一度のアメリカ大統領選で、ネットワークに侵入していたことを報告した。私たちはそれが、トランプが出馬した2016年の大統領選だったことを確認した。以下を参照。Nicole Perlroth and David E. Sanger, "Iranian Hackers Target Trump Campaign as Threats to 2020 Mount," *New York Times*, October 4, 2019. イランがイラクの米空軍基地に報復攻撃を行なったあと、トランプは「何も問題はない」と主張したが、あとになって私たちは、その攻撃によって100人以上のアメリカ兵が重大な外傷性脳損傷を負っていたことを知った。以下を参照。Bill Chappell, "109 U.S. Troops Suffered Brain Injuries in Iran Strike, Pentagon Says," NPR, February 11, 2020.

《ワシントン・ポスト》紙にはカショギの死をこのままで終わらせるつもりはなかった、という引用については、以下に基づく。*Washington Post* Editorial Board, "One Year Later, Our Murdered Friend Jamal Has Been Proved Right," *Washington Post*, September 30, 2019. サウジアラビアがベゾスのスマートフォンをハッキングした件について、当時の報道は以下を参照。Karen Weise, Matthew Rosenberg, and Sheera Frenkel, "Analysis Ties Hacking of Bezos' Phone to Saudi Lader's Account," *New York Times*, January 21, 2020. 開拓時代のアメリカ西部「ワイルドウエスト」にトランプが執着していることは、2020年の一般教書演説で明らかだった。トランプは演説のなかで、ワイアット・アープ、アニー・オークリー（女性の射撃の名手）、デイヴィッド・クロケット（テキサス独立を支持した軍人）の名前を挙げた。Jessica Machado, "Trump Just Gave Americans a Lesson in White History," *Vox*, Feb 5, 2020.

2018年5月、トランプ政権はサイバーセキュリティ調整官のポストを廃止した。以下を参照。Nicole Perlroth and David E. Sanger, "White House Eliminates Cybersecurity Coordinator Role," *New York Times*, May 15, 2018. 対ロシア制裁を緩和した件については、以下を参照。Donna Borak, "Treasury Plans to Lift Sanctions on a Russian Aluminum Giant Rusal," CNN Business, December 19, 2018. 大統領に選挙干渉問題の件は持ち出さないように、とキルステン・ニールセン国土安全保障省長官が諭された件は、以下を参照。Eric Schmitt, David E. Sanger, Maggie Haberman, "In Push for 2020 Election Security, Top Official Was Warned: Don't Tell Trump," *New York Times*, April 24, 2019. 政敵に関する外国政府からのコンプロマートを、トランプが今後も受け入れるつもりであることについては、以下を参照。Lucien Bruggeman, "'I Think I'd Take It': An Exclusive Interview, Trump Says He Would Listen if Foreigners Offered Dirt on Opponents," ABC News, June 13, 2019. ジャーナリストの殺害についてトラン

プがプーチンと交わしたジョークは、以下を参照。Julian Borger, "Trump Jokes to Putin They Should 'Get Rid' of Journalists," *Guardian*, June 28, 2019. 2016年のアメリカ大統領選の選挙システムにロシアがサイバー攻撃を仕掛けたことは、2020年に向けた単なる予行練習にすぎなかったという、非常に現実味のある仮説について、また合法的なアカウントを借りたりVPNを使ったりすることで、ソーシャルメディアの規制をロシアが逃れようとし続けたことについては、以下を参照のこと。Matthew Rosenberg, Nicole Perlroth, David E. Sanger, "'Chaos Is the Point': Russian Hackers and Trolls Grow Stealthier in 2020," *New York Times*, January 10, 2020. アメリカ国内の銃、移民、人種問題にロシアが干渉し続けている件について、さらに詳しくは以下を参照。Kevin Roose, "Facebook Grapples with a Maturing Adversary in Election Meddling," *New York Times*, August 1, 2018. ロシアが採用しているソーシャルメディアのなりすまし作戦について、より詳しく知りたい方は、2020年6月に私が書いた以下の記事を参照されたい。アイオワ州の党員集会において、民主党内の対立を煽るような陰謀論が噴き出した時の、ロシアの役割について言及している。Perlroth, "A Conspiracy Made in America May Have Been Spread by Russia," June 15, 2020.

2018年の中間選挙で、米サイバー軍がロシアのサーバーに仕掛けたサイバー攻撃については、以下を参照。David E. Sanger, "Trump Loosens Secretive Restraints on Ordering Cyberattacks," *New York Times*, September 20, 2018, 及び Julian E. Barnes, "U.S. Begins First Cyberoperation Against Russia Aimed at Protecting Elections," *New York Times*, October 23, 2018. その後2018年に、ロシアが民主党全国委員会のサーバーにハッキング攻撃を仕掛けたことについては、以下を参照。Perlroth, "DNC Says It Was Targeted Again by Russian Hackers after '18 Election," *New York Times*, January 18, 2019.

フロリダ州のリビエラビーチとパーム・スプリングを襲ったランサムウェア攻撃に関する当時の報道は、以下を参照。Alexander Ivanyuk, "Ransomware Attack Costs $1.5 Million in Riviera Beach, Fl.," Acronis Security Blog, June 24, 2019, and Sam Smink, "Village of Palm Springs confirms cyberattack," West Palm Beach TV, June 20, 2019.

ランサムウェア攻撃とロシアのサイバー犯罪集団との関係については、長年、さまざまなセキュリティ企業が詳しく記録してきた。初期の報道については、以下を参照されたい。Kaspersky, "More than 75 Percent of Crypto Ransomware in 2016 Came from Russian-Speaking Cybercriminal Underground," February 14, 2017, usa.kaspersky.com/about/press-releases/2017_more-than-75-of-crypto-ransomware-in-2016-came-from-the-russian-speaking-cybercriminal-underground. 注目すべき点は、「Sigrun」ランサムウェア群のロシア人作成者が、ロシア人の被害者にはデータを無料で復号すると申し出たことだ。その点について、2018年5月31日に初めてツイートしたのは、

セキュリティ・リサーチャーのアレックス・スビリドである。セキュリティリサーチ会社「マルウェアバイツ」のリサーチャーは、ロシアのランサムウェアの作成者とふたりの被害者のあいだで交わされたメールを使って、スビリドの話を裏づけている。被害者のうちのひとりはアメリカ在住であり、もうひとりはロシア在住だった。以下を参照のこと。Lawrence Abrams, "Sigrun Ransomware Author Decrypting Russian Victims for Free," Bleeping Computer, June 1, 2018. ランサムウェアがキリル文字のキーボードのコンピュータを検知し、迂回する方法について、技術的な分析は以下を参照。SecureWorks, Revil Sodinokibi Ransomware. 当時の描写については、2019年と2020年に私がクラウドストライクのリサーチャーに取材した内容をもとにした。

ランサムウェアの支払い額は、推定額に大きな幅があることがわかった。ビットコインのウォレットと身代金の要求額をFBIが分析した結果、2013年10月から2019年11月までのあいだに、ランサムウェアの作成者にビットコインで支払われた額は1億4435万ドルだった。これは控えめに見積もった金額である。2020年、セキュリティ企業「エミシソフト」が約45万件の事件を分析したところ、2020年の身代金の要求額は、アメリカだけで14億ドルを超えていたという。エミシソフトの見積もりによれば、身代金の支払いに加えて、企業が稼働できなかった時間の損失額を加えると、ランサムウェア攻撃を受けたアメリカ企業の総損失額は、90億ドルを超えるという。以下を参照のこと。Emsisoft, "Report: Cost of Ransomware in 2020. A Country-by-Country Analysis," February 11, 2020. 身代金の支払い額とランサムウェア攻撃の増加について、また被害者に支払いを促すサイバー損保業界の考えについて書いた、すばらしい記事は以下の通り。Renee Dudley, "The Extortion Economy: How Insurance Companies are Fueling the Rise in Ransomware Attacks," ProPublica, August 27, 2019.

私は2019年と2020年に、政府高官や民間のリサーチャーに十数回、取材を行なった結果、アメリカの市や町を襲うランサムウェア攻撃は、アメリカの選挙インフラを攻撃するための予行練習ではないか、と疑うようになった。2020年6月、ランサムウェアと選挙インフラ攻撃との「あり得そうな」関係性を警告するFBIの極秘報告書を、アノニマスが「ブルー・リークス」で暴露した。この時のFBIの報告書は、ルイジアナ州を襲ったランサムウェア攻撃と、2020年1月にオレゴン州ティラムック郡を襲ったランサムウェア攻撃に言及していた。ティラムック郡では、有権者登録システムにアクセスできなくなっていた。FBIの報告書は次のように結論づけていた。「郡政府や州政府のネットワーク」を狙ったランサムウェア攻撃によって、「たとえ、それが攻撃者の本来の目的でなかったとしても、相互に接続した選挙サーバーのデータにアクセスできなくなる恐れがある。」。FBIの報告書は以下を参照。Federal Bureau of Investigation Executive Analytical Report, "(U//FOUO) Ransomware Infections of US County and State Government Networks Inadvertently Threaten Interconnected Election Servers," May 1, 2020. 11月にルイジアナ州を襲ったランサム

ウェア攻撃について、当時の記事は以下を参照されたい。Mark Ballard, "Louisiana: Cyberattack Has No Impact on State's Elections," Government Technology, November 25, 2019.

ミッチ・マコーネルによる選挙改正法案の阻止について、詳しくは以下を参照のこと。Nicholas Fandos, "New Election Security Bills Face a One-Man Roadblock: Mitch McConnell," *New York Times*, June 7, 2019. マコーネルはその奮闘ぶりから「モスクワ・ミッチ」と呼ばれた。2019年9月、マコーネルはついに抵抗をやめ、選挙干渉を阻止する2億5000万ドルの拠出を承認する法案に合意した。投票用紙に印をつけて投票する機械に不正がないようにすることは、絶対的な基準だろう。ところが今回の法案では、州政府がその資金を使って、その絶対的な基準を満たすように義務化しなかった。また、民主党が提案した10億ドルの選挙改正法案には程遠いものだった。以下を参照。Philip Ewing, "McConnell, Decried as 'Moscow Mitch' Approves Election Security Money," NPR, September 20, 2019.

トランプが言い出した根拠のないクラウドストライクの陰謀論について、より詳しい情報は以下を参照。Scott Shane, "How a Fringe Theory About Ukraine Took Root in the White House," *New York Times*, October 3, 2019. 2019年11月25日、私自身もCNNの番組でインタビューを受け、この陰謀論に答えている。以下を参照。CNN's Jim Sciutto: www.youtube.com/watch?v=TLShgL7iAZE. クラウドストライクの反応については以下を参照。"CrowdStrike's Work with the Democratic National Committee: Setting the record straight," CrowdStrike Blog, January 22, 2020. トランプが弾劾裁判にかけられるまでの過程は、いまではよく知られているが、2019年7月25日にトランプがウクライナのゼレンスキー大統領と交わした電話の内容は、機密指定が解除され、いまでも読むことができる。www.whitehouse.gov/wp-content/uploads/2019/09/Unclassified09.2019.pdf.

2019年、ロシアが「ブリスマ」に仕掛けたサイバー攻撃について、より詳しい情報は以下の記事を参照。Nicole Perlroth, Matthew Rosenberg, "Russians Hacked Ukrainian Gas Company at Center of Impeachment," *New York Times*, January 13, 2020. ハンター・バイデンが不正行為に関与したと示唆する証拠はなかったと、ウクライナの検察局は2020年6月に発表している。以下を参照。Ilya Zhegulev, "Ukraine Found No Evidence Against Hunter Biden in Case Audit: Former Top Prosecutor," Reuters, June 4, 2020. ロシアが2020年にまたしてもトランプの再選を画策するとともに、サンダース上院議員の浮上を企んでいるという結論を導いた諜報機関の報告書については、私の同僚の記事を参照のこと。Adam Goldman, Julian E. Barnes, Maggie Haberman, and Nicholas Fandos, "Lawmakers Are Warned That Russia Is Meddling to Re-Elect Trump," *New York Times*, February 20, 2020. サンダース上院議員の浮上を狙うロシアの工作について、諜報機関の具体的な情報は以下の通り。Julian E. Barnes

and Sydney Ember, “Russia Is Said to Be Interfering to Aid Sanders in Democratic Primaries,” *New York Times*, February 21, 2020. NSAが報告した、ロシアのメール転送プロトコルのエクスプロイテーションについては以下を参照。National Security Agency, “Exim Email Transfer Agent Actively Exploited by Russian GRU Cyber Actors,” May 2020.

核施設を含む、アメリカ国内のインフラを狙ったロシアの攻撃について、より詳しい情報は以下を参照。Nicole Perlroth, “Hackers Are Targeting Nuclear Facilities, Homeland Security Dept. and FBI Say,” *New York Times*, July 6, 2017; Department of Homeland Security, “Alert (TA18-074A): Russian Government Cyber Activity Targeting Energy and Other Critical Infrastructure Sectors,” March 15, 2018, www.us-cert.gov/ncas/alerts/TA18-074A; Nicole Perlroth and David E. Sanger, “Cyberattacks Put Russian Fingers on the Switch at Power Plants, U.S. Says,” *New York Times*, March 15, 2018; 及び Sanger and Perlroth, “U.S. Escalates Online Attacks on Russia’s Power Grid,” *New York Times*, June 15, 2019. サウジアラビアのラービグ精製石油化学会社を狙った攻撃について、初期の報道は以下を参照されたい。Nicole Perlroth and Clifford Krauss, “A Cyberattack in Saudi Arabia Had a Deadly Goal. Experts Fear Another Try,” *New York Times*, March 15, 2018. のちにロシアの「化学・機械工学中央科学研究所」を攻撃者と特定した件については、以下を参照。FireEye, “Triton Attribution,” October 23, 2018, www.fireeye.com/blog/threat-research/2018/10/triton-attribution-russian-government-owned-lab-most-likely-built-tools.html.

ナカソネがサイバー軍とニトロゼウス作戦に果たした役割については、以下を参照。David Sanger’s *The Perfect Weapon: War, Sabotage, and Fear in the Cyber Age* (Crown, 2018).（デービッド・サンガー著『世界の覇権が一気に変わる サイバー完全兵器』／朝日新聞出版）。

重要な極秘作戦をトランプがロシアの外相に漏らしてしまった件は、以下を参照。Matthew Rosenberg and Eric Schmitt, “Trump Revealed Highly Classified Intelligence to Russia, in Break with Ally, Officials Say,” *New York Times*, May 15, 2017.

ロシアに対するサイバー軍の攻撃を、サンガーと私が詳細に報道したところ、トランプがその記事を「事実上の国家反逆行為」だと非難した件については、以下を参照。Erik Wemple, “‘Virtual Act of Treason’: The *New York Times* Is Blowing Trump’s Mind,” *Washington Post*, June 17, 2019, 及び A.G. Sulzberger’s op-ed in the *Wall Street Journal*, “Accusing the *New York Times* of ‘Treason,’ Trump Crosses a Line,” June 19, 2019. エジプト当局が同僚のデイヴィッド・カークパトリックを逮捕した件について、詳しくは以下を参照。Declan Walsh, “Egypt Turns Back Veteran *New York Times* Reporter,” *New York Times*, February 19, 2019. デクランが逮捕される可能性が高まっ

た時、アメリカ大使館がデクランの保護に動かなかった経緯について、デクラン自身が以下の記事で書いている。Declan Walsh, "The Story behind the *Times* Correspondent Who Faced Arrest in Cairo," *New York Times*, September 24, 2019.

アメリカのコンピュータが39秒に1回の割合で、サイバー攻撃を受けているという統計は、以下を参照。Michel Cukier, "Study: Hackers Attack Every 39 Seconds," University of Maryland, A. James Clark School of Engineering, February 9, 2017.

エピローグ

2020年2月、米国土安全保障省「サイバーセキュリティ・インフラストラクチャセキュリティ庁（CISA)」は、ランサムウェアがいま、パイプラインの運用者を攻撃していると警告した。以下を参照。Homeland Security, Cybersecurity and Infrastructure Security Agency, "Ransomware Impacting Pipeline Operations," February 18, 2020, www.us-cert.gov/ncas/alerts/aa20-049a.

2020年6月10日、アノニマス（ゆるやかにつながったハッカー集団。ここ10年ほどはほとんど休眠状態だった）が復活し、アメリカ国内の200以上の警察とFBIの「フュージョン・センター」こと諜報収集センターをハッキングした。アノニマスが「ブルー・リークス」と呼ぶ今回の暴露では、269GBに及ぶ10年分の機密データが流出し、アメリカの法執行機関を標的にした史上最大のハッキングになった。本書の執筆時には、リークされたデータをいまだに記者、法執行機関、活動家が選別しているところだった。流出した情報のなかには、2020年5月1日付けのFBIの文書が含まれており、2件のランサムウェア攻撃について詳細に記されていた。ひとつは2019年11月にルイジアナ州を襲った攻撃だった。もうひとつは2020年1月にオレゴン州ティラムック郡を襲った攻撃であり、選挙インフラに影響を及ぼしていた。2020年の大統領選が近づく頃には、FBIの報告書は不吉にも、ランサムウェア攻撃がアメリカの選挙インフラに影響を及ぼすことになるだろうと結論づけていた。

新型コロナウイルス感染症のパンデミックのあいだに、サイバー攻撃が増加した件については、以下を参照。Dmitry Galov, Kaspersky Labs, "Remote Spring: The Rise of RDP Brute force Attacks," April 29, 2020, securelist.com/remote-spring-the-rise-of-rdp-bruteforce-attacks/96820.

ワクチン情報のハッキングについて、詳細な情報は以下を参照のこと。David Sanger and Nicole Perlroth, "U.S. to Accuse China of Hacking Vaccine Data," *New York Times*, May 11, 2020.

テロ攻撃による損失額が減少し、サイバー攻撃による損失額が増加している傾向については、「経済平和研究所」の2019年版「世界テロリズム指数」と、ランド研究

所が行なった世界的なサイバーコストに関する2018年の分析に基づく。前者については以下を参照。visionofhumanity.org/app/uploads/2019/11/GTI-2019web.pdf. 後者については以下を参照。Paul Dreyer, Therese Jones, Kelly Klima, Jenny Oberholtzer, Aaron Strong, Jonathan William Welburn, and Zev Winkelman, "Estimating the Global Cost of Cyber Risk," Rand Corporation, 2018.

オープンソースソフトウェアの普及については、以下を参照。Sonatype, "The 2016 State of the Software Supply Chain," www.sonatype.com/hubfs/SSC/Software_Supply_Chain_Inforgraphic.pdf?t=1468857601884. 高級車の「コード行数が1億行を超える」という統計は、以下を参照。Synopsys, "Managing and Securing Open Source Software in the Automotive Industry," www.synopsys.com/content/dam/synopsys/sig-assets/guides/osauto-gd-ul.pdf. ハートブリード及びオープンソースコードにおいて充分な目ん玉（と資金）を維持するという問題については、《ニューヨーク・タイムズ》紙に掲載された2014年の私の記事を参照されたい。"Heartbleed Highlights a Contradiction in the Web," April 18, 2014.「インターネットのバグ報奨金プログラム」について、初期の記事は以下を参照。Jaikumar Vijayan, "Security Researchers Laud Microsoft, Facebook Bug Bounty Programs," Computer World, November 8, 2013. CHERIイニシアチブの技術的な特徴については、以下を参照のこと。www.cl.cam.ac.uk/techreports/UCAM-CL-TR-850.pdf. CHERIは最近、その取り組みによって、4500万ドルに及ぶ資金を英国政府から獲得し、自信を深めた。資格情報の窃取と、それがいまも国家レベルの高度なスパイ工作で果たす役割について、もっと詳しく知りたい方は、2016年のロブ・ジョイスの講演を参照されたい。"NSA TAO Chief on Disrupting Nation State Hackers," USENIX Enigma 2016, www.youtube.com/watch?v=bDJb8WOJYdA. 同じくジョイスが2017年11月15日に行なった、アメリカ政府の「脆弱性開示政策とプロセス」の説明も参照されたい。これは政府による最も包括的な説明である。www.whitehouse.gov/sites/whitehouse.gov/files/images/External%20-%20Unclassified%20VEP%20Charter%20FINAL.PDF.

英国のGCHQは「脆弱性開示プロセス」に対してますます積極的になっており、最近では毎年、開示したゼロデイの数を公表している。以下を参照。Joseph Cox, "GCHQ Has Disclosed Over 20 Vulnerabilities This Year, Including Ones in iOS," *Vice*, Motherboard, April 29, 2016.

イランがアメリカ企業36社、政府機関、NGOに不正侵入したことや、「パスワードスプレー攻撃」を好む傾向については、2018年3月に、ニューヨーク州南部地区連邦地方裁判所がイランのハッカーを訴追した際の起訴状に基づく。以下を参照。assets.documentcloud.org/documents/4419747/Read-the-Justice-Dept-indictment-against-Iranian.pdf. ノルウェーと日本のサイバーセキュリティのランキングと、それぞれの国家のサイバーセキュリティ方針の詳細については以下を参照。V. S.

Subrahmanian, Michael Ovelgonne, Tudor Dumitras, and B. Aditya Prakash, "Global Cyber-Vulnerability Report," Springer, 2015. 国ごとの分析について、時間を割いて説明してくれたスブラマニアン（サイバーセキュリティ専門家）に個人的に感謝したい。

2016年の大統領選においてノースカロライナ州ダーラム郡で使われたコンピュータを、国土安全保障省が分析したあとの最終報告は、以下を参照。"Digital Media Analysis for Durham County Board of Elections," Department of Homeland Security, October 23, 2019, static.politico.com/c5/02/66652a364a2989799fd6835adb45/report.pdf.

アメリカ政府に対するシリコンバレーでくすぶる不信感と、ウーバーの最高セキュリティ責任者マット・オルセンの発言については、以下を参照。Jeff Stone, "Mistrust Lingers between Government, Industry on Cyber Information Sharing," Cyberscoop, October 2019.

私がエピローグで提案をまとめる最後の瞬間になって、非常に貴重な存在になってくれた人たちがいた。そのうちのひとりがポール・コッハーだ。今日、サイバーセキュリティ業界で働く最も思慮深い人間のひとりで、私の重要な相談役になってくれた。また、スタンフォード国際研究所のピーター・ノイマンにも感謝したい。「独創的なホワイトハット」であるノイマンはヌードルを食べながら、CHERIについて辛抱強く説明してくれ、私が欲しかった視点を提供してくれた。リナックス財団のジム・ゼムリンは、オープンソースソフトウェアのセキュリティに関する議論で、非常に重要な存在になってくれた。ゲアリー・マグローはインセンティブの構造について、私が考えをまとめる作業を手伝ってくれた。ケイシー・エリスはオーストラリアにいるあいだも、私の長距離電話に応えてくれ、パンデミックがサイバーセキュリティに与えた影響について、彼の考えを教えてくれた。いつも必ず電話に出てくれたジム・ゴスラーと交わしたたくさんの会話は、私たちの船が進む方向を正すために何が必要かについて、私の考えを導いてくれた。2019年7月に亡くなったマイク・アサンテにも深く感謝したい。アメリカの重要インフラの脆弱性に注目が集まるよう、見えないところで彼が注いだ努力について、私たちが知るのはその一端だけだ。癌で亡くなる2、3週間前、マイクはアメリカのサイバー政策のお寒い現状を訴えるメールを送ってきた。それにはこう書かれていた。「どうか引き続き、インフラのサイバーリスクに充分な注意を払って欲しい。私たちは重要な地点にいる。エンジニアリングに関する時代遅れの前提や、旧式の安全設計では、現実を操るソフトウェアや能力には、もはやまったく対抗できないのだ」

サイバー戦争《せんそう》　終末《しゆうまつ》のシナリオ〔下〕

2022年8月10日　初版印刷
2022年8月15日　初版発行

＊

著　者　ニコール・パーロース
訳　者　江《え》口《ぐち》泰《たい》子《こ》
監訳者　岡《おか》嶋《じま》裕《ゆう》史《し》
発行者　早　川　　浩

＊

印刷所　精文堂印刷株式会社
製本所　大口製本印刷株式会社

＊

発行所　株式会社　早川書房
東京都千代田区神田多町2－2
電話　03-3252-3111
振替　00160-3-47799
https://www.hayakawa-online.co.jp
定価はカバーに表示してあります
ISBN978-4-15-210155-6　C0031
Printed and bound in Japan
乱丁・落丁本は小社制作部宛お送り下さい。
送料小社負担にてお取りかえいたします。

ハヤカワ・ノンフィクション

最悪の予感

――パンデミックとの戦い

The Premonition

マイケル・ルイス

中山 宥訳

46判並製

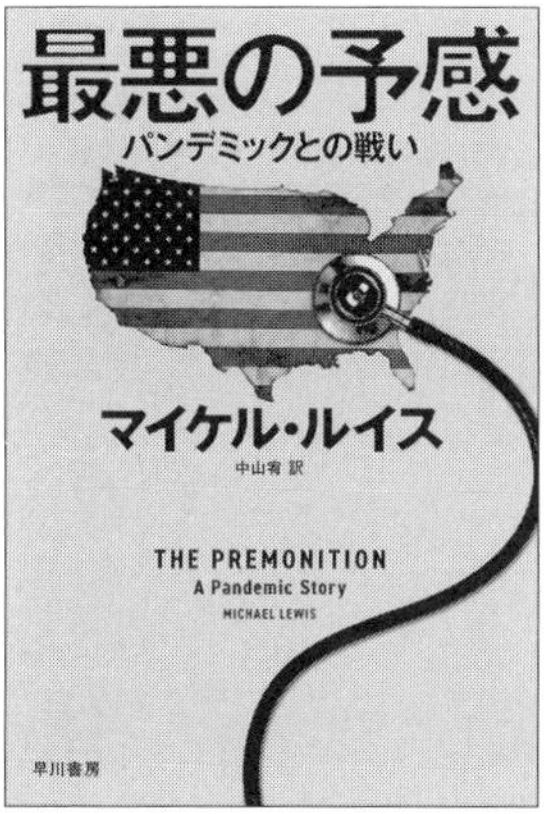

『マネー・ボール』著者最新作

中国・武漢で新型コロナウイルスによる死者が出始めた頃、アメリカの政権は「何も心配はいらない」と言いきった。しかしごく一部の科学者たちは危機を察知し、独自に動き出していた――。当代一のノンフィクション作家がコロナ禍を通じて描く、意思決定と危機管理の本質

ハヤカワ・ノンフィクション

140字の戦争

——SNSが戦場を変えた

デイヴィッド・パトリカラコス

War In 140 Characters

江口泰子訳

46判並製

紛争地帯にもたらした光と闇を徹底ルポ

SNSは21世紀の戦争をいかに変容させたか？　パレスチナの戦禍をツイッターで発信し「現代のアンネ・フランク」と呼ばれた少女、スカイプを通じてイスラム国に勧誘されラッカに渡ったフランス人女性らに取材。情報戦の知られざる実像に迫る。　解説／安田純平